Ne te retourne pas

Du même auteur
aux Éditions J'ai lu

À HUIS CLOS
À DEMI-MOT
JEU DE PATIENCE
JEU D'INNOCENCE
JEU D'INDULGENCE
JEU D'IMPRUDENCE
JEU D'ATTIRANCE
JEU D'INCONSCIENCE
OBSESSION
L'ÉTERNITÉ, C'EST COMPLIQUÉ
SI DEMAIN N'EXISTE PAS

Numérique
JEU DE CONFIANCE
JEU DE MÉFIANCE

OMBRE ET MYSTÈRE

1 – Envoûtée
2 – Troublée
3 – Fascinée

LUX

1 – Obsidienne
1.5 – Oubli
2 – Onyx
3 – Opale
4 – Origine
5 – Opposition

ORIGINE

1 – Étoile noire
2 – Flamme obscure

COVENANT

1 – Sang-mêlé
2 – Sang-pur
3 – Éveil
3.5 – Élixir (numérique)
4 – Apollyon
5 – Sentinelle

DARK ELEMENTS

1 – Baiser brûlant
2 – Toucher glaçant
3 – Ultime soupir

Jennifer L.
Armentrout

Ne te retourne pas

Traduit de l'anglais (États-Unis)
par Cécile Tasson

J'AI LU

Titre original
DON'T LOOK BACK

Éditeur original
Hyperion, an imprint of Disney Book Group, New York

À tous les lecteurs, à tous les blogueurs,
petits ou grands, débutants ou confirmés.

1

Je ne reconnaissais pas le nom de la rue. Aucun détail de cette route rurale ne m'était familier ni ne m'inspirait confiance. De grands arbres imposants et des herbes hautes obstruaient l'entrée de la maison délabrée. Des planches de bois barraient les fenêtres. Un trou béant faisait office de porte. Je frissonnai. Je n'avais pas la moindre envie de rester ici… devant cet endroit inconnu.

Pour une raison qui m'échappait, j'avais des difficultés à marcher. Je trébuchai sur l'asphalte glacé. En sentant le gravier coupant s'enfoncer dans la plante de mes pieds, je tressaillis.

Depuis quand étais-je pieds nus ?

Je me figeai et baissai les yeux. On pouvait voir des restes de vernis écaillés sous la terre et… le sang qui recouvraient mes orteils. Le bas de mon pantalon souillé de boue s'était rigidifié. Comme j'étais pieds nus, il avait dû traîner sur le sol. Cela tombait sous le sens. En revanche, je ne comprenais pas d'où provenait le sang. Pourquoi y en avait-il sur mon jean, au niveau de mes genoux ?

Un nuage passa devant mes yeux et ma vision s'assombrit comme si l'on avait placé un filtre gris devant moi. Tandis que j'observais le sol accidenté sous mes pieds, de larges rochers plats remplacèrent les petits cailloux. Une substance sombre et épaisse dégoulinait dessus et s'infiltrait dans les interstices.

Je pris une grande inspiration et clignai les yeux. La vision disparut.

Mes mains, couvertes de griffures et de terre, tremblaient. Mes ongles étaient cassés et ensanglantés. Une bague argentée, maculée de boue elle aussi, ornait mon pouce. Lorsque mon regard remonta le long de mes bras, je sentis l'air se glacer dans mes poumons. Les manches de mon pull étaient déchirées et dévoilaient ma peau blanche couverte d'hématomes et d'entailles. Les jambes flageolantes, je continuai d'avancer tant bien que mal. J'étais incapable de me rappeler ce qui m'était arrivé. Ma tête était vide. Ma mémoire avait été engloutie par un gouffre noir, par le néant.

Une voiture passa devant moi et s'arrêta non loin. Quelque part, dans les tréfonds de mon subconscient, je reconnus les lumières clignotantes rouges et bleues. Je savais qu'elles étaient synonymes de sécurité. Sur le côté du véhicule noir et gris étaient inscrits dans un lettrage élégant les mots : POLICE DU COMTÉ D'ADAMS.

Le comté d'Adams ? Une impression de déjà-vu m'envahit avant de disparaître aussitôt.

La portière du conducteur s'ouvrit. Un policier sortit. Il parla dans la radio accrochée à son épaule, puis porta son attention sur moi.

— Mademoiselle ?

Il fit le tour de la voiture avec précaution. Il paraissait trop jeune pour être policier. À peine sorti du lycée, il portait déjà une arme à feu. Cela me semblait incongru. Et moi ? Est-ce que j'allais au lycée ? Je l'ignorais.

— Nous avons reçu des appels à votre sujet, dit-il d'une voix douce. Est-ce que vous allez bien ?

Je tentai de répondre, mais seul un croassement éraillé franchit mes lèvres. Je m'éclaircis la voix et grimaçai à la douleur aiguë qui se réveilla dans ma gorge.

— Je… je ne sais pas.

— Ce n'est pas grave.

Le policier approcha, les mains levées, comme si j'étais une biche apeurée prête à détaler au moindre faux pas.

— Je suis l'agent Rhode. Je suis là pour vous aider. Est-ce que vous savez ce que vous faites ici ?

— Non.

Mon estomac se noua. Je ne savais même pas où je me trouvais.

Son sourire se crispa.

— Comment vous appelez-vous ?

Comment je m'appelais ? Tout le monde connaît son nom. C'est l'évidence même. Pourtant, je dévisageais l'agent de police, incapable de lui donner une réponse. Mon ventre se serra de plus belle.

— Je ne… je ne sais pas comment je m'appelle.

Il cligna les yeux. Cette fois, son sourire disparut complètement.

— Vous ne vous souvenez de rien ?

Je tentai de nouveau de me rappeler, de me concentrer, mais seul le vide semblait emplir l'espace entre mes deux oreilles. Et je savais que ce n'était pas rassurant. Les larmes me montèrent aux yeux.

— Ne vous en faites pas, mademoiselle. On va s'occuper de vous. (Il me prit par le bras avec douceur.) On découvrira ce qui vous est arrivé.

L'agent Rhode me mena jusqu'à la portière arrière de son véhicule de fonction. Je n'avais pas envie de m'asseoir de l'autre côté de la partition en Plexiglas. C'était la place des méchants. Ça, je ne l'avais pas oublié. Je voulus le lui faire remarquer, mais je n'en eus pas le loisir. Il m'avait déjà installée sur la banquette et avait enroulé une couverture rêche autour de mes épaules.

Avant de m'enfermer dans la partie de la voiture réservée aux criminels, il s'agenouilla devant moi et m'adressa un sourire qui se voulait sans doute rassurant.

— Tout ira bien.

Malheureusement, je savais qu'il mentait. Il essayait uniquement de me consoler et cela ne marchait pas. Comment aurais-je pu le croire alors que je ne me souvenais même pas de mon propre nom ?

*

* *

J'avais oublié mon nom. Pas ma phobie des hôpitaux. C'étaient des lieux froids et stériles qui empestaient le désinfectant et le désespoir. L'agent Rhode me laissa entre les mains de médecins qui me firent subir une batterie d'examens. On inspecta mes pupilles, on me fit quelques radios, puis on me prit du sang. Les infirmières bandèrent le côté de ma tête et nettoyèrent mes nombreuses plaies. Enfin, je me retrouvai dans une chambre individuelle, branchée à une intraveineuse remplie de liquides « qui m'aideraient à me remettre sur pied » et on me laissa seule.

Au bout d'un moment, une infirmière réapparut dans la pièce en poussant un chariot sur lequel étaient posés des ustensiles qui ne me disaient rien qui vaille et un appareil photo. Pourquoi un appareil photo ?

Après m'avoir tendu une blouse d'hôpital qui grattait, elle rangea mes vêtements dans un sac en silence. Quand elle croisa mon regard, elle me sourit de la même façon que le policier. Un sourire factice, rodé par l'expérience.

Je découvris que je n'aimais pas ce genre de sourires. Ils me faisaient froid dans le dos.

— Il faut qu'on te fasse d'autres examens en attendant que le résultat des radios nous parvienne, ma belle. (Elle poussa doucement sur mes épaules jusqu'à ce que je m'allonge sur le matelas dur.) On doit également prendre des photos de tes blessures.

Les yeux rivés au plafond blanc, j'avais des difficultés à faire entrer de l'oxygène dans mes poumons. Ce fut encore pire lorsqu'elle me demanda de glisser un peu le long du lit, vers elle. La vague de honte qui me submergea me prit par surprise. *C'est tellement gênant !* Mon souffle se bloqua dans ma gorge. Cette pensée venait de mon passé. Elle remontait à avant... Avant quoi, au juste ?

— Détends-toi, ma puce. (L'infirmière se posta à côté du chariot.) La police est en train de contacter les comtés alentour pour savoir si on leur a rapporté la disparition d'une jeune femme. Ils ne vont pas tarder à retrouver ta famille.

Elle souleva un instrument long et fin qui brillait sous la lumière vive et impersonnelle.

Lorsqu'elle s'en servit, je ne pus empêcher les larmes de couler le long de mes joues. L'infirmière devait avoir l'habitude de ce genre de réactions, car elle finit son travail et partit sans un mot de plus. Moi, je me roulai en boule sous la couverture fine. Je restai ainsi, avec mes pensées vides, jusqu'à ce que je m'endorme.

Je rêvai que je tombais. Que je tombais dans une obscurité sans fond. Des cris résonnaient autour de moi, des grincements aigus qui me donnaient la chair de poule. Puis, tout à coup, un son agréable me berça et me réconforta.

Au réveil, le lendemain matin, je décidai de commencer petit. Comment je m'appelais ? J'avais forcément un nom, mais je n'avais pas le moindre début de piste à ce sujet. Je m'allongeai sur le dos. En sentant le tube de la perfusion tirer sur ma main, je dus réprimer un couinement de douleur. On avait déposé un verre d'eau à mon chevet. Je me redressai lentement pour m'en saisir. Malgré mes précautions, le gobelet tremblait si fort dans ma main que de l'eau se répandit sur ma couverture.

L'eau. Il y avait quelque chose au sujet de l'eau. De l'eau sombre et huileuse.

La porte s'ouvrit. L'infirmière entra, accompagnée du médecin qui m'avait examinée la veille. Je l'aimais bien. Son sourire, à lui, était sincère, presque paternel.

— Tu te souviens comment je m'appelle ?

Je ne répondis pas, mais son sourire ne flancha pas pour autant.

— Je suis le Dr Weston. Je veux juste te poser quelques questions.

Il me posa les mêmes que les autres. Est-ce que je connaissais mon nom ? Est-ce que je me rappelais la raison pour laquelle je me trouvais sur cette route et ce que je faisais avant que le policier ne me récupère ? Ma réponse était toujours la même : non.

Du moins, jusqu'à ce qu'il change le thème de ses questions.

— Tu as lu *Ne tirez pas sur l'oiseau moqueur* ?

Mes lèvres gercées se fendirent lorsque je souris. Ça, je le savais !

— Oui. C'est un livre qui traite de l'injustice liée au racisme et des différents types de courage qui existent en ce monde.

Le Dr Weston acquiesça d'un air approbateur.

— Très bien. En quelle année sommes-nous ?

Je haussai un sourcil.

— 2014.

— Quel mois ?

Comme je ne répondis pas tout de suite, son sourire s'évanouit.

— On est en mars, dis-je en m'humectant les lèvres. (Je commençais à être nerveuse.) Mais je ne sais pas quel jour.

— Nous sommes le 12 mars. Mercredi. Quel est le dernier jour dont tu te souviennes ?

Je triturai le bord de ma couverture avant de risquer, au hasard :

— Mardi ?

Les lèvres du Dr Weston s'étirèrent de nouveau en un sourire.

— Je pense que c'est moins récent. Tu étais déshydratée à ton arrivée ici. Est-ce que tu peux y réfléchir encore une fois ?

Je pouvais y réfléchir, mais cela n'aurait servi à rien.

— Je ne sais pas.

Il me posa d'autres questions, puis on m'apporta mon déjeuner. C'est ainsi que je découvris que je détestais la purée. Ensuite, je tirai le pied à perfusion derrière moi, comme une valise, jusqu'à la salle de bains. Dans le miroir, une inconnue me regardait.

Je ne l'avais jamais vue.

Pourtant, ce visage était le mien. Je me penchai pour examiner mon reflet. Des cheveux roux encadraient un menton légèrement pointu. Mes pommettes étaient hautes. La couleur de mes yeux était à mi-chemin entre le marron et le vert. J'avais un petit nez. C'était un soulagement. J'étais plutôt jolie. Du moins, je devais l'être sans l'hématome violet qui s'étendait de la racine de mes cheveux à mon œil droit, qu'il recouvrait entièrement. Mon menton était également éraflé. On aurait dit une énorme tache de jus de framboise.

Je m'écartai du lavabo et tirai de nouveau le pied à sérum dans ma petite chambre. Des éclats de voix s'élevaient de l'autre côté de ma porte close. Je me figeai sans prendre la peine de me rallonger sur mon lit.

— Comment ça, elle ne se souvient de rien ? demanda une femme au timbre haut perché.

— Elle souffre d'une commotion cérébrale complexe qui affecte sa mémoire, expliqua le Dr Weston avec patience. L'amnésie devrait être temporaire, mais…

— Mais quoi, docteur ? s'enquit un homme.

La voix de cet étranger fit remonter une bribe de conversation du plus profond de mes pensées embrumées. La réminiscence résonna dans mon esprit comme une émission de télévision que l'on entend au loin, sans voir l'écran.

— *J'aimerais que tu passes moins de temps avec cette fille. Elle ne t'apporte que des ennuis. Je n'aime pas la façon dont tu te comportes en sa présence.*

C'était sa voix, celle de l'homme dans le couloir, mais j'ignorais de qui il s'agissait. Aucun autre souvenir lié à sa personne n'avait ressurgi.

— Elle pourrait également être permanente. Il est difficile de prédire ce genre de choses. Pour le moment, nous ne pouvons simplement pas en être sûrs. (Le Dr Weston se racla la gorge.) La bonne nouvelle, c'est que, pour le reste, ses blessures sont superficielles. Et d'après les examens plus approfondis que nous avons effectués, il est certain qu'elle n'a pas été agressée.

— Oh, mon Dieu ! s'écria la femme. Agressée ? Vous voulez dire...

— Joanna. Le docteur vient de dire que ce n'était pas le cas. Calme-toi.

— Comment veux-tu que je me calme ? rétorqua-t-elle. Ça fait quatre jours qu'elle a disparu, Steven.

— La police du comté l'a trouvée aux abords de la forêt de Michaux. (Le médecin marqua une pause.) Savez-vous ce qui aurait pu l'emmener là-bas ?

— Nous y avons une résidence secondaire, mais personne ne s'y est rendu depuis septembre. Nous avons vérifié qu'elle n'y était pas. Pas vrai, Steven ?

— Alors, elle va bien ? demanda l'homme sans relever. Elle a seulement un problème d'amnésie ?

— Oui, mais il ne s'agit pas d'un cas d'amnésie classique, répondit le docteur.

Je m'écartai de la porte et m'allongeai sur le lit. Mon cœur battait de nouveau à tout rompre. Qui étaient ces gens ? Que faisaient-ils ici ? Je remontai la couverture sur mes épaules. J'entendis certains passages du discours du médecin. Il parlait d'un traumatisme violent combiné à de la déshydratation et à une commotion cérébrale. Selon lui, tous les éléments étaient présents pour qu'un mécanisme de dissociation s'opère entre mon cerveau et mon identité propre. Ça avait l'air compliqué.

— Je ne comprends pas, entendis-je dire la femme.

— C'est un peu comme si vous écriviez quelque chose sur votre ordinateur et qu'après avoir enregistré le fichier, vous étiez incapable de vous rappeler où vous l'avez sauvegardé, expliqua le docteur. Le fichier est toujours là. Il faut simplement le retrouver. Elle n'a pas perdu ses souvenirs. Ils sont présents en elle, mais elle n'y a pas accès. Peut-être n'y accédera-t-elle plus jamais.

Décontenancée, je me laissai aller en arrière. Où était passé ce fichier ?

Soudain, la porte s'ouvrit en grand. Je me recroquevillai sur moi-même. Une femme déboula dans la pièce d'un pas décidé, comme investie d'une mission. Ses cheveux brun-roux étaient relevés en un chignon élégant et mettaient en valeur un visage anguleux, mais très joli.

Elle s'arrêta net devant moi et m'examina de la tête aux pieds.

— Oh, Samantha…

Je la dévisageai. *Samantha ?* Ce prénom n'éveillait rien en moi. Je jetai un coup d'œil au médecin, qui hocha la tête pour m'encourager. *Sa-man-tha…* Non, toujours rien.

La femme approcha davantage. Pas le moindre pli ne déformait son pantalon en lin et son chemisier blanc. Des bracelets joncs dorés pendaient à ses poignets fins, et lorsqu'elle m'enveloppa dans ses bras, je captai un parfum de freesia.

— Mon bébé, dit-elle en me caressant les cheveux. Si tu savais comme je suis contente de te savoir saine et sauve.

Les bras rigides contre mes flancs, je ne pus réprimer un mouvement de recul.

La femme jeta un coup d'œil incertain derrière elle. L'homme que je ne connaissais pas était très pâle et paraissait bouleversé. Ses cheveux bruns étaient tout ébouriffés. Une barbe de plusieurs jours recouvrait son beau visage. Contrairement à cette femme, il ne réussissait pas à sauver les apparences. Je le scrutai jusqu'à ce qu'il se détourne et passe une main tremblotante sur sa joue.

Le Dr Weston vint à mon chevet.

— Je te présente Joanna Franco, ta mère, et Steven Franco, ton père.

Une main de fer se referma sur ma poitrine.

— Je… je m'appelle Samantha ?

— Oui, répondit la femme. Samantha Jo Franco.

Mon deuxième prénom était Jo ? Sérieux ? Je les observai l'un après l'autre. Lorsque je tentai de prendre une grande inspiration, elle se bloqua dans ma gorge.

Joanna – cette femme dont j'ignorais tout et qui se trouvait être ma mère – pressa une main contre ses lèvres puis se tourna vers l'homme à la tenue négligée et à la mine défaite qui, apparemment, était mon père. Elle reporta ensuite son attention sur moi.

— Tu ne nous reconnais vraiment pas ?

Je secouai la tête.

— Non. Je… je suis désolée.

Elle se leva et s'éloigna du lit tout en s'adressant au Dr Weston.

— Comment peut-elle nous avoir oubliés ?

— Madame Franco, vous devez lui laisser le temps de se rappeler. (Il se tourna vers moi.) Tu t'en sors très bien.

Je n'en avais pas l'impression.

Puis il reprit à l'intention de… de mes parents.

— Nous aimerions la garder en observation un jour de plus. Ce dont elle a besoin pour l'instant, c'est de repos et d'un environnement rassurant.

Je regardai de nouveau l'homme. Il m'observait également, mais on aurait dit qu'il ne me voyait pas vraiment. C'était mon père. Mon papa. Un parfait inconnu.

— Vous pensez que son état pourrait être permanent ? demanda-t-il en se frottant le menton.

— Il est encore trop tôt pour le dire, répondit le Dr Weston. Elle est jeune et en bonne santé. Les chances sont de son côté. (Il se dirigea vers la sortie, mais s'arrêta devant la porte.) N'oubliez pas : il faut qu'elle se ménage.

Ma mère s'assit sur le bord du lit. Je voyais qu'elle faisait de son mieux pour se ressaisir. Délicatement, elle me prit la main, la retourna et effleura mon poignet du bout des doigts.

— Je me rappelle la première et dernière fois que nous t'avons emmenée à l'hôpital. Tu avais dix ans. Tu vois, ça ?

Je baissai les yeux. Une fine cicatrice blanche barrait ma peau, juste sous ma paume. Oh ! Je ne l'avais pas remarquée.

— Tu t'es cassé le poignet pendant un entraînement de gymnastique.

Elle déglutit bruyamment avant de relever la tête. Ses yeux noisette qui ressemblaient énormément aux miens et ses lèvres parfaitement maquillées n'éveillaient rien en moi. À l'endroit où auraient dû se trouver mes souvenirs et mes émotions, il n'y avait qu'un immense vide.

— C'était une fracture assez grave. Tu as dû subir une opération. On a eu la peur de notre vie.

— Tout ça parce que tu faisais ton intéressante sur la poutre, ajouta mon père d'une voix rauque. Le professeur t'avait dit de ne pas faire de... Qu'est-ce que c'était, déjà ?

— Un saut de mains arrière, répondit faiblement ma mère sans me quitter du regard.

— C'est ça. Tu ne l'as pas écouté. (Il me sonda quelques instants.) Tu ne te souviens vraiment de rien, mon ange ?

Le poids qui pesait sur ma poitrine se répandit jusqu'à mon ventre.

— J'aimerais me rappeler. Je vous le jure, mais je... (Ma voix se brisa. Je libérai ma main et la portai à ma poitrine.) Je n'y arrive pas.

Ma mère s'efforça de sourire et noua ses mains sur ses genoux.

— Ce n'est pas grave. Scott était très inquiet, lui aussi. Ton frère, ajouta-t-elle. Il est resté à la maison.

J'avais un frère ?

— Tous tes amis nous ont aidés à te chercher. Ils ont distribué ta photo un peu partout pour te retrouver et ils ont organisé des soirées de soutien, reprit-elle. Pas vrai, Steven ?

Mon père opina d'un air absent. À voir son expression, son esprit s'était égaré très loin d'ici. Peut-être au même endroit que cette fameuse Samantha Jo.

— Del était fou d'inquiétude. Il t'a cherchée jour et nuit. (Ma mère recoiffa en arrière une mèche de cheveux qui s'était échappée de son chignon.) Il aurait voulu nous accompagner aujourd'hui, mais nous avons pensé qu'il valait mieux venir seuls pour le moment.

Je fronçai les sourcils.

— Del ?

Mon père s'éclaircit la voix et reporta son attention sur nous.

— Del Leonard. Ton petit ami, mon ange.

— Mon petit ami ?

Oh, Seigneur. Des parents et un frère ne suffisaient pas. Il fallait aussi que j'aie un copain.

— Oui. Vous êtes ensemble depuis... Eh bien, depuis toujours. Vous avez prévu d'étudier à Yale ensemble à la rentrée, comme vos pères respectifs.

— Yale, murmurai-je. (Je connaissais Yale.) Ça a l'air sympa.

Ma mère adressa un regard suppliant à mon père. Il fit un pas en avant, mais au même moment, deux policiers entrèrent dans la pièce. Elle se leva et épousseta son pantalon.

— Messieurs ?

Je reconnus l'agent Rhode, mais pas son collègue plus âgé. Rien d'étonnant à cela : tout était nouveau pour moi. Il adressa un signe de la tête à mes parents.

— Nous avons quelques questions à poser à Samantha.

— Ça ne peut pas attendre ? demanda mon père qui s'extirpa de sa torpeur. (Une aura d'autorité se dégagea soudain de lui.) Le moment est très mal choisi.

L'agent le plus âgé esquissa un sourire crispé.

— Nous sommes ravis que votre fille vous soit revenue saine et sauve. Malheureusement, une seconde famille attend toujours des nouvelles de sa fille.

Je me redressai et jetai à mes parents un regard perdu.

— Quoi ?

Ma mère s'approcha de moi et me prit de nouveau la main.

— Ils parlent de Cassie, ma chérie.

— Cassie ?

Elle m'adressa un sourire qui tenait davantage de la grimace.

— Cassie Winchester est ta meilleure amie. Elle a disparu en même temps que toi.

2

Cassie Winchester. *Ma meilleure amie*. Ces mots avaient du sens, un poids, pourtant, comme ceux de *mère* et de *père*, ils ne faisaient remonter aucun souvenir ni émotion à la surface. Je dévisageai les policiers. J'aurais sans doute dû ressentir quelque chose, mais je ne connaissais pas cette fille, cette Cassie.

Le plus vieux des deux se présenta comme l'inspecteur Ramirez, puis me posa les mêmes questions que j'avais entendues des dizaines de fois.

— Savez-vous ce qui vous est arrivé ?

— Non.

Je regardai le liquide de l'intraveineuse se déverser, goutte à goutte, dans les veines de ma main.

— Quelle est la dernière chose dont vous vous souvenez ? demanda l'agent Rhode.

Je levai les yeux vers lui. Il avait les mains croisées derrière son dos. Quand mon regard rencontra le sien, il me fit un signe de la tête. C'était une question d'une simplicité extrême. J'aurais voulu pouvoir y répondre. J'en avais besoin. Je jetai un coup d'œil à ma mère. Le sang-froid dont elle avait fait preuve jusqu'à présent commençait à la déserter. Ses yeux brillaient de larmes et sa lèvre inférieure frémissait.

Mon père s'éclaircit la voix.

— Messieurs, est-ce que ça ne pourrait pas attendre ? Elle a déjà assez souffert. Si elle savait quelque chose, elle vous l'aurait dit.

— Le moindre détail est important, m'encouragea l'inspecteur Ramirez sans répondre à mon père. Quelle est la dernière chose dont vous vous souvenez ?

Je fermai les yeux. Je me rappelais forcément quelque chose. Je savais que j'avais lu *Ne tirez pas sur l'oiseau moqueur*. Sans doute pour les cours, mais je ne revoyais ni l'école ni le professeur. Je ne savais même pas en quelle classe j'étais. C'était affreux, comme sensation.

L'agent Rhode s'approcha, ce qui lui valut un regard mécontent de son partenaire. Il sortit une photo de la poche de sa chemise et me la montra. Il s'agissait d'une fille. Elle me ressemblait beaucoup, mais ses cheveux n'étaient pas aussi roux que les miens. Ils tiraient davantage sur le brun. Ses yeux, d'un vert troublant, étaient encore plus beaux que les miens. En fait, on aurait pu passer pour des sœurs.

— Vous la reconnaissez ?

Frustrée, je secouai la tête.

— Ce n'est pas grave. Le docteur nous a avertis que votre mémoire ne reviendrait pas tout de suite. Quand vous...

— Attendez ! (Je me redressai d'un bond. L'intraveineuse que j'avais encore oubliée tira sur ma main et manqua se détacher.) Attendez. Je me souviens de quelque chose.

Mon père fit mine de s'approcher, mais l'inspecteur l'en dissuada :

— De quoi s'agit-il ?

Je déglutis. Ma gorge était soudain très sèche. Ce n'était pas grand-chose, pourtant, j'avais l'impression d'avoir fait une énorme avancée.

— Je me souviens de pierres. De gros rochers. Ils étaient lisses. Et plats. De la couleur du sable.

Il y avait également eu du sang, mais je le gardai pour moi parce que je n'étais pas certaine que cela ait été bien réel.

Mes parents se regardèrent. L'inspecteur Ramirez soupira. Mes épaules s'affaissèrent. Visiblement, cette information ne les aidait pas.

L'agent me tapota le bras.

— C'est bien. C'est très bien. Nous pensons que tu étais dans la forêt de Michaux. Ça correspond à ta description.

Moi, je n'avais pas l'impression que c'était si bien. J'observai mes ongles sales. Je voulais juste qu'on me laisse tranquille. Les policiers continuèrent de parler à mes parents comme si je n'étais pas là. La disparition de Cassie était importante. Je le comprenais. Je ressentais de la pitié pour elle et j'aurais aimé les aider à la retrouver, mais j'ignorais comment m'y prendre.

Je leur jetai un coup d'œil en coin. L'inspecteur Ramirez me regardait attentivement, les yeux plissés, d'un air soupçonneux. Un frisson me parcourut l'échine. Je me détournai aussitôt. Au fond de moi, j'avais l'impression de mériter sa méfiance.

D'être coupable de quelque chose, de quelque chose de terrible.

Un mélange de peur et de confusion s'insinua dans mes veines lorsque les inconnus, euh, mes parents, signèrent mon autorisation de sortie de l'hôpital le lendemain. Je n'arrivais pas à croire qu'on les laissait m'emmener comme ça. Et s'ils n'étaient pas vraiment mes parents ? Et s'ils étaient en train de m'enlever ?

Je divaguais.

Personne ne pouvait prétendre être les parents d'une fille de dix-sept ans sans montrer de preuve. Oui, parce que j'avais dix-sept ans. Je l'avais découvert en jetant un œil à la fiche accrochée à mon lit le matin même.

Mon regard se posa sur les cheveux bruns de mon père. Un charisme naturel semblait l'envelopper et habiter chacun de ses gestes. Sans rien savoir de lui, je devinais qu'il était un homme puissant.

De grands arbres et des collines verdoyantes aussi bien entretenues que les terrains de golf que j'avais vus à la télévision dans ma chambre d'hôpital bordaient la route qui menait à leur maison. En haut d'une pente, j'aperçus un amoncellement de petites maisons cosy.

On les dépassa... dans notre Bentley.

J'avais très vite compris qu'ils étaient riches. Riches à en vomir. Étrangement, je ne me souvenais absolument pas de ma vie, mais j'étais capable de flairer l'argent du premier coup.

Je n'arrêtais pas de passer ma main sur mon siège en cuir. La voiture était sans doute neuve, car elle avait cette odeur bien particulière de sortie d'usine.

Puis je vis notre maison. Bon sang, elle faisait la taille d'un petit hôtel. La bâtisse était intimidante avec ses colonnes de marbre épaisses à l'avant et ses cinq ou six étages qui s'élevaient vers le ciel. Le garage sur la gauche était plus imposant que les maisons que nous venions de dépasser.

— C'est vraiment notre maison ? demandai-je tandis que l'on contournait une fontaine, d'assez mauvais goût, entourée de feuillage, au milieu de l'allée.

Ma mère tourna la tête vers moi avec un sourire crispé.

— Bien sûr, ma puce. Tu as toujours vécu ici. Moi aussi. C'était la maison de mes parents.

— C'était ? demandai-je, curieuse.

— Ils ont déménagé à Coral Gables. (Elle s'interrompit et prit une légère inspiration.) Ils sont en Floride, chérie. Ici, c'est leur propriété familiale.

Propriété. Un terme plutôt pompeux. Je reportai mon attention sur mon père en songeant que ma mère avait dit « leur » et pas « notre ». Comme si la maison n'était pas celle de mon père, mais celle de sa famille à elle.

Repoussant cette pensée dans un coin de mon esprit, j'inspirai profondément, puis regardai de nouveau par la fenêtre. Seigneur. Je vivais ici.

Lorsque je pénétrai dans l'entrée somptueuse et vis le chandelier en cristal qui valait sans doute plus cher que ma propre vie, je décidai que je n'avais plus envie de repartir. Il y avait des objets hors de prix dans tous les recoins. Le tapis près du grand escalier paraissait très moelleux. Des peintures à l'huile représentant des paysages exotiques ornaient les murs blanc cassé. Et des dizaines de portes promettaient l'existence d'autant de pièces fabuleuses.

Je restai plantée là, le souffle court.

Mon père posa la main sur mon épaule et la serra doucement.

— Tout va bien, Sammy. Prends ton temps.

Je détaillai le visage de cet homme que j'aurais dû connaître. Ses yeux sombres ; son beau sourire ; sa mâchoire puissante… Je ne ressentais rien. Mon père était un étranger.

— Où est ma chambre ?

Il baissa la main.

— Joanna, pourquoi ne l'accompagnes-tu pas à l'étage ?

Ma mère avança lentement vers moi, à pas mesurés, et enroula ses doigts froids autour de mon bras. Elle me guida dans les escaliers en me parlant des gens qui avaient aidé à me chercher. Le maire en faisait partie, ce qui, pour elle, était clairement important. Le gouverneur avait également envoyé ses meilleurs vœux à notre famille.

— Le gouverneur ? murmurai-je.

Elle hocha la tête, un léger sourire aux lèvres.

— Ton arrière-grand-père était sénateur. Le gouverneur Anderson est un ami de la famille.

J'ignorais quoi répondre à ça.

Ma chambre était située au deuxième étage, au bout d'un long couloir éclairé par plusieurs appliques murales. Ma mère s'arrêta devant une porte sur laquelle était placardé un autocollant « Chienne méchante ».

Un sourire me chatouilla les lèvres tandis qu'elle ouvrait la porte et se plaçait sur le côté. J'entrai avec précaution dans cette chambre inconnue qui sentait la pêche. Après quelques pas, je m'immobilisai.

— Je te laisse, dit-elle avant de se racler la gorge. J'ai demandé à Scott de sortir tes albums de promo. Ils sont posés sur le bureau. Regarde-les quand tu te sentiras prête. Le Dr Weston dit que ça peut t'aider.

M'aider à retrouver le fichier perdu de ma mémoire. Les lèvres pincées, j'examinai la pièce. Elle était grande. Au moins vingt fois plus que ma chambre d'hôpital. Un lit trônait en son centre. Un édredon d'un blanc immaculé le bordait à la perfection. Au milieu des coussins brodés de fils d'or disposés dessus se prélassait un ours en peluche marron, qui paraissait incongru dans cette chambre sophistiquée.

Ma mère s'éclaircit la voix. J'avais oublié qu'elle était là. Je me retournai et attendis qu'elle me parle. Son sourire était triste, mal à l'aise.

— Si tu as besoin de moi, je serai au rez-de-chaussée.

— D'accord.

Elle disparut après un bref hochement de tête. J'en profitai pour inspecter la pièce. Les albums étaient bien sur mon bureau, mais je ne les touchai pas. Je n'étais pas encore prête à me plonger dans des souvenirs qui, pour moi, n'existaient pas. Il y avait un Mac à côté d'autres appareils plus petits, dont un iPod. Un écran plat était accroché au-dessus du bureau. Je supposai que la télécommande posée à côté le contrôlait.

Je me dirigeai ensuite vers le placard et en ouvris la double porte. C'était un dressing. Une part de moi était curieuse. Les vêtements n'étaient pas quelque chose d'important à mes yeux. Je le sentais. En revanche, en apercevant les étagères du fond, je faillis crier d'excitation.

Apparemment, les chaussures et les sacs étaient mon péché mignon.

Était-ce un trait de caractère de mon ancien moi ou ce penchant s'expliquait-il simplement parce que j'étais une fille ? Je n'en étais pas certaine. Je fis glisser mes doigts sur les robes. Rien qu'au toucher, je sus que c'était de la qualité.

De retour dans ma chambre, je me rendis compte que j'étais l'heureuse propriétaire d'un balcon ainsi que d'une salle de bains privée remplie de produits de beauté que j'avais hâte de tester. À côté du lit, je repérai un cadre en liège sur lequel étaient punaisées des photos. Eh bien. J'avais beaucoup d'amies, toutes… habillées comme moi. Les sourcils froncés, j'observai le méli-mélo de clichés de plus près.

Sur l'un d'eux, cinq filles prenaient la pose. J'étais au centre. Nous portions la même robe fourreau, mais dans un coloris différent. Seigneur. Des tenues coordonnées ? Un sourire moqueur aux lèvres, je continuai de parcourir les images. Il y en avait une de moi avec deux autres filles. On se trouvait sur un terrain de golf et on avait l'air d'être heureuses. Sur une autre photo, le même groupe que sur la première posait sur un ponton, devant un bateau baptisé *Mon Ange*, en tout petits bikinis. Le mien était noir. Je commençais à remarquer une certaine tendance.

Je fis courir mes mains sur mes hanches et mon ventre, ravie de confirmer que le corps que je voyais était réellement le mien. D'autres photos semblaient prises à l'école. On y voyait un groupe de filles assises autour d'une table gigantesque, entourées de garçons.

Sur les photos, je souriais toujours, mais mon sourire... clochait. Il me faisait penser à celui qu'arboraient ceux qui s'étaient occupés de moi à l'hôpital. Un sourire de poupée, faux, figé. Le mien paraissait également froid. Calculateur.

Une fille en particulier se tenait toujours à côté de moi. Nous nous tenions parfois par le bras ou faisions mine d'embrasser l'objectif. Elle portait toujours du rouge. Un rouge qui rappelait la couleur du sang frais.

Son sourire ressemblait au mien. C'était la fille sur la photo que l'agent m'avait montrée à l'hôpital. Une émotion violente explosa dans mon ventre. De la jalousie ? Étais-je jalouse d'elle ? Non, je me trompais. Elle était mon amie. Ma meilleure amie. Du moins, c'était ce que l'on m'avait dit.

Je voulais en savoir plus à son sujet.

Avec précaution, je détachai du panneau en liège une photo où nous n'étions que toutes les deux et la rapprochai de mon visage. Son sourire me fit frissonner. Je relevai aussitôt les yeux. Les couleurs de la pièce disparurent, remplacées par des teintes de gris maussades. De la chair de poule se forma sur ma peau. *Froid. Il fait tellement froid ici et sombre. Et ce flot incessant... Dedans. Dehors. Dedans. Dehors...*

Je fermai les yeux et secouai la tête pour faire disparaître l'odeur de terre froide et humide qui avait soudain empli mes narines. Lorsque je me résolus à rouvrir les paupières, la pièce avait retrouvé ses couleurs vives. Mon regard se posa de nouveau sur les photos punaisées au panneau. Elles me parurent floues. Une vision apparut soudain devant moi. Une gamine blonde avec un sourire éclatant et un chapeau rouge souple me tendait les bras.

La fille disparut très vite, comme si elle n'avait jamais été là. Perplexe, je passai en revue les photos en espérant la trouver sur l'une d'elles. Dans ma tête, elle avait eu l'air de n'avoir qu'une dizaine d'années. Pourtant, il n'y avait aucune enfant qui lui ressemblait sur le panneau, ni même une version plus âgée d'elle. Les épaules affaissées, je fis un pas en arrière, déçue. Contrairement à celui des autres, le sourire de cette fille m'avait paru chaleureux et sincère. J'aurais été contente de la voir parmi mes amis.

— Regardez qui est de retour !

La voix grave me prit par surprise. Je sursautai et laissai tomber la photo que je tenais à la main. Désorientée, je me retournai vivement.

Un garçon se tenait devant la porte. Il était grand et élancé. Ses cheveux auburn mi-longs tombaient devant ses yeux noisette. Son expression avait quelque chose de malicieux. J'étais prête à parier qu'il s'agissait de mon frère. Nous nous ressemblions beaucoup. C'était Scott. Mon frère jumeau. Du moins, c'était ce que ma mère m'avait expliqué sur le chemin du retour.

Il m'observait avec curiosité.

— Tu comptes arrêter tes conneries et m'avouer la vérité ?

Je poussai la photo sous le lit du bout des orteils, puis essuyai mes mains moites sur mes hanches.

— Comment… comment ça ?

Il marcha tranquillement dans la pièce et s'arrêta à quelques pas de moi. Nous faisions la même taille.

— Où étais-tu vraiment, Sam ?

— Je ne sais pas.

— Tu ne sais pas ? (Il rit. La peau au coin de ses yeux se rida.) Allez, dis-le-moi. Dans quoi vous vous êtes fourrées avec Cassie, cette fois ?

— Cassie a disparu, marmonnai-je, le regard rivé au sol.

Elle ne ressemblait pas exactement à la fille que l'agent m'avait montrée. Je me penchai et ramassai la photo que j'avais glissée sous le lit.

— C'est elle, pas vrai ? Cassie ?

Il fronça les sourcils et jeta un coup d'œil au cliché.

— Oui. C'est Cassie.

Je posai rapidement la photo sur la table de chevet.

— J'ignore où elle se trouve.

— Moi, j'ai plusieurs idées.

Voilà qui piquait ma curiosité. Je me campai sur mes talons.

— Ah oui ?

Scott s'affala sur le lit avec nonchalance.

— Je parie que tu l'as butée et que tu as caché son corps quelque part, ricana-t-il. C'est ma théorie principale.

Je me sentis blêmir, horrifiée.

En voyant mon expression, son sourire s'évanouit.

— Je plaisante, Sam. Bon sang.

— Oh !

Une bouffée de soulagement m'envahit. Je m'assis sur le bord du lit et portai mon attention sur mes ongles au vernis écaillé. En un instant, tout devint gris et blanc. La seule couleur qui demeurait était le rouge, un rouge vif et criard sous mes ongles. *Des sanglots étouffés. Quelqu'un pleurait.*

Scott me prit par le bras.

— Hé, ça va ?

Je clignai les yeux. Aussitôt, la vision et les sons se dissipèrent. Je plaçai les mains sous mes jambes.

— Oui, ça va.

Il se redressa pour me regarder dans les yeux.

— Merde. Tu ne fais pas semblant.

— Semblant ? À propos de quoi ?

— Cette histoire d'amnésie. J'avais parié que tu étais allée faire la fête quelque part, que tu t'étais bourré la gueule pendant des jours et que tu ne pouvais pas rentrer avant d'avoir dessoûlé.

Seigneur.

— Ça m'arrive souvent ?

Un éclat de rire échappa à Scott.

— Ouais… Cette conversation est beaucoup trop étrange pour que tu joues la comédie.

J'étais de plus en plus perdue.

— Comment peux-tu en être sûr ?

— Pour commencer, tu ne m'as pas mis à la porte de ta chambre ni menacé de faire de ma vie un enfer…

— J'ai l'habitude de faire ça ?

Il me regarda avec de grands yeux.

— Oh que oui. Parfois, tu vas même jusqu'à me frapper. Une fois, j'ai riposté. Ça s'est mal terminé. Papa était furieux. Maman a failli avoir une crise cardiaque.

Je haussai les sourcils.

— On… se bat ?

Scott s'adossa à la tête de lit en secouant la tête.

— Franchement, c'est trop bizarre, tout ça.

Je n'en doutais pas. Je sortis mes mains de sous mes jambes en soupirant.

— Revenons à cette histoire de tuer Cassie et de cacher son corps. Pourquoi est-ce que tu as dit ça ?

— Je plaisantais. Vous êtes les « meilleures amies du monde », dit-il d'une voix moqueuse. Enfin, depuis deux ans, il y a une rivalité sourde entre vous. Ça a commencé en deuxième année de lycée quand tu as été élue reine du bal de promo et qu'elle a dû faire partie de ta cour. Du moins, c'est ce que tu racontes à tout le monde. Moi, je pense que ça a commencé en première année, quand tu t'es mise à sortir avec Del le débile.

— Del le débile ? C'est mon copain ?

— Plus que ça. Ton monde tout entier tourne autour de lui.

Cette idée ne me plaisait pas. Je grimaçai.

— Je ne me souviens pas de... lui, non plus.

— Son ego va en prendre un coup, glissa-t-il avec un sourire. Tu sais, c'est sans doute la meilleure chose qui soit jamais arrivée.

— Que je perde la mémoire et que je ne sache pas où j'étais pendant des jours, tu veux dire ?

Une étincelle de colère s'alluma en moi, aussi familière que puissante.

— Ravie que ça te fasse plaisir.

— Ce n'est pas ce que je voulais dire. (Scott se redressa et me regarda droit dans les yeux.) Tu terrorisais tous ceux qui te connaissaient. Ça, dit-il en me désignant, pour moi, c'est beaucoup mieux.

Le sentiment de gêne m'envahit de nouveau et s'enroula autour de mes entrailles. Moi, j'étais une terreur ? Je me mordis les lèvres, frustrée de ne pas pouvoir confirmer ou nier ses paroles.

Quelqu'un s'éclaircit la voix.

On se retourna et... waouh. Waouh. J'en restai bouche bée. Un garçon très grand se tenait sur le seuil de ma chambre. Des cheveux brun foncé tombaient sur son front et frisaient autour de ses oreilles. Sa peau était extrêmement hâlée, comparée à mon teint pâle. Il avait sans doute des ancêtres amérindiens ou hispaniques. Ses pommettes hautes lui donnaient un côté exotique et sa mâchoire puissante était crispée. Le tee-shirt à manches longues qu'il portait faisait ressortir ses larges épaules et ses biceps. Il avait un corps élancé d'athlète et les muscles qui allaient avec.

Une casquette de base-ball noire se balançait au bout de ses doigts, comme s'il l'avait oubliée. Quand nos regards se croisèrent, je sentis mon cœur se réveiller. Ses yeux étaient d'un bleu intense et magnétique, le bleu du ciel avant que la journée se termine et que la nuit reprenne ses droits. La couleur du crépuscule. Un soulagement intense se lisait dans son regard ainsi que de la méfiance que je ne comprenais pas.

— C'est mon petit ami ? murmurai-je, pleine d'espoir et de craintes à la fois.

S'il était mon petit ami, qu'allais-je bien pouvoir faire de lui ? Bon, d'accord, j'avais plein d'idées qui impliquaient des baisers, des caresses et des tas de choses tout aussi agréables, mais il était... beau à en baver et ça m'intimidait énormément.

Scott s'étouffa sur un éclat de rire.

Le garçon sur le seuil jeta un coup d'œil à mon frère, puis reporta son attention sur moi. Le rouge me monta aux joues. Comme le soulagement se lisait toujours dans son regard, mes lèvres s'étirèrent en un sourire hésitant. Il était content de me voir. Pourtant, ses yeux se firent soudain distants. On aurait dit deux éclats de glace.

— Ton petit ami ? Mais oui..., dit-il lentement d'une voix grave et suave. Je refuserais de sortir avec toi même si tu me payais mes frais de scolarité à l'université de Pennsylvanie l'année prochaine.

Piquée au vif et embarrassée, je reculai comme s'il m'avait frappée. La question quitta mes lèvres sans que je puisse la retenir.

— Et pourquoi ça ?

Il me regarda comme si un troisième bras m'avait poussé sur la tête et lui faisait de grands signes. Puis il se tourna vers mon frère en haussant les sourcils.

— Je t'attends dehors.

— Pas de souci, mon pote. À tout', Car.

— Il s'appelle Car ? demandai-je en croisant les bras.

Le garçon au nom de véhicule se figea et se tourna de nouveau vers nous.

— Car pour Carson Ortiz.

Oh. Évidemment que c'était un diminutif. Je me sentis soudain très bête.

Carson plissa les yeux.

— Elle ne se souvient vraiment de… rien ?

— Non, répondit Scott, les lèvres pincées.

Carson fit mine de reprendre sa route, mais s'arrêta de nouveau. Il marmonna quelque chose dans sa barbe avant de me jeter un dernier coup d'œil.

— Je suis content que tu sois saine et sauve, Sam.

Puis il partit sans me laisser le temps de répondre. Je me tournai vers Scott.

— Il ne m'aime pas.

À la façon dont mon frère me regardait, il était clair qu'il se retenait de rire.

— Non, c'est un euphémisme.

Une sensation étrange me noua le cœur.

— Pourquoi ?

Il se leva du lit en soupirant.

— Parce que tu ne l'aimes pas non plus.

Je ne l'aimais pas ? Je n'avais donc aucun goût ? Il était clairement le futur père idéal. À cette idée, je fronçai les sourcils. Qu'est-ce que je savais des futurs pères idéaux, au juste ?

— Je ne comprends pas.

— Tu t'es un peu comportée comme une garce avec lui… ces dernières années.

— Pourquoi ?

Son expression trahissait sa lassitude pour cette question.

— Parce que son père fait partie du personnel et que tu n'es pas fan des petites gens. Ni de leurs enfants ni de tous ceux qui les fréquentent.

Je laissai tomber mes mains sur mes genoux. Je ne savais pas quoi répondre à ça. Il plaisantait sûrement.

— On a du personnel ?

Scott leva les yeux au ciel.

— Papa et maman, oui, ce qui est drôle, parce que maman n'a jamais travaillé de sa vie. (Quand il vit mon expression, il jura.) Bon sang, j'ai l'impression de parler à une gamine de deux ans.

La colère me démangea. La peine, aussi.

— Excuse-moi. Va discuter avec Car. Lui, au moins, il ne souffre pas d'une baisse de QI.

Une lueur de regret passa dans ses yeux.

— Écoute, je suis désolé, soupira-t-il. Je ne le pensais pas, mais Sam, il faut que tu comprennes que la situation est très étrange pour moi. On se croirait dans *L'Invasion des profanateurs*.

Il n'y avait pas que pour lui que la situation était étrange. Je jetai un coup d'œil à l'encadrement de la porte vide. J'étais nerveuse et un peu inquiète. Et à dire vrai, je n'avais aucune envie qu'on me laisse seule.

— Vous allez où ?

Il baissa les yeux vers son survêtement en haussant un sourcil.

— On a entraînement de base-ball.

— Je peux venir avec vous ?

La surprise se peignit sur son visage.

— Tu détestes le base-ball. Tu n'assistes aux matchs que pour Del.

— Je ne connais pas ce Del ! (Je serrai les poings, même si cela ne servait à rien.) Je ne sais pas ce que je déteste ni ce que j'aime. Je ne sais pas ce que je dois dire ni faire. Je ne me souviens de rien de tout ça. Et pour couronner le tout, je viens d'apprendre que tout le monde me hait, y compris ma meilleure amie, meilleure amie qui a disparu en même temps que moi et je ne me rappelle même pas comment !

J'observai la pièce autour de moi. J'avais presque les larmes aux yeux.

— Et mon deuxième prénom est Jo. Qui donne un deuxième prénom pareil à son enfant ?

Scott ne répondit pas tout de suite. Il s'agenouilla devant moi. Ce face-à-face était déroutant, car j'avais l'impression de voir mon reflet en plus masculin et avec des traits plus marqués.

— Sam... Tout va s'arranger.

Ma lèvre inférieure trembla.

— Tout le monde n'arrête pas de dire ça, mais... et si ce n'était pas le cas ?

Il resta silencieux.

Parce qu'il savait que c'était la vérité, que tout ne s'arrangerait pas. J'étais coincée dans cette vie que je ne me rappelais pas, enfermée dans l'enveloppe de cette fille, de cette Samantha Jo Franco, et plus j'en apprenais à son sujet, plus je la détestais.

3

Le samedi suivant, je rencontrai mes amies pour la première fois. Elles parlaient beaucoup et se ressemblaient beaucoup. Toutes avaient des mèches plus claires placées stratégiquement dans leurs chevelures et toutes auraient eu besoin d'abuser des donuts que j'étais moi-même en train d'engouffrer.

Elles s'agglutinèrent autour de moi et me prirent dans leurs bras en pleurant. Ma mère, elle, resta dans la cuisine, un verre de vin à la main à 11 heures du matin. L'une des trois filles sortait du lot. J'appris rapidement son nom.

Veronica Hodges.

Blonde. Bronzée. Mince. Parfaite. C'était le genre de fille qui aurait pu jouer dans une publicité pour un salon de bronzage ou être couronnée reine de promo en bikini.

Veronica passa une main manucurée sur son pull en cachemire blanc. Lorsqu'elle posa le regard sur le sachet de donuts et de croissants, ses lèvres rouges esquissèrent une grimace de dégoût comme s'il avait grouillé de cafards.

— On est tellement contentes de te savoir saine et sauve, Sammy. On était toutes très inquiètes.

J'époussetai le sucre sur mes mains.

— Merci.

Veronica jeta un coup d'œil à ma mère derrière elle, puis se pencha en avant pour me parler à voix basse :

— Et on espère que Cassie ne tardera pas à revenir, elle aussi.

Je ne comprenais pas pourquoi elle chuchotait. Aussi consultai-je les autres filles du regard. Elles se contentèrent de hocher la tête comme de bons petits chiens. J'attrapai un croissant.

— Moi aussi.

Veronica fronça les sourcils.

— Ah bon… ? Je croyais que ta mère avait dit que tu ne te souvenais pas d'elle ?

— Ou de nous, intervint Candy Alderman. (Elle aussi semblait fascinée par le sachet de douceurs.) En tout cas, ça fait plaisir de voir que ton appétit n'a pas changé.

Je me figeai, le croissant à mi-chemin de la bouche.

— Ah oui ?

— Tu as toujours mangé comme un mec, m'assura Candy.

— C'est tellement vrai, murmura ma mère contre son verre de vin, les yeux rivés au plafond.

Je baissai la viennoiserie. J'ignorais s'il s'agissait d'une bonne ou d'une mauvaise chose que j'aie conservé mon appétit visiblement masculin. Je jetai un coup d'œil autour de moi. Je n'arrêtais pas de penser à la fille que j'avais vue dans mon esprit, l'enfant blonde qui avait eu l'air tellement heureuse et réelle. J'aurais voulu savoir qui elle était.

— Alors…, dit Candy en laissant traîner la dernière syllabe. Tu ne te souviens vraiment de rien ?

D'un seul coup, mon appétit disparut. Je replaçai le croissant dans la boîte et regardai ma mère en coin. À présent, j'avais toute son attention.

— Non, mais selon le docteur, ma mémoire ne devrait pas tarder à revenir.

Les filles parurent soulagées. Elles se mirent alors à parler du lycée, du début imminent de la saison de base-ball qui, apparemment, était un événement par ici, et de ce qu'elles comptaient faire le soir même. J'étais invitée, mais ma mère leur expliqua gentiment qu'il était hors de question que je mette un pied hors de la maison de sitôt. Génial. La conversation tourna ensuite autour du petit ami dont je ne me souvenais pas.

— Il est tellement sexy ! s'extasia Candy d'une voix aiguë. Il est parfait.

— C'est vrai, acquiesça Veronica en portant les mains à son cœur. Vous avez une relation idéale.

Je jetai un coup d'œil à celle qui ne disait rien, une brune à mèches blondes qui se contentait de triturer une petite serviette en silence.

— Il s'est beaucoup inquiété pour toi, reprit Candy, tout sourire. Tu ne te rends pas compte de la chance que tu as !

D'être en vie ou d'avoir un copain aussi formidable ?

Étonnamment, plus personne ne mentionna Cassie. Elles évitaient sans doute le sujet pour ne pas m'accabler. J'appréciais l'attention, d'autant plus que j'avais passé la nuit précédente à m'imaginer les pires scénarios quant à notre disparition. Malgré tout, je voulais en savoir plus à son sujet.

Lorsque la conversation se tarit d'elle-même, je sautai sur l'occasion :

— Est-ce que Cassie a dit quelque chose avant qu'on... disparaisse ? Est-ce qu'elle a parlé de ce qu'on allait faire toutes les deux ?

Veronica baissa les yeux et se mordit la lèvre.

— Elle ne...

— Je pense que ça suffit pour aujourd'hui, les filles, déclara maman qui venait d'apparaître derrière Veronica, un sourire pincé aux lèvres. Samantha a besoin de se reposer.

— Maman ! m'emportai-je, embarrassée d'être traitée comme une enfant.

Je glissai du tabouret de bar sur lequel j'étais assise. Quand je posai les pieds par terre, mes genoux s'entrechoquèrent. Ma voix, elle, s'était réduite à un murmure lorsque je répétai, comme à moi-même :

— Maman…

Elle adressa un regard interdit au groupe de filles qui pâlirent sous leur faux bronzage et, les yeux grands ouverts, elle m'attrapa vivement les mains.

— Que se passe-t-il ?

Mon cœur battait à tout rompre. Comment pouvais-je le lui expliquer ? Je savais que j'avais déjà parlé ainsi à ma mère. J'avais déjà éprouvé ce sentiment de frustration, d'agacement, de colère envers elle. Cette poussée d'exaspération familière au milieu du néant de souvenirs m'avait fait tourner la tête. C'était sans doute dérisoire pour les autres, mais pour mon cerveau presque vide, c'était formidable.

— Samantha ?

Tout le monde me regardait. Leurs visages étaient ceux d'inconnues. Contrairement à ce que Google et Doctissimo m'avaient promis, aucun flot de souvenirs ne me submergeait, aucun flash de déjà-vu ne m'apparaissait. La veille, j'avais écumé les sites internet parlant d'amnésie dissociative. Tout ce que j'en avais tiré, c'est que cette forme d'amnésie était la plupart du temps liée à un événement traumatique ou à une maladie mentale (super). Il y avait très peu d'informations sur la manière de retrouver la mémoire, si toutefois c'était possible.

Je libérai mes mains tremblantes de celles de ma mère et repoussai mes cheveux en arrière, loin de mes joues enflammées.

— Ce n'est rien. Je suis fatiguée, c'est tout.

La petite fête improvisée était terminée. Les filles m'étreignirent rapidement et m'embrassèrent sur la joue avant de remonter dans leurs BMW respectives. Je me demandai quel genre de voiture je conduisais.

— Dis-moi la vérité. Que s'est-il passé ? s'enquit ma mère en me suivant à travers les nombreuses pièces qui menaient à la plus petite du rez-de-chaussée : le salon familial. Samantha. Réponds à ma question.

Je m'assis sur le canapé aussi moelleux qu'un nuage.

— Ce n'est pas très important. Je me suis simplement souvenue de... m'être déjà énervée contre toi, de t'avoir répondu comme ça. Je ne m'y attendais pas.

Elle me dévisagea un long moment avant de s'agenouiller devant moi. J'étais surprise qu'elle prenne le risque de salir son pantalon en lin, mais quand elle posa les mains contre les joues, je me rendis compte qu'elle frissonnait. Elle avait les larmes aux yeux.

— Je n'aurais jamais cru me réjouir que tu sois en colère contre moi, pourtant c'est le cas.

Je lui adressai un sourire chancelant.

— C'est nul, hein ?

— Non, ce n'est pas nul, ma puce. C'est une bonne chose. (Elle se leva et épousseta son pantalon.) Je crois quand même que tu devrais te reposer ce week-end.

Je haussai un sourcil.

— J'ai beaucoup lu à ce sujet hier soir. Les articles disent tous que je dois m'entourer de choses familières, que ça fera remonter mes souvenirs.

— Je ne sais pas. Ça fait beaucoup de choses à encaisser en peu de temps.

Je pris une grande inspiration, car je savais que ce que j'allais dire n'allait pas lui plaire.

— Je veux retourner au lycée lundi. Il le faut. J'en ai besoin.

— C'est trop tôt.

— Il faut que je fasse quelque chose de normal. Ça m'aidera sans doute avec mes problèmes de mémoire.

Cette remarque sembla l'inquiéter davantage.

— Le Dr Weston a dit qu'il fallait que tu te ménages. Je crains que ce ne soit trop pour toi.

— Même si c'est ce cas, qu'est-ce que ça peut bien faire ? m'exclamai-je en levant les bras de frustration. Je ne risque pas d'oublier plus de choses ! Je n'ai plus aucun souvenir !

— Je ne sais pas, répéta ma mère en jouant nerveusement avec ses bracelets joncs. J'ai déjà appelé ton école. Ils ont dit que tu pouvais prendre une semaine ou deux de repos.

À cet instant, j'appris une nouvelle chose à mon sujet. Je n'avais aucune patience. Je me levai d'un bond et plantai les mains sur mes hanches.

— J'irai au lycée lundi.

— Samantha, je ne...

— Qu'est-ce qui se passe ici ? demanda mon père en entrant. (Il retira ses gants de golf blancs et se pencha pour m'embrasser sur la joue.) J'ai l'impression que tout est redevenu comme avant.

J'essayai de ne pas montrer que son baiser chaste me répugnait. Après tout, il était mon père. Je n'avais aucune raison de faire ma dégoûtée. Ma mère se tourna vers lui et, tout à coup, elle devint blanche comme un linge. Finalement, j'avais peut-être des raisons de m'inquiéter. Comme je ne comprenais pas ce qui se passait, je m'écartai d'un pas.

— Qu'est-ce que tu fais avec ces chaussures dans la maison ? s'écria-t-elle d'une voix si aiguë qu'elle me fit mal aux oreilles. Tu vas rayer le parquet ! Encore une fois !

Mon père rit.

— Le parquet s'en remettra. Tout le monde se moque de savoir s'il est rayé ou non.

— Pas moi ! protesta ma mère. Que penseraient nos amis s'ils voyaient ça ?

Il leva les yeux au ciel.

— Tu es la seule personne que je connaisse qui a honte de l'état de ses sols. Bref. Qu'est-ce qui se passe ?

Elle souffla.

— Ta fille veut retourner à l'école lundi.

Il fit claquer ses gants d'une main. Le son me fit sursauter.

— Joanna, si c'est ce qu'elle veut vraiment, nous ne devrions pas l'en empêcher.

— Mais...

— Alors, je peux ? demandai-je, pleine d'espoir.

Elle nous regarda l'un après l'autre avant de soupirer lourdement.

— Deux contre un. À ce que je vois, certaines choses ne changent pas.

Sur ces mots, elle tourna les talons et sortit de la pièce en trombe.

— Ne t'inquiète pas, ma chérie. Ta mère se fait trop de mouron, c'est tout.

Il s'assit sur le canapé, puis tapota la place à côté de lui. Je l'imitai et nouai mes mains ensemble.

— Pendant ton absence, elle était folle d'angoisse. Nous avons cru...

— Que j'étais morte ?

Il pâlit et déglutit nerveusement.

— Au début, ta mère a pensé que tu avais fait une fugue. Elle était bouleversée. Tu sais comme elle est. (À ces mots, il afficha un air songeur avant de se reprendre.) En fait, non, tu n'en sais rien. Elle avait peur que Cassie ne t'ait poussée à faire quelque chose dans ce genre. Qu'auraient dit les gens ? Moi, je voulais juste retrouver ma petite fille. On commençait à s'attendre au pire, tu sais ?

Maman se souciait-elle davantage de l'opinion de ses amis que de mon bien-être ? Dans tous les cas, je n'imaginais pas ce que mes parents avaient pu traverser.

— J'aimerais me souvenir.

— Je sais.

Il me tapota le genou.

— Non. Tu ne comprends pas. (Je sortis la photo de Cassie et moi de la poche de mon jean.) Il *faut* que je me souvienne.

Mon père déglutit de nouveau.

— Tu... tu te souviens d'elle ?

Je secouai la tête. Son visage et la complicité avec laquelle elle avait passé un bras autour de mes épaules n'éveillaient absolument rien en moi. Bon sang, mon propre visage m'était étranger. J'avais des taches de rousseur sur le nez. Cassie aussi, mais sur les joues.

— Mais elle est peut-être encore à l'endroit où je me trouvais. Elle est peut-être blessée ou... (Je retournai la photo et levai la tête pour le regarder dans les yeux.) Si je me rappelle, je pourrai la retrouver.

— Chérie, la police a passé une grande partie de la forêt au peigne fin. Ils ont fait chou blanc.

— Alors, elle est peut-être ailleurs. Personne ne sait si j'ai... marché depuis là-bas. C'est la première chose dont je me souviens. D'avoir marché, lui dis-je. Je venais peut-être d'ailleurs.

— C'est une bonne remarque, mais ne te force pas trop. (Il se leva en souriant, sa paire de gants toujours pendue au bout des doigts.) Si tu ne retrouves jamais la mémoire, ce ne sera pas ta faute, tu comprends ?

Je hochai la tête d'un air absent. Mon père me laissa seule. Alors, je montai les escaliers et posai la photo sur mon bureau. Lorsque j'entrai dans la salle de bains, je tendis la main pour ouvrir le robinet avant de me rappeler qu'il fonctionnait avec un détecteur de mouvement. Levant les yeux au ciel, je passai la main sous le robinet. De l'eau en jaillit aussitôt. Après m'être nettoyé le visage, je m'examinai de nouveau dans le miroir. Je l'avais déjà fait plusieurs fois dans l'espoir de provoquer un déclic, en vain.

Je pris plusieurs grandes inspirations avant de fermer les yeux. Je clignai deux fois, puis les rouvris. La salle de bains était plongée dans la pénombre. Avais-je éteint par accident ? Je ne me rappelais pas avoir appuyé sur l'interrupteur. Je reculai pour observer ma chambre, la gorge nouée.

Depuis mon retour, j'étais soumise à un état de stress permanent, et dans des circonstances pareilles, on pouvait faire des choses sans s'en rendre compte. C'était une excellente théorie. Je décidai de m'y raccrocher.

Le cœur battant à tout rompre, je me laissai tomber sur mon lit et contemplai les étoiles en plastique collées au plafond. La nuit précédente, je n'avais pas vu qu'elles brillaient dans le noir.

Ça me plaisait.

Les aimais-je, avant, ou les trouvais-je stupides ? Je ne connaissais pas la réponse à cette question.

Je ne connaissais la réponse à aucune question. Je roulai sur le côté et relevai les jambes contre ma poitrine. Cassie. Depuis que les policiers avaient quitté ma chambre d'hôpital, son nom me hantait comme une mélodie étrange et triste. Était-il possible qu'elle se trouve elle-même dans un hôpital, incapable de se rappeler qui elle était ? Selon Scott, Cassie et moi nous disputions souvent, mais entre amis, c'était monnaie courante... Du moins, c'était ce que je croyais. J'avais l'impression d'être un véritable tyran, une telle garce que même Carson ne m'aimait pas. Mon propre frère semblait avoir peur de moi.

Je fermai les yeux et m'efforçai de faire le vide. Vu ma situation, cela n'aurait pas dû être difficile, pourtant je n'arrêtais pas de voir les yeux d'un bleu intense cerclés de noir de Carson. Ridicule. Je pris une grande inspiration pour calmer mes nerfs et imaginai le visage de Cassie à la place. Selon toute vraisemblance, j'étais la dernière personne à l'avoir vue. Qu'avions-nous fait ? Étions-nous allées au cinéma ? À une fête ? Ou étions-nous simplement en train de parler ?

J'ignore combien de temps je restai allongée là, les yeux rivés sur une petite boîte à musique délicate ornée d'une ballerine avec une jambe pliée à quatre-vingt-dix degrés. Étais-je une danseuse ? J'en doutais. Avec un soupir, je me retournai et enfouis mon visage dans mon oreiller.

Dessous, quelque chose produisit un petit craquement.

Je me redressai et soulevai vivement l'oreiller. Un morceau de papier jaune plié en triangle dépassait des draps. Je savais avec certitude qu'il ne s'y trouvait pas le matin même. Je le saisis et le dépliai lentement.

La lecture du message me coupa le souffle. Je lâchai la note et me recroquevillai sur le lit. Le pouls affolé, je fermai les yeux, mais les mots dansaient encore derrière mes paupières closes.

Ne regarde pas en arrière.
Tu n'aimeras pas ce que tu trouveras.

4

Je bondis hors de mon lit et me précipitai dans le couloir… où je fonçai droit dans mon frère.

— Hé !

Scott me rattrapa par les épaules pour éviter que je ne tombe en arrière. Il sourit.

— Ralentis.

Le souffle court, je le dévisageai. Je tentai de calmer ma respiration.

— Il y a… il y a une…

Son sourire s'évanouit.

— Qu'est-ce qui se passe, Sam ? (Comme je ne répondais pas, il me secoua doucement.) Qu'essaies-tu de me dire ?

Je repris mes esprits et me libérai de sa poigne.

— Il y a une lettre de menace sous mon oreiller !

— Quoi ?

Il me dépassa pour entrer dans ma chambre. Je le suivis, mais m'arrêtai sur le seuil et le regardai soulever le message comme s'il s'agissait d'un serpent venimeux.

— « Ne regarde pas en arrière. Tu n'aimeras pas ce que tu trouveras. » C'est une blague ? (Il se retourna en brandissant le morceau de papier.) Qui est monté ici, Sam ?

— Je n'en sais rien. Personne que je connais…

Je m'interrompis. Je ne connaissais personne.

— L'une de tes amies n'aurait pas pu venir en douce dans ta chambre ?

Une pensée horrible me traversa l'esprit.

— Mes... mes amies sont venues me voir ce matin. Certaines ont quitté la cuisine pour aller aux toilettes. (Je fronçai les sourcils.) Veronica y est allée... trois fois.

— Il n'y avait personne d'autre dans la maison. (La mâchoire crispée, il observait l'écriture enfantine.) On dirait... Je ne sais pas. C'est forcément l'une d'entre elles.

Cette idée ne me plaisait pas. Ces filles étaient censées être mes amies et, même si je ne me souvenais pas d'elles, je ne voulais pas croire que l'une d'entre elles était capable de me laisser ce genre de mot.

— Si on se fie à cette théorie, tu étais à la maison, toi aussi. Tu aurais pu le faire.

Il leva les yeux au ciel.

— Bien vu, mais ça ne peut pas être moi. C'est stupide, comme blague.

Il avança vers le bureau en froissant le papier dans sa main.

— Qu'est-ce que tu fabriques ? (Je voulus l'arrêter, mais il avait déjà jeté la lettre à la poubelle.) Pourquoi tu l'as jetée ? C'est... une preuve !

— Une preuve ? Quelqu'un s'amuse à te faire peur, c'est tout. (Il croisa les bras d'un air agacé.) Et je suis prêt à parier que la coupable est l'une de tes amies débiles.

— Mes amies ne sont pas débiles.

Il pencha la tête sur le côté.

— Tu ne te souviens pas d'elles.

— C'est vrai. (Je me laissai tomber au bord du lit.) Mais pourquoi quelqu'un me laisserait-il un mot comme celui-ci ? Ce n'est pas drôle. Ça ressemble davantage à un avertissement.

Scott hésita.

— Sam… Ce n'est rien qu'une mauvaise plaisanterie.

Je jetai un coup d'œil à la poubelle. Pour moi, ce n'était pas une plaisanterie. Un frisson me parcourut. De mon point de vue, il s'agissait clairement d'un avertissement. *D'une menace*, murmura une voix au fond de mon esprit.

— Écoute. Tu as vécu des choses difficiles. (Scott s'éclaircit la voix et détourna les yeux.) Je ne peux pas imaginer ce que ça fait de ne pas avoir la moindre idée de qui l'on est vraiment, mais ne laisse pas ces filles s'en prendre à toi.

— Je ne les laisse pas, me défendis-je.

— Et tu ne devrais pas en parler à maman ni à papa. Ils paniqueraient et ne te laisseraient plus jamais sortir d'ici.

Et mince. Encore une fois, il avait raison.

— Et si l'une de ces filles était au courant de ce qui s'est passé ? Cassie est toujours portée disparue et…

— Et quoi, Sam ? Tu vas leur faire subir un interrogatoire à cause d'une note que tu as trouvée ? Tu vas les acculer dans un coin et exiger des réponses ?

Je croisai les bras.

— Peut-être bien.

Il secoua la tête, puis se dirigea vers la porte.

— Laisse tomber, Sam. C'est une blague. Et très franchement, pour Cassie… Loin des yeux, loin du cœur.

Je le dévisageai, perdue.

— Comment ça ?

Il serra les dents.

— Tout ce que je veux dire, c'est que… je suis content que ce ne soit pas quelqu'un de gentil qui ait disparu. Comme Julie.

— Julie ?

Scott soupira.

— Ma copine. Tu étais amie avec elle jusqu'à ce qu'elle porte du violet le mauvais jour ou une connerie dans le genre.

— Pourquoi est-ce que j'aurais cessé d'être amie avec une fille parce qu'elle a porté du violet le mauvais jour ?

Il haussa un sourcil et laissa le silence retomber.

— Bref. Cassie était pire que… toi. Et ce n'est pas rien. Tu as changé du tout au tout quand tu as commencé à la fréquenter. Je suis sûr que la majorité des gens qui la connaissaient sont contents qu'elle ne soit plus là. Ses amies y compris.

Les paroles de mon frère me hantèrent tout au long de la journée de samedi et une grande partie de mon dimanche. C'était une chose de découvrir que l'on agissait comme une garce, mais se rendre compte que sa meilleure amie était encore pire, cela commençait à faire beaucoup à digérer. Si nous étions si terribles, pourquoi les gens s'embêtaient-ils à essayer de nous retrouver ?

— La crainte et la popularité vont de pair, marmonnai-je en éteignant mon sèche-cheveux.

Je me figeai et toisai mon reflet. D'où venait cette phrase ? Du manuel de survie au lycée de la parfaite petite garce ? Je me penchai en avant, me passai un peu de gloss sur les lèvres, puis pris une grande inspiration.

Tout allait bien se passer.

En sortant de ma chambre, j'attrapai le téléphone flambant neuf que mon père m'avait offert la veille. L'ancien était perdu quelque part avec mes souvenirs.

Tout allait bien se passer.

Je glissai la photo de Cassie et moi dans la poche arrière de mon jean trop serré et descendis les escaliers. Mon cœur battait la chamade. J'allais rencontrer Del. Mon petit ami.

Qui essayais-je de convaincre ? Ça allait être une catastrophe.

Une fois au rez-de-chaussée, je tentai de trouver mon chemin à travers le dédale de pièces toutes plus gigantesques les unes que les autres. Par trois fois, je terminai dans le garde-manger. Enfin, j'entendis ma mère crier mon nom.

Il était arrivé.

Toute pensée concernant l'étrange lettre s'envola de mon esprit. Je retournai lentement vers le vestibule qui aurait pu servir de maison à une petite tribu. Juste à l'entrée, sous l'arche, je m'arrêtai pour observer la scène.

Del se tenait à côté de ma mère. Il était plus grand qu'elle, mais pas autant que Carson. Dégingandé, il avait des cheveux bruns savamment décoiffés dans lesquels se perdaient quelques mèches blondes. Sa peau était hâlée et ses yeux de la couleur du chocolat au lait. Il était très beau. Pas mal du tout, pensai-je. Les manches de son pull à col en V étaient remontées jusqu'à ses coudes et révélaient des avant-bras musclés. Il avait les mains fourrées dans les poches de son jean délavé.

— Sammy, dit-il.

Del avait un sourire Colgate, comme celui des stars dans les magazines. Parfait. Trop parfait. Il consulta ma mère du regard, puis s'approcha de moi.

— Je suis tellement content de te voir, bébé. Tu ne peux pas imaginer.

Je me figeai.

Tout à coup, son visage devint flou. J'eus l'impression d'être projetée hors de la pièce dans une étrange boucle temporelle, où tout était gris et blanc.

Le regard implorant, Del avançait vers moi. Un grand désespoir émanait de sa personne. Mais aussi de la colère. Une colère terrible. Mon cœur battait très fort. La rage qui grandissait en moi était aussi puissante que la sienne, voire plus.

Je pris une grande inspiration, clignai les yeux, puis reculai d'un pas. La scène, la vision, avait disparu. J'ignorais s'il s'agissait d'un souvenir ou si mon esprit me jouait des tours.

— Tout va bien, Sammy ? demanda Del qui s'arrêta.

La tête me tournait. Ma mère me regardait de la même façon que la veille. Triste. Inquiète.

— Ça va.

Del retrouva son sourire et franchit la distance qui nous séparait. Sans hésiter, il me prit dans ses bras et me souleva. Un frisson de panique me parcourut tandis qu'il me serrait contre lui. Mes doigts s'enfoncèrent dans ses épaules. Je tentai désespérément de ressentir de la familiarité dans cette étreinte suffocante.

Del enfouit son visage dans mes cheveux en grognant.

— Bon Dieu, Sammy. Ne me fais plus jamais peur comme ça.

J'étais incapable de répondre ou même de respirer. La même pensée se répétait en boucle dans mon esprit. *Je ne te connais pas. Je ne te connais pas.* À l'infini… *Je ne te connais pas.*

Lorsqu'il me reposa, je dus me faire violence pour ne pas prendre mes jambes à mon cou. Par-dessus son épaule, je vis que ma mère nous observait. Elle serrait très fort ses bracelets en or dans sa main.

Derrière elle, la porte d'entrée s'ouvrit. Mon frère entra, iPod à la main, cheveux plaqués aux joues par la transpiration, suivi de près par Carson. Mon cœur fit un bond inattendu dans ma poitrine. Je reculai et manquai tomber à la renverse.

Del me saisit par le bras pour me rattraper en riant.

— Tu sursautes pour un rien.

— On se demande pourquoi, marmonna Scott en nous observant.

Carson portait une casquette de base-ball qui dissimulait ses beaux yeux. Je ne voyais que le sourire crispé qu'il adressait à ma mère.

— Salut, Del, dit-il.

Celui-ci se contenta de lui adresser un signe de tête.

— Pourquoi est-ce que vous n'allez pas au sous-sol, les garçons ? leur dit ma mère en les dirigeant vers les escaliers. Je me moque de savoir ce que vous y faites.

Alors même que Del passait un bras sur mes épaules, j'étais incapable de détourner les yeux de Carson. Scott cogna son poing contre celui de son meilleur ami et ils nous dépassèrent. Je baissai la tête, penaude comme si on m'avait prise à faire quelque chose de mal.

— Carson ? Tu pourras dire à ton père que j'ai besoin de lui à la première heure lundi ? (La voix de ma mère résonna à travers la maison tout entière.) Les arbres autour du pool house ont besoin d'être taillés…

Del secoua la tête en riant.

— Je ne comprends pas pourquoi ton frère traîne avec lui.

— Je suppose qu'il l'aime bien, répliquai-je, les sourcils froncés.

— Ils n'ont rien en commun.

Del me prit la main et me mena à travers l'arche jusqu'au petit salon que j'appréciais. Peut-être que j'aimais déjà cette pièce auparavant et qu'il le savait. L'espoir naquit de nouveau en moi.

Del m'adressa un sourire malicieux par-dessus son épaule. Ce sourire-là me plaisait. Je le lui rendis.

— Carson vient souvent en ce moment ? me demanda-t-il en m'attirant sur le canapé, à côté de lui, sans me lâcher.

— Je ne saurais pas te le dire. (Je regardai nos mains jointes. La sienne était tellement plus grande que la mienne.) Il était là vendredi, mais...

— Tu ne te rappelles plus, c'est vrai. (Il serra ma main un peu plus fort.) J'oublie tout le temps. Oh, d'ailleurs, en parlant d'oublier...

Il se leva et sortit de sa poche une petite boîte bleue et plate.

— Je voulais te rendre ça.

— Me le rendre ?

J'acceptai la boîte et glissai mon doigt sous le couvercle.

— Oui, tu... Tu l'as laissé chez moi avant que tu... avant que tout ça arrive. (Il détourna le regard, visiblement gêné.) Je l'ai remis dans la boîte pour toi.

Je l'ouvris et soulevai le petit carré de protection. Dessous reposait une chaîne en argent à laquelle pendait un cœur stylisé. Tiffany's. Je savais reconnaître un écrin de chez Tiffany's, mais je ne me souvenais pas du garçon qui venait de me le donner.

— Je l'ai porté ?

Del hocha la tête, me prit la boîte des mains et la posa sur le côté.

— Ce collier ne te dit rien du tout ?

Je secouai la tête.

— Pourquoi est-ce que je l'ai retiré ?

Il baissa les yeux. Ses cils dissimulèrent son regard. Un long moment passa avant qu'il réponde.

— Tu voulais... prendre une douche.

— Pourquoi est-ce que j'aurais voulu prendre une douche chez toi ?

Del fronça les sourcils. Il rougit.

— Tu ne voulais pas rentrer sans te doucher, parce qu'on avait...

Je reportai mon attention sur le pendentif en cœur. Alors, je compris ce qu'il insinuait.

— On a couché ensemble ?

Il se frotta l'arête du nez avant d'opiner.

Je sentis la chaleur me monter aux joues, puis descendre jusqu'à mon cou. Nous avions couché ensemble et je n'en avais pas le moindre souvenir.

— C'était ma première fois ?

Del secoua la tête et souffla doucement.

— Non. On sort ensemble depuis des années, Sammy.

Je ne savais pas ce qui était le pire : cette conversation très gênante ou ne pas me rappeler ma première fois avec lui. Les mains maladroites, j'accrochai la chaîne en argent autour de mon cou. Pour une raison inconnue, son poids me parut aussitôt insupportable. Une sensation de frustration m'envahit, me démangea. Comment avais-je pu oublier cette partie de ma vie ? Les larmes me brûlèrent les yeux. L'envie de m'enfuir en courant me reprit de plus belle.

— Ce n'est pas grave, dit Del avec un sourire forcé. Tes parents m'avaient averti que tu ne te souvenais de rien. C'est bien ça ? Tu ne te rappelles même pas le soir de ta disparition ?

Je me levai, mais j'avais l'impression que mes genoux allaient se dérober sous mes pieds.

— Je ne me souviens de rien. Hier, j'ai dû demander à ma mère quand était mon anniversaire. (Un rire enroué m'échappa.) Le docteur dit que je peux encore retrouver la mémoire.

Ses yeux s'assombrirent jusqu'à ce qu'ils soient aussi noirs que ses pupilles.

— Est-ce que je peux faire quelque chose ? demanda-t-il d'un ton très sérieux. Je t'ai toujours soutenue, Sammy, et je te soutiendrai toujours.

Je fronçai les sourcils. C'était une formulation étrange.

— Tout ce que tu veux, insista-t-il.

J'en doutais, mais à mesure que je le dévisageais, je me rendis compte qu'il pouvait peut-être réellement m'aider.

— Je t'ai vu le soir de ma disparition ?

Lorsqu'il acquiesça, l'excitation vrombit en moi à la vitesse des ailes d'un colibri. C'était un bon début.

— Qu'est-ce qu'on a fait, à part... ?

— C'était un samedi soir, il était tard. On n'a pas fait grand-chose à part discuter et... passer du bon temps, ajouta-t-il avec un grand sourire. On a regardé des vidéos de mes anciens matchs de base-ball.

Passionnant.

— Tu te rappelles l'heure à laquelle je suis partie ?

— Environ 21 heures. Je voulais qu'on aille voir Trey, mais tu as reçu un message.

— Attends une minute. C'est qui, Trey ?

Del se laissa aller contre le dossier du canapé et posa les pieds sur la table basse. Je n'avais pas besoin de mes souvenirs pour savoir que si ma mère avait vu ça, elle aurait pété un câble.

— Trey est un bon pote à moi. C'était le petit ami de Cassie, mais ils se sont séparés quelques jours avant... qu'elle disparaisse.

— Elle avait un copain ?

Je me rassis à côté de lui. Je voulais en savoir plus.

— Ils se prenaient souvent la tête. Leurs disputes étaient devenues l'attraction quotidienne.

— Et nous ? On se disputait ?

— Non. Jamais, répondit-il très vite. Notre relation était… est parfaite. (Il se pencha pour déposer un baiser sur ma joue.) Comme celle de nos parents.

Une sonnette d'alarme retentit dans mon esprit. D'après ce que j'avais vu, mes parents étaient loin d'avoir une relation idéale. Depuis que j'étais… rentrée à la maison, je ne les avais pas vus se toucher ni rester dans la même pièce plus de quelques minutes. Je jouai avec le cœur en argent autour de mon cou.

— Donc… j'ai reçu un message et je suis partie ?

— Oui.

Il s'adossa de nouveau au canapé. La déception tirait ses lèvres vers le bas. J'avais l'impression d'avoir fait quelque chose de mal.

— Je pense qu'il venait de Cassie, mais tu ne me l'as pas dit. Quand tu es partie, tu avais l'air en colère.

— Envers Cassie ?

Il secoua la tête.

— Je ne sais pas. Cassie et toi, vous étiez dans une sorte de…

— Rivalité ? Mon frère me l'a déjà dit.

— Il ne t'a pas menti. Cassie… Comment est-ce que je peux présenter ça sans passer pour un salaud ? (Il souffla doucement.) Cassie a toujours voulu être comme toi. Depuis le début. À ses yeux, tu avais tout ce qu'on pouvait désirer. Elle copiait tout ce que tu faisais. Si tu n'aimais pas quelqu'un, elle ne l'aimait pas non plus. Si tu voulais quelqu'un, elle le voulait aussi. Tout le monde était au courant.

Je haussai un sourcil.

— OK…

— Je n'essaie pas de la rabaisser, surtout dans les circonstances actuelles. Bon sang, elle est peut-être morte. (En me voyant tressaillir, il s'excusa aussitôt :) Pardon. Tu sais ce que je veux dire. Cassie était une source de problèmes. Même entre nous.

— Je croyais qu'on ne se disputait jamais.

Une boule se formait dans mon ventre.

Il détourna les yeux.

— Pas de grosses disputes, en tout cas. Je te l'ai déjà dit. Je te soutiens dans tout ce que tu fais, mais parfois, Cassie avait des... gestes déplacés en ton absence.

— C'est-à-dire ?

Son regard croisa de nouveau le mien, puis se fixa sur l'énorme tête d'élan accrochée au mur.

— Elle me draguait alors qu'on était ensemble et que Trey est mon pote.

Je m'attendais à ressentir de la jalousie. Ce ne fut pas le cas.

— Tu l'aimais bien ?

Ma question le prit au dépourvu.

— Oui. Enfin, elle était cool, parfois. (Les lèvres pincées, il plissa les yeux.) Pourquoi est-ce que tu me demandes ça ?

J'ouvris la bouche, mais aucun son n'en sortit. J'avais l'impression d'avoir déjà eu cette conversation, mais avec beaucoup plus d'émotions. De la colère. De la déception, aussi. Malheureusement, j'étais incapable d'y rattacher un souvenir. Ces émotions étaient comme des ballons gonflés à l'hélium que rien ne retenait à la terre ferme.

Je haussai les épaules.

— On dirait que tu ne l'aimes pas beaucoup, c'est tout. Je crois que Scott ne l'aime pas non plus.

— Ce n'était pas facile de s'entendre avec elle. (Il se rapprocha et posa la main sur mon genou. Je me crispai aussitôt.) Je ne sais pas ce qui s'est passé la nuit où vous avez disparu toutes les deux. Je ne sais même pas si vous étiez ensemble, mais je ne veux pas parler d'elle. Je veux parler de nous.

— De nous ? couinai-je.

Il tendit sa main libre vers moi.

— Viens par ici.

Mon pouls s'emballa. Je n'avais pas la moindre envie de *venir par ici*, mais un sourire patient ornait son beau visage et je ne voulais pas le blesser. C'était sans doute très dur pour lui. J'étais sa petite amie, mais je n'avais plus le moindre souvenir de lui ni de notre relation. Je glissai dans sa direction jusqu'à ce que mes jambes soient collées aux siennes.

Sa main remonta vers ma nuque et il pressa ma tête contre son torse. Un soupir tremblant lui échappa, puis il effleura mon front avec ses lèvres.

— J'ai cru que je ne pourrais plus jamais faire ça. J'ai l'impression d'avoir une seconde chance.

— Ah bon ? murmurai-je, sans vraiment comprendre.

— Oui, souffla-t-il en déposant un baiser sur ma tempe.

On passa l'après-midi à discuter. Ainsi, je pus réapprendre à le connaître. Nous avions commencé à sortir ensemble dès la première année de lycée et selon Del, mes amies étaient toutes très jalouses. Nos pères faisaient des affaires ensemble. Ils travaillaient à Philadelphie tandis que nos mères restaient à la maison. Apparemment, le partenariat entre les entreprises de nos pères était de la plus haute importance. Une histoire d'actions et de transferts de compagnie. Des choses auxquelles je ne connaissais rien.

Chaque année, on passait les fêtes dans les Catskills avec nos familles et l'été, on partait en vacances à travers le monde. L'année précédente, nous avions été couronnés roi et reine de la promo et nous le serions sans doute encore cette année. Del en paraissait fier. Au lycée, on partait quand on voulait, on déjeunait en dehors de l'établissement et on faisait l'école buissonnière ensemble. À ce que je comprenais, personne ne nous en empêchait. Nous avions l'intention d'aller étudier à Yale tous les deux. J'avais l'impression que tout le monde s'attendait à ce que l'on reste ensemble. Pour la vie. Les deuxièmes ou troisièmes générations de familles fortunées étaient comme les héritiers d'une famille royale. Du moins, c'est l'idée que je m'en faisais.

Je me sentais complètement détachée de cette vie avec lui. Même si je faisais de mon mieux pour l'imaginer, j'en étais incapable. Alors je le laissai parler de lui. Il était doué pour ça. Il était arrêt-court dans l'équipe de base-ball du lycée et en était déjà à sa deuxième BMW. Son équipe favorite était les Yankees. Chez lui, un étage entier lui était réservé. Il n'avait ni frère ni sœur. Juste quelques cousins et un grand-père qui avait été à la tête de l'une des plus grandes sociétés de trading de New York.

— Nos pères pourraient acheter et revendre cette ville, dit-il en jouant avec une mèche de mes cheveux. Enfin, ta mère, surtout.

— Pourquoi ? demandai-je sans doute pour la centième fois de la journée.

— L'argent de ma famille vient du côté de mon père, m'expliqua-t-il avec fierté. Le vôtre vient de ta mère. Ses ancêtres ont investi dans les chemins de fer ou quelque chose dans le genre. Elle n'est pas milliardaire, son capital est loin de s'approcher de celui de mon père, mais elle fait partie des vieilles fortunes.

Je me fis violence pour ne pas lever les yeux au ciel.

— Tu sais ce que faisait mon père avant de rencontrer ma mère ?

Il haussa les épaules.

— Il est allé à Yale. Grâce à une bourse, évidemment. Je crois que sa mère était institutrice et son père, maçon. Ils sont morts il y a plusieurs années. Désolé.

Je pris un instant pour penser aux grands-parents décédés dont je ne me souvenais pas. C'était vraiment dommage.

— Je suppose qu'il a eu de la chance de rencontrer maman.

— Ça, tu peux le dire ! s'exclama Del en riant. Il n'avait pas un rond avant de la connaître. Son beau-père l'a fait entrer dans l'entreprise. Sans ta mère, je ne suis pas sûr qu'il aurait pu gravir tous ces échelons. Mon père, lui, a été élevé dès son plus jeune âge pour reprendre le flambeau. Moi aussi. (Il m'embrassa de nouveau sur la joue.) Et mon fils le sera aussi.

J'écarquillai les yeux. Son fils ? Je me sentis soudain nauséeuse, allergique à cette idée.

La conversation se tarit. Je commençais à avoir des fourmis dans le bras qui était coincé entre nous. J'hésitais à lui parler du mot que j'avais trouvé. Au bout du compte, je décidai de me taire.

— Qu'est-ce que j'aimais ?

Del s'écarta et me regarda dans les yeux.

— À part moi ?

Ce n'est pas drôle. Je plissai les yeux, mais hochai la tête.

— Tu aimes faire du shopping, répondit Del d'une voix rieuse en faisant courir ses doigts sur ma joue. Ta boisson préférée est la vodka mélangée à n'importe quel jus de fruits. Tu sais faire la fête. Tu es passionnée.

Cette fois, quand il se pencha vers moi, ce fut pour m'embrasser sur la bouche. Le baiser fut bref.

— Bon, d'habitude, tu es plus passionnée que ça.

— Pardon. (Je rougis.) Je voulais dire… Est-ce que j'ai des passe-temps ?

Il paraissait perplexe.

— Le shopping, ça compte ?

— Je ne crois pas.

— Tu adorais visiter le vieux champ de bataille, dit-il au bout d'un moment. Tu y allais souvent avec cette fille, Julie. Vous passiez toute la journée là-bas. Je crois que tu aimais l'histoire. Ou le macabre.

Waouh. Mon seul passe-temps non superficiel était de me promener dans un cimetière à ciel ouvert avec une fille qui n'était même plus mon amie. Je commençais vraiment à me détester. Del parla de la prochaine saison de base-ball et en profita pour dénigrer les performances de Carson. Celui-ci était le lanceur de l'équipe et, clairement, l'inimitié était réciproque.

Lorsque ma mère vint nous voir et demanda à Del s'il se joignait à nous pour le dîner, il refusa poliment. Sa famille était en ville. Avant qu'il parte, je sortis la photo de ma poche et la lui montrai.

— Tu sais quand elle a été prise ?

Del observa le cliché pendant quelques secondes avant de détourner les yeux. Son regard se fit lointain et froid.

— C'était il y a quelques mois, pendant le réveillon du jour de l'An. Vous vous geliez dans ces robes. Vous étiez canon, mais glacées. (Il rit brièvement.) On était à Philadelphie. Tu as trop bu et tu t'es endormie avant minuit.

Plus on me parlait de moi et plus j'avais envie de me taper la tête contre le mur.

— Qui était avec nous ?

— Trey, mais il n'a pas fait long feu, lui non plus.

— Donc tu t'es retrouvé seul avec Cassie ?

Il pinça les lèvres.

— Oui. Cette soirée était vraiment nulle.

Étrange. À l'entendre, il était clair qu'il n'appréciait pas Cassie, pourtant nous étions souvent tous les quatre ensemble. Tolérait-il sa présence parce qu'elle était mon amie ? Je soupirai.

— J'aimerais me souvenir de quelque chose. Elle est toujours là, dehors. J'ai l'impression d'être la seule personne à pouvoir la retrouver.

Del me libéra, puis se leva.

— Je vais peut-être te sembler sans cœur, mais ce n'est pas ton problème pour le moment.

En effet, c'était cruel.

— Mais…

— Tu dois garder tes forces pour te remettre et reprendre le cours de ta vie. Je crois que pour le moment il vaudrait mieux que tu ne penses plus à tout ça. La police s'occupe de la chercher. Toi, tu dois te concentrer sur toi-même.

Je reportai les yeux sur la photo de Cassie et moi. J'avais cru que nous étions heureuses sur ce cliché, de véritables meilleures amies, mais à bien y regarder, je décelais de nouveaux détails : nos sourires trop figés, la froideur de nos visages quasi identiques.

Tout le monde voulait que je l'oublie et que je continue comme si de rien n'était. Comme si cette fille n'avait pas disparu. Comme si elle n'avait jamais existé. En passant mon pouce sur son côté de la photo, je compris que j'en étais incapable. Tout comme j'étais incapable de redevenir la personne que j'avais été. Cette Samantha-là n'était pas revenue, elle était restée coincée au même endroit que Cassie. Elle aurait peut-être pu la laisser tomber. Moi, c'était au-dessus de mes forces.

5

Quelques jours auparavant, retourner au lycée au plus vite m'avait paru être une bonne idée, mais le lundi matin, je me retrouvai à faire les cent pas dans ma chambre. J'étais terrifiée. L'album de promo était toujours fermé sur mon bureau. Au lieu de me familiariser avec les visages et les noms de mes camarades de classe, j'avais perdu du temps à essayer d'accéder à ma boîte mail et à mon compte Facebook. Sans succès. Sur les deux sites, j'avais atteint le nombre d'erreurs de connexion autorisées et je ne pouvais même pas répondre aux questions personnelles pour récupérer mes mots de passe. Était-il possible que d'autres personnes aient essayé d'accéder à ces comptes ? Pendant que j'étais portée disparue, sans doute. Cela m'aurait paru logique.

Scott entra dans ma chambre et me tendit mon emploi du temps imprimé sur une feuille de papier. Je le remerciai distraitement.

— Tu comptes rester habillée comme ça ?

Surprise, je baissai les yeux vers ma tenue. Je portais un jean avec un tee-shirt et un gilet gris clair.

— Ça ne va pas ?

— Si… C'est juste que d'habitude, tu t'habilles comme si tu allais à la *fashion week*. Enfin, pas toujours. Avant de connaître Cassie, tu mettais souvent ce genre de choses. Depuis… c'est extrêmement rare.

— Oh.

Mal à l'aise, je jetai un coup d'œil à mon dressing. Del m'avait dit que Cassie imitait tout ce que je faisais, mais parfois, j'avais l'impression que c'était le contraire.

— Tu crois qu'il faut que je me change ?

— Non. Pas la peine. Dépêche-toi. Sinon, on va être en retard.

J'attrapai mon sac à bandoulière et le suivis à travers la maison jusqu'au garage. La Bentley avait disparu, mais il restait une Porche rouge et une Audi blanche qui paraissait presque neuve.

— Maman m'a demandé de te dire que tu as rendez-vous avec la psy du lycée avant le début des cours, lâcha Scott en s'arrêtant devant l'Audi. (Il ouvrit la portière arrière et jeta son sac sur la banquette.) Je crois qu'elle a parlé de trois rendez-vous par semaine.

— Quoi ? m'exclamai-je.

Il grimaça.

— Ouais. Il faut que tu ailles au bureau dès que tu arrives.

Je m'assis sur le siège passager en serrant mon sac contre ma poitrine.

— Tu es sérieux ? Déjà que tout le monde va me regarder comme une bête de foire, si je vois un psy, on va me prendre pour une dingue !

— Si ça peut te rassurer, je ne crois pas que ce soit un vrai médecin, Sam.

Il appuya sur un bouton au niveau de son pare-soleil. Aussitôt, la porte du garage grogna et se mit en branle. La lumière vive du soleil filtrait à travers les fenêtres.

— Et avant, tu adorais que les gens te remarquent. Pour les bonnes comme pour les mauvaises raisons.

— Eh bien, je ne suis plus la même personne, rétorquai-je.

Il m'adressa un regard intrigué.

— Oui, je commence à m'en rendre compte.

Tandis qu'il faisait marche arrière, je regardai droit devant et soupirai.

— Je n'ai pas ma propre voiture ?

Scott rit en faisant demi-tour.

— Tu en avais une. Elle était très belle, en plus. Mais tu l'as bousillée.

— Ah bon ?

La voiture s'engagea dans l'allée.

— Cassie et toi avez trop bu, un soir. Tu as foncé dans un arbre. Papa a dû tirer des tas de ficelles pour que la police accepte de mettre l'accident sur le compte de l'état de la route. Il t'en a voulu un moment.

J'en restai sans voix. Pendant plusieurs secondes, je fus incapable de dire quoi que ce soit.

— Je crois que je ne veux rien savoir de plus à mon sujet.

Il me regarda encore une fois avec curiosité, puis secoua la tête.

— C'est tellement bizarre.

Je restai silencieuse jusqu'à ce qu'il ralentisse à proximité de la route principale et se gare sur le bas-côté.

— Pourquoi tu t'arrêtes ?

— J'emmène Car tous les matins. Il n'a qu'une moto et le lycée refuse qu'il vienne avec.

Carson conduisait une moto ? Décidément, il était de plus en plus sexy. En étirant le cou, j'aperçus une petite maison en brique d'un étage devant laquelle était garée une moto couverte d'une bâche.

— Il vit sur notre propriété ?

— Il habite dans l'une des dépendances avec son père, oui, répondit Scott. Le logement est compris dans le salaire de misère que lui paie papa. Tu adores le lui rappeler.

Je grimaçai.

— Et sa mère ?

— Elle est morte. Des suites d'un cancer. Ils n'avaient pas de mutuelle. Bref, c'était la merde.

Avant que j'aie eu le temps de réagir, Carson apparut dans l'allée, un sac à dos sur une épaule, un sac de sport sur l'autre. Nerveuse, je m'humectai les lèvres en le regardant s'approcher de la voiture. Il portait un jean délavé et un tee-shirt sur un sous-pull blanc. Ses cheveux étaient mouillés et ondulaient sur son front.

Il était beau. Canon, même.

Carson tendit la main pour ouvrir la portière côté passager quand il se rendit compte que j'étais là et que je le dévisageais comme une idiote. Les sourcils froncés, il fit le tour de la voiture pour aller s'installer derrière Scott. Il ne m'accorda pas la moindre attention.

— Qu'est-ce qu'elle fait ici ?

Scott lui jeta un coup d'œil dans le rétroviseur central.

— C'était Cassie qui l'emmenait, rappelle-toi.

— Ah oui, c'est vrai.

Son regard perçant effleura une seconde mon visage. Je sentis ma peau me brûler de la plus agréable et enivrante des façons. Il prit ses aises dans une posture arrogante, un bras nonchalamment posé sur le haut de la banquette.

La voiture avait redémarré, mais j'étais incapable de détourner le regard. Les yeux bleus, sombres et insondables, de Carson plongèrent alors dans les miens. Quand il baissa la tête, je compris que mon collier avait attiré son attention. Un sourire narquois étira ses lèvres.

— Qu'est-ce que tu veux, Sam ?

— Rien, bafouillai-je.

Pourquoi étais-je incapable de me détourner ? On aurait dit qu'un ancien trait de ma personnalité ressortait, une part de moi plus courageuse, plus effrontée même, qui n'hésitait pas à profiter pleinement des choses qui lui plaisaient.

Scott se racla la gorge, mais ne dit rien.

Un muscle de la mâchoire de Carson se mit à tressauter.

— Il est tôt. Je n'ai pas la patience d'échanger des insultes avec toi. Alors, on va faire vite, d'accord ? Non, je n'ai pas de voiture. Ça craint, je sais. Mes vêtements ne coûtent pas un bras et mon père travaille pour le tien. Trop dur. Tu m'as eu.

Rouge de honte, j'écarquillai les yeux.

— Je t'ai déjà balancé ce genre de choses ?

Son regard appuyé en disait long.

J'eus soudain l'impression d'être la reine des pimbêches. Comme je ne savais plus où me mettre, je m'empressai de me retourner et de m'absorber dans la contemplation du paysage. L'estomac noué, je jouais avec l'anse de mon sac. Le fond de ma gorge me brûlait. Je ne m'imaginais pas dire de telles horreurs, pourtant, je l'avais bel et bien fait. Au bout de quelques minutes de silence gêné, Scott entraîna Carson dans une conversation au sujet de leur entraînement de base-ball. Je n'y participai pas. Cela sembla leur convenir.

On s'arrêta acheter un café, car, apparemment, nous n'étions pas si en retard que ça et Scott prétendait risquer de s'endormir au volant et de « faire sa Samantha ». Carson commanda un café noir. Scott, lui, ajouta plus de lait qu'il n'y avait de café dans son gobelet. Quant à moi, je restai figée devant le menu, les poings serrés contre mes hanches. Derrière le comptoir, la serveuse d'une quarantaine d'années soupira bruyamment.

Je me mordis les lèvres et relus le menu en entier pour la troisième fois. Du café. Mon café préféré. Le choix aurait dû être simple, mais ce n'était pas le cas. Je me sentais… perdue.

— Hé, dit Carson, derrière moi. (Je sursautai en sentant son souffle chaud m'effleurer.) Tout va bien ?

Les joues en feu, je hochai la tête.

Derrière moi, un homme marmonna dans sa barbe. J'entendis les mots « stupide » et « riche ». Mon embarras monta d'un cran.

Carson m'écarta de la file d'attente en adressant un regard noir à l'homme en question.

— Qu'est-ce qui t'arrive ? me demanda-t-il.

Je baissai les yeux vers sa main qui enveloppait la mienne. Comment un geste aussi simple pouvait-il être aussi doux et agréable ? Et comment aurais-je pu répondre à cette question, alors que je n'étais même pas capable de commander un café ?

— Sam, me pressa-t-il.

Lorsque je relevai la tête, je sentis avec effroi les larmes me monter aux yeux.

— Je ne sais pas quoi choisir, avouai-je d'une voix fêlée. Je ne sais pas… ce que j'aime.

En entendant ma réponse, il se détendit légèrement.

— D'habitude, tu prends un latte. À la vanille. (Il s'interrompit, puis me lâcha la main.) Je t'ai déjà vue en boire. Reste ici. Je vais commander pour toi.

J'attendis sur le côté. Les gens me regardaient. J'avais l'impression d'être une enfant incapable d'accomplir les tâches les plus simples. J'aurais voulu me cacher dans un trou de souris. Carson pensait sans aucun doute que j'étais une idiote.

Lorsqu'il revint avec ma boisson, il plaça un couvercle sur le gobelet.

— Fais attention. C'est chaud.

— Merci.

J'enroulai mes doigts autour. La chaleur qui se dégageait du carton était agréable.

Durant le reste du trajet, je restai silencieuse et observai le paysage défiler derrière la vitre. Les collines verdoyantes et les propriétés cossues et anciennes se succédaient. Les lotissements, en revanche, étaient rares. Partout on pouvait voir des panneaux indiquant le champ de bataille. La ville était clairement chargée d'histoire et semblait abriter plusieurs vieilles fortunes.

Lorsque je posai les yeux sur Gettysburg High, je ne ressentis absolument rien. C'était un bâtiment en brique gigantesque entouré d'arbres avec un large porche à l'avant. On aurait dit qu'on avait accolé plusieurs résidences universitaires l'une à l'autre.

Le cœur au bord des lèvres, je suivis les garçons à travers le parking. Une banderole bordeaux et blanche, accrochée devant l'entrée principale, proclamait « En avant les Battlers ! » à côté d'un lapin à l'air un peu fou. Sans doute l'équipe de base-ball et sa mascotte.

À cette heure, les couloirs n'étaient pas encore très fréquentés. Cela n'empêcha pas les personnes présentes de s'arrêter pour me dévisager. Sans même chercher à être discrets. Quelques secondes plus tard, les murmures commencèrent. Je baissai la tête et laissai mes cheveux tomber en avant pour me cacher, mais je sentais quand même leurs regards remplis de curiosité et de fascination morbide.

Le cœur battant la chamade, je resserrai ma prise sur mon café. Je n'y arriverais pas. Tout le monde me scrutait. Cela ne ferait qu'empirer. Savaient-ils que j'avais perdu la mémoire ? Ma mère avait sans doute raison. J'aurais mieux fait d'attendre un peu.

Scott vint se camper à côté de moi. Lorsque je jetai un coup d'œil dans sa direction, je me rendis compte qu'il était raide comme un piquet et qu'il assassinait tout le monde du regard. Nos camarades ne tardèrent pas à se détourner. Malheureusement, cela ne les empêcha pas de parler. Carson marchait de l'autre côté. Il observait la scène en silence. J'ignorais ce qui lui passait par la tête. Avait-il honte d'être vu en ma compagnie ? Je ne pouvais pas lui en vouloir.

Ils m'accompagnèrent jusqu'à un bureau avec des parois en verre avant de me quitter. La secrétaire bien en chair m'adressa un sourire empli de pitié et me demanda de m'asseoir sur l'une des chaises inconfortables. Chaque fois que je regardais derrière moi, j'avais l'impression que le groupe de curieux qui s'était rassemblé à l'extérieur grandissait. C'était un peu comme un grave accident de voiture. Tout le monde se sentait obligé de ralentir pour regarder ce qui se passait.

Une femme à la tenue impeccable apparut dans le couloir étroit et mit fin à mon tourment. Elle remonta ses lunettes sur son nez.

— Samantha ? Tu es prête ?

Je me levai, ramassai mon sac et la suivis jusque dans la pièce minuscule qui lui servait de bureau. La première chose que je fis en m'asseyant fut de chercher son nom. Judith Messer. Psychologue scolaire.

Elle retira ses lunettes, les plia, puis les posa sur le côté. La lumière de sa lampe de bureau se reflétait sur son alliance incrustée de diamants.

— Comment te sens-tu, Samantha ?

Elle n'aurait pas pu me poser une question plus stupide que celle-ci.

— Bien.

Mme Messer sourit.

— Je dois t'avouer que je suis surprise de te voir ici si tôt. Nous pensions que tu prendrais plus de temps pour te remettre de... tes émotions.

Mes doigts se crispèrent autour de mon café. J'avais hâte d'en finir.

— Je me sens très bien.

— Je ne doute pas que, physiquement, ce soit le cas, mais sur le plan mental et émotionnel, tu as vécu une expérience terriblement traumatisante. Sans parler de ta perte de mémoire. Cela doit être difficile pour toi.

— Ce n'est pas simple, c'est vrai.

Lorsque je relevai la tête, je me rendis compte qu'elle jaugeait mes réactions. Je soupirai.

— Bon, d'accord, c'est une catastrophe. Je n'ai même pas réussi à commander mon propre café, ce matin. Mais il faut que je reprenne une vie normale. Je ne peux pas me terrer chez moi jusqu'à la fin de mes jours.

— Lorsque le proviseur m'a informée de ton retour, j'ai parlé de ton cas à un collègue qui travaille avec des personnes souffrant d'amnésie. Il a confirmé qu'il fallait que tu t'entoures de choses familières. Revenir au lycée n'est pas une mauvaise idée. J'espère simplement que le choc émotionnel ne sera pas trop violent.

— Que se passera-t-il si c'est le cas ?

Son sourire se crispa, mais elle ne répondit pas, ce qui m'agaça au plus haut point.

— Je ne pense pas que tu auras du mal à suivre les cours. L'amnésie dissociative affecte rarement cette partie de la mémoire. Nous surveillerons quand même ton évolution pour nous assurer que le parcours général te convient toujours.

L'avertissement sous-jacent me fit grincer des dents. En d'autres termes, si mes notes dégringolaient, ils n'hésiteraient pas à me mettre à la porte. Sympa. Pas de pression, ni rien, malgré ma fragilité émotionnelle.

— Est-ce que des souvenirs te sont revenus ? demanda-t-elle en se redressant et en croisant les jambes.

J'hésitai à mentir, mais je savais que ce ne serait d'aucune utilité.

— Parfois, je pense ou je ressens des choses qui me paraissent familières, mais je ne les comprends pas.

Quand elle hocha la tête pour m'encourager, je pris une grande inspiration et continuai :

— J'ai également eu quelques flashs, mais... les images n'ont aucun sens, elles non plus.

— Tes souvenirs peuvent refaire surface petit à petit, par bribes, ou tout à la fois. Il suffit d'un élément déclencheur.

Internet me l'avait déjà appris. Je repensai au mot qui avait été laissé sous mon oreiller, mais décidai de ne pas lui en parler. J'avais peur qu'elle ne le répète à mes parents.

— Je ne me rappelle rien d'autre. J'ai l'impression d'être... une page blanche. Quand j'ai rencontré mes amis et mon copain, je n'ai... rien ressenti pour eux. On aurait dit qu'ils ne représentaient rien pour moi.

Je me sentais coupable de l'avouer et, en même temps, un fardeau s'envolait de mes épaules.

— C'est affreux, non ?

— Non. Ce n'est pas affreux. Étant donné que tu ne te souviens pas d'eux, il n'y a rien qui vous lie. (Son sourire se fit rassurant.) Ne sois pas surprise de te faire de nouveaux amis ou d'essayer de nouvelles choses. C'est un peu comme si tu naissais une seconde fois, mais avec toutes les compétences requises pour survivre.

C'était une jolie façon de voir les choses. Mme Messer me posa d'autres questions avant d'aborder brièvement le cas de Cassie.

— Comment te sens-tu par rapport à elle ? Qu'est-ce que ça te fait de savoir qu'une de tes amies a disparu ?

J'hésitai.

— Je ne sais pas. C'est bizarre. Je ne me souviens pas d'elle et d'après ce que j'ai compris, au fond, nous n'étions pas les meilleures amies du monde, mais comme elle était réellement avec moi ce soir-là, je me sens responsable. Je veux recouvrer la mémoire pour aider la police dans son enquête. Malheureusement, personne n'a l'air de vouloir parler d'elle.

Elle hocha de nouveau la tête d'un air pensif.

— J'espère que tu as conscience que si on ne la retrouve jamais, tu n'auras absolument rien à te reprocher.

La culpabilité qui me rongeait l'estomac me disait le contraire. J'étais persuadée de pouvoir mener tout le monde à elle... si je pouvais remettre mon esprit en route.

Mme Messer me tendit une feuille de papier. Il s'agissait de mon numéro de casier ainsi que son code. Notre séance de psychothérapie était terminée. Je mis un temps fou à trouver mon casier. Ensuite, je dus consulter mon emploi du temps pour savoir quels livres glisser dans mon sac tout en tâchant de faire abstraction des regards et des murmures qui m'entouraient. Lorsque je refermai la porte de mon casier, je pris une grande inspiration, puis fis face au couloir empli de lycéens qui se rendaient à leur premier cours de la journée.

C'était un océan de visages anonymes. Je n'en reconnaissais pas un seul. Je serrai la lanière de mon sac et me frayai un chemin parmi eux. Cela aurait pu être pire. Pire que d'avoir perdu la mémoire. J'aurais pu être encore portée disparue.

Ou morte, murmura une voix au fond de mon esprit.

6

Au début de chaque heure de classe, je dus attendre que le professeur m'indique où m'asseoir. Le choc initial passé, tout le monde me faisait la conversation. On me demandait comment j'allais, on était content de me revoir.

Seulement la moitié semblait sincère.

Contre toute attente, je n'eus pas de difficulté à suivre les cours. Il me fallait plusieurs minutes à chaque fois pour comprendre ce que nous étudiions, mais le programme était dans mes cordes. Veronica assistait au même cours d'anglais que moi. Elle m'invita à m'asseoir à la table à côté de la sienne.

Penchée dans l'étroite allée qui nous séparait, elle tira sur la manche de mon gilet.

— Tu t'es réveillée en retard ce matin ?

— Non. Pourquoi ?

Son regard me détailla.

— Parce que ce que tu portes n'est pas très...

— Joli, intervint Candy qui repoussa ses cheveux peroxydés derrière son épaule. Enfin, c'est bien pour le week-end, mais je sais que tu as des vêtements plus cool que ça dans ton dressing.

— On aimerait trop avoir ton dressing, si tu veux tout savoir, gloussa Veronica. (Elle fit claquer ses ongles contre son bureau.) Et Del aussi, tant qu'on y est.

— Ça, tu peux le dire ! acquiesça Candy en s'éventant. Il a promis qu'il passerait te voir hier. Il l'a fait ?

— Oui. Il est venu à la maison. (Je sortis mon pendentif de sous mon tee-shirt et le leur montrai.) Il m'a rendu ça. Je l'avais oublié chez lui.

Veronica réprima un sourire, avant de le laisser s'épanouir complètement.

— C'était difficile ? De le voir alors que tu... ne te souviens pas de lui ?

— C'était un peu bizarre, mais on a... rattrapé le temps perdu.

Candy jeta un coup d'œil entendu à Veronica.

— Je n'en doute pas une seconde.

Je haussai les sourcils.

— Pas comme ça ! C'est presque un inconnu pour moi, je vous rappelle.

Veronica poursuivit comme si je n'avais rien dit.

— J'ai discuté avec Trey ce matin. Il a dit que Del était de très bonne humeur quand il t'a quittée. C'est une bonne nouvelle, non ?

— Oui et euh... Trey ? Comment va-t-il ?

Le visage de mes deux amies se ferma comme si on avait actionné un interrupteur.

— Comment ça ? demanda Veronica.

— Il sortait avec Cassie, je crois ? Il tient le coup ?

Deux sièges devant nous, un garçon aux cheveux noirs ricana avant de se retourner. Il était d'une blancheur cadavérique. Deux traits épais d'eye-liner soulignaient ses yeux en amande.

— Trey va très bien. Il avait sa langue au fond de la gorge de celle-ci pas plus tard que ce matin, déclara-t-il en désignant Candy d'un ongle peint en noir. Ça doit être sa façon à lui de faire son deuil.

Les joues hâlées de Candy prirent une teinte écarlate. Veronica se pencha en avant. Sa poitrine faillit sortir du profond décolleté de son pull. Ce déballage n'eut aucun effet sur le garçon gothique.

— Écoute-moi bien, Dracula. Tu as intérêt à te retourner. Cette conversation ne te concerne pas. Sauf si, bien sûr, tu es jaloux. (Ses yeux se rivèrent sur lui comme des lasers prêts à le transpercer.) Tu aurais peut-être préféré que Trey t'embrasse, toi.

— Veronica ! hoquetai-je, gênée pour le garçon et pour elle.

Le gothique se retourna sans un mot. Sa nuque était rouge comme une écrevisse. Je reportai mon attention sur Veronica, mais elle ne me regardait pas. Elle souriait à Candy.

— Ce n'est pas ma faute s'il aimerait être comme moi, dit-elle avec un clin d'œil.

Candy gloussa.

La colère grandit en moi. Toutefois, avant que j'aie eu le temps de dire quoi que ce soit, le professeur entra et commença son cours. Je ne savais pas qui j'étais, mais j'avais parfaitement conscience que ce que Veronica venait de faire était mal. Lorsque la cloche sonna, je ramassai mes affaires et sortis de classe en trombe sans répondre à Veronica et Candy qui essayaient d'attirer mon attention.

Je rattrapai le garçon et lui pris le bras.

— Je suis vraiment désolée pour tout à l'heure.

Le gothique était plus petit que moi. Il devait lever la tête pour me regarder dans les yeux. Pourtant, même ainsi, je pouvais à peine voir les siens à travers ses cheveux teints en noir.

— Pardon ?

— Je suis désolée pour la façon dont elles t'ont traité. Elles n'auraient jamais dû dire ça.

Ses joues arrondies s'empourprèrent. Il libéra vivement son bras de ma poigne.

— C'est une blague ? s'esclaffa-t-il.

Le flot de nos camarades avançait autour de nous. Certains s'arrêtèrent et nous observèrent, bouche bée.

— Je n'arrive pas à y croire. La reine des pimbêches s'excuse à la place de ses clones, maintenant. On aura tout vu. Ne m'adresse plus jamais la parole.

Il m'abandonna au beau milieu du couloir, complètement décontenancée. Ce n'est que lorsqu'un rire aigu résonna que je sortis de ma torpeur. Un frisson se faufila le long de ma colonne vertébrale. Il me semblait que je connaissais cette voix. Je me tournai sur ma droite. L'origine de ce rire se perdait dans le brouhaha des corps qui bougeaient autour de moi.

Lorsque j'aperçus brièvement une robe en satin rouge, des collants noirs et des cheveux auburn, je sentis mon cœur s'emballer. Un nouveau rire moqueur me fit dresser les cheveux sur la tête.

C'est alors que je la vis. Elle se tenait près de la fontaine à eau. Son rouge à lèvres était assorti à sa robe, une robe différente de celle qu'elle portait sur la photo que j'emportais partout avec moi. Quelque chose… clochait avec celle-ci.

Je fis un pas en avant et me heurtai à une montagne de muscles. Le garçon en question rit et me rattrapa avant que je tombe en arrière.

— Fais attention, Sammy. Je ne voudrais pas te renvoyer à l'hôpital.

— Pardon, murmurai-je en le contournant.

À côté de la fontaine, il n'y avait plus personne.

Je me passai une main sur le front, puis me dépêchai de rejoindre mon cours de biologie. Je m'appropriai un siège au fond de la salle et me mis à farfouiller mon sac. J'avais du mal à respirer.

Avais-je réellement vu Cassie ? Cette vision était différente des précédentes. Déstabilisée, je posai mon cahier sur le bureau et me mis en quête d'un stylo, les mains fébriles. Je dus fermer les yeux pour reprendre le contrôle de ma respiration.

Quand je rouvris les paupières, une feuille de papier pliée en triangle m'attendait devant mon sac ouvert. Elle aurait pu en tomber ou…

Je jetai un coup d'œil autour de moi. Personne.

Une part de moi n'avait pas envie de l'ouvrir, ne voulait pas savoir comment elle s'était retrouvée dans mon sac ni même si elle était tombée du ciel. En réalité, cela aurait très bien pu se passer durant les trois premiers cours. N'importe qui aurait pu glisser ce message à l'intérieur de mon sac. Je pris une légère inspiration avant de déplier le papier.

Il y avait du sang sur les rochers.
Son sang. Ton sang.

Je lus et relus les mots jusqu'à ce qu'ils deviennent flous sur le papier jaune. Le sang de Cassie. Mon sang. Sur les rochers ? Une vague de nausée m'envahit.

— Qu'est-ce que tu regardes ?

La question me fit sursauter. Je plaquai la main sur le mot pour le cacher, puis levai la tête. Deux yeux bleu brillant, de la couleur du saphir, plongèrent dans les miens. Carson s'assit à côté de moi.

— Qu'est-ce que tu fais ici ? demandai-je en repliant discrètement la feuille.

Il haussa un sourcil.

— C'est ma place.

Je fourrai le papier dans mon sac.

— C'est vrai ?

— Oui, je suis ton partenaire de labo. Depuis le début de l'année, Sam. (Carson s'accouda sur la table et appuya sa joue contre son poing fermé.) Alors ? Qu'est-ce que tu fabriquais ?

— Je... je ne trouve pas mon stylo.

Il me prêta le sien.

— Mais, et toi ?

Il afficha un sourire en coin.

— J'en ai d'autres. J'en ai des tas, en fait. Je suis accro aux stylos. Je les collectionne.

Je n'arrivais pas à savoir s'il plaisantait. Dans le doute, j'acceptai son stylo en souriant. Lorsque nos doigts se touchèrent, je sentis une décharge électrique remonter le long de mon bras. Je le regardai de nouveau dans les yeux. Il tenait toujours son stylo, mais son expression s'était faite méfiante.

— Merci ? fis-je en tirant doucement dessus.

Carson le lâcha.

— Comment se passe ton premier jour ?

Un rire sans joie m'échappa.

— Génial.

— Mais encore ?

— Je suis étonnée que ça t'intéresse.

Il me dévisagea avant de s'écarter et de croiser les bras sur son torse puissant.

— J'essayais simplement d'être sympa et de faire la conversation. D'habitude, on se contente de se regarder de travers en échangeant des insultes. Tu préfères ça ?

— Non. (Ma voix me parut triste à mes propres oreilles.) Pas du tout.

Carson tenta de dissimuler sa surprise en riant, mais c'était trop tard. J'avais vu sa réaction.

— Si tu le dis...

Une myriade d'émotions affleurait à la surface : douleur, colère, confusion.

— Je suis désolée d'avoir été horrible avec toi depuis... je ne sais même pas depuis quand. Mais je suis sincèrement désolée. On ne pourrait pas tout effacer et reprendre à zéro ?

Il me fixa avec de grands yeux. Ses pupilles étaient dilatées, son expression indéchiffrable.

Je secouai la tête et me tournai vers l'avant de la classe. À quoi pensais-je ? Une simple excuse de ma part ne pouvait effacer des années de comportement odieux. Ce n'était pas parce que Carson était venu à mon secours le matin même dans le café qu'il agitait pour autant le drapeau blanc de l'amitié.

— Je suppose que non.

— Sam…

— Oublie, marmonnai-je.

J'ouvris mon cahier et passai en revue les notes que je ne me rappelais pas avoir prises.

Lorsque Candy entra dans la salle, elle nous observa tour à tour, Carson et moi, puis m'adressa un regard interrogateur. Je haussai les sourcils et replongeai dans mes notes auxquelles je n'avais clairement apporté aucun soin. Durant le cours, je ne tournai pas une seule fois la tête en direction de Carson, mais sa simple présence me troublait. La moindre cellule de mon corps guettait ses mouvements, les percevait. Je sentais lorsqu'il écrivait, quand il se passait la main sur le torse ou même lorsqu'il déliait son poignet droit. Au moment où la cloche sonna, j'étais au bord de la crise de nerfs. Je m'enfuis donc de la salle de classe comme un animal apeuré hors d'une cage.

Malheureusement, la cantine ne fut pas plus apaisante.

J'étais toute seule dans la queue et rien ne me paraissait comestible. Je jetai mon dévolu sur une part de pizza, attrapai une bouteille d'eau, puis passai les tables en revue à la recherche d'un visage familier. Veronica était assise dans le fond. Elle me faisait de grands signes comme un contrôleur aérien. Sans prêter attention aux regards curieux auxquels je commençais à m'habituer, je me dirigeai vers elle.

— J'ai entendu dire qu'elle ne se souvenait de rien, murmura une fille à mon passage. On a même dû lui apprendre comment elle s'appelait. C'est dingue, non ?

— En tout cas, elle a clairement oublié qui étaient ses amis, rétorqua une autre, d'une voix plus forte. Je l'ai vue parler à Louis dans le couloir tout à l'heure. On est passés dans une dimension parallèle.

À une autre table, un garçon dit :

— Je ne sais pas laquelle des deux j'aurais préféré voir revenir. Elles ont toutes les deux un joli petit...

Je pressai le pas. Je n'avais pas la moindre envie d'entendre la fin de sa phrase. Je dépassai mon frère qui était assis à côté d'une jolie blonde. Ni l'un ni l'autre ne remarqua ma présence, ce qui n'avait rien de surprenant dans la mesure où leurs bouches semblaient soudées l'une à l'autre.

Une fois assise à côté de Veronica, je tâchai de me détendre. Les filles discutaient d'une émission qu'elles avaient vue la veille. Je pus manger la moitié de ma pizza en silence. Quelques minutes plus tard, un garçon aux cheveux courts et bruns, très musclé, se joignit à nous. Il s'installa à côté de Candy.

— Trey, annonça-t-il en tendant la main vers moi, le sourire aux lèvres. (Il avait un léger accent... anglais ?) Ravi de faire ta connaissance.

Veronica repoussa sa main tendue.

— Arrête de faire l'idiot.

— Quoi ? rétorqua-t-il en me faisant un clin d'œil. Del dit qu'elle a tout oublié. La moindre des choses, c'est de se présenter !

— Samantha, répondis-je en lui serrant la main.

Autant entrer dans son jeu. Il rit avant de se carrer au fond de sa chaise et de poser son bras sur le dossier de celle de Candy.

— Alors c'est vrai ? Tu ne te souviens de rien ?

Cette fois, c'était officiel : j'en avais assez d'entendre toujours les mêmes questions.

— Rien du tout.

Il plissa les yeux.

— Donc tu ne sais pas ce qui est arrivé à Cassie ?

Le silence enveloppa la table comme une couverture épaisse et désagréable au toucher. Quand je trouvai la force de regarder Trey dans les yeux, je sentis une boule de la taille d'un poing se former derrière mes côtes.

— Non. Et toi ?

— Non, répondit Trey en riant. Je ne l'avais pas vue du week-end. On n'était déjà plus ensemble.

Veronica se racla la gorge.

— On ne pourrait pas parler d'autre chose ? Ça me met mal à l'aise.

Trey ne l'écouta pas.

— Tu as demandé à Del s'il l'avait vue ce week-end-là ?

La boule grossit et devint plus lourde. Avais-je posé la question à Del ? Je n'en avais pas l'impression. Du moins, pas de façon explicite.

— Si c'est le cas, il ne me l'a pas dit.

L'air innocent de Trey ne me trompa pas une seconde.

— Tu devrais le faire. Par curiosité.

— Où veux-tu en venir ? m'enquis-je.

— Nulle part, répondit Veronica à sa place en poussant une feuille de salade sur son assiette. Trey a quelques neurones en moins. Bref. Lauren et moi, on comptait aller à Philadelphie ce week-end pour trouver une robe pour la fête de Del, après le bal de promo.

Lauren était la brune aux mèches blondes, la plus discrète du groupe. Elle me sourit.

— Del organise une fête ? demandai-je.

Veronica secoua la tête avec un rire sonore.

— Pardon, je suis bête. Oui, il en organise une chaque année. Tout le monde y va. Il y a parfois des indésirables, mais c'est difficile de contrôler la population.

— Tu l'as dit. Si elle, elle vient, par exemple, il faudra qu'on cache la nourriture, dit Candy d'un air dégoûté. Ou qu'on mette un cadenas sur le frigo.

Elle parlait si fort que je n'eus aucun mal à comprendre de qui elle parlait. Une fille était en train de s'asseoir à une table devant nous. Ses cheveux relevés dévoilaient sa nuque rougie.

— Groin groin, fit Veronica en imitant le cochon.

Je les dévisageai.

— Elle n'est même pas grosse, leur fis-je remarquer à voix basse.

Elle n'était pas aussi mince que Veronica et Candy, certes, mais, en même temps, les habitants d'un pays en proie à la famine devaient peser plus lourd qu'elles.

Candy jeta un coup d'œil derrière elle en riant.

— Elle fait quoi ? Du 42 ?

La mâchoire m'en tomba.

— Tu as raison, c'est un scandale ! Vous plaisantez, j'espère ?

Trey se laissa aller davantage en arrière. Il était clair que la scène l'amusait beaucoup. Les filles, elles, me regardaient comme si je m'étais mise à danser nue sur la table. J'agrippai ma bouteille d'eau. Je mourais d'envie de la leur jeter à la tête.

— Bon sang. C'est irrespectueux au possible.

Veronica redressa vivement la tête.
— C'est toi qui dis ça ?
— Oui et alors ? rétorquai-je.
Elle se mordit la lèvre inférieure puis scruta la cantine.
— OK. Tu vois cette meuf ?
Elle désigna une jolie fille à la peau café au lait qui portait des bottes d'enfer. Quand elle reprit la parole, ce fut à voix basse :
— Il y a deux semaines, tu l'as traitée de grosse vache et tu as dit que ses cuisses frottaient si fort qu'elle risquait de mettre le feu à la planète. Alors, tu n'as pas de leçon à nous donner.
Je restai muette durant quelques secondes.
— Je… je n'aurais jamais dit une chose pareille.
Lauren hocha lentement la tête. Elle regardait fixement son assiette.
— Pourtant, tu l'as fait.
— Et une semaine avant, tu as proposé de la salade à une autre fille. Tu lui as suggéré qu'il valait mieux qu'elle arrête la pizza, raconta Trey, hilare. J'ai cru que tu allais t'en prendre une !
Tandis que j'observais mes amis, un sentiment horrible se déversa dans mes veines, le même mélange de honte et de confusion que j'avais éprouvé en m'excusant auprès du garçon dans le couloir. Je n'arrivais pas à savoir ce qui était le pire : avoir proféré toutes ces insultes ou avoir des amis qui trouvaient ce comportement parfaitement normal. Écœurée, je me levai et attrapai mon plateau.
— On se voit plus tard.
— Sammy ! s'exclama Veronica.
Je ne lui répondis pas. J'étais trop occupée à réprimer des larmes de rage. Plus que tout, je voulais m'éloigner de moi-même, de ceux qui me rappelaient

celle que j'avais été. Heureusement, il y avait une autre table à laquelle je pouvais m'installer.

Je me postai à côté de mon frère.

— Je peux m'asseoir avec vous ?

Il avait l'air surpris, mais hocha quand même la tête.

— Bien sûr. Vas-y.

Les joues en feu, des sanglots plein la gorge, je m'effondrai sur une chaise. Ce n'est qu'au bout de quelques minutes que je me rendis compte que Carson était là, lui aussi. Il me toisait avec des yeux plissés. Puis je croisai le regard de la fille assise à côté de mon frère.

Je la reconnus aussitôt. Il s'agissait de la fille dont j'avais un vague souvenir, celle avec le grand chapeau rouge. L'excitation bourdonna à l'intérieur de mes veines. Je connaissais quelqu'un !

— Tu es Julie !

Elle regarda mon frère, médusée, avant de se tourner de nouveau vers moi. Ses cils papillonnaient. Scott posa sa fourchette sur la table.

— Tu te souviens d'elle, Sam ? me demanda-t-il.

Je hochai vivement la tête, un peu comme le chiot dans la publicité pour croquettes que j'avais vue la veille.

— Oui. Enfin, je me souviens d'elle quand elle était plus jeune. Tu portais un chapeau rouge. Je n'ai pas trouvé de photo de toi sur mon mur, mais je crois qu'on était amies, avant.

Je jetai un coup d'œil à Scott, qui me considérait d'un air abasourdi. En fait, la moitié de la table ne semblait pas en croire ses oreilles. Je me tus. Mes joues me brûlaient.

Julie s'éclaircit la voix.

— Je portais un très grand chapeau quand j'étais plus jeune, c'est vrai. Il appartenait à ma mère. On...

Toi et moi, on trouvait que c'était le summum du cool, mais c'était il y a bien longtemps.

Avant que je me transforme en peste de première classe. Avant qu'une tablée entière me voue un culte pour de mauvaises raisons. Je fourrai un morceau de pizza dans ma bouche.

Carson secoua la tête.

— Tu as raison, Scott. C'est surréaliste.

Les lèvres pincées, j'observai la cantine autour de moi. *Je ne fondrai pas en larmes. Je ne fondrai pas en larmes*. La boule était remontée dans ma gorge. Elle bloquait la pizza. Del entra d'un pas tranquille dans la salle à travers la double porte. Il discutait avec un garçon en polo vert fluo.

Quel horrible tee-shirt !

Del balaya la salle du regard avant de marquer un temps d'arrêt en me trouvant là. Son expression aurait presque pu être comique. Il dit quelque chose à son ami, puis avança dans ma direction.

— Génial, marmonna Carson en vissant le bouchon de sa boisson. Elle, passe encore, mais il est hors de question que je supporte la présence de Del le débile.

Un rire remonta le long de ma gorge. Ce fut plus fort que moi. J'étais sur le point de me tourner vers Carson lorsqu'un détail rouge attira mon attention.

Soudain, le monde se figea autour de moi. La cantine sembla s'écrouler, s'effriter en lambeaux de cendres et débris de pierres. Les conversations, les rires et le tintement des couverts s'évanouirent. Un voile tomba devant mes yeux, recouvrant la scène d'un gris terne à une exception près.

Le rouge.

La seule couleur dans la pièce était la robe rouge déchirée qui pendait à son corps.

Cassie se tenait au bout de notre table.

7

Elle me dévisageait, les yeux plissés et les poings serrés contre ses flancs. Ses cheveux n'étaient qu'une masse hirsute, plus foncée au sommet de sa tête, où ils semblaient plaqués contre son crâne. Un liquide visqueux s'écoulait depuis leurs racines jusque sur son visage. Un filet morbide. Insidieux.

— Tu te crois parfaite, dit-elle avec une voix sans émotion, sinistre. (Du sang dégoulinait dans ses yeux. Pourtant elle ne cillait pas.) Mais c'est faux ! Tu ne te doutes de rien. Ta vie est un vrai merdier et tu ne te doutes de rien.

Je sursautai.

— Cassie ?

Une main chaude enveloppa la mienne. Cassie disparut. Déboussolée, je croisai le regard inquiet de Scott.

— Qu'est-ce que tu as dit ? demanda-t-il.

— Tu n'as pas vu…

— Vu quoi ?

Scott resserra sa prise.

— Rien.

Le cœur battant la chamade, je me libérai.

— Tu as prononcé le nom de Cassie, dit Julie, très pâle et visiblement secouée. Seigneur, Sam. On dirait que tu as vu un fantôme.

Je commençais à croire que c'était le cas. Ou que j'étais bonne pour l'asile. Tout le monde me regardait. Carson avait de nouveau les yeux écarquillés et les pupilles dilatées. Mes poumons ne recevaient plus suffisamment d'oxygène. Ils se contractaient douloureusement. Les jambes en coton, je me levai et ramassai mon sac.

— Je dois y aller, dis-je d'une voix rauque.

— Sam.

Scott se leva.

Je m'éloignai vivement. Étonné, Del tendit la main vers moi. Je l'évitai. Dans le couloir, je me mis à courir. Je ne m'arrêtai pas. Je fonçai vers les portes qui menaient à l'extérieur. Mes pieds claquèrent sur le ciment, puis le bitume. Lorsque j'atteignis la voiture de mon frère, je me laissai tomber à côté et serrai mes jambes contre ma poitrine en respirant très fort.

À présent, je comprenais pourquoi tout le monde avait tenté de me dissuader de revenir au lycée. C'était trop dur à supporter.

Maman vint me chercher plus tôt. Le trajet du retour se fit dans un silence tendu. J'avais l'impression qu'elle avait envie de me dire quelque chose, mais j'ignorais quoi. Et puis qu'aurait-elle pu me dire pour me réconforter ? Une situation comme la mienne ne s'arrangeait pas avec quelques phrases bien placées.

— Ma chérie, commença-t-elle quand on ralentit devant la maison, ton père connaît un docteur…

— Quel genre de docteur ?

Je me tournai vers elle en serrant mon sac contre moi.

Elle grimaça et coupa le moteur.

— Un psychiatre.

La colère et la honte m'envahirent. Je n'aurais jamais dû lui raconter ce qui s'était passé au téléphone.

— Je ne suis pas folle.

— Ma chérie, je ne dis pas que tu es… folle. (Elle me regarda. Son sourire était crispé.) Mais tu dis avoir vu Cassie à la cantine et…

— Ça ne signifie pas que je dois aller consulter. À cause de toi, je vois déjà la psychologue du lycée. (Je descendis de voiture et claquai la portière.) Je ne veux pas en plus être suivie par un psychiatre.

— Tu n'auras peut-être pas le choix, reprit-elle d'une voix calme.

Je me retournai vivement vers elle. Les mots fusèrent de ma bouche, échappés d'un endroit caché au plus profond de moi :

— Que vont penser tes amis, maman ? Que diront-ils quand ils sauront que ta fille va chez un psychiatre ?

Ma mère blêmit.

— La même chose que lorsque ma fille a foncé ivre morte dans un arbre avec sa voiture flambant neuve. Ou lorsque tout le monde a vu ces horribles photos d'elle ! Ou quand…

— Quoi ? Quelles photos ?

Elle m'adressa un regard appuyé qui signifiait clairement qu'elle ne comptait pas s'abaisser à m'expliquer de quel genre de photos il s'agissait.

— Quelles photos ? hurlai-je.

Maman ne répondit pas.

À l'instant où l'on entra dans la maison, elle se dirigea vers le bar et se servit un whisky. Elle l'avala d'une traite et s'en versa un deuxième.

— Ma chérie. Je ne pense qu'à ton bien-être. Je me moque de ce que mes amis peuvent penser. Tu es ma fille. Consulter un psychiatre n'est pas…

— Non, l'interrompis-je. Je n'irai pas.

Elle détourna le regard et reprit une lampée de whisky. Je quittai la pièce, ulcérée. Je n'avais rien à ajouter.

Je restai environ deux heures dans ma chambre à faire les cent pas. De temps en temps, je m'arrêtais pour observer la boîte à musique et la photo de Cassie. Quand j'entendis la porte du garage s'ouvrir, je paniquai. Je refusais de rester dans la même maison qu'une femme qui buvait à cause de moi et avec un frère qui me pensait sûrement folle. Je me glissai dehors par la porte de derrière et dépassai la piscine ainsi qu'un petit bungalow bordé d'arbres. Un homme était occupé à les tailler. Sa peau mate luisante de sueur, il transportait les épaisses branches coupées jusqu'à sa camionnette.

Il ne leva même pas la tête. À ses yeux, j'étais invisible. Tant mieux.

Je me dirigeai vers la limite de notre propriété et escaladai un mur en pierre qui faisait le tour du jardin. Entre l'herbe et le sol rocailleux se dessinait un chemin à travers les arbres. Je le suivis jusqu'à une cabane en bois construite dans un grand érable.

Je m'arrêtai dessous, intriguée. Mon inconscient m'avait-il amenée ici ? Je n'avais pas dû arriver là par hasard.

La cabane n'avait rien de spécial. C'était une sorte de hutte bricolée dans un arbre. L'un de ses côtés était entièrement ouvert de manière à pouvoir observer le jardin. Je dus m'y reprendre à plusieurs fois avant de réussir à entrer, puis je rampai dans un passage étroit qui menait à un espace dans lequel je ne tenais pas debout. Je restai allongée. J'espérais de tout mon cœur que le bois n'était pas vermoulu.

Une brise fraîche fit voler quelques mèches de mes cheveux qui tombèrent devant mon visage. Je frissonnai et resserrai mon pull contre moi.

Je ne suis pas folle.

Mme Messer ne m'avait-elle pas dit que mes souvenirs pouvaient revenir par bribes ? Des apparitions sinistres qui me criaient dessus, en l'occurrence ? Tout à coup, une pensée terrible me vint. Et si cette vision sanguinolente de Cassie était un souvenir de cette nuit fatidique ? Mais si tel était le cas, pourquoi m'aurait-elle dit toutes ces choses ? Je n'avais pas la réponse à cette question, car j'ignorais à quoi ressemblait ma vie avant le mercredi précédent. Il fallait également que je prenne en compte les deux messages que j'avais reçus. Le dernier parlait de sang… puis j'avais vu Cassie saigner. Ces lettres anonymes n'étaient pas le fruit de mon imagination. Scott en avait lu une. Quelqu'un les laissait à mon intention. Pour quoi faire ? Me faire peur ? Me mettre en garde ?

Quelles photos ?

Bercée par le chant des oiseaux et le bruissement des branches nues qui frottaient les unes contre les autres, j'eus soudain une terrible révélation. Meilleure amie disparue ou pas, je ne voulais pas retrouver mon ancienne vie. Je ne voulais pas me rappeler les horribles choses que j'avais dites et faites. Malheureusement, cela n'avait pas la moindre importance. Même si je ne recouvrais jamais la mémoire, les autres n'oublieraient pas mon comportement. Même si j'essayais de laisser le passé derrière moi, je ne parviendrais jamais à le fuir complètement.

J'étais tellement perdue dans mes pensées que je ne me rendis pas compte que je n'étais plus seule dans ma petite cabane avant d'entendre les planches grincer derrière moi.

Le cœur au bord des lèvres, je me retournai vivement et le vis s'asseoir à côté de moi.

— Carson ?

— Tu aurais pu choisir un endroit plus confortable quand même. Ça m'étonnerait que ce soit très sûr, ici.

Plusieurs minutes s'écoulèrent en silence jusqu'à ce que je retrouve l'usage de la parole.

— Je ne pensais pas rester si longtemps.

— Je m'en doutais.

Il pencha la tête vers moi. Ses yeux étaient sombres. Je frottai les miens et réprimai un bâillement.

— Quelle heure est-il ?

— Presque 21 h 30. (Carson marqua une pause.) Tout le monde te cherche. Tes parents, Scott, Del… Ils passent la ville au peigne fin.

— Et pourtant, c'est toi qui m'as trouvée.

Carson rit. C'était un joli son grave, qui réchauffait de l'intérieur. J'avais la sensation que je ne l'entendais pas souvent.

— Je sais. Stupéfiant, pas vrai ? J'étais surpris de te trouver dans la cabane. Personne n'y a pensé. C'était la solution de la dernière chance pour moi.

Une douce chaleur m'envahit tandis que j'observais son visage à moitié plongé dans l'obscurité. Quand son regard sonda le mien, une chaleur grisante se répandit dans mon bas-ventre.

— Pourquoi est-ce que tu m'as cherchée ? Tu ne…

— Je ne t'apprécie même pas ? termina-t-il à ma place, tout sourire.

— Tu me détestes.

Il haussa les sourcils.

— Ce n'est pas vrai. Je ne t'ai jamais détestée, mais c'est… difficile de t'apprécier parfois. (Il reporta son attention sur le ciel nocturne en soupirant doucement.) Pourquoi est-ce que tu t'es réfugiée ici ? Tu t'es souvenue de cet endroit ?

J'entremêlai mes doigts froids. J'étais contente qu'il ne me déteste pas. C'était sans doute la meilleure nouvelle de la journée.

— Je ne sais pas. Je ne m'en souviens pas, mais mes pas m'y ont conduite.

— Quand on était petits, on jouait ici tous les trois, m'expliqua-t-il. Chaque fois que tu te faisais gronder parce que tu avais séché un cours de piano ou de danse, tu venais te cacher ici. Je pense que tu n'étais plus revenue depuis tes onze ans.

Des cours de piano et de danse ? Cela expliquait la boîte à musique, mais ce n'était pas le plus important. Je repensai à la pause-café de la matinée.

— Tu sais beaucoup de choses sur moi.

— On a grandi ensemble. (Il resta silencieux un moment.) Tu as passé beaucoup de temps ici. Scott te suspendait dans le vide.

Je ris.

— Ça devait être marrant.

Carson me donna un coup de coude.

— Tu adorais ça. Tu étais obnubilée par l'idée de voler. Une fois, tu as même sauté du bord. Ton frère t'a rattrapée en bas. Il s'est cassé le bras.

Mon sourire ne cessait de grandir. Je tendis les jambes et fis bouger mes orteils dans mes baskets.

— Il m'en a voulu ?

— Non, répondit Carson en riant. Il a eu trop peur que tu te tues. Et je ne te parle pas de ce que tu t'amusais à faire sur le toit de l'abri de piscine. Tu as toujours rêvé de voler et tu as toujours eu un côté casse-cou. C'est encore le cas, d'ailleurs. Scott m'a dit que tu as fait du saut à l'élastique il y a quelques semaines. Il paraît que Del a failli se pisser dessus.

Au lieu de rire, je sentis un poids m'oppresser la poitrine. Je me détournai. Le ciel était sombre, empli de nuages. Il n'y avait pas d'étoiles et la lune était à peine visible.

Carson se redressa. Son épaule toucha mon dos.

— Qu'est-ce qui se passe ?

Je tournai la tête vers lui. Nos visages n'étaient qu'à quelques centimètres l'un de l'autre. Une curiosité soudaine m'envahit. Je mourais de savoir si ses lèvres étaient aussi douces que je l'imaginais. Je pariais qu'elles étaient fermes et sensuelles. Je baissai les yeux et repoussai mon désir. Ce n'était pas parce qu'il ne me détestait pas qu'il voulait m'embrasser pour autant.

— J'ai demandé à Del de me parler de moi.

— Et ?

Son souffle était chaud, enivrant, contre ma joue.

— Tout ce qu'il a su me dire, c'est que j'aimais faire du shopping et la fête, soupirai-je. Après dix minutes passées avec toi, je sais que j'étais accro à l'adrénaline. C'est mieux que d'être la fêtarde de service, non ?

Il recula et mit de la distance entre nous.

— Tu es bien plus que la fêtarde de service, Sam. Tu es intelligente. Vraiment très intelligente. Je n'aurais jamais eu de bonnes notes en biologie si tu n'avais pas été mon binôme. Et si je veux obtenir une bourse, je ne peux pas me permettre d'avoir de mauvaises notes. Il n'y a pas que ça. Tu es aussi extrêmement forte. Selon toi, combien de personnes amnésiques auraient osé replonger aussi tôt dans leur ancienne vie ? Tu es persévérante.

Je rougis.

— Persévérante ?

— Ouais, c'est mon mot du jour.

Je lui adressai un grand sourire.

— Et ta bourse ? C'est pour quelle école ?

— L'université de Pennsylvanie, répondit-il. Si je parviens à maintenir ma moyenne jusqu'à la fin de l'année, ma scolarité sera entièrement payée.

— C'est génial.

Carson me dévisagea, avant de secouer la tête en riant.

— Tu vas étudier à Yale. Ça, c'est génial.

Mon sourire s'évanouit.

— Et si je n'ai plus envie d'y aller ?

Il rit de nouveau.

— Tes parents péteraient un plomb, Sam. Plus sérieusement, tu ne devrais pas laisser passer une telle opportunité parce que les choses sont... différentes, maintenant.

Je me redressai sur les genoux. Il avait raison, mais à présent, je me demandais si Yale était mon rêve ou s'il faisait partie de l'héritage familial.

— Tu viens souvent ici ?

— Oui. C'est l'endroit idéal pour s'isoler quand on a besoin de réfléchir.

— C'est peut-être pour ça que je suis venue, moi aussi, dis-je en haussant les épaules.

— Je peux te poser une question ? me demanda-t-il.

Lorsque je levai les yeux, je me rendis compte qu'il s'était rapproché. Je hochai la tête. Il saisit une mèche de cheveux que le vent avait fait tomber devant mon visage et la replaça derrière mon oreille. Sa main s'attarda une seconde contre ma peau, peut-être moins, pourtant je ressentis son contact dans la moindre cellule de mon corps.

— Qu'est-ce qui s'est passé à la cantine ?

La bulle dans laquelle je me trouvais explosa. Je battis en retraite jusqu'au rebord de la cabane.

— Rien.

Carson me suivit. Il m'empêchait de fuir.

— Il s'est clairement passé quelque chose.

Il était hors de question que je lui parle de ce que j'avais vu. Que ma mère pense que j'étais folle, passe encore, mais un mec aussi canon que lui ? Impossible. Je secouai la tête.

— Non, rien. J'étais juste... fatiguée.

Il n'eut pas l'air de me croire.

— Je veux t'aider, Sam, c'est tout.

J'étais sur le point de lui dire que je n'avais pas besoin d'aide quand, soudain, une idée me vint à l'esprit. Une fois qu'elle eut fait son chemin, impossible de m'en défaire.

— Tu veux vraiment m'aider ?

— Je ne te le proposerais pas si ce n'était pas le cas.

— OK. (Je pris une grande inspiration.) Tu sais où habite Cassie ?

— Oui, répondit-il. Pourquoi ?

— Je pense que voir ses affaires pourrait faire remonter des souvenirs.

En réalité, je n'en avais pas la moindre idée, mais il fallait que j'essaie.

— Tu peux m'y emmener ?

Carson me dévisagea un long moment avant de hocher la tête.

— D'accord, mais pas avant samedi. Tu penses pouvoir patienter ? Je m'entraîne tous les soirs de la semaine.

Je n'avais pas envie d'attendre, mais je ne voulais pas non plus demander ce service à quelqu'un d'autre.

— Je patienterai.

Quand je rentrai à la maison, papa et maman me firent la morale. Je me sentis coupable. Après tout, j'avais disparu pendant quatre jours. Sortir ainsi sans prévenir n'était pas l'idée du siècle. Aussi m'excusai-je avec toute la sincérité dont je pouvais faire preuve.

Mon père parut si surpris que j'eus peur qu'il ne fasse une crise cardiaque.

J'avais plusieurs appels en absence et des SMS alarmés, de mes amis et de Del. J'envoyai un message groupé pour leur dire que tout allait bien. Lorsque Del me rappela, je m'en voulus encore plus de m'être éclipsée. L'inquiétude qui teintait sa voix me serra le cœur.

— Je veux passer te voir, dit-il. (J'entendis une porte se fermer derrière lui.) Il faut que je te voie.

Je me laissai tomber au bord de mon lit, les yeux rivés sur la boîte à musique.

— Je ne sais pas si c'est une bonne idée. Mes parents sont en rogne.

Un soupir résonna à travers le combiné.

— Tes parents m'adorent.

— C'est moi, le problème. (Je me mordis les lèvres.) Tu ne peux pas plutôt venir demain, après les cours ?

— Oui, bien sûr.

Il y eut une pause, puis le bruit d'une cannette que l'on ouvrait retentit.

— Qu'est-ce qui s'est passé à la cantine aujourd'hui ? Veronica m'a dit que tu avais eu un comportement étrange. Apparemment, tu les as laissés pour aller t'asseoir avec ton frère, et quelques minutes après, tu t'es enfuie en courant sans rien dire.

— J'étais fatiguée, c'est tout.

Je m'allongeai sur le dos. Au plafond, les étoiles brillaient.

— Est-ce que mes amis me détestent ?

— Mais non ! s'esclaffa Del. Ne sois pas bête, Sammy. Tout le monde sait que tu traverses un moment difficile.

Ne sois pas bête ? Je fronçai les sourcils.

— Tu ne tarderas pas à redevenir toi-même. Ils comprennent ta situation. (Une autre porte se ferma.) Écoute. Je dois y aller. On se voit demain au lycée.

— Hé, attends une seconde.

Je me redressai et passai mes jambes sur le côté du lit.

— Ma mère a parlé de photos de moi. Tu sais de quelles photos il s'agit ?

Il resta silencieux si longtemps que je crus qu'il avait raccroché.

— Aucune idée. Peut-être des photos où tu ne portais pas de maquillage. Tu connais ta mère.

Pas vraiment, mais ça aurait pu lui ressembler. Je le laissai raccrocher. Malgré l'heure tardive, j'allumai mon ordinateur portable et tentai de nouveau d'accéder à ma boîte mail. J'y avais sans doute des choses personnelles. Des choses qui pouvaient m'aider à me souvenir. Mme Messer m'avait parlé d'éléments déclencheurs.

J'en avais besoin.

Malheureusement, je n'étais pas capable de répondre à la question de vérification. « Qui est votre ami(e) d'enfance ? » J'avais déjà essayé Cassie. Cela n'avait pas fonctionné. Veronica. Non plus. Lauren. Pas plus de chance. Julie ne m'avait pas plus avancée. Frustrée, je me levai et me rendis à la chambre de mon frère. Je frappai à la porte.

Un matelas grinça. Quelqu'un remettait ses vêtements à la hâte. *Oh non...* J'allais partir quand la porte s'ouvrit.

Scott baissa son tee-shirt sur son ventre plat. Derrière lui, Julie était assise sur le lit, un livre ouvert sur ses genoux. À l'envers. Je souris. Scott s'éclaircit la voix, les joues empourprées.

— Tout va bien, Sam ?

— Euh... oui.

Le regard fuyant, je fixai mon attention sur le poster de l'équipe de base-ball de Philadelphie accroché au-dessus du lit.

— Je me demandais si tu pouvais répondre à une question pour moi.

Julie leva la tête, une expression de curiosité sur son joli visage. Je lui offris un sourire timide, qu'elle me rendit avec hésitation.

— Bien sûr. (Scott s'appuya contre le chambranle de la porte, les bras croisés.) Je suis une source intarissable de savoir. Demande-moi ce que tu veux.

Je me sentais vraiment stupide de lui poser une question aussi simple.

— Qui était mon ami d'enfance ?

Scott me dévisagea.

Je sentis le rouge me monter aux joues.

— J'essaie de changer mon mot de passe pour entrer dans ma boîte mail.

— Oh, je comprends mieux. Essaie « Carson ».

Le choc me cloua sur place.

— Carson ?

— Quand on était petits, tu étais plus proche de lui que moi. Je te parie que c'est ça.

Carson était mon meilleur ami d'enfance ? Je n'arrivais pas à y croire, encore moins quand je repensais à l'animosité dont il avait fait preuve la première fois que je l'avais vu.

— Pourquoi est-ce qu'on n'est plus amis ?

— À cause de Cassie et Del, répondit Julie en refermant le livre sur ses genoux. Tu as commencé à les fréquenter de plus en plus souvent et... disons que tes anciens amis n'ont plus été à la hauteur.

— Toi non plus ? demandai-je en me rappelant ce que Scott m'avait dit.

— Mon Dieu, murmura Scott en se passant la main sur le visage. Sam... Après ce qui s'est passé aujourd'hui, tu devrais peut-être...

— Quoi ?

Julie posa son livre à côté d'elle.

— On a été amies jusqu'à il y a deux ans.

— Qu'est-ce qui s'est passé ?

Elle hésita.

— Je voulais sortir avec ton frère. Tu m'as dit que si je faisais ça, on ne serait plus amies. J'ai quand même tenté ma chance. Il s'est avéré que tu ne plaisantais pas.

Waouh. Je commençais sérieusement à croire que j'étais l'Antéchrist.

— Je suis désolée, bredouillai-je avant de m'enfuir comme si j'avais le diable aux trousses.

J'étais à mi-chemin de ma chambre lorsque j'entendis Julie me rappeler.

— Sam, attends !

Je me retournai. Elle se tenait là, dans le couloir, plus grande que moi, et je me préparai à encaisser le coup. Je savais que je méritais ce qu'elle s'apprêtait à me dire.

Elle s'arrêta devant moi et passa les mains sur la ceinture à clous autour de sa taille.

— Je voulais te parler tout à l'heure, mais...

Surprise qu'elle ne m'accable pas d'injures, je sentis les muscles de mon dos se détendre.

— Mais je me suis enfuie comme une folle.

— Je n'aurais pas dit ça comme ça, dit-elle avec un léger sourire. Tu vas bien ?

L'espace d'un instant, j'hésitai à lui déballer tout ce que j'avais vu parce qu'une part de moi reconnaissait

Julie de manière instinctive, mais je ne voulais pas passer pour une folle pour de bon.

— Oui, ça va. Je... La journée a été intense.

— J'imagine.

Son expression se fit compatissante, puis elle prit une grande inspiration.

— Tu t'es vraiment souvenue de moi ? Brièvement ?

— Pas de grand-chose. Je nous ai revues quand on avait...

— On avait sans doute dix ans, termina-t-elle à ma place avant de se mordre la lèvre. On se voyait tous les jours après l'école et le week-end. On était pratiquement inséparables.

Le désir de retourner à cette époque m'envahit.

— J'ai vraiment arrêté de te parler parce que tu es sortie avec Scott ? Lui, il a prétendu que c'était parce que tu avais porté une tenue qui ne me plaisait pas, mais je... je ne crois pas que la mode était si importante pour moi.

— Tu as toujours eu de très beaux vêtements, mais non, ça n'a jamais été ta plus grande préoccupation. Contrairement aux autres filles. (Les lèvres pincées, Julie repoussa ses cheveux de son front.) Je ne connais pas la vraie raison. C'était peut-être à cause de Scott. En tout cas, c'est ce que tu m'as dit. Mais ça me semble absurde. Cassie ne m'aimait pas. Elle a toujours été excessivement jalouse de notre amitié. Je suis sûre qu'on s'est éloignées à cause d'elle.

On en revenait sans arrêt à Cassie. Cette fille contrôlait-elle ma vie ou était-ce plus compliqué que ça ?

— Je ferais mieux d'y retourner. On était en pleine révision. (En voyant mon air incrédule, elle me fit un clin d'œil.) Si ça te dit, j'aimerais beaucoup qu'on recommence à passer du temps ensemble.

— Ce serait sympa, répondis-je aussitôt. Enfin, ça me plairait aussi.

Elle rit doucement.

— D'accord. À plus tard ?

Je lui fis un signe rapide de la main plus gênant qu'autre chose avant de retourner dans ma chambre. Après avoir refermé la porte derrière moi, je soufflai un grand coup et me rassis devant mon ordinateur. Alors, lentement, presque à contrecœur, je tapai le prénom de Carson. Au moment de cliquer sur « suivant », je fermai les yeux.

Je soulevai une paupière.

L'interface me demandait de créer mon nouveau mot de passe.

Des dizaines de questions s'abattirent sur moi en même temps. Pourquoi, si je le haïssais tant, avais-je choisi son nom comme réponse secrète ? Malgré tout, une sensation d'excitation grisante fit naître un sourire béat sur mon visage. Un sourire que je ne comprenais pas parce que j'avais un petit ami, Del, dont j'avais été visiblement amoureuse.

Mais Carson avait semblé très proche de moi dans la cabane en bois.

Repoussant toute pensée de Carson, je choisis un nouveau mot de passe et réussis enfin à me connecter à mon compte. Les e-mails de ma boîte de réception datant d'avant mercredi avaient tous été effacés.

Voilà qui était étrange. Je n'avais aucun message de Cassie. Je n'en avais enregistré aucun. Rien non plus dans les éléments envoyés. Le néant. Quelqu'un avait piraté mon compte. Cela expliquait pourquoi mon mot de passe avait été si difficile à trouver. Cette idée me rendit paranoïaque.

J'ouvris un premier message qui était de Veronica. Elle me disait qu'elle était désolée pour ce qui s'était passé à la cantine et qu'elle m'aimait malgré tout.

Je levai les yeux au ciel. Je mourais d'envie de l'effacer, mais je lui répondis quand même pour lui dire que tout allait bien. Mes amies étaient peut-être des pestes de premier ordre, mais il fallait que je leur laisse une chance. Avant d'éteindre mon ordinateur, j'ouvris un nouveau message et tapai « C » dans la barre d'adresse.

Aussitôt, *cassieblively@live.com* apparut en suggestion.

Voir son adresse e-mail me coupa le souffle. J'ignore pourquoi je réagis ainsi, mais j'écrivis deux courtes phrases. « Où es-tu ? » puis « Qui es-tu ? ».

Et l'envoyai.

8

Le reste de la semaine fut plus tranquille. Je retournai au lycée et tentai de me fondre dans une vie qui m'était totalement inconnue. J'appris très vite la hiérarchie de notre école et la façon dont les choses fonctionnaient. Il semblait y avoir trois groupes : ceux qui étaient au-dessus de tout le monde, leurs amis, et les autres.

Mes amis faisaient clairement partie du premier groupe. Nos familles avaient toutes leurs racines à Gettysburg ou dans les villes voisines. Les propriétés gigantesques devant lesquelles nous passions pour nous rendre au lycée appartenaient toutes à l'une d'elles ou à un parent proche.

Pour résumer, nos familles avaient la mainmise sur la région.

Le père de Lauren travaillait dans la finance comme le mien. Le père de Candy possédait la plus grande agence immobilière de l'État. Le père de Veronica était juge à la Cour suprême. Le père de Trey travaillait à l'ambassade britannique de New York. Et nous, nous étions comme nos parents. Nous régnions sur le lycée.

J'avais vite compris que notre comportement était rarement remis en question, précisément en raison de la position de nos parents. Vieilles familles. Vieilles fortunes. Toutefois, quelque chose me disait que c'était propre à cette ville. Bien sûr, il y avait toujours un groupe qui faisait la loi dans une école, mais ici, la hiérarchie était vraiment marquée et particulière. Peut-être parce que la communauté était très unie. Du moins, la communauté des plus riches. Ils… *Nous* étions très soudés. Les autres n'étaient que des intrus.

Il y avait néanmoins une exception qui confirmait la règle. Cassie. J'ignorais comment je le savais. C'était peut-être un sentiment ancré en moi depuis ma vie d'avant. Dans tous les cas, j'avais la nette impression que Cassie avait été une intruse et que je l'avais protégée comme une lionne.

Cela ne faisait aucun sens. Ma vie tout entière n'avait aucun sens.

Le midi, je mangeais avec les filles. Elles m'avaient proposé de faire du shopping à deux occasions, mais j'avais refusé. Se consacrer aux préparatifs d'un bal alors que Cassie avait disparu me semblait déplacé. Même si j'essayais d'arrondir les angles, un fossé se creusait entre mes amis et moi. Je ne me joignais jamais à eux lorsqu'ils se moquaient d'autres personnes et leurs blagues ne me faisaient pas rire. Chaque jour, le regard qu'ils posaient sur moi devenait de plus en plus méfiant et agacé et leurs remarques à mon encontre plus acerbes. J'avais vraiment tiré le gros lot, avec ceux-là.

Après l'entraînement de base-ball, je rejoignais Del. Une fois, nous étions allés chez lui. À côté de sa maison, la mienne ressemblait à un motel miteux en bord d'autoroute. La fortune était un facteur déterminant qui régissait sa vie de famille, tout comme la mienne. Il se montrait patient avec moi et acceptait que j'essaie de nouveau d'apprendre à le connaître, mais je voyais bien qu'il avait hâte que je reprenne mes esprits, que je redevienne la fille dont il était tombé amoureux. Dans un sens, moi aussi. Les attentes de mes parents, de mes amis et de Del pesaient sur mes épaules. Au bout du compte, j'avais toujours l'impression de ne pas être… assez bien. Les deux seuls moments de la journée que j'appréciais étaient le trajet en voiture jusqu'au lycée et le cours de biologie.

Les moments avec Carson.

Je n'avais plus eu la moindre hallucination. Je n'avais plus trouvé de messages non plus.

Cassie manquait toujours à l'appel.

L'espoir de la voir réapparaître comme j'avais réapparu diminuait de jour en jour. On se mettait à me regarder de travers en classe et dans les couloirs. Les gens commençaient à douter de moi, à m'accuser de certaines choses. Lorsque j'en avais parlé dans la voiture, un matin, en allant au lycée, Scott et Carson m'avaient répondu que je me faisais des idées.

Je n'en étais pas si sûre.

Il y avait de grandes chances que, à cause de ma réputation déjà terrible, les autres me croient capable de commettre un acte irréparable envers Cassie. Je ne voulais pas y penser, mais au fond de moi, je commençais à avoir peur.

L'inspecteur Ramirez passa me voir chez moi le jeudi, après les cours. Il avait sans doute prévenu mon père parce qu'il était à la maison et ne me quitta pas d'une semelle tandis que le policier m'interrogeait. Celui-ci me posa les mêmes questions, encore et encore. Malheureusement pour lui, mes réponses restaient toujours les mêmes. Après une demi-heure à tourner en rond, Ramirez jeta l'éponge et partit, déçu, sans avoir avancé sur l'enquête.

Mais la plus déçue, c'était moi.

Pendant l'entretien, maman était restée silencieuse, sans jamais se séparer de sa tasse qui, à mon avis, contenait autre chose que du café. Une fois l'inspecteur parti, elle sortit aussitôt de la cuisine. Papa tenta de la retenir, mais elle l'évita avec l'agilité d'un chat de gouttière. Une lueur de frustration s'alluma dans les yeux de mon père, mais elle disparut dès que son regard croisa le mien.

— Ne t'en fais pas, dit-il en me serrant la main. (Un sourire rassurant étira ses lèvres.) Je sais que tu fais tout ton possible pour te souvenir et les aider, princesse.

— « Princesse » ? murmurai-je. Tu ne m'as pas appelée comme ça depuis...

Je m'interrompis et fronçai les sourcils.

Mon père, lui, se figea.

— Depuis quand ?

Mes lèvres remuèrent. J'avais la réponse sur le bout de la langue, mais lorsque je tentai de m'y accrocher, elle s'évapora dans un nuage de fumée. Je secouai la tête.

— Je ne sais pas.

Il ne reprit pas tout de suite la parole.

— J'ai arrêté de t'appeler comme ça quand tu avais environ onze ans.

— Pourquoi avoir recommencé ?

— Ces derniers temps, j'ai l'impression d'avoir retrouvé ma petite princesse. Avant, tu étais...

Il s'écarta et retira sa main de la mienne pour croiser les bras sur son torse. Son regard se perdit à travers les grandes fenêtres qui donnaient sur la terrasse à l'arrière de la maison.

— C'est toi qui ne voulais plus. Tu vas me demander pourquoi, je le sais. (Il esquissa un sourire las.) La dernière fois que je t'ai appelée comme ça, c'était le jour où Cassie est venue ici pour la première fois. Plus tard, dans la soirée, tu m'as ordonné d'arrêter.

Les sourcils froncés, je le regardai souffler lentement.

— Quel est le rapport entre Cassie et la façon dont tu m'appelles ?

Il reporta son attention sur moi.

— Je l'ignore. Il n'y a que toi qui le sais.

*

* *

— C'est toujours bon pour demain ? demanda Carson en s'asseyant à côté de moi en classe de biologie.

— Oui, si tu veux toujours m'aider.

Il eut l'air désarçonné, puis méfiant. Il semblait passer par ces mêmes émotions à chacune de nos conversations.

— Oui, bien sûr, mais j'ai un entraînement le matin.

— Ce n'est pas grave.

J'avais pris l'habitude de fixer un point au niveau de ses sourcils. Le regarder dans les yeux ou regarder sa bouche m'emplissait de sentiments étranges et de frustration.

Il rapprocha sa chaise de la mienne et jeta un coup d'œil par-dessus mon épaule. Lorsqu'il éclata de rire, des frissons me chatouillèrent la colonne vertébrale.

— Qu'est-ce que tu dessines ? Le yeti ?

Mes doigts se crispèrent sur mon stylo. J'observai mon dessin d'un air perplexe. Il représentait un homme, mais ce n'était pas très réussi.

— Je crois que c'est censé être des ombres autour de lui, pas des poils.

— Maintenant que tu le dis…

— Je ne sais pas du tout pourquoi je suis en train de dessiner ça.

Je ris pour désamorcer la tension et posai mon stylo. Je tournai la tête vers lui. Sa proximité était enivrante.

— Au moins, j'aurai appris que je ne suis pas une artiste.

— Malheureusement, je suis d'accord avec toi.

Il s'adossa à sa chaise en continuant à examiner mon œuvre. Ce n'était que la silhouette d'un homme avec quelques ombres au stylo. Et j'avais dépassé. Cela expliquait qu'il ait cru voir des poils.

— Mais tout n'est peut-être pas perdu, ajouta-t-il.

À cet instant, je décidai que j'aimais la façon dont ses lèvres se retroussaient en coin. Un peu tordues. Parfaites.

— On ne t'a pas beaucoup entendu dans la voiture, ce matin, dis-je pour changer de sujet.

Carson repoussa une mèche rebelle qui était tombée sur son front.

— J'avais un gros contrôle en histoire.

— Les contrôles te stressent ?

Il rit doucement et tendit ses jambes élancées sous la table blanche.

— Tout le temps, oui, parce que si je me plante, je fiche en l'air mes chances d'obtenir ma bourse.

— Tout ira bien. Tu es génial, alors…

Horrifiée, je plaquai ma main contre ma bouche. Les mots avaient franchi mes lèvres malgré moi.

Carson me dévisagea un long moment avant de se fendre d'un grand sourire.

— Cette fois encore, je suis d'accord avec toi.

Mes joues me brûlaient comme si j'étais restée trop longtemps au soleil. Je baissai ma main.

— Je n'arrive pas à croire que j'aie dit ça.

— Ne t'en fais pas. (Il ricana.) Je peux faire semblant de ne pas t'avoir entendue.

— Ce serait super.

Une lueur malicieuse apparut dans ses yeux bleu foncé.

— Mais je ne l'oublierai pas.

Mme Cleo choisit ce moment pour entrer dans la classe, chargée d'une pile de papier. Ses lourds bracelets s'entrechoquaient à chacun de ses pas. Je me tournai vers l'avant de la salle en essayant de réprimer un sourire idiot. Je croisai alors le regard de Candy. Elle haussa un sourcil et articula silencieusement le prénom de Carson. La façon dont ses lèvres se déformaient de dégoût autour de son prénom était tout un art. Je jetai un coup d'œil à mon voisin et fus rassurée de voir qu'il n'avait pas assisté à la scène.

Après le cours, Candy me tira de force vers les toilettes les plus proches. Debout devant la porte, elle me fit face, dans sa robe pull, les bras croisés sur sa poitrine. L'odeur de la cigarette froide et du désinfectant m'emplit les narines. Les graffitis sur les murs étaient si effacés que l'on ne pouvait plus les lire.

— Bon, OK, Sammy. Qu'est-ce qui se passe entre toi et Pepito ?

Une rage intense explosa en moi comme une bombe à fragmentation.

— Il a un nom. Et c'était complètement irrespectueux. Ça m'écœure.

Ces cils épais papillonnèrent.

— Oh, pardon ! s'exclama-t-elle en levant les mains au ciel. Bon sang, qu'est-ce que tu es susceptible, maintenant ! Oui, Carson est canon. Personne ne peut le lui enlever. Tu peux t'amuser avec lui, mais il reste le fils du *gardien* !

Je serrai les poings.

— Il est aussi extrêmement intelligent. D'après ce que j'ai entendu, il est très doué au base-ball. Et il est gentil.

Candy en resta un instant bouche bée.

— OK... Et Del, dans tout ça ? Vous avez l'histoire d'amour dont tout le monde rêve. Veronica en particulier. Bref. Tu as oublié son existence, ou quoi ?

Oh... oh mince. J'avais bel et bien oublié Del.

— Ça n'a rien à voir avec lui, assurai-je sans grande conviction.

— Ah bon ?

La porte des toilettes s'ouvrit. Candy se retourna et poussa à deux mains dessus pour la refermer.

— Hé, ça ne va pas ! s'écria une voix surprise de l'autre côté.

— C'est occupé ! rétorqua Candy. Va ailleurs.

Elle me refit face et passa ses cheveux derrière son épaule.

— Comment crois-tu que Del réagirait s'il apprenait que sa copine déshabille un autre mec du regard ?

— Ce n'est pas ce que j'étais en train de faire. (J'avançai d'un pas, le visage en feu.) Carson et moi, on est amis, c'est tout.

— Depuis quand ? Je sais que tu as perdu la mémoire, mais Carson et toi, vous appartenez à deux mondes différents. Il te détestait et c'était réciproque.

Ses trois mots me firent plus de mal qu'ils ne l'auraient dû.

— Il me détestait ?

Candy me sourit comme si j'étais un enfant qui venait d'essayer d'enfoncer ses doigts dans une prise électrique.

— Il te plaît ?

— Quoi ?

Je passai la bandoulière de mon sac à mon épaule et me dirigeai vers le miroir. Je gagnai du temps en remettant du baume à lèvres.

— Je t'ai déjà dit que je le voyais comme un ami.

Son visage apparut derrière moi dans le miroir. Ses yeux me guettaient comme ceux d'un chat.

— Tant mieux. Le contraire serait vraiment embêtant.

— Pourquoi ?

Je refermai le tube de gloss en réprimant l'envie de le lui envoyer à la tête.

— Parce qu'il n'est pas riche ?

Elle grimaça.

— Non. Parce qu'il s'est tapé Cassie à une soirée, l'été dernier, et qu'il est sorti avec Lauren. Carson est un coureur.

Plus tard, dans la soirée, je me retrouvai avec un garçon sur mon lit. Mme Messer avait insisté pour que je fasse des choses habituelles qui pourraient stimuler ma mémoire. Étant donné que je n'étais plus vierge, avoir Del dans ma chambre était une situation familière.

Mes parents s'étaient rendus à une sorte de vente aux enchères à Philadelphie et j'ignorais où était Scott. Il aurait pu se trouver n'importe où dans l'immensité de la maison sans que je le remarque.

— Pourquoi tu n'es pas allée faire les magasins avec les filles ? demanda Del en s'allongeant à côté de moi.

Je haussai les épaules avant de tourner la tête vers lui. Ses yeux avaient une teinte chaude, comme du chocolat. Pourtant, j'avais la sensation que son regard était parfois plus froid, plus dur.

— Je voulais passer du temps avec toi.

Ma réponse sembla lui faire plaisir. C'était la vérité. Passer du temps avec lui ne pouvait que m'aider. Tout le monde disait que nous étions un couple digne d'un conte de fées. Je voulais m'en souvenir, ressentir tout ça. Malheureusement, ce n'était pas le cas. En sa présence, je n'avais jamais le souffle coupé. Aucun émoi ne me serrait la poitrine. Je n'éprouvais pas non plus cette chaleur intense qui m'envahissait lorsque j'étais avec… Non. Je refusais de penser à *lui*, surtout pas après ce que j'avais appris à son sujet.

Il avait couché avec Lauren.

Et avec Cassie.

Je fermai les yeux et ravalai une litanie d'insultes. Je ne penserais pas à Carson. Hors de question. Pas en présence de Del. Ce n'était absolument pas correct de ma part. Je n'avais pas besoin de mes souvenirs pour le savoir.

Je tendis la main vers lui et caressai sa mâchoire du bout des doigts. Sa peau était douce. Je me demandai combien de fois j'avais fait ça par le passé.

Ce geste n'avait rien éveillé chez moi. En revanche, Del sembla le prendre comme un signal. Il se hissa sur un coude et se pencha vers moi. Il ne me touchait pas, mais il était très proche.

La gorge nouée, je retirai ma main et la plaquai contre ma poitrine. J'avais le souffle bloqué, mais pas par l'excitation. La peur et la nervosité déferlaient en moi. Del me regardait avec une question dans les yeux, comme s'il n'était pas sûr de devoir continuer.

Moi, je voulais qu'il le fasse. Parce que cela pouvait me permettre de me souvenir et il fallait que je me souvienne. Il fallait que je me rappelle ce qui était arrivé à Cassie.

Je hochai la tête et tâchai de sourire, mais je sentis mes lèvres frémir.

Del pressa sa bouche dans mon cou et caressa doucement ma peau. Je m'accrochai à ma couette. Les lèvres pincées, je m'efforçai de retenir le mot que j'aurais voulu crier. *Arrête.*

Combien de fois avions-nous fait ça ? Très souvent, sans doute. Pourquoi n'aurais-je pas embrassé et fait un tas de choses coquines avec un garçon aussi beau ? Ce qu'il était en train de faire n'était rien à côté de ce que nous avions déjà expérimenté. Pourquoi étais-je incapable de m'en souvenir ?

Je fermai les yeux. J'aurais voulu que mon cœur cesse de battre aussi vite. Ce martèlement frénétique était désagréable. Étais-je en train de faire une attaque ? Seigneur. Il fallait que je cesse de penser des choses aussi stupides. Je n'étais pas en pleine crise cardiaque... même si j'aurais aimé que ce soit le cas. Parce que cela l'aurait obligé à s'arrêter.

Alors, au pire moment imaginable, je me mis à penser à Carson. Pourquoi Del n'avait-il pas des yeux bleus comme les siens ? Pourquoi ne pouvait-il pas être patient comme Carson l'avait été au café, dans la cabane ou en classe ? Peu importait avec qui il avait couché par le passé. Il ne faisait aucun doute que, à la place de Del, Carson n'aurait pas essayé de déboutonner mon chemisier. Il aurait remarqué que mes bras tremblaient et que je serrais la couette tellement fort entre mes doigts que je me coupais la circulation du sang. Bon, d'accord. Ce n'était pas juste envers Del. Après tout, c'était mon idée.

Mon cœur eut un nouveau soubresaut. Je décidai de me concentrer sur la télévision. Une chaîne sportive rediffusait un match de base-ball de la saison précédente. Même si je n'en saisissais pas bien l'intérêt. C'était la fin de la troisième manche. Les Braves d'Atlanta étaient à la batte. Il y avait déjà deux prises et un loupé. Le frappeur devait à tout prix toucher la balle. D'où me venaient ces connaissances en matière de base-ball ? La tête me tournait.

La main de Del me ramena à la réalité. Elle rampait sur mon ventre, sous mon nombril. Ses doigts effleuraient le haut de mon jean. Je pris une inspiration vacillante et rouvris les yeux.

— Del ?

Ses baisers mouillés descendirent le long de mon cou. Sa main, elle, glissait toujours plus bas. Incapable de me retenir, je refermai mes cuisses dans un réflexe de défense et répétai son nom.

Il releva aussitôt la tête. De la confusion se lisait dans ses yeux marron.

— Qu'est-ce qui se passe, bébé ?

— Je... je ne me souviens pas de tout ça, murmurai-je.

— C'est trop rapide ?

Lorsque je hochai la tête, Del me dévisagea un moment avant de m'embrasser tendrement. C'était une simple caresse de ses lèvres sur les miennes, avec la plus légère des pressions. Pourtant, je ne pus m'empêcher de tressaillir. Il s'en rendit compte. Visiblement blessé, il recula un peu et retira sa main de mon ventre. À présent, je me sentais mal.

— Je suis désolée. Vraiment. Je...

Je ne le connaissais pas. C'était tout le fond du problème. J'étais au lit avec un inconnu.

Il roula sur le côté et s'appuya sur un coude. Son regard se posa sur l'écran de la télévision. Le frappeur n'avait pas réussi à toucher la balle.

— Je croyais que c'était le but, de faire en sorte que tu t'en souviennes. C'était ton idée.

— Je sais.

Je me redressai et reboutonnai mon chemisier à la hâte. Recroquevillée contre mes genoux relevés, j'observai le match.

— Je suis sincèrement désolée.

Il ne répondit pas tout de suite. Je l'entendis d'abord soupirer.

— Ce n'est pas grave. Ne t'en fais pas. On... réessaiera plus tard.

L'idée de réessayer me donnait envie de vomir.

— D'accord ?

Del posa sa main lourde sur mon épaule.

Tout à coup, ma vision s'obscurcit et tout devint gris. La pression de sa main me fit sombrer à travers le matelas. Soudain, je n'étais plus dans ma chambre.

Je tombais de plus en plus profondément dans les ténèbres. En chute libre. Un air froid et humide m'enveloppait, tentait de m'aspirer vers le bas encore plus rapidement. Je tombais si vite que je n'arrivais pas à reprendre mon souffle. Mes poumons étaient glacés. Mes pensées tournaient en boucle.

Je vais mourir. Je vais mourir. Je vais mourir comme elle.

Mon corps se figea soudain. Il n'y avait eu aucun impact. Je m'étais simplement arrêtée. Le ciel noir avait pris une teinte laiteuse, terne. Des arbres peints en gris se dressaient au-dessus de moi. Noueuses, cassées en deux, leurs branches nues pointaient vers moi des doigts aux pointes aiguisées. De l'eau coulait sous moi.

Tout était mort, mort, mort.

Quelque chose me frôla. Une vision rouge un peu floue. Des cris. Des cris qui me donnèrent la chair de poule. Des hurlements à glacer le sang. Puis il n'y eut plus rien à part le silence.

Del était penché sur moi. Il avait les yeux grands ouverts et me secouait. Ma tête dodelinait à chaque soubresaut.

— Sammy ! Sammy, réveille-toi !

Des bruits de pas résonnèrent dans le couloir, puis la porte de ma chambre s'ouvrit à la volée. Scott entra. Ses joues étaient rouges, ses yeux plissés.

— Qu'est-ce qui se passe ? Pourquoi est-ce qu'elle a crié ?

Del s'éloigna vivement de moi.

— Je n'en ai aucune idée ! Elle allait bien. Elle s'est mise à crier tout à coup. On aurait dit qu'elle n'était plus là.

Scott s'approcha de moi.

— Sam, dis quelque chose.

Je clignai lentement les yeux pour me concentrer sur son visage.

— Je vais mourir.

— Quoi ?

Il s'installa à côté de moi et m'attira à lui.

— Pourquoi dis-tu une chose pareille, Sam ?

Je plongeai les yeux dans les siens, identiques aux miens, marron avec une touche de vert autour de l'iris. L'inquiétude lui avait creusé des cernes.

— Je me rappelle avoir pensé ça, répondis-je.

Il écarquilla légèrement les yeux. Je sentis le matelas s'affaisser sous le corps de Del.

— Tu te souviens d'autre chose ? Tu as retrouvé la mémoire ? demanda Scott.

— Je me souviens d'être tombée.

Je m'écartai et baissai la tête. Mon chemisier était boutonné de travers. Génial. Scott l'avait forcément remarqué.

— Et il y avait de l'eau, mais c'est tout.

Les épaules de Scott s'affaissèrent sous le coup de la déception... ou du soulagement, peut-être ?

— C'est quand même important. Tu devrais en parler à cet inspecteur. Tu as toujours son numéro ?

— Pour quoi faire ? demanda Del. On n'a aucun moyen de savoir si c'est un vrai souvenir ou une simple hallucination. Pourquoi est-ce qu'elle irait s'humilier pour rien ?

— Pourquoi crois-tu qu'il s'agit d'une hallucination ? demandai-je, suspicieuse et craintive à la fois.

Il eut l'air embarrassé.

— Ta mère m'a expliqué que tu... voyais des choses.

J'allais la tuer.

— Elle ne voit pas des choses, rétorqua Scott en se levant du lit. À t'entendre, on dirait qu'elle est folle. C'est faux. Elle est parfaitement lucide.

Le rouge me monta aux joues. Del n'avait pas tort. J'ignorais si ces images et ces sensations provenaient d'un véritable souvenir. Je ne comprenais pas leur signification. Je mélangeais peut-être même le rêve et la réalité. Il était impossible d'arrêter une chute comme par magie et aux dernières nouvelles, les arbres n'étaient pas gris.

Du coin de l'œil, je vis Scott adresser un regard sévère à Del.

— Je ne sais pas ce que vous fabriquiez ici, mais tu ferais bien de te calmer, mon pote. Elle revient de loin, je te rappelle.

La mâchoire de Del se crispa. On aurait dit qu'il serrait les dents pour s'empêcher de répondre.

Lorsque Scott quitta la pièce, il claqua la porte derrière lui. Un silence gêné tomba entre nous.

— Tu crois que je suis folle ? demandai-je d'une petite voix.

— Non. Bien sûr que non... mais tu es un peu perdue et c'est normal.

Il marqua une pause. Je pouvais sentir son regard sur moi.

— Écoute, il faut que j'y aille, mais je t'appelle demain, d'accord ?

Je hochai la tête.

Del m'embrassa sur la joue. En se levant, il heurta ma table de chevet, ce qui fit bouger la boîte à musique. Quelques notes de la mélodie obsédante retentirent. Il fixa l'objet avant de secouer la tête.

— Je déteste ce machin.

— Pourquoi ?

Il se contenta de secouer de nouveau la tête.

— On se parle demain.

Quand il fut parti, je me dirigeai vers mon bureau et retrouvai la carte de visite que l'inspecteur m'avait confiée. Il y avait son numéro de portable personnel dessus. Il m'avait laissé comme instruction de l'appeler à n'importe quelle heure du jour ou de la nuit si quelque chose me revenait. J'attrapai mon téléphone sans savoir ce que je devais faire. Et si ce que j'avais vu n'était pas réel ? J'aurais l'air stupide. On me croirait folle.

Je m'assis sur mon lit, les yeux rivés à son numéro. Peu importait que l'on me prenne pour une folle ou pour une idiote si cela pouvait aider Cassie. Je composai le numéro.

L'inspecteur Ramirez décrocha à la troisième sonnerie.

— Allô ?

Je me raclai la gorge et serrai la carte entre mes doigts.

— Bonsoir. Je suis… Samantha Franco.

Il y eut une pause. Il me sembla qu'il coupait le son de la télévision.

— Oui ? Tout va bien ?

— Tout va très bien.

C'était maintenant ou jamais. Les yeux fermés, je priai pour ne pas être en train de faire une erreur.

— Je me suis souvenue de quelque chose, mais je ne suis pas certaine que cela vous aide.

— À ce stade, le moindre détail peut être utile, répondit-il d'un ton bourru.

Je lui racontai ce que je me rappelais : l'obscurité, la chute, l'eau qui se déversait. Il ne réagit pas tout de suite. Lorsqu'il reprit enfin la parole, un nouveau fardeau s'abattit sur mes épaules.

— Il y a un lac dans le parc. Il est alimenté par une cascade. Visiblement, vous ne vous en souvenez pas. Nous avons prévu de draguer le lac ce dimanche.

La police ne draguait pas un lac pour retrouver des survivants. Ils cherchaient un corps.

9

Le samedi matin, j'étais nauséeuse. Après avoir raccroché, je n'avais pratiquement pas dormi. L'opération de sauvetage s'était transformée en mission pour repêcher un corps. On ne me l'avait pas dit explicitement, mais au fond de moi, je le savais. Ils ne pensaient pas retrouver Cassie vivante.

Un peu avant 13 heures, je sortis discrètement de la maison. Ce ne fut pas compliqué. Maman était encore au lit et papa était sur un green, quelque part. Les mains enfouies dans les poches d'une veste de style militaire très mignonne que j'avais trouvée dans mon dressing, j'empruntai à pied le chemin sinueux. Il y avait de grandes chances pour que cette expédition ne mène à rien. Les parents de Cassie n'étaient peut-être même pas chez eux. Mais je ne me sentais pas capable de les appeler. Après tout, eux-mêmes ne m'avaient pas contactée depuis mon retour.

Sonner à leur porte était probablement une mauvaise idée.

Je traversai le petit jardin, montai les marches du perron de la maison en brique et frappai à la porte. Un grand fracas résonna à l'intérieur, suivi d'un rire rauque et chaleureux. Celui de Carson.

La porte s'ouvrit sur lui. Il avait la tête tournée.

— Je m'en occupe, papa ! Je reviens tout à l'heure.

Quand il me fit face, il m'adressa un léger sourire et sortit en refermant la porte derrière lui.

— Salut.

— Salut, répondis-je en reculant.

Carson me contourna. Comme je ne bougeais pas, il me fit signe de le suivre. À la lumière du soleil, ses cheveux en bataille avaient des reflets blonds et roux.

— Comme tu n'es pas venue en voiture, j'espère que mon moyen de transport te conviendra.

Je crus qu'on allait emprunter le pick-up de son père, mais il s'arrêta devant sa moto et en retira la bâche bleue. Mon ventre se noua.

— Je ne suis pas certaine d'être déjà montée sur une moto.

— Pas avec moi, en tout cas. Et je doute que ton beau gosse s'y risque. Il aurait trop peur d'abîmer sa gueule d'ange.

Je lui jetai un regard en coin. Del avait un joli visage, c'était vrai, mais Carson, lui, était sexy. Ses traits étaient plus bruts, plus virils. Je sortis un élastique de ma poche et attachai mes cheveux en queue-de-cheval basse. Les mèches les plus courtes s'en échappèrent et vinrent caresser mes joues.

Carson me tendit un casque noir rutilant.

— C'est facile. Tu n'auras qu'à te tenir à moi.

Je baissai les yeux vers sa taille étroite. Aussitôt, je me sentis fondre de l'intérieur. Je retournai lentement le casque.

— Comment… comment sais-tu où habite Cassie ? Je ne t'ai pas posé la question.

Il plissa les yeux.

— Elle organisait souvent des soirées.

Je me dandinai d'un pied sur l'autre. Ce que Candy m'avait dit me revint en mémoire.

— Vous êtes… sortis ensemble, tous les deux ?

Il fronça les sourcils.

— Pourquoi tu me poses cette question ?

— Une de mes amies m'en a parlé. Elle a dit que vous aviez… couché ensemble.

Contre toute attente, il éclata de rire.

— Je serais curieux de savoir comment vous en êtes arrivées à parler de moi, mais peu importe.

J'étais incapable de passer à autre chose.

— Alors ? C'est vrai ?

Il se crispa et détourna le regard.

— Oui. C'est vrai.

Une émotion brûlante naquit dans mon ventre et inonda mes veines comme le venin d'un serpent.

— Et entre nous ? Il s'est déjà passé quelque chose ?

Il tourna vivement la tête vers moi, les yeux écarquillés.

— Jamais, s'étrangla-t-il.

— Pourquoi ?

Un battement de cœur passa. Le sourire aux lèvres, il baissa les yeux.

— Bonne question. Sans doute parce qu'on ne s'entendait pas ?

Cela me paraissait logique. Il fallait que j'arrête de poser des questions, mais la curiosité l'emporta.

— Avec Cassie, ça ne t'a pas arrêté pourtant, non ?

Carson s'approcha dangereusement. Je dus lever la tête pour le regarder dans les yeux.

— Franchement ? Je ne me souviens plus comment on en est arrivés là. J'étais à l'une de ses soirées. On avait trop bu. Vous vous êtes disputées… je ne sais même pas à quel propos. Et elle m'a fait des avances. Fin de l'histoire.

Il y avait un nom pour ce que je ressentais. La jalousie. Je n'avais aucun droit d'en éprouver, mais elle était bien là et faisait bouillir mon sang.

— Elle t'a fait des avances et tu as tout de suite dit oui. Juste comme ça ?

Il plissa les yeux jusqu'à ce qu'ils ne soient plus que deux fentes expressives.

— Ça se passe comme ça, en général. Si ça peut te rassurer, je ne m'en souviens pratiquement pas et à l'époque, elle n'était pas avec Trey.

Je lâchai un rire forcé.

— Pourquoi est-ce que ça me rassurerait ? Je suis curieuse, c'est tout.

— Mais oui.

— Et Lauren ? demandai-je.

C'était plus fort que moi.

Cette fois, son expression se fit moins amusée.

— Lauren et moi, on n'a pas couché ensemble. On est sortis une fois ensemble. Ça a choqué ses amies, toi y compris. Elle n'a pas voulu recommencer. (Il me prit le casque des mains.) Tu as fini ton interrogatoire ?

— Oui, répondis-je, gênée.

J'avais sans doute perdu tout filtre en même temps que ma mémoire. Comme j'avais peur qu'il ne change d'avis et ne refuse de m'aider, je tentai de récupérer le casque. Il recula.

— Qu'est-ce que tu fais ? m'inquiétai-je.

Il le retourna.

— Je t'aide.

J'attendis, immobile. Carson tendit la main pour recoiffer en arrière les mèches plus courtes qui tombaient devant mon visage. Lorsque ses doigts effleurèrent ma joue, j'en eus la chair de poule. Mes lèvres s'entrouvrirent dans un souffle. Il fit la même chose de l'autre côté. Ses mains puissantes étaient étonnamment douces. Je me demandai s'il avait touché Cassie ainsi, puis repoussai cette pensée.

Carson me mit le casque avant de fermer la boucle sous mon menton. Chaque fois que ses doigts frôlaient ma peau, je frissonnais.

— Voilà, dit-il sans me regarder dans les yeux. Tu es prête.

Avant qu'il puisse baisser la visière, je lui saisis la main et fus prise du pire cas de diarrhée verbale connu par l'homme.

— Tu étais ma question de sécurité.

Carson cligna les yeux. Un rire gêné lui échappa.

— Quoi ?

— Pour accéder à ma boîte mail, on me demandait qui était mon ami d'enfance, expliquai-je avec nervosité, regrettant que ma bouche n'ait pas un bouton « arrêt ». Et c'était toi.

— Intéressant, dit-il en se libérant.

Sans s'appesantir davantage sur la question, il baissa ma visière.

— On y va.

Ce n'était pas la réaction à laquelle je m'étais attendue, mais, en même temps, j'ignorais ce que j'aurais voulu qu'il me dise. Décontenancée, je le regardai enfourcher sa moto et tapoter le siège derrière lui. La gorge nouée, je passai une jambe par-dessus pour m'asseoir. Lorsque le moteur rugit, je posai timidement les mains sur sa taille. Sous son pull, ses muscles étaient durs et fermes.

J'eus soudain la bouche très sèche.

Les épaules de Carson furent traversées de secousses. Il riait ! Sans un mot, il me saisit les mains et les tira en avant pour les nouer au niveau de son nombril. Le mouvement m'écrasa la poitrine contre son dos. Il n'y avait plus le moindre espace entre nos deux corps. Son parfum, un mélange d'agrumes et de savon, me parvint à travers le casque.

Je fermai les yeux. Je n'avais pas peur du démarrage ni de m'envoler à la première accélération. J'étais simplement tétanisée par la façon dont chaque cellule de mon corps répondait à sa proximité. Je ne ressentais pas le quart de tout cela avec Del. C'était mal, je le savais, pourtant je ne pus m'empêcher de me coller un peu plus à lui.

Cassie habitait environ dix kilomètres après le vieux champ de bataille, au bout d'une route à l'ombre d'érables imposants. Lorsqu'on dépassa les nombreux monuments et les anciens piquets en bois qui les entouraient, la curiosité m'envahit. J'avais presque envie de demander à Carson de s'arrêter, mais je m'abstins.

La maison de Cassie ressemblait énormément à la mienne : belle et immense.

Carson coupa le moteur de la moto. Je retirai lentement mon casque. Des milliers de questions me passaient par la tête. Qu'allais-je bien pouvoir dire à ses parents ? M'accueilleraient-ils à bras ouverts ou me mettraient-ils à la porte ? Surtout : avais-je commis une erreur en venant ici ?

Carson, qui devait se douter que quelque chose n'allait pas, posa une main contre mes reins.

— Tu es certaine de vouloir faire ça ?

Je hochai doucement la tête avant de descendre de la moto. J'examinai la façade blanche et les volets rouges. Ils ne réveillèrent rien en moi.

— Ne te presse pas. On frappera à la porte quand tu seras prête.

Même si j'appréciais sa patience, je savais que je ne devais pas me laisser le temps de la réflexion. Je lui souris, puis montai les marches du perron et frappai à la porte. Je sentais la chaleur de Carson dans mon dos. Je me demandais s'il savait à quel point cela me touchait et me donnait du courage.

Quelques secondes plus tard, la porte rouge s'ouvrit. Un homme âgé apparut. Il portait un pantalon droit et une chemise froissée. Des rides profondes encadraient ses yeux bleus délavés. Il nous regarda l'un après l'autre.

Je pris une courte inspiration.

— Je suis Sa...

— Je sais qui tu es, me coupa-t-il. Je me demandais quand tu allais te décider à passer.

Un frisson descendit le long de mon dos.

— Monsieur Winchester, dit Carson en s'interposant entre l'homme et moi. Samantha ne se...

— Elle ne se souvient de rien ? finit-il à sa place sans jamais me quitter des yeux. Oui, c'est ce que l'inspecteur nous a dit. (Un sillon profond se creusa entre ses sourcils.) Si tu es là pour voir la mère de Cassie, elle est alitée. Elle ne reçoit personne.

J'ignorais qui était cet homme. Il paraissait trop vieux pour être le père de Cassie.

— Je ne suis pas venue rendre visite à sa mère. J'espérais que vous m'autoriseriez à... voir la chambre de Cassie.

— Pour quoi faire ?

Le nez froncé, il jeta à Carson un regard méfiant.

— Cela m'aiderait peut-être à me souvenir d'elle, à me rappeler ce qui s'est passé.

Soudain, je compris la raison de son air suspicieux.

— Nous ne sommes pas venus voler quoi que ce soit.

— Je peux rester dehors, suggéra Carson d'une voix neutre. Ça ne me dérange pas.

Le vieil homme souffla, mais fit un pas sur le côté.

— Je n'ai jamais pensé que vous alliez voler ses affaires. Je suppose que tu ne sais plus où est sa chambre ?

Soulagée, j'entrai dans la maison.

— Non. Désolée.

Carson soupira.

— Moi, si.

Si M. Winchester fut surpris de cet aveu, il ne le montra pas.

— Vous avez dix minutes. Ensuite, je vous demanderai de partir. Et s'il vous plaît, ne faites pas de bruit.

Sans perdre de temps, Carson me prit la main et me tira sur le côté pour contourner le vieil homme. On monta trois escaliers différents avant de s'engager dans un couloir.

— Qui est-ce ? demandai-je à voix basse.

— Le grand-père de Cassie. Ce n'est pas un homme très avenant, dit-il avec un léger sourire. Ne le prends pas personnellement.

Je baissai les yeux vers nos mains jointes.

— Où est son père ?

— À ce que j'en sais, il n'a jamais fait partie de sa vie.

Il me lâcha la main et s'arrêta devant une porte sur laquelle étaient peintes trois grosses marguerites aux pétales blancs.

— C'est la maison du grand-père de Cassie. Sa mère était très jeune quand elle a accouché. Elle a au moins dix ans de moins que tes parents. Entre ça et l'absence de père...

— Je parie que ça a causé un scandale.

— Vous connaissant, vous les riches, j'en suis certain, répondit-il avant de serrer les dents. Tu es prête ?

Je hochai la tête.

Carson ouvrit la porte, mais me laissa entrer en premier. L'air charriait un parfum de pêche qui remua quelque chose en moi. Je pris une grande inspiration, guettant une nouvelle réminiscence, mais la sensation demeura lointaine.

Sa chambre n'était pas très différente de la mienne, mais, tandis que j'avançais vers son bureau et laissais courir mes doigts sur ses cahiers, j'avais l'impression de marcher à l'intérieur d'une tombe. Des frissons me parcoururent.

Carson resta à côté de la porte. Il m'observait en silence. Je m'arrêtai devant une pile de photos. En les faisant défiler, j'espérais que la mémoire me reviendrait. Il y avait des photos de nous à la plage, au lycée et au ski. Sur certaines, nous portions les mêmes vêtements rose pâle. Sur d'autres, nous étions en compagnie d'amis. Je sus que l'une d'elles avait été prise lors du réveillon du 31 décembre, car je reconnus sa robe.

Cassie était assise sur les genoux de Del. Tous deux arboraient un sourire radieux.

Je grimaçai et la montrai à Carson.

— Je ne sais pas du tout qui a pris cette photo. Moi ? Trey ?

Carson haussa les sourcils.

— Aucune idée.

Elle avait son bras autour du cou de Del et la joue pressée contre la sienne. Del, lui, la tenait par la hanche.

— Ils ont l'air un peu trop à l'aise, murmurai-je.

— Jalouse ? s'enquit Carson.

— Non. Pas vraiment.

Je soupirai et reposai les photos sur le bureau. À côté de son lit, une table de chevet rouge sang. Un choix de couleur particulier. Cependant, ce fut la boîte à musique posée dessus qui attira mon attention. Je m'en saisis, puis me tournai vers Carson.

— J'ai la même dans ma chambre. C'est aussi la même musique.

— Des tas de filles possèdent une boîte à musique, non ?

— Oui, mais celles-ci sont identiques.

Je la reposai. Cette découverte me mettait mal à l'aise.

— J'étais amie avec Cassie quand j'étais petite ?

— Non. Enfin, on a tous grandi dans le même cercle, mais vous ne vous êtes pas rapprochées avant vos onze ans, à peu près.

Avions-nous acheté ces boîtes à musique ensemble ? Je n'avais pas l'impression que des adolescentes auraient fait cela. Je soulevai une licorne en peluche qui sentait le chèvrefeuille, puis inspectai son dressing.

À chaque minute qui passait, ma frustration grandissait. J'étais sans doute venue ici des centaines de fois, pourtant, rien ne me semblait familier. Les poings serrés, je me plaçai au centre de la chambre. Je regardai la couette rouge de cette meilleure amie dont je n'avais pas le moindre souvenir.

Je jetai la licorne sur le lit. Des larmes me piquaient les yeux. Le trou noir sous mon crâne demeurait inchangé. Ma mémoire était toujours un vide intersidéral. Mes souvenirs avaient disparu. On me les avait volés. J'avais l'impression qu'on avait profané mon esprit, mais je n'avais aucun coupable à blâmer. Mes pensées tournaient en boucle.

— Je ne me souviens absolument de rien, murmurai-je d'une voix râpeuse.

— Ce n'est pas grave, souffla Carson en posant une main au bas de mon dos. Tu as sans doute besoin de temps.

Un tremblement me secoua. Je détestais être comme ça. Je me sentais faible. Inutile. Perdue. Je me tournai vers lui et recoiffai mes cheveux en arrière d'un geste rageur.

— Et si je ne retrouve jamais la mémoire ? Je vais passer ma vie comme ça ? Un pied dans un passé dont je ne me souviens pas ?

Il écarquilla légèrement les yeux.

— Je sais que c'est difficile à accepter pour le moment, mais si tu ne retrouves jamais la mémoire, tu pourras faire quelque chose que la majorité des gens ne pourront jamais faire.

— Quoi ? (Je croisai les bras.) Tout refaire pour la première fois ?

— Oui, exactement.

Carson posa les mains sur mes bras. Son regard scruta longuement le mien.

— Tu as l'occasion de repartir de zéro. De tout redécouvrir avec un regard neuf. Tout le monde aimerait réécrire les choses. Toi, tu peux.

Je n'étais pas encore prête à voir le verre à moitié plein.

— Et Cassie, dans tout ça ? Elle, elle ne pourra jamais repartir de zéro.

Il me libéra et baissa les yeux.

— C'est la partie la plus difficile à encaisser.

On quitta la maison avant que le grand-père de Cassie puisse nous mettre à la porte. Comme je n'avais pas envie de rentrer tout de suite, Carson me proposa d'aller manger un morceau. Il gara sa moto en face du cimetière qui était aussi grand que la ville en elle-même. Il y avait des touristes de tous les côtés. Ils prenaient des photos de l'ancien orphelinat et de l'arrière de la maison de Jennie Wade, la seule civile à avoir été tuée durant la bataille de Gettysburg. Je suivis Carson jusqu'au pub, à côté de l'orphelinat, mais j'avais presque envie de me joindre aux touristes.

Je me sentais comme eux, alors que ce lieu n'aurait pas dû me paraître nouveau.

Carson s'assit dans un box au fond de la salle et me tendit un menu. Il me regardait d'un air étrange.

— Quoi ? demandai-je.

Il secoua doucement la tête.

— Si quelqu'un m'avait dit il y a un mois que je déjeunerais avec toi, je lui aurais dit d'arrêter de picoler.

Je ris et reportai mon attention sur le menu.

— Je ne sais pas comment je dois le prendre.

— Ce que je veux dire, c'est que tu ne serais jamais sortie avec moi comme ça, avant.

— On était les meilleurs amis du monde, pourtant.

— Quand on était petits, me corrigea-t-il en pianotant sur le bord de la table. Ça fait des années qu'on ne fait même plus l'effort de se montrer polis l'un envers l'autre.

Je rougis. Je connaissais à présent certaines des choses que je lui avais jetées à la figure.

— J'étais vraiment une garce.

— Tu avais tes moments, dit-il d'un ton léger.

Je l'observai à travers mes cils.

— Il y a une chose que je ne comprends pas. Pourquoi est-ce que tu es aussi gentil avec moi alors que je n'ai pas arrêté de te traiter comme un chien ?

La lumière de la lampe qui pendait du plafond entre nous se reflétait dans ses yeux.

— Je te l'ai dit. Tu avais tes moments.

— Des bons, tu veux dire ?

Il haussa les épaules. Je crus qu'il allait en rester là. Peut-être, après tout, avais-je été irrécupérable.

— Quand Cassie n'était pas là et si Mars était aligné avec Jupiter, tu redevenais parfois comme avant.

Un léger sourire étira mes lèvres.

— Eh bien. Tout ça pour que je sois gentille ?

Carson me sourit aussitôt. Plusieurs secondes s'écoulèrent ainsi.

— Quand ma mère... Quand ma mère est morte, il y a deux ans, tu es venue à l'enterrement. Scott était là, lui aussi, bien sûr. Mais je ne m'attendais pas à te voir. Ton père a fait une apparition, lui aussi, mais tu n'es restée ni avec l'un ni avec l'autre. Puis, lorsque je suis rentré chez moi, tu m'as surpris encore une fois.

— C'est vrai ? murmurai-je sans le quitter des yeux.

Il hocha lentement la tête.

— Il y avait beaucoup de monde chez nous. Ma mère avait beaucoup d'amis. Elle t'adorait, au fait. (Avec un sourire en coin, il baissa les yeux sur le menu.) Tu lui rendais visite. Quand elle est tombée malade, tu venais la voir lorsque je n'étais pas là. Je ne crois pas que tu voulais que je le sache, alors je ne t'en ai jamais parlé, mais je sais que cela lui faisait très plaisir... À moi aussi. Bref, après l'enterrement, j'ai eu besoin de m'éloigner pour réfléchir.

— Tu es allé à la cabane ? demandai-je en me rappelant ce qu'il m'avait dit la fois précédente.

— Oui, répondit-il à voix basse. Cela faisait à peine une vingtaine de minutes que j'étais à l'intérieur lorsque tu as surgi de nulle part. Tu avais escaladé cette satanée cabane. Tu n'as rien dit. Tu t'es contentée de t'asseoir à côté de moi et de...

— Quoi ?

J'avais l'impression d'entendre l'histoire de quelqu'un d'autre. J'étais fascinée.

Il se redressa et se massa la mâchoire.

— Tu m'as pris dans tes bras. Pendant... un bon moment. Tu n'as absolument rien dit. Au bout d'un certain temps, tu es partie et on n'en a jamais parlé. Parfois, je me demande même si je n'ai pas rêvé.

Mon cœur s'emballa. Une vague de soulagement détendit les muscles de mes épaules. J'étais rassurée de savoir que je n'étais pas totalement irrécupérable.

— Je suis désolée pour ta mère, Carson.

— Voilà. Comme je te le disais. Tu avais tes moments.

Sentant qu'il ne m'apprendrait rien de plus pour l'instant, je croisai les jambes et me plongeai dans le menu.

— Quand cet endroit s'appelait *Spiritfield's*, ils servaient les meilleures frites au crabe et au fromage du monde. On se les disputait, Scott et moi.

Carson hoqueta de surprise.

— Sam ?

Bouche bée, je levai lentement les yeux. Comment étais-je au courant de ce détail ?

— Je ne sais pas pourquoi j'ai dit ça.

Il continua de me dévisager. Mes paroles s'assemblaient dans mon esprit. Je pouvais presque nous revoir, mon frère et moi, bien plus jeunes, installés à une table comme celle-ci, en train de tirer sur des frites poisseuses.

L'excitation m'envahit. Je faillis bondir hors de mon siège.

— Je me rappelle avoir mangé ici avec Scott !

— Ça fait des années que ce pub ne s'appelle plus *Spiritfield's*, Sam.

Un large sourire prit possession de mes lèvres.

— Je ne me souviens de rien d'autre, mais c'est un début, non ?

— C'est un début.

Il sourit, mais son regard, lui, ne reflétait pas la moindre joie.

Avant que je puisse l'interroger à ce sujet, la serveuse vint prendre notre commande. De toute façon, je préférais ne pas gâcher l'ambiance. J'étais enthousiasmée à l'idée d'avoir eu un souvenir aussi clair qui n'avait aucun rapport avec mon traumatisme. Pour la première fois depuis des jours, j'avais l'impression d'avoir accompli quelque chose. Alors, je profitai au maximum de ce déjeuner avec Carson. Je ris à ses blagues et aux anecdotes de notre enfance. Chaque fois que nos regards se rencontraient ou que nos doigts se touchaient par accident, des sentiments entêtants me gagnaient. Je n'arrêtais pas de sourire. Lorsqu'il fut l'heure de reprendre la route, il n'eut pas besoin de passer mes bras autour de sa taille.

Je le fis toute seule, sans hésiter.

Arrivée devant la maison de Carson, je me rendis compte que je n'avais pas envie de rentrer chez moi. J'avais la sensation de mener deux vies à la fois : celle de l'ancienne Sammy et la mienne. C'était extrêmement perturbant.

Carson descendit de moto et se tourna vers moi. Sans un mot, il défit la boucle sous mon menton et m'ôta mon casque avec précaution. Il avait les yeux mi-clos, les iris à moitié dissimulés par ses cils épais dans une expression indéchiffrable. J'aurais voulu le remercier de m'avoir accompagnée, lui dire que je m'étais bien amusée malgré la raison pour laquelle nous nous étions rendus chez Cassie, mais mes mots moururent sur mes lèvres. Une tension étrange s'était emparée de nous. Une fébrilité chaude, électrisante, qui me montait à la tête. Carson posa le casque sur sa moto. J'ouvris de nouveau la bouche pour dire quelque chose, n'importe quoi, mais le trouble ne cessa de croître. J'étais figée.

Carson me saisit par les hanches et me souleva aisément de la moto pour m'aider à descendre. Toutefois, lorsque j'eus les pieds sur la terre ferme, il ne me lâcha pas. Ses mains s'attardèrent sur mes hanches.

Un désir que je ne me connaissais pas, que je ne comprenais pas, s'éveilla en moi. Ma peau fourmillait. J'avais chaud. Mon pouls s'emballait. Je n'aurais pas dû éprouver tout cela en sa compagnie. C'était mal. Je le savais. Parce que cette alchimie aurait dû se produire avec Del, pas avec Carson. Mais ces émotions étaient vraies et bien réelles, une tache de couleur vive dans un monde sombre, aux nuances de gris.

Avec une lenteur terrible, Carson se détacha de moi et recula. Son torse se soulevait violemment. Quand il reprit la parole, sa voix était rauque et grave.

— Je dois y aller.

Incapable d'émettre le moindre son, je hochai la tête.

Son regard se posa sur mes lèvres, puis il fit un autre pas en arrière.

— À bientôt, Sam.

Déboussolée, je repris le chemin de la maison. Quelque chose me tiraillait au fond de mon esprit. L'espace d'un instant, lorsque j'avais senti son souffle chaud contre ma peau, j'avais eu l'impression d'être à ma place, alors que je savais que c'était mal de ma part. Pire, la situation m'avait paru *familière*.

Cela se produisit lors de la deuxième heure de cours, le lundi matin. Je faisais semblant d'écouter le professeur alors qu'en réalité je ne pensais qu'à Carson et à ce qui s'était passé entre nous l'avant-veille. Avais-je imaginé notre rapprochement ? L'avait-il ressenti, lui aussi ? Et cela avait-il la moindre importance, avec tout ce qui se passait autour de nous ?

Soudain, une symphonie de notifications retentit. Les portables bipaient les uns après les autres. M. Campbell s'interrompit en soupirant.

— Éteignez tous vos téléphones.

Personne n'écouta. Je jetai un coup d'œil en direction de Veronica tandis que je sortais mon propre téléphone. Elle fut plus rapide que moi. Elle dégaina son portable de son sac comme d'un holster.

Malgré son bronzage, elle devint blanche comme un linge. Elle leva la tête vers moi. Ses yeux étaient grands ouverts et pleins de larmes.

Un murmure sourd se déversa dans la salle de classe comme une vague. Le message avait été envoyé par Lauren. Il ne contenait que sept mots. Sept mots qui auraient dû changer la face du monde. Malheureusement, au fond de moi, je m'y étais attendue.

Je l'avais peut-être su depuis le départ.

`Ils ont trouvé Cassie.`
`Elle est morte.`

10

Durant le reste de la matinée, je fus incapable de me concentrer. Cassie était morte. Je ne pensais à rien d'autre. Elle était morte. Une part de moi s'en était doutée. J'avais même attendu qu'on me l'annonce. Des vrilles de terreur s'étaient enroulées autour de la boule de tristesse qui s'était formée dans ma poitrine. Elles étaient trop serrées, impossibles à détacher.

En classe de biologie, Carson resta très effacé. Il me demanda si j'allais bien, puis m'adressa à peine la parole jusqu'à la fin de l'heure. Del m'attendait devant mon casier. Il me prit dans ses bras, alors que j'étais tendue et raidie, et me murmura des mots de réconfort avec des sanglots dans la voix.

Je repensai à la photo que j'avais vue : Cassie assise sur ses genoux, sa main à lui sur sa hanche.

Cassie… La meilleure amie dont je n'avais aucun souvenir. La morte.

Tous les regards étaient sur nous. Je détestais ça.

J'autorisai Del à me conduire hors de l'école. Personne ne nous arrêta. Chaque élève que nous dépassions arborait la même expression choquée, atterrée. Qu'ils l'aient voulu ou non, tout le monde l'avait connue. Je me demandai vaguement si c'était sa mort qui les bouleversait ou le sinistre rappel que la faucheuse ne s'embarrassait pas de détails futiles comme le jeune âge de ses victimes.

— Tu n'es pas au courant ? La crainte et la popularité vont de pair, me souffla une voix féminine et douce à mon oreille. Régnons toutes les deux avec une poigne de fer.

Je sursautai et fouillai aussitôt la cour du regard. Personne.

— Allez, viens, me pressa Del d'un air inquiet. On s'en va.

Je le suivis le long du bâtiment tout en jetant des coups d'œil nerveux par-dessus mon épaule de temps en temps. Avais-je réellement entendu une voix ou était-ce un souvenir qui était remonté à la surface ? Je devenais peut-être vraiment folle. C'était une possibilité. Une possibilité de plus en plus vraisemblable.

Plusieurs bancs en béton s'alignaient sur l'esplanade derrière le lycée, entre le terrain de football américain et le gymnase. Toutes les personnes que je connaissais étaient assises là, sur les sièges durs et froids.

Veronica, Candy et Lauren étaient ensemble. Scott et Julie occupaient un autre banc. Carson, lui, était tout seul. Je m'installai avec Del, qui me tenait toujours la main. Je vis aussitôt Carson se crisper, les yeux rivés sur le stade. Je dus me faire violence pour ne pas repousser mon petit ami. Il ne méritait pas que je sois froide avec lui.

— Je n'arrive pas à croire qu'elle soit morte. (Veronica fut la première à prendre la parole. Elle renifla légèrement.) Enfin, avec les jours qui passaient, je savais que ça se terminerait comme ça, mais j'espérais encore que ce serait comme pour Sammy.

Qu'elle réapparaîtrait de nulle part.

Lauren passa deux doigts sous ses yeux pour essuyer ses larmes. Elle serrait un grand sac à main blanc contre sa poitrine.

— C'est horrible de penser qu'elle était là-bas...

— Dans l'eau, murmura Candy en frissonnant. Je ne pourrai plus jamais nager dans ce lac.

Julie haussa les sourcils et tourna la tête vers Scott, qui restait muet. Que faisaient-ils ici ? Ils n'étaient pas proches de Cassie ni d'aucun de mes amis. Y avait-il quelque chose que j'ignorais ? J'avais l'impression que l'on me cachait la vérité.

— Est-ce que quelqu'un a dit dans quel état... elle se trouvait ? s'enquit Veronica. Je me demande si le cercueil sera ouvert.

Scott s'adossa au banc en secouant la tête.

— Elle était dans le lac. Depuis Dieu sait quand. Et tout ce qui t'inquiète, c'est cette histoire de cercueil ?

Veronica plissa les yeux.

— Je dis juste que Cassie ne se montrait que si elle était...

— ... la plus belle fille à la ronde, murmurai-je.

Les doigts de Del se crispèrent contre les miens.

— Qu'est-ce que tu as dit ?

Je frissonnai. Encore une fois, je n'avais pas la moindre idée d'où m'étaient venus ces mots. Tout le monde me dévisageait en attendant une explication. Je secouai la tête et lâchai la main de Del.

— Tu as dit « la plus belle fille à la ronde », répéta Veronica en se levant et en essuyant ses paumes moites sur son jean foncé. C'est exactement ce que Cassie aurait dit. Ce que *tu* aurais dit. Tu te... souviens de quelque chose ?

Je plaquai mes mains l'une contre l'autre pour résister à l'envie de me ronger les ongles.

— Non.

— Alors, pourquoi est-ce que tu as dit ça ? demanda-t-elle d'un air rageur.

— Je ne sais pas. Parfois, il y a des mots qui sortent de ma bouche sans que je le veuille.

Je jetai un coup d'œil à Del, mais il regardait ses mains.

— Quoi ? Comme le syndrome de La Tourette ? rétorqua-t-il en riant doucement.

La honte, et un sentiment encore plus fort me rougirent les joues.

— Ça n'a rien à voir, connard.

— Quoi ? (Il releva vivement la tête. Son sourire avait disparu.) Je plaisantais. Du calme.

Il tendit la main vers moi, mais je glissai de l'autre côté du banc.

— Sam… C'était juste une question.

— Une question stupide, intervint Carson, la mâchoire crispée.

Del plissa les yeux.

— Qu'est-ce que tu fous là, toi ?

— Je me le demande aussi, marmonna Carson.

Il s'adossa au banc, tendit les jambes et croisa les bras sur son torse puissant. Malgré ses paroles, il comptait clairement rester.

— Attendez une minute. Où est Trey ? demandai-je.

Candy sortit une lime à ongles de son sac.

— Il n'est pas venu en cours aujourd'hui. Je crois qu'il est malade.

— Vous pensez qu'il est au courant ? demanda Julie appuyant sa joue contre l'épaule de mon frère.

— Évidemment, répondit Candy qui leva les yeux au ciel tout en se limant un ongle. Tout le monde le sait.

Julie l'assassina du regard, comme si elle avait voulu lui mettre son poing dans la figure. Moi aussi, j'avais envie de frapper quelqu'un. De frustration.

— Vous savez ce qui est étrange ? demanda Julie.

— Non, mais tu vas nous le dire, marmonna Candy en faisant aller et venir sa lime au-dessus de sa main.

— Ferme-la, Candy, rétorqua Carson.

Elle lui fit un doigt d'honneur de son majeur parfaitement manucuré.

— Qu'est-ce qui est étrange ? demandai-je sans leur prêter la moindre attention.

— Bon, déjà, Cassie ne se serait jamais approchée de ce lac en cette saison... Mais surtout elle nageait très bien, répondit Julie. Cette fille était un vrai poisson.

Veronica se rassit sur l'accoudoir du banc, non loin de Del.

— En même temps, ça m'étonnerait qu'elle soit allée là-bas pour nager.

— Ce n'est pas ce que voulait dire Julie, devinai-je en me rappelant la vision dans laquelle je chutais. Si Cassie était tombée dans le lac, elle aurait pu nager jusqu'à la berge, c'est ça ?

Del s'éclaircit la voix.

— Il y a des courants terriblement forts et des parties vraiment très profondes... Mais elle connaissait le lac et elle savait quels endroits éviter.

— Alors peut-être qu'elle était... évanouie en tombant dans l'eau.

Ou déjà morte. Mais je me refusais à prononcer ces mots.

— Tu étais forcément avec elle, souligna Veronica avant d'arracher la lime à ongles des mains de Candy et de la fourrer dans son sac. C'est agaçant ! Et pas hygiénique du tout.

— Pas hygiénique ? Je me lime les ongles, c'est tout.

— C'est dégueulasse. Des petits morceaux d'ongles volent partout.

Veronica frissonna. À l'entendre, on aurait dit que c'était plus dérangeant que la découverte d'un corps dans un lac.

— Je crois que j'en ai sur moi.

L'absurdité de la situation me fit sourire. En levant la tête, je croisai le regard de Carson. Ses yeux brillaient dans la lumière du soleil. Lorsque je me détournai, je me rendis compte que Del nous observait. Un sentiment de culpabilité m'envahit.

— Quelqu'un d'autre l'a vue ce jour-là ?

— À part toi, tu veux dire ? demanda Veronica d'un ton manifestement accusateur.

Je me redressai.

— Qu'est-ce que tu sous-entends, Veronica ?

— Rien du tout, *Sammy*. (Elle sortit de larges lunettes de soleil de son sac et les enfila.) C'est juste qu'elle était avec toi, tout le monde le sait. On t'a trouvée sur la route qui mène au lac.

— Elle est au courant, figure-toi, intervint Scott d'une voix dégoulinante de mépris. Elle est amnésique, au cas où tu ne t'en serais pas rendu compte. Je peux sans doute te réciter la définition, si tu veux.

— Vous savez quoi ? Del a raison. Qu'est-ce que vous faites ici ? demanda Veronica en haussant les sourcils.

— Pour soutenir ma sœur, parce que clairement, ce n'est pas vous qui allez le faire, rétorqua-t-il.

Scott et moi n'avions pas ce lien que tous les autres jumeaux semblaient partager. Alors, sa réponse me surprit... en bien.

— Je suis présent pour ta sœur, Scott, dit Del qui paraissait offensé. Je serai toujours là pour elle.

Scott pinça les lèvres.

— Venant de toi, c'est presque comique.

— Mon cœur..., souffla Julie en posant la main sur son bras.
— Qu'est-ce que ça veut dire, ça ? s'exclama Del.
— Del, si j'étais toi, je me la fermerais et je resterais sagement assis, lui conseilla Carson en s'étirant comme un chat. (Malgré les apparences, il se préparait clairement à la bataille.) Fais-moi confiance.
De quoi étaient-ils en train de parler, au juste ?
— Je l'ai vue.
La voix douce de Lauren retentit avant que Del puisse répondre. Ces mots murmurés réduisirent le groupe au silence.
Mon cœur remonta le long de ma gorge.
— Tu l'as vue ?
Une légère teinte rosée marquait les joues de Lauren.
— Oui. Il était environ 19 heures. Elle est venue me rendre un sac qu'elle m'avait emprunté. Mon D&G. Elle était... très en colère.
— À quel propos ? m'enquis-je.
Lauren secoua la tête et garda les yeux fermement rivés au sol.
— Elle n'a pas voulu me le dire. Je crois que ça avait un rapport avec un garçon. Vous savez dans quel état elle se mettait quand elle avait des problèmes de cœur.
— OK..., fit Del avant de se lever et de se passer les mains dans les cheveux. Qu'est-ce que ça peut faire ? Ça ne change rien.
Je le dévisageai, incrédule.
— Ça ne va pas la ramener, mais ça nous aidera peut-être à comprendre ce qui lui est arrivé.
Del se frotta le menton.
— Ça ne nous avance à rien de savoir qu'elle était en colère après un mec. Ça n'a rien à voir avec ce qui t'est arrivé, à toi.

— Comment peux-tu le savoir ? demanda Scott.

Il marquait un point.

— Ce n'est pas seulement pour moi que je pose ces questions, lui dis-je. C'est aussi pour Cassie. Le moindre détail est...

— Alors quoi ? Tu vas jouer aux détectives ? intervint Veronica en nous regardant l'un après l'autre, Del et moi.

Quelque chose me disait que Veronica était d'accord avec tout ce qui sortait de la bouche de Del. Faisant preuve de beaucoup de patience, je parvins à ne pas relever.

— Tu te souviens d'autre chose ? De ce qu'elle portait, par exemple ?

— Une robe rouge. Une robe pull, répondit Lauren.

Candy releva la tête.

— La Prada de contrefaçon ?

J'aurais levé les yeux au ciel en entendant le dédain qui suintait de la voix de Candy si je ne venais pas de me rendre compte d'une chose. Chaque fois que j'avais vu Cassie, ou que son souvenir était remonté à la surface, elle était vêtue d'une robe rouge. Cela signifiait que je n'étais pas encore folle à lier. C'était une bonne nouvelle.

— Tu vas bien, Sam ? demanda Carson.

Je hochai la tête et laissai la conversation se poursuivre autour de moi sans y prendre part. Au bout d'un moment, Del s'installa de nouveau à côté de moi et passa un bras autour de ma taille. Je posai la tête sur son épaule et fermai les yeux.

Mon esprit fonctionnait à cent à l'heure. Le jour de notre disparition, Cassie était en colère. Cela ne me donnait aucun indice, mais savoir qu'elle portait la robe dans laquelle je la voyais sans arrêt était déstabilisant. De plus, faire le deuil d'une personne qui avait fait partie intégrante de ma vie mais que je ne me rappelais pas était compliqué. Parfois, je ressentais sa perte au plus profond de mon être. Cette douleur était capable de me consumer, de me noyer. Puis le chagrin refluait, remplacé par la confusion et le besoin de m'éloigner de ces inconnus, de me retrouver seule.

— Bon, annonça Julie en s'étirant les jambes. Je vais dire tout haut ce que tout le monde pense tout bas.

— Que Scott est insupportable ? suggéra Carson d'une voix sérieuse.

— Ah, ah, très drôle, fit mon frère avec un sourire amusé.

— Non, souffla Julie. Vous pensez que Cassie... a été assassinée ?

Notre groupe hétéroclite se tut. Mon cœur s'emballa. *Assassinée.* C'était une possibilité. Si Cassie savait si bien nager, elle ne se serait pas noyée. Et moi, dans tout ça ? Avais-je été témoin du drame ? Et dans ce cas, son meurtrier avait-il tenté de me faire subir le même sort ?

Non. C'était sans doute un accident. Mais alors, que m'était-il arrivé ? Avions-nous toutes les deux été victimes d'un accident ? Elle était morte. J'avais survécu.

Je levai les yeux. Carson m'observait de nouveau. Une inquiétude réelle obscurcissait le bleu de ses yeux. Je me demandais s'il en était venu, s'ils en étaient tous venus, à la même conclusion que moi. Quand je me tournai vers les filles, mes amies, je m'aperçus que ce n'était pas de l'inquiétude pour moi qui se lisait dans leurs yeux. Je refusais d'abord d'y croire, puis je dus me faire une raison. Leurs regards sombres ne reflétaient qu'une chose :

Des soupçons.

Lorsque Scott me déposa à la maison après les cours, maman s'était enfermée dans sa chambre. J'avais donc la maison à moi toute seule jusqu'à son retour de l'entraînement de base-ball et celui de papa. Cela me laissait tout le loisir de ressasser les événements de la journée.

Cassie était morte. On l'avait probablement assassinée. Et j'avais été présente. Les visions, les fragments de souvenirs, qui m'apparaissaient étaient sans doute des indices. Il fallait simplement que j'assemble les pièces du puzzle.

Je me roulai en boule sur la banquette contre la vitre de la véranda et observai le jardin, ainsi que la route principale au-delà de la petite clôture en bois. Mon livre d'histoire était posé, fermé, à côté de mes pieds. Je me rongeais les ongles. Quand il m'avait vue le faire en cours de biologie, Carson m'avait confirmé que c'était une habitude que j'avais toujours eue. J'avais conservé cette manie de ma vie d'avant.

Je repensai aussitôt à Cassie.

Le jour de notre disparition, elle était en colère, sans doute à cause d'un garçon. S'agissait-il de Trey avec lequel elle avait eu une relation en dents de scie et qui, comme par hasard, n'était pas présent le jour de l'annonce de la découverte du corps ? Étais-je allée la voir pour la réconforter, comme le font les copines ? Et après, que s'était-il passé ? Comment expliquer les visions de sang sur les rochers, de Cassie en train de me crier dessus et la sensation de tomber ?

Pourquoi aurions-nous décidé de nous retrouver au beau milieu des bois ?

Ces souvenirs n'étaient pas des hallucinations. Je n'étais pas folle. Pourtant, plus j'approfondissais la question et plus je me sentais bizarre.

Il y avait également les deux messages que l'on m'avait adressés.

Le soleil se refléta sur le toit d'une voiture blanche qui remontait l'allée. Il ne s'agissait pas de la Bentley de mon père et il était trop tôt pour que Scott rentre.

La voiture s'arrêta devant la maison, à côté de la fontaine extravagante. Un homme en sortit et boutonna son blazer. Des lunettes de soleil dissimulaient ses yeux, mais je reconnus ses cheveux bruns gominés et son front large.

L'inspecteur Ramirez venait me rendre visite.

— Merde, marmonnai-je en sautant de mon siège.

Je me précipitai à travers le labyrinthe de couloirs et de pièces dont personne ne semblait se servir et me dépêchai d'atteindre la porte avant qu'il réveille ma mère. Je lui ouvris en tentant de reprendre mon souffle.

— Inspecteur ?

Il retira ses lunettes et les glissa dans la poche de sa veste.

— Mademoiselle Franco, auriez-vous quelques minutes à m'accorder ?

Je fis un pas sur le côté et regardai derrière moi.

— Oui, mais ma mère dort et mon père travaille.

— Ce n'est pas grave. J'ai seulement quelques petites questions à vous poser. C'est tout à fait officieux. (Il entra et observa le vestibule comme s'il voulait cataloguer chaque détail.) Où pouvons-nous nous asseoir ?

Je doutais qu'une conversation avec un policier puisse réellement être officieuse, mais je n'avais rien à cacher et je voulais l'aider. Aussi le conduisis-je dans un petit salon et m'assis sur le canapé tandis qu'il s'installait sur un fauteuil.

— C'est au sujet de Cassie ? demandai-je en nouant mes mains ensemble.

Ramirez hocha la tête.

— Je suppose que vous avez appris la nouvelle ?

— Oui. Tout le monde ne parle que de ça, au lycée.

— Comment vous sentez-vous ?

Comment je me sentais ? J'avais envie d'éclater de rire, mais ce n'était sans doute pas très approprié de ma part.

— Bien. Je crois.

Il eut un sourire en coin.

— Je voudrais vous parler de plusieurs choses, pour voir si cela éveille des souvenirs en vous. Vous vous en sentez capable ?

— Oui. (J'attrapai un coussin délicatement brodé et le posai sur mes genoux.) Je veux vous aider.

— Très bien, fit-il avec un nouveau sourire en coin. Cassie a été retrouvée à quelques mètres de la cascade, enveloppée dans…

Il s'interrompit. Je me sentis blêmir.

— Les détails importent peu, reprit-il. Pour l'instant, on ignore encore les causes de la mort, mais d'après les premiers examens, elle ne se serait pas noyée.

— Cassie était une très bonne nageuse. (Je serrai le coussin contre moi.) C'est ce que ses… mes amis m'ont dit aujourd'hui.

Il hocha lentement la tête.

— Sa mère nous a appris que Cassie était une nageuse expérimentée qui connaissait parfaitement le parc d'État et tous ses sentiers.

— Mais il faisait nuit, signalai-je, les sourcils froncés. Del m'a dit que je suis restée avec lui jusqu'au soir.

— Oui. Je l'ai interrogé lorsque vous étiez portée disparue. (Il se pencha en avant et laissa tomber ses mains entre ses genoux.) Vous n'avez pas la moindre idée de la raison pour laquelle vous seriez allées toutes les deux là-bas en pleine nuit ? Même si Cassie et vous connaissiez les lieux, cela restait dangereux. Cela arrive à tout le monde de glisser…

Je déglutis.

— Je ne sais pas du tout. J'ai essayé de me rappeler toute la journée. Lauren… Lauren Cummings a dit que Cassie était en colère. Peut-être qu'on est allées dans la forêt pour discuter entre filles.

Cela paraissait stupide à mes propres oreilles, mais je n'avais pas de meilleure idée.

— J'ai aussi parlé à Lauren, mais à ce que j'ai compris, vous n'aviez pas l'habitude de vous rendre près du lac en pleine nuit, du moins, pas en cette saison. (Il s'interrompit et me regarda dans les yeux.) Vous m'avez dit avoir eu cette… sensation de tomber, lorsque vous m'avez appelé, et que vous avez entendu un bruit d'eau. Pensez-vous qu'il soit possible que vous ayez été près de la cascade ?

— Je suppose, mais je ne sais pas comment me rendre à la cascade, ni au lac, d'ailleurs. Plus maintenant.

Il s'absorba un moment dans ses réflexions.

— Vous vous souvenez d'autre chose ? Le moindre détail pourrait nous être utile. Et vous voulez nous aider, n'est-ce pas ?

— Bien sûr.

Me rendant compte que je tenais le coussin contre moi comme un bouclier, je le plaçai sur le côté.

— Je vous ai déjà parlé des rochers. Je les ai revus couverts d'une substance qui ressemble à du sang, mais je… Je n'en suis pas sûre. Je sais que ce n'est pas grand-chose.

— C'est un début, m'encouragea Ramirez avec un sourire crispé. Autre chose ?

Je baissai les yeux et me mordillai la lèvre inférieure. Si je lui disais que je voyais Cassie, il me prendrait sans doute pour une folle.

— Samantha... Le moindre détail peut être utile.

Des pas rageurs résonnèrent soudain dans la maison. Mon père était rentré. L'inspecteur Ramirez se leva et se tourna vers le passage voûté qui marquait l'entrée de la pièce.

Mon père déboula, rouge de colère. Ses yeux plissés se posèrent aussitôt sur le policier.

— Qu'est-ce que vous fabriquez ici ?

— Tout va bien, papa. Il avait juste quelques questions à me poser.

— Non, tout ne va pas bien, ma chérie. (Il posa les mains sur les hanches, ce qui écarta les pans de sa veste.) Dois-je vous rappeler la loi, Ramirez ?

— Je la connais très bien, monsieur Franco, répondit l'inspecteur d'une voix neutre.

— Ah oui ?

Le ton de mon père, lui, était dur, implacable. Quelque chose me disait que ce n'était pas la première fois que je l'entendais parler comme ça. Il avait sans doute réagi de la même façon lorsque j'avais foncé dans un arbre avec ma voiture.

— Vous n'avez pas le droit de l'interroger sans la présence de l'un de ses parents ou de son avocat. C'est parfaitement illégal.

— Monsieur, je ne suis pas ici à titre officiel. Votre fille a accepté de répondre...

— Ma fille n'est qu'une adolescente. Elle n'a que dix-sept ans. (Mon père s'approcha pour dominer l'inspecteur de toute sa taille.) Vous lui avez dit que c'était officieux ? J'en mettrais ma main à couper. Elle ne sait pas comment ça fonctionne. Moi, si.

Je haussai les sourcils. Avais-je commis une erreur en parlant à l'inspecteur ? Je portai la main à ma bouche pour me ronger les ongles tandis que je les observais tour à tour.

— Papa, je...

— Pas un mot de plus, Samantha, me coupa-t-il. (Sa voix me fit l'effet d'un courant d'air glacial sur la peau.) Si vous voulez interroger ma fille, vous devrez le faire avec ma permission et en nous notifiant à l'avance votre arrivée. Dans le cas contraire, la prochaine fois que vous vous approcherez de ma maison, vous aurez intérêt à avoir un mandat.

Ses paroles me laissèrent bouche bée. Un mandat ? Pourquoi aurait-il besoin d'un mandat ? Je n'étais pas un suspect. Seuls les suspects recevaient des mandats. La panique me prit aux tripes. Je me levai. Mes jambes chancelaient. Étais-je soupçonnée de meurtre ?

L'inspecteur Ramirez se racla la gorge. Lorsqu'il répondit, ce fut avec calme, comme si les menaces de mon père ne l'affectaient pas.

— Je comprends très bien, monsieur Franco, et j'espère que nous n'en arriverons pas à de telles extrémités. Pas la peine de me raccompagner. Je connais le chemin.

Papa croisa les bras. Sans un mot de plus, le policier s'éclipsa. Je me rassis. La tête me tournait.

— Il m'a juste posé quelques questions, papa. Ce n'est pas la fin du monde.

Il traversa la pièce et s'accroupit devant moi pour me regarder dans les yeux.

— Tu ne comprends pas comment la police fonctionne, princesse. Tu n'es qu'une enfant et, après ce qui t'est arrivé, il est facile pour eux de t'embrouiller et de te manipuler.

À ces mots, une colère indignée flamba en moi.

— Je ne suis pas stupide ! Ce n'est pas parce que j'ai perdu la mémoire que je suis une gamine sans défense. Il m'a simplement posé des questions au sujet de Cassie. Je veux les aider.

— Je sais. (Il soupira et me força à écarter ma main de ma bouche.) Tu te ronges toujours autant les ongles. Ta mère déteste ça.

— Pardon, marmonnai-je en coinçant mes mains entre mes genoux.

Il se releva et se dirigea vers la cheminée. Son dos était droit comme un I.

— Je sais que tu n'es pas stupide, Samantha. Tu es même très intelligente, mais à partir d'aujourd'hui, je ne veux plus que tu parles à la police toute seule, d'accord ? Il faut que je sois là. Tu comprends ?

— Pourquoi ? Quel est le problème, au juste ? Je n'ai rien à cacher.

Il se tourna à moitié vers moi, le regard fuyant.

— Le problème, c'est que tu es sans doute la dernière personne à avoir vu Cassie vivante. Tu étais probablement avec elle lorsque... lorsque le pire lui est arrivé.

— Je sais ! C'est pour ça qu'il faut que je parle à la police.

— Au contraire, c'est justement pour ça qu'il ne faut pas que tu leur parles !

Il porta la main à sa poitrine. L'espace d'un instant, j'eus peur qu'il ne fasse une crise cardiaque. Mon père paraissait en forme, sportif même, mais il était sans doute soumis à beaucoup de pression au travail... et à cause de moi.

— C'est la dernière chose que tu dois faire. Il faut que tu aies conscience que si Cassie a été assassinée, tu seras leur suspect numéro un.

11

Suspect numéro un ? Moi, une meurtrière ? Je n'avais donc pas imaginé les regards soupçonneux de Veronica et Candy. Le soir même, je faisais les cent pas dans ma chambre, le ventre vide et le cœur battant à tout rompre. Comme la seule idée de manger me donnait envie de vomir, je n'avais pas dîné. *Suspect. Meurtrière.*

Ces mots m'étaient étrangers. Bien sûr, je les comprenais, mais j'étais incapable d'associer leur signification avec ma personne. Ils me mettaient les nerfs à vif, les transperçaient et les entaillaient comme de minuscules éclats de verre.

Mon père pensait-il réellement que l'inspecteur Ramirez était venu me voir parce qu'il croyait que j'avais tué Cassie ? Était-ce également l'opinion de mes amis ? Non, impossible. Cela n'avait aucun sens. J'avais été blessée, moi aussi. Assez gravement pour que tout ce qui me définissait, tout ce que je connaissais, disparaisse.

De plus, j'étais incapable de tuer quelqu'un. N'en avaient-ils pas conscience ?

Il y avait encore des chances pour que ce qui s'était passé soit un accident. Une autopsie déterminerait les causes de sa mort. Je savais au moins ça.

Je me plaçai devant le miroir de mon dressing et ravalai la boule de terreur qui s'était formée dans ma gorge avant qu'elle puisse s'étendre à tout mon corps. Mon reflet me rendit mon regard. Mes joues pâles contrastaient avec la couleur cannelle de mes cheveux. Sans maquillage, je paraissais beaucoup plus jeune que sur les photos et je me trouvais un air nerveux, presque craintif, qui ne devait guère ressembler à l'ancienne Sammy.

— Je n'aurais jamais fait de mal à Cassie.

J'avais besoin d'entendre quelqu'un le dire, même si c'était moi.

Mon reflet pencha la tête sur le côté et ses lèvres s'étirèrent en un sourire moqueur.

— Menteuse.

Je m'écartai vivement avec un cri étouffé. Dans ma surprise, je me pris les pieds dans cet idiot d'ours en peluche qui traînait par terre et me cognai la hanche contre le lit. Une douleur intense explosa à cet endroit et mon pouls s'emballa.

Il n'y avait plus personne dans le miroir.

Tremblante comme une feuille, je passai les jambes sous moi et me relevai tant bien que mal en m'appuyant sur la table de chevet. Dans ma maladresse, la boîte à musique qui avait déjà été bougée par Del tomba par terre. Deux faibles notes éraillées s'en échappèrent, provoquant des frissons glacés le long de ma colonne vertébrale.

Je ramassai la boîte et la retournai. Le choc avait ouvert une cache secrète suffisamment large pour y ranger la moitié d'un jeu de cartes. Toutefois, elle semblait vide. Dans un état second, je la refermai et reposai la boîte sur la table.

La nausée me tordait l'estomac. De petits fourmillements désagréables couraient le long de mon dos. J'avais chaud, j'étouffais dans la chambre devenue trop exiguë.

Mon reflet m'avait parlé.

C'était officiel : j'étais complètement dingue.

Je me remis à faire les cent pas en évitant le miroir au cas où il déciderait de me taper de nouveau la causette. Ce qui venait de se passer n'était pas un souvenir. Je ne pouvais pas me voiler la face : c'était une hallucination pure et simple.

Je m'étais imaginé me traiter de menteuse après avoir dit que je n'aurais jamais fait de mal à quelqu'un. Sympa... Je recoiffai mes cheveux en arrière et pris une grande inspiration, mais elle resta bloquée dans ma poitrine. J'avais besoin de sortir de cette chambre, peut-être même de la maison. J'ouvris la porte à la volée et me précipitai dans le couloir.

Alors que j'arrivais à l'intersection, je me heurtai à quelqu'un, tellement fort que le pauvre garçon tomba à la renverse en grognant. Entraînée dans mon élan, je m'écroulai sur lui. Il ne me fallut qu'une seconde pour reconnaître son parfum frais d'agrumes.

Carson.

Nous étions collés l'un à l'autre de la pire des façons... ou de la meilleure, selon le point de vue que l'on adoptait, mais ce n'était pas le moment d'avoir l'esprit mal placé. Je m'en voulais de remarquer que ma poitrine se pressait contre son torse musclé et que ses abdos étaient durs comme du béton sous mon ventre. Une chaleur intenable se déversa dans mes veines.

Carson passa un bras autour de ma taille et releva légèrement la tête. Nous étions si proches que je distinguais les nuances les plus foncées de ses iris, près de ses pupilles. Si proches que sa chaleur insufflait la vie dans le néant obscur qui m'emplissait. Mon regard se posa sur ses lèvres. Je mourais d'envie de les sentir contre les miennes, de goûter ses baisers, de couper les amarres qui me retenaient encore à l'ancienne Sammy et de me perdre en lui. C'était drôle comme, tout à coup, ma peur d'être devenue folle s'était envolée.

Ses lèvres esquissèrent un sourire en coin.

— Salut, Sam…

— Salut, murmurai-je. Tu es venu me voir ?

Lorsque son sourire s'agrandit, mon cœur faillit s'arrêter. L'une de ses dents de devant était légèrement ébréchée.

— Je suis venu rendre visite à Scott, mais…

— Oh… (Je me sentis tout à coup très bête.) Alors, tu ferais mieux d'y aller.

— Oui. (Son regard s'attarda alors sur mes lèvres, et mon ventre se serra.) Mais pour ça, il faut que tu te lèves. Je dis ça, je ne dis rien. Prends ton temps.

Le rouge me monta aux joues.

— Bien vu.

Pourtant, je n'avais toujours pas bougé. L'apocalypse aurait pu faire rage à l'extérieur. Je ne me serais pas levée pour autant. Au contraire, je me pressai davantage contre Carson. Ses doigts agrippèrent ma taille un peu plus fort.

Nous étions tellement dans notre bulle que ni lui ni moi n'entendîmes mon frère approcher jusqu'à ce qu'il parle.

— Quelque chose me dit que je n'ai pas envie de savoir ce que vous fichez, tous les deux.

Carson émit un rire rauque qui résonna jusque dans la moindre de mes cellules.

— De la lutte.

— Bien sûr…, répondit Scott d'un air pince-sans-rire.

Je m'écartai de Carson et me relevai.

— Je lui suis rentrée dedans. Dans le couloir. Je l'ai fait tomber, me justifiai-je maladroitement. Nous ne faisions pas de lutte, ni rien d'autre d'ailleurs.

Les lèvres de Scott frémirent comme s'il réprimait un sourire.

— Ce n'est pas grave, Sam. Je préfère te voir faire des galipettes avec Carson plutôt qu'avec Del.

J'en restai bouche bée.

— On n'était pas…

— Hé ! fit Carson en passant un bras autour de mes épaules. On a l'autorisation de ton frère.

— Décidément, tu dois vraiment détester Del, commentai-je sans m'appesantir sur les sensations de mon côté gauche, entièrement pressé contre Carson.

Scott se frotta la tempe.

— Ça, tu peux le dire. Je ne l'aime pas du tout.

— Pourquoi ?

— C'est comme ça, c'est tout, répondit-il avant de faire volte-face pour retourner dans sa chambre.

Je me libérai de l'étreinte de Carson.

— Bon, à bien…

— Attends ! (Il me saisit par le bras.) Tu allais où comme ça ?

— Je voulais… me promener.

— Il est presque 21 heures.

Je haussai les sourcils. Mon ventre choisit ce moment pour gargouiller.

— Ou manger quelque chose. Peut-être de la glace. J'ai aperçu un pot au chocolat tout à l'heure. Je ne me rappelle pas la dernière fois que j'ai mangé de la glace. (J'étais incapable de m'arrêter de parler. C'était plus fort que moi.) Bon, c'est vrai, je ne me souviens pas de grand-chose, mais ça ne veut rien dire. Hier, j'ai découvert que j'aimais les hamburgers sans tomate. Sans cornichons non plus, mais avec un supplément bacon.

À mesure que je débitais mes inepties, le sourire de Carson s'élargissait.

— Et le fromage ?

— Je suis partagée.

Je lui rendis son sourire. Quelques jours plus tôt, j'avais connu une crise de bavardage de ce genre avec Del, ce qui l'avait beaucoup moins amusé.

Carson me lâcha le bras.

— Revenons à la glace... Tu es certaine d'en avoir vu ?

— Oui.

— Ça te dérange si je te tiens compagnie ?

Sa suggestion fit bondir mon cœur de joie.

— Je croyais que tu étais là pour Scott.

— Il peut attendre. (Carson me donna un petit coup d'épaule.) Non ?

Je le regardai en coin. Après tout, partager un pot de glace n'engageait à rien... et j'avais besoin de penser à autre chose.

— D'accord.

Carson me suivit au rez-de-chaussée et à travers les différentes pièces. Il me fallut quelques minutes pour trouver les bols et les cuillères, puis je sortis la glace. Il remplit son bol à ras bord. Moi, je me contentai de trois grosses cuillerées. On s'assit ensuite au bar, l'un en face de l'autre.

— Où sont vos parents ? demanda-t-il en attrapant une cuillerée de glace.

— Mon père, je ne sais pas. Ma mère, elle, est au lit. (Je me penchai en avant pour lui parler à voix basse.) Elle y passe ses journées. Elle a toujours été comme ça ?

Il prit une bouchée et leva les yeux vers moi.

— Je ne la vois pas souvent. Elle n'aime pas trop me savoir dans la maison, alors je limite mes visites.

Je fronçai les sourcils.

— Pourquoi ?

Il piocha une nouvelle cuillerée.

— À cause de mon père. (Il haussa les épaules.) Elle pense sans doute que je vais lui voler ses tableaux.

Je serrai la cuillère si fort dans ma main que je n'aurais pas été surprise de la plier en deux.

— C'est vraiment débile. Ton père n'est pas si différent du mien. Ils ont juste des boulots différents. Je ne vois pas où est le problème.

Il m'adressa de nouveau ce regard qui me donnait l'impression d'être une énigme qu'il n'arrivait pas à résoudre.

— Tu sais ce que j'ai toujours trouvé drôle ?

— Non ?

— D'après ce que m'a dit Scott, avant de rencontrer votre mère, votre père était comme le mien. Il n'avait pas beaucoup d'argent et il venait de la classe moyenne. Je n'ai jamais compris comment il s'est retrouvé marié à ta mère.

Cette énigme-là, j'étais tout aussi incapable que lui de la résoudre.

— Moi non plus. Ma mère vient…

— D'une vieille famille. Les anciennes fortunes ont tendance à rester ensemble. Va savoir : elle est peut-être tombée raide dingue amoureuse.

Un sourire me chatouilla les lèvres lorsque j'imaginai mon père conquérir ma mère grâce à tout un tas de gestes romantiques… puis je repensai à la façon dont ils se comportaient aujourd'hui. Il y avait plus d'amour entre ma brosse à cheveux et moi qu'entre eux deux.

Carson prit une grande bouchée de glace.

— Elle est super bonne.

Alors qu'il dévorait sa portion sans ralentir, je laissai mon propre bol fondre. Je fis tourner ma cuillère à l'intérieur jusqu'à ce que la texture ressemble à une crème. En entendant Carson rire, je lui adressai un grand sourire.

— Je crois que je l'aime comme ça.

— Oui. Tu faisais toujours ça quand on était petits. Ça agaçait ta mère au plus haut point.

Du chocolat glissa de ma cuillère et tomba dans le bol tandis que je le dévisageais.

— On était vraiment les meilleurs amis du monde ?

— Oui, pendant longtemps, on a été… inséparables.

Comme je l'avais déjà fait des milliers de fois depuis que j'avais appris que la réponse à ma question de sécurité était Carson, je tentai de nous imaginer ensemble en train de courir, de jouer ou de faire des bêtises. Malheureusement, comme pour tout le reste, et malgré mes bonnes intentions, mes souvenirs restaient bloqués. Si j'étais tout à fait honnête avec moi-même, c'était sans doute la possibilité de ces souvenirs qui me manquait le plus.

— Ah, je connais cette expression, dit-il. Quelque chose ne te plaît pas. La compagnie ?

— Non. Pas du tout, le rassurai-je. Ça m'énerve de ne pas me rappeler tout ça. Je crois… que j'aurais aimé ces souvenirs.

Il soutint mon regard un long moment.

— Moi, je les ai toujours. Si tu veux, je peux te raconter les plus intéressants.

Un sourire me monta aux lèvres.

— Ça me ferait plaisir.

Alors, Carson s'exécuta. Il passa en revue les temps forts de notre enfance pendant que l'on terminait nos bols de glace. Dans ses histoires, on roulait à vélo, on grimpait aux arbres, on nageait, on construisait des cabanes avec des branches… tout ce dont un enfant aurait rêvé. J'appris également que Carson s'était cassé le bras à cause de moi. J'avais sauté de l'un des rochers de l'Antre du Diable et l'avais entraîné dans ma chute. Par ma faute, il avait manqué une saison entière de base-ball.

Scott ne m'avait pas menti. Carson avait été plus proche de moi que de lui.

Pendant qu'il parlait de nous, son regard s'était fait doux. Des lignes s'étaient creusées autour de ses yeux. Je me perdais dans les profondeurs de ses iris qui brillaient comme du lapis-lazuli. Au fil de son récit, je sentis ma poitrine se serrer de plus en plus. De bonheur, parce que j'avais l'impression que j'allais m'envoler de mon siège, mais aussi de tristesse et même de honte.

— Je suis vraiment désolée de m'être comportée comme ça avec toi, lui dis-je de nouveau.

M'être montrée gentille avec sa mère, puis avec lui quand elle était décédée n'effaçait pas tout le reste.

— Tu ne méritais pas que... j'évolue ainsi.

Carson ouvrit la bouche pour parler, puis se ravisa. Plusieurs minutes s'écoulèrent en silence. Au bout d'un moment, il croisa les bras sur le bar et se pencha en avant.

— Je vais être franc avec toi, d'accord ? Lorsque tu t'es excusée la première fois, je ne t'ai pas vraiment crue. J'avais du mal à te faire confiance à cause de notre... passif.

Je grimaçai. Tout à coup, je regrettais d'avoir autant mangé. La glace me pesait sur l'estomac.

— Je comprends.

— Non. Tu ne peux pas comprendre. Maintenant, je sais que tu te sens réellement coupable. Il y a deux semaines ? Je n'en étais pas si sûr. Mais j'ai changé d'avis. C'est le plus important, d'accord ? Le passé, c'est le passé. On ne peut plus revenir en arrière. On n'a qu'à l'oublier.

La sincérité que je lisais dans ses yeux et entendais dans sa voix allégea un peu la pression qui enserrait mon cœur.

— Merci, murmurai-je.

Le silence retomba entre nous.

— L'inspecteur est passé après les cours, lui dis-je en observant le reste de glace dans mon bol. Mon père s'est mis en colère. Il l'a pratiquement mis à la porte.

— Pourquoi ?

Je haussai les épaules.

— Il n'a pas apprécié que Ramirez me pose des questions en son absence... ou celle d'un avocat. (Je pris une grande inspiration.) Papa pense que je suis leur suspect numéro un.

Il fronça les sourcils.

— Quoi ? Tu es sérieuse ?

— Oui. Je suis la dernière personne à l'avoir vue vivante.

— Ça, on ne peut pas le savoir, rétorqua-t-il à mon grand soulagement. Il pouvait très bien y avoir quelqu'un d'autre avec vous. Ce qui s'est passé n'a peut-être aucun rapport avec vos différends. Il se pourrait même que ce soit une coïncidence. Un accident.

— C'est ce que j'espère, murmurai-je avant de reprendre, plus fort : Bref. D'après toi, qui aurait pu être avec nous ? Si ce n'était pas un accident, je veux dire ?

— Tu es en train de me demander si je sais qui aurait pu vous accompagner pour lui faire du mal ? Te faire du mal ? (Il se redressa et passa une main dans ses cheveux en bataille.) Seigneur, Sam. Je ne veux même pas y penser.

— Parce que tu crois que moi, j'ai envie d'y penser ?

Je voulus me ronger l'ongle du pouce, mais il était déjà ras.

— À ce que j'en sais, je pourrais très bien être coupable.

Il haussa vivement les sourcils.

— Quoi ? Toi ? Non. C'est impossible.

Je grimaçai.

— L'ancienne Sam avait l'air capable du pire et manifestement, Cassie et moi avions une relation assez tordue. Peut-être qu'on s'est disputées et...

— Et quoi ? Tu l'as tuée ? (Il leva les yeux au ciel en riant.) Je n'y crois pas une minute. Tu pouvais te montrer méchante, c'est vrai, mais tu n'aurais jamais fait de mal à une mouche. En plus, ça n'explique pas pourquoi toi aussi tu as été blessée.

Non, il avait raison. Ce paradoxe était rassurant.

— Bon. Si tu devais choisir quelqu'un, ce serait qui ?

Il me regarda longuement, sous le choc.

— Désigner une personne qui serait capable de tuer, tu veux dire ? Bon sang. J'espère bien que le coupable ne fait pas partie de mon entourage.

— Moi non plus, mais si tu devais nommer quelqu'un qui aurait pu faire du mal à Cassie, ce serait qui ?

Il cligna les yeux, puis détourna le regard.

— La liste des gens qui lui en voulaient est longue, mais je ne pense pas qu'ils seraient allés jusqu'à la tuer.

— Carson...

Il jura dans sa barbe avant de me faire de nouveau face.

— OK. Voyons... Il y a Trey. Leur relation était désastreuse, mais il y a aussi la centaine de camarades qui a pensé une ou deux fois à la pousser sous les roues du bus.

Je plissai le nez.

— Sympa.

— Écoute, tu ne te souviens pas d'elle, Sam, mais Cassie était… Comment dire ? Elle avait très peu de bons moments. Elle était exécrable avec ceux qui n'avaient pas d'argent, ne conduisaient pas des voitures de sport ou ne passaient pas leurs vacances d'été sur un yacht… Ce qui est hilarant, en y réfléchissant, parce que sans son grand-père elle n'aurait jamais mené cette vie. En plus de tout ça, elle adorait manipuler les gens.

Il se pencha en avant, les coudes posés sur le bar.

— Chaque mois, elle désignait une nouvelle victime. Elle faisait semblant de se lier d'amitié avec un élève du lycée pour obtenir quelque chose de lui ou d'elle. Elle se montrait adorable. Vous étiez de mèche. Puis, quand elle avait eu ce qu'elle voulait, elle ridiculisait cette personne devant tout le monde. Une fois, elle a fait croire que Sandy Richards était lesbienne.

Sandy était dans mon cours d'histoire. C'était une fille calme. Je l'aimais bien.

— Qu'est-ce que ça peut faire qu'elle soit lesbienne ?

— Rien, mais Cassie a raconté que Sandy était obsédée par elle et qu'elle lui avait fait des avances. C'étaient des conneries, bien sûr, et je pense que la moitié du lycée en avait conscience, mais personne n'aurait osé aller à l'encontre de Cassie. (Il se redressa et croisa les bras.) Parce que personne n'aurait osé aller à ton encontre et ils savaient que s'en prendre à Cassie, c'était s'en prendre à toi.

La pression était revenue. Cette fois, la main de fer s'était refermée sur mes poumons.

— D'après toi, pourquoi Cassie se comportait-elle ainsi ?

— Je n'en ai pas la moindre idée. Elle n'était... pas bien dans sa peau. (Il tourna la tête, la mâchoire crispée.) Elle faisait un peu trop la fête. Parfois, elle se mettait à pleurer et à paniquer sans raison. Trey pensait que c'était à cause de son père, mais qui sait ?

À cause de son père ? Je me rappelai alors que son géniteur était aux abonnés absents. Je posai alors une question que j'aurais dû garder pour moi.

— Et moi ? Pourquoi est-ce que j'agissais ainsi ?

Il cligna lentement les yeux avant de me dévisager d'un air étonné.

— Bon sang, Sam, j'aimerais pouvoir te répondre, mais je n'en ai pas la moindre idée. Tes parents ont toujours été cool avec toi. Scott aussi. Tu as changé quand tu as commencé à traîner avec Cassie, mais on ne peut pas lui rejeter toute la faute dessus. Tu as pris tes propres décisions.

— Je sais... Cassie et moi étions des monstres ensemble, hein ?

Il laissa échapper un long soupir et son regard se perdit du côté des portes vitrées.

— C'était étonnant à voir, deux personnes qui faisaient autant ressortir le pire de l'autre. Dès que vous obteniez une information sur quelqu'un, vous vous en serviez à votre avantage. Vous ne laissiez pas passer la moindre occasion d'appuyer là où ça fait mal. Beaucoup avaient des raisons de vous en vouloir. Mais de là à s'en prendre à vous physiquement... C'est différent.

La honte m'envahit de nouveau. Elle me brûlait de l'intérieur comme de l'acide. Je pris une dernière cuillerée de glace fondue, regrettant de lui avoir posé cette question. Carson reporta son attention sur moi et rit doucement.

— Quoi ? demandai-je en reposant ma cuillère dans le bol.

— Tu as de la glace sur le menton.

— Oh ? (Je m'essuyai.) J'en ai encore ?

Il hocha la tête, puis tendit la main au-dessus du bar pour nettoyer le dessous de mes lèvres. Ma poitrine se souleva sur un halètement. Carson laissa son pouce au coin de ma bouche et glissa les autres doigts sous mon menton. La sensation de sa peau calleuse contre la mienne me tira des frissons. Nos regards se rivèrent l'un à l'autre. Je m'attendais à ce qu'il s'écarte, car il avait sans doute déjà retiré la trace de glace, mais il n'en fit rien.

Au lieu de quoi il fit coulisser son pouce et caressa ma lèvre inférieure. Je voulus prendre une inspiration, mais elle n'atteignit jamais mes poumons. Une chaleur entêtante montait en moi.

Je déglutis.

— Tu veux encore de la glace ?

Un sourire amusé dansa sur ses lèvres.

— Pourquoi pas ?

Une partie de mon cerveau s'éteignit alors. Je posai les mains sur le bord du bar et me penchai en avant. Je cessai de penser pour me concentrer uniquement sur les décharges électriques qui me parcouraient dès qu'il me touchait. J'ignorais ce que j'étais en train de faire. Mon corps avait pris le relais. Mon pouls s'emballa et, quand Carson fit glisser sa main jusqu'à ma joue, mon cœur se gonfla d'excitation.

C'était mal et en même temps, je n'avais jamais rien éprouvé d'aussi beau.

C'est alors que quelqu'un se racla la gorge. Je m'écartai vivement et faillis tomber de mon tabouret. À ma grande horreur, ma mère se tenait sous un pot de fougère qui pendait du plafond, un verre de rouge à la main.

— Il est tard, Carson, dit-elle avec une voix glaciale, et un regard hostile. Je pense qu'il est grand temps que tu rentres chez toi.

Carson m'adressa un léger sourire avant de se lever.

— Pardon, madame Franco. Je n'avais pas vu l'heure.

Elle hocha brièvement la tête.

Il me jeta un coup d'œil par-dessus son épaule.

— On se verra au lycée, Sam.

Quand je me levai, j'eus l'impression que mes joues étaient en feu. J'aurais voulu le raccompagner, mais il avait déjà disparu au coin. Quelques secondes plus tard, une porte s'ouvrit, puis se referma. J'avais accaparé son attention. Il n'avait même pas pu aller voir Scott.

— Qu'est-ce que tu fabriques, Samantha ?

J'inspirai profondément.

— Je mangeais de la glace.

— Ne joue pas à la plus maligne avec moi.

— Je ne joue pas, maman. Je mangeais de la glace avec Carson. Où est le problème ?

Je lui tournai le dos pour ramasser nos bols et les mettre dans l'évier.

— Ce n'est pas comme si...

— Je ne te reconnais pas, dit-elle d'une voix enrouée en posant son verre sur le bar. Il y a deux semaines, on n'aurait jamais eu cette conversation.

— Il y a deux semaines, j'étais une vraie garce. (Qui, visiblement, s'était mis toute l'école à dos.) Alors si ça te déçoit que je sois devenue plus gentille, tant pis pour toi.

— Ça n'a rien à voir avec de la gentillesse.

Elle me suivit jusqu'à l'évier et m'arracha les bols des mains. L'un tomba dans l'évier et roula sur le côté, l'autre se cassa en deux.

— Tu vas gâcher ta vie en fréquentant des garçons comme lui.

Je reculai, effarée.

— Maman, on discutait, c'est tout.

— Ce n'est pas ce que j'ai vu. (Ses joues avaient pris la même teinte rouge que son chemisier en soie.) Les garçons comme lui…

— Carson est très bien comme il est !

Je m'éloignai. Je n'avais pas envie de me disputer avec elle. J'avais déjà suffisamment de problèmes sans m'engager dans une joute verbale stérile.

— Je suis fatiguée…, soupirai-je.

— Ne fais pas la même erreur que moi, dit-elle d'une voix faible, à peine audible.

Choquée, j'écarquillai les yeux.

— Quoi ? Qu'est-ce que tu veux dire ?

— Aucune importance. (Ses talons claquèrent sur le parquet en bois massif.) Je refuse que tu te donnes davantage en spectacle. C'est déjà bien assez grave que…

— Que quoi, maman ? m'exclamai-je en me retournant.

Au temps pour l'évitement de la dispute. Tout en moi se mit à bouillir, à remonter à la surface jusqu'à ce que la seule chose que je ressente, que je reconnaisse, soit la colère.

— Je te fais toujours honte, c'est ça ? Tes amis continuent de parler dans ton dos ? Maintenant, ils parlent de ce qui m'est arrivé, de ce qui est arrivé à Cassie. J'imagine à quel point ça doit être dur pour toi !

Elle plissa les yeux.

— Tu es sûre que tu n'as pas recouvré la mémoire ? Parce que j'ai l'impression d'avoir déjà eu cette conversation, Samantha.

— Ah oui ? Génial !

J'essayai de la contourner pour la planter là, mais elle fut plus rapide et me bloqua le chemin.

Le regret rendait les éclats verts de ses yeux plus sombres.

— Je suis désolée, ma puce. Ce n'est pas ta faute. Peu importe ce qui s'est passé, ou ce que tu as fait. Ce n'est pas ta faute.

Une onde de choc me traversa tandis que ma mère s'éloignait. Je l'entendis ouvrir le placard à alcools, à coup sûr pour emporter une bouteille avec elle. Hébétée, je sortis de la cuisine. Mon père était dans le couloir.

Il ferma aussitôt les yeux et détourna la tête, le front plissé.

— Samantha...

— Elle pense que je suis coupable ? soufflai-je d'une voix rauque. Elle croit que j'ai fait du mal à Cassie ?

— Non ! Pas du tout. Elle est seulement fatiguée. La situation lui pèse. Ta mère n'est pas... (Il secoua la tête.) Elle ne pense pas ça.

C'était gentil de sa part d'essayer de me convaincre, mais c'était peine perdue.

— Et toi ? Tu me crois coupable ?

— Non, ma chérie. Je ne pense pas du tout que tu sois impliquée dans ce qui s'est passé, répondit-il. (Il tenta de sourire, en vain.) Il est tard. Monte dans ta chambre. Tout ira mieux demain.

Je restai là, à le dévisager. L'incrédulité me glaçait de l'intérieur. Des larmes me piquaient les yeux. Lorsque mes jambes m'obéirent de nouveau, je le dépassai en courant. Je n'étais pas certaine de savoir ce que je fuyais. De toute façon, peu importait où je me rendais. Les paroles de ma mère continuaient de me hanter alors que je me changeais avec des mains tremblantes.

Je m'assis sur mon lit et remontai mes jambes contre ma poitrine. La tête blottie au creux de mes genoux, je pris plusieurs grandes inspirations. Malheureusement, la panique refusait de relâcher son étreinte. Carson ne me pensait pas capable d'un tel acte. Ma propre mère, si. Qui étais-je censée croire ?

12

Mme Messer touchait constamment ses lunettes. Elle les mettait quand elle prenait la parole, les retirait avant de terminer une phrase, puis mordillait l'une des branches. Au bout de cinq minutes de séance, le mercredi suivant, elle avait déjà réalisé ce cycle cinq fois.

Je m'enfonçai davantage dans mon siège et dissimulai un bâillement derrière ma main. Pendant la plus grande partie de nos entretiens, elle passait en revue les rapports de mes enseignants.

Elle glissa les feuilles dans un dossier qu'elle déplaça sur le côté.

— Comme je m'y attendais, aucun professeur ne s'est plaint de ton comportement. Au contraire, tu sembles être plus attentive en classe qu'avant.

— Au moins, il y a du positif dans tout ça.

Elle eut un sourire pincé.

— Comment ça se passe, chez toi ?

Je m'efforçai de ne pas montrer la moindre émotion.

— Très bien.

Elle renfila ses lunettes.

— Ta mère a pris contact avec moi hier. Elle s'inquiète. Elle se demande si tu réussis à gérer la situation.

Je me redressai sur mon siège, sans voix. Maman ne m'avait plus adressé la parole depuis notre dispute, le lundi précédent, et cela ne me dérangeait absolument pas.

— Elle vous a appelée ?

— Oui. Elle a peur que tu n'aies du mal à retrouver tes repères avec ta vie d'avant... l'accident. (Elle retira ses lunettes.) Tu veux en parler ?

Je serrais les dents si fort que ma mâchoire me faisait mal.

— Elle a surtout du mal à accepter qui je suis devenue.

Mme Messer mâchonna l'une des branches de ses lunettes.

— Ça a un rapport avec un garçon... ?

Je sentis mes joues s'empourprer.

— Elle m'a surprise en train de manger de la glace avec un garçon et elle s'est mise dans un état incompréhensible.

Je n'arrivais pas à croire que ma mère l'avait appelée ! Elle n'avait pas mis à exécution sa menace de prendre rendez-vous avec un vrai thérapeute, mais contacter la psychologue du lycée était un coup bas. J'agrippai les accoudoirs de ma chaise et pris une grande inspiration.

— Je ne suis plus la même qu'avant *l'incident*. Et vous savez quoi ? C'est une bonne chose, parce que, avant, j'étais une sacrée garce.

Mme Messer enfila de nouveau ses lunettes. Ses lèvres ondulèrent comme si elle avait envie de sourire. Et pas l'un de ces sourires factices et travaillés qu'elle me servait toujours.

— Si ça peut te rassurer, je lui ai expliqué que ta personnalité pouvait subir quelques changements.

— Je parie qu'elle l'a bien pris, grommelai-je. Elle croit que j'ai...

— Que croit-elle, Samantha ?

Je mordillai l'ongle de mon pouce tout en tapant nerveusement du pied par terre. Le besoin d'avouer tous mes secrets menaça de me submerger. Je mourais d'envie de vider mon sac.

— Je ne sais pas. Elle a honte de moi. Il me semble que ça a toujours été le cas.

— Je suis certaine que tu te trompes, me dit la psychologue sans me quitter des yeux. As-tu retrouvé de nouveaux souvenirs ?

Le regard rivé sur la photo d'un petit garçon au visage d'ange posée sur son bureau, je haussai les épaules.

— Des bribes, par-ci par-là. Dépourvues de sens la moitié du temps. Je n'ai pas été frappée par une vague soudaine de souvenirs, alors que j'ai fait tout ce que vous m'avez dit. J'ai cru que la nouvelle concernant Cassie ferait remonter quelque chose, mais ça n'a pas été le cas.

— Comment te sens-tu par rapport à Cassie ? Es-tu toujours indifférente ?

Je détestais l'entendre dire ce genre de choses… même si je comprenais où elle voulait en venir. Mon incapacité à me rappeler ma relation avec Cassie m'empêchait de partager le chagrin de mes camarades.

— J'essaie de me souvenir d'elle.

— Ce n'est pas tout à fait ce que je t'ai demandé.

Je me rongeai de nouveau les ongles. Je refusai de répondre.

— Je peux vous poser une question ?

Mme Messer acquiesça.

— Lorsqu'on retrouve la mémoire, c'est normal de voir… des choses qui sortent de l'ordinaire ?

Elle cligna lentement les yeux derrière ses lunettes.

— Quel genre de choses ?

Je haussai de nouveau les épaules.

— Je ne sais pas. Des choses bizarres. Ou d'entendre des voix ?

Elle retira ses lunettes. Cette fois, elle les replia.

— Certains souvenirs peuvent revenir sous la forme de voix ou d'images qui peuvent paraître étranges. Si tu pouvais me donner un exemple…

Je m'attendais à ce qu'elle remette ses lunettes ou les mordille, mais elle ne fit ni l'un ni l'autre. Je l'avais déstabilisée. Ce qui n'était pas bon signe. Si le fait de voir et d'entendre des choses lui faisait oublier ses manies, j'étais prête à parier que ce n'était pas un comportement normal.

Comme je refusais de m'expliquer, elle changea de sujet, mais je savais qu'elle y reviendrait, sans doute le vendredi suivant.

— Les obsèques de Cassie auront lieu lundi. Ce sera sans doute… un moment difficile pour toi.

— Ou cela fera peut-être remonter des souvenirs à la surface.

— Peut-être, admit-elle en écrivant sur son bloc-notes.

Notre entretien était terminé. Je me dépêchai de rejoindre mon casier pour ne pas être en retard. La première chose que je vis en ouvrant la porte en métal fut une feuille de papier jaune pliée en triangle. Je vérifiai que personne ne me regardait avant de l'ouvrir.

Ces messages que je recevais me perturbaient. Me terrifiaient. Si j'étais réellement coupable… Si j'avais fait du mal à Cassie, comment expliquer ces notes ? Qu'est-ce qui était pire ? La possibilité que je sois responsable ou bien celle que le véritable meurtrier rôde là, quelque part ? Était-ce la même personne qui me harcelait avec ces menaces ?

Je ne connaissais pas la réponse à ces questions. Avec un soupir, je dépliai la missive.

Tu sais ce qu'elle faisait au lac.

Une part de moi avait envie de rire. Je repliai le mot et le rangeai avec le précédent dans mon sac. Pourtant, une boule de nervosité s'était logée dans ma gorge. Je ne savais pas pourquoi Cassie s'était rendue au lac ce soir-là. La personne qui m'envoyait ses messages aurait bien fait de se renseigner sur la situation... Ce qui m'amenait à une autre question, tout aussi sérieuse.

Qui me laissait ces mots ? De quoi étaient-ils au courant ?

Après que j'eus fermé mon casier, Del apparut au coin et avança vers moi sans se presser. Une pointe de culpabilité me piqua lorsque je me rappelai à quel point j'avais eu envie d'embrasser Carson.

Del passa un bras autour de mes épaules et déposa un baiser sur ma joue avant de s'écarter et de tirer légèrement sur ma queue-de-cheval.

— Tu as l'air fatiguée. Tout va bien ?

— Je n'ai pas vraiment pris le temps de me préparer ce matin..., marmonnai-je, gênée.

— Ce n'est pas grave. (Il enroula ses doigts autour des miens et, ensemble, on se mit en route vers nos salles de classe respectives.) Tout le monde a conscience de ce que tu traverses, et avec ce qui est arrivé à Cassie, personne ne s'attend à ce que tu sois parfaite.

Je haussai les sourcils, mais ne fis pas le moindre commentaire. Une fois devant mon cours de maths, il m'embrassa pour me dire au revoir, sur la bouche. Ce ne fut pas un baiser désagréable. Plutôt chaleureux, doux et sage. Patient, même. Malheureusement, si mon ventre se serrait, ce n'était pas pour les bonnes raisons.

Del recula et sonda longuement mon regard.

— Tu es sûre que ce n'est que de la fatigue ?

En plus des messages mystérieux, de la possibilité d'être impliquée dans la mort de Cassie et de toutes mes pensées un peu folles, j'avais également de sacrés problèmes de cœur. Comme si ma vie n'était pas suffisamment compliquée, j'en pinçais pour le mauvais garçon, le meilleur ami de mon frère, pendant que mon copain attendait patiemment que je retrouve mes esprits.

Il fallait que je sache si j'avais des sentiments pour Del et s'il y avait de l'espoir pour notre relation, car jouer ainsi avec lui n'était pas respectueux. Si je n'étais plus la fille dont il était amoureux, cela ne servait à rien de continuer cette… mascarade.

Durant toute la matinée, je réfléchis à mes options, mais, au bout du compte, je ne savais toujours pas quoi faire. J'ignorais ce qui m'empêchait de prendre une décision. La peur de m'éloigner de la dernière chose qui me liait à mon ancienne vie peut-être ? À ce stade, mes relations avec mes anciens amis étaient quasiment inexistantes. Del était le dernier vestige de l'ancienne Sam. Incapable de trancher, je finis par repousser ces pensées et par me concentrer sur Cassie. Le message le plus récent ne m'apprenait rien de nouveau, mais il me guidait dans la bonne direction.

Il fallait que je retourne au lac.

Le voir ferait peut-être remonter un souvenir clé et m'aiderait à me rappeler un élément important. C'était égoïste, mais mon besoin de vérité n'était plus seulement lié à Cassie. Il fallait que je me prouve à moi-même que je n'étais pas responsable de ce qui lui était arrivé. De ce qui *nous* était arrivé.

Un plan se forma lentement dans ma tête. Je décidai de commencer à le mettre en place avant de rejoindre la table de mes amies à la cantine. Je m'arrêtai à celle de mon frère.

— Je peux emprunter ta voiture après les cours ?

Il me dévisagea avec une moue sceptique.

— Je ne sais pas...

Je m'assis, bien décidée à le supplier s'il le fallait.

— Je te promets que tu retrouveras ta voiture sans la moindre égratignure. J'ai juste un petit truc à faire.

— Quoi ? demanda-t-il, les yeux plissés.

— Un truc, répondis-je. S'il te plaît, Scott.

Julie sourit à mon frère.

— Je ne me rappelle pas la dernière fois qu'elle a dit « s'il te plaît ». Tu es obligé d'accepter.

— Tu ne m'aides pas, rétorqua Scott en se redressant, sans me quitter des yeux. Laisse Julie t'accompagner, alors.

— Je ne peux pas, dit-elle aussitôt avant de rougir. Mais ce n'est pas parce que je n'en ai pas envie... J'aimerais bien qu'on se voie en dehors des cours, Sam.

— D'accord.

Je me sentais un peu vexée alors que je n'avais pas eu l'intention d'emmener qui que ce soit. Pourtant, elle avait l'air sincère quand elle disait vouloir être mon amie.

Apparemment rassurée, elle me sourit.

— Je travaille au théâtre après les cours. C'est mon soir de boulot.

— Oh, mince, j'avais oublié. (Scott soupira.) Très bien. Je rentrerai avant 17 heures. Tu pourras l'emprunter à ce moment-là, mais je te jure, s'il arrive quelque chose à mon bébé, ça va mal aller.

Excitée, je me levai d'un bond et l'étreignis au-dessus de la table.

— Tu es le meilleur !

Mon frère en resta sans voix. Il secoua la tête tandis que je disais au revoir à une Julie tout aussi tétanisée. Ce n'est que lorsque je posai mon plateau à côté de celui de Lauren, à notre table au fond de la cantine, que je me rendis compte que Carson ne mangeait pas avec mon frère. Pendant le cours de biologie, il s'était conduit comme si rien ne s'était passé. C'était sans doute mieux ainsi. Du moins, jusqu'à ce que j'aie pris une décision au sujet de Del.

Je me sentais mieux que jamais. J'avais enfin un but, une piste à explorer, au lieu de rester assise, les bras croisés. Je pris une bouchée de ce qui ressemblait à une tranche de jambon épaisse.

— Je t'ai vue parler à Julie, dit Veronica en jouant avec l'étiquette de sa bouteille d'eau. Vous vous êtes rabibochées ?

— Elle parlait à son frère, intervint Lauren d'un ton conciliant, en nous regardant nerveusement l'une après l'autre.

— Je ne comprends pas ce que ton frère fabrique avec elle, fit remarquer Candy. Il pourrait faire beaucoup mieux que ça.

Je ravalai la colère qui montait en moi.

— Beaucoup mieux ? Julie est très gentille et mon frère l'aime. Qu'est-ce qu'il te faut de plus ?

— Voyons voir... (Candy jeta un coup d'œil à Veronica.) Son père travaille dans la boutique de cigares de la ville. Il n'en est même pas le propriétaire. Il touche le salaire minimum, comme un esclave.

— C'est pas vrai ? rétorquai-je d'un air faussement choqué. Mon Dieu ! Je n'arrive pas à croire qu'on la laisse étudier ici.

— Moi non plus ! acquiesça Candy.

Lauren étouffa son éclat de rire avec sa main.

— Elle était sarcastique, lui expliqua Veronica, les joues rougies. Tu es vraiment idiote.

— Je ne suis pas stupide ! (Candy croisa ses bras fins avant de glousser.) Bon d'accord, je n'ai pas inventé le fil à couper l'eau chaude.

Je la dévisageai.

— Le fil à couper le beurre, tu veux dire ?

Elle haussa les épaules.

— C'est pareil.

— C'est bientôt le bal de promo ! s'exclama Lauren, qui cherchait désespérément à alléger l'atmosphère. C'est dans... moins d'un mois. Mon père m'offre cette robe champagne que je...

— La ferme, la coupa Veronica. On s'en fout de ta robe.

— Hé ! Ne lui parle pas comme ça ! Seigneur...

Je serrai ma fourchette un peu plus fort. Heureusement que c'était du plastique parce que j'étais à deux doigts de la planter dans ses lèvres pulpeuses pour les dégonfler.

Le visage de Veronica prit une vilaine teinte rouge sous son bronzage parfait.

— Arrête de me prendre de haut, Sammy.

— C'est moi qui prends les gens de haut ?

Incrédule, je posai ma fourchette sur la table. Tout l'agacement accumulé depuis des jours se déversait dans mes veines, ne demandant qu'à jaillir. Il se transforma rapidement en rage.

— Moi, je ne me moque pas des gens parce que leurs parents ne sont pas riches ou parce qu'ils ne portent pas des tailles enfants. Toi, oui.

— Bon, d'accord. Je vais être complètement honnête avec toi.

Elle se tourna vers moi et posa les mains sur ses genoux. Avec sa chemise blanche et son pull gris, elle avait l'air prête à me faire un sermon.

— Je comprends que tu as des problèmes en ce moment, mais...

— Mon amnésie totale, tu veux dire ? rétorquai-je.

— Peu importe. Ça n'excuse pas ton comportement. Si tu continues à t'habiller comme une SDF et à...

— Qu'est-ce que tu as contre mes vêtements ?

Je portais un jean et un tee-shirt, bon sang. La plupart de mes vêtements étaient bien trop chics pour que je les porte au lycée et puis, sérieusement, qui avait envie de mettre une robe ou une jupe tous les jours ?

Elle me regarda comme si j'étais idiote.

— Et si tu continues à fréquenter des gens comme eux... (Je supposai qu'elle parlait des personnes dont les parents gagnaient moins de cent mille dollars par an.) ... tu vas t'abaisser à leur niveau et alors là, on aura un sacré problème, toi et moi.

Notre petite dispute commençait à attirer l'attention. J'aurais pu me taire ou partir, mais j'en étais incapable. J'étais épuisée de... tout ça : les regards dédaigneux, les commentaires désobligeants, le comportement de Veronica et Candy qui ne cessaient d'insinuer que la mémoire n'était pas la seule chose qui me manquait... et j'en oubliais. J'étais frustrée de ne rien savoir, d'être dans un état constant de confusion.

Dans tous les cas, j'avais assez donné.

— Tu sais quoi ? On a déjà un problème, lui dis-je.

Veronica plissa les yeux.

— Vraiment ?

— Si c'est pour devenir une connasse comme toi, je préfère ne jamais retrouver la mémoire.

Autour de nous, certains des élèves s'arrêtèrent de manger. D'autres s'étouffèrent. Mon corps tout entier se consumait de colère. J'avais encore des tas de choses à dire, mais j'attrapai mon plateau et me levai.

— Tu n'es plus la bienvenue à cette table, cracha Veronica, le souffle court.

— Ça me va très bien, répliquai-je.

Elle prit une grande inspiration et tourna sur son siège.

— Tu vas le regretter.

— C'est déjà le cas, chérie.

Je n'attendis pas sa réponse. Je fis le tour de la table et me dirigeai vers l'avant de la cantine. Tout le monde me regardait, mais je m'en moquais. Un poids s'était levé de ma poitrine. Je me sentais libre. Je n'étais plus obligée de m'intégrer dans un groupe de personnes avec lesquelles je n'avais pas la moindre affinité. Portée par l'adrénaline, je vidai mon plateau. Une partie de moi aurait voulu retourner à la table pour kidnapper Lauren. C'était la seule fille récupérable du lot.

Sur le chemin de la sortie, je jetai un coup d'œil en direction de la table de mon frère. Ils étaient trop loin pour nous avoir entendues, mais les murmures qui volaient à travers la cantine les avaient déjà atteints. Julie capta mon regard et me sourit avant de poser son menton sur l'épaule de mon frère.

Comme j'avais du temps à tuer avant la fin du déjeuner, je me rendis à mon casier. Toutefois, juste avant de l'atteindre, je me figeai.

Carson était appuyé contre un casier, en face de la bibliothèque, dos à moi. Il tendit un sac à dos à une jolie brune qui lui sourit. C'était sans doute le sien. Mes oreilles bourdonnaient. Je n'entendais plus que son rire rauque et suave, qui habituellement me ravissait, tandis que Carson glissait la lanière du sac à l'épaule de la jeune femme.

J'eus l'impression de recevoir un coup en pleine poitrine. Mon cœur se fendit. Je n'avais pas le droit de ressentir cette peine ni cette rage qui montait en moi. Pourtant, je mourais d'envie de leur rentrer dedans et de les forcer à mettre au moins dix mètres entre eux.

Malheureusement, il était hors de question que je fasse ça. L'ancienne Sammy aurait peut-être agi ainsi… ou peut-être pas. L'ancienne Sammy n'aimait pas tellement Carson.

Je reculai. Tout à coup, j'eus la sensation de regarder deux acteurs sur un écran de télévision en noir et blanc. Sauf que la fille devant lui, c'était… moi. Je me tenais sur la pointe des pieds, face à lui. Je crus d'abord que je l'embrassais parce que j'étais vraiment très proche. Puis je m'entendis parler. Du moins, cette version grisâtre de moi-même.

— Je t'ai vu, sifflai-je d'une voix mauvaise. Je t'ai vu avec Dianna. Je sais ce que tu as fait.

Carson laissa échapper un rire sans joie.

— Comme d'habitude, tu fourres ton nez dans ce qui ne te regarde pas. Tu n'as pas la moindre idée de ce que tu as vu, Sam.

Je ris et rejetai mes cheveux derrière mon épaule d'un geste impétueux.

— On t'aura, Carson. Attends un peu…

Je n'entendis pas la suite. Je venais de heurter un casier. Le bruit fracassant dissipa la vision. Tout ce que je savais, c'était que la fille qui se tenait *vraiment* devant Carson à cet instant se prénommait Dianna. La raison de cette ancienne confrontation m'était inconnue. Qui était ce « on » ? Que l'avais-je vu faire avec Dianna qui m'avait permis de le menacer ?

Carson tourna la tête vers moi. Quand il me vit, il fronça les sourcils.

— Sam ?

Perturbée, je reculai en secouant la tête. Passer d'un souvenir, ou peut-être une hallucination, à la réalité était vertigineux. Mon esprit avait des difficultés à faire la part des choses. Sans compter ma réaction viscérale à la vue de Carson avec une autre fille.

— Je suis désolée. Je... je ne voulais pas vous interrompre.

— Attends, dit-il pour m'empêcher de fuir. Tout va bien ?

— Oui, évidemment. Ça va impeccable.

Il plissa les yeux avant de se tourner vers Dianna.

— Tu peux attendre deux secondes ?

— Pas de problème, répondit-elle en sortant son téléphone portable, tout à coup très absorbée par l'écran.

Carson parcourut la distance qui nous séparait et tendit la main, comme pour me toucher, mais se reprit à la dernière minute.

— Sam, qu'est-ce qui s'est passé ? demanda-t-il à voix basse. Tu saignes.

— Quoi ?

Je baissai la tête. La manche de mon pull était remontée jusqu'à mon coude et révélait deux griffures sur lesquelles perlaient de toutes petites gouttes de sang. Une douleur sourde irradiait dans mon bras.

— Je... J'ai dû me griffer.

Il me prit la main avec une mine inquiète.

— Comment as-tu fait pour ne pas t'en rendre compte, Sam ? C'est...

Dingue ? Je libérai ma main.

— Je dois y aller.

— Sam...

— Elle t'attend, murmurai-je en reculant. On se voit plus tard.

La mâchoire tendue, il me considéra longuement.

— D'accord. Plus tard. Ne te défile pas.

Je n'étais pas certaine de comprendre pourquoi il insistait ainsi, mais j'acquiesçai avec un sourire faiblard, puis filai vers les toilettes les plus proches. Un poids écrasait ma poitrine et mes épaules. Ma gorge me brûlait. Je laissai tomber mon sac à côté du lavabo et ouvris le robinet.

Comment avais-je pu me griffer sans m'en rendre compte ni ressentir la moindre douleur ? Quand était-ce arrivé ? Je passai le bras sous l'eau froide pour soulager le picotement de ma peau à vif. La pression des larmes derrière mes paupières devenait de plus en plus forte. Petit à petit, l'eau teintée de rouge devint légèrement rosée dans le lavabo en porcelaine.

Je relevai la tête et observai mes yeux agrandis par la peur. Mon cœur martelait ma cage thoracique. Que dirait Mme Messer si elle savait que je m'étais griffée jusqu'à m'en déchirer la peau ? Sans doute la même chose que si je lui parlais de mon reflet qui m'avait répondu. Un rire étranglé m'échappa. Je doutais que l'on puisse considérer ces deux événements comme des mécanismes de défense face à un traumatisme.

Je pris une grande inspiration qui resta coincée dans ma gorge. Quelque chose clochait chez moi. C'était certain.

Lorsque Scott rentra de son entraînement de baseball, j'attrapai mon sac à main et l'itinéraire que j'avais griffonné à la hâte avant de descendre au garage. Il ne me restait que deux heures avant le coucher du soleil. Je réussis à esquiver la plupart de ses questions. Je m'en voulais d'être aussi sèche avec lui alors qu'il me laissait emprunter sa voiture, mais je n'avais pas beaucoup de temps.

Il me fallut un peu plus de quarante minutes pour atteindre la forêt d'État de Michaux et trouver notre résidence secondaire. Le bon sens me disait que je devais commencer mes recherches là-bas.

J'empruntai un chemin en gravier. Quand le chalet apparut devant moi, je me penchai sur le volant pour mieux le voir. Il y avait deux portes de garage sous le porche. L'avant de la bâtisse était entièrement vitré. De ce côté, la végétation avait été contenue pour créer un espace agréable, mais à l'arrière, les arbres poussaient les uns sur les autres. Je me garai et, les clés serrées dans les mains, sortis de la voiture.

En humant le parfum de pin et de terre riche, je frissonnai. Une autre odeur flottait également dans l'air, humide et familière.

La majorité des maisons que j'avais dépassées sur le chemin possédait des porches protégés par des moustiquaires. Pas la nôtre. Nous avions une large terrasse à plusieurs niveaux. Le gravier et les brindilles craquaient sous mes baskets tandis que j'approchais des marches. Dans mon esprit, j'essayai d'imaginer les étés que j'avais passés ici. J'avais sans doute remonté ce chemin des dizaines de fois.

Le grincement de l'escalier sous mes pas me tira une grimace. Un grand pot de fleurs vide en céramique était posé dans un coin. J'empruntai le deuxième petit escalier jusqu'au niveau de la terrasse qui semblait courir tout le long de la maison.

Comme je m'y attendais, la porte d'entrée était fermée à clé. J'avançai sur le perron. Une cannette vide, coupée en deux, était remplie de mégots qui paraissaient récents. Papa et maman avaient tous les deux déclaré que personne n'était venu ici depuis le mois de septembre. Si cela avait été le cas, les mégots auraient changé de couleur depuis longtemps.

Quelqu'un était-il venu ici ? Est-ce que je fumais ?

Je secouai la tête et me dirigeai vers l'arrière de la maison. Un bruit sourd et apaisant me parvint. Il réveilla le trouble qui sommeillait en moi, secoua l'abysse dans lequel mes souvenirs étaient plongés. Ce son…

De l'eau.

L'excitation m'envahit. Je connaissais ce bruit. C'était celui du lac. Je descendis les marches deux à deux et glissai à moitié le long de la colline où une forêt plus épaisse commençait. Le sol était couvert de petits cailloux et de branches. Même si je n'avais aucun souvenir conscient de l'endroit, je n'avais aucune difficulté à trouver mon chemin. Étais-je déjà passée par ici ? Il n'y avait pas d'autre explication. Sans la moindre connaissance du terrain, il aurait été facile de se briser la nuque en s'y aventurant la nuit. J'écartai les branches les plus basses, complètement nues, et continuai d'avancer vers la rumeur de l'eau.

Devant moi, un bateau était amarré. *Mon Ange.* C'était le bateau présent sur les photos accrochées au mur de ma chambre. Je montai sur le ponton, qui tangua sous mes pieds. Puis je regardai enfin au-delà de l'embarcation.

Le lac s'étalait devant moi, d'un bleu intense et brillant. Il était beaucoup plus grand que je ne l'avais imaginé. Sa surface ondulant sous la brise semblait renfermer une vie entière de secrets dans ses profondeurs. Il suivait un tracé courbe qui s'étendait au-delà de mon champ de vision, après un coude. En observant les environs, je fus incapable de trouver un lieu qui aurait pu correspondre à mon souvenir de chute. Autour du lac, il n'y avait que des arbres en bourgeons et des bateaux amarrés.

Je fourrai mes mains dans les poches de mon sweat à capuche, puis suivis la berge le long de la plage artificielle. L'inspecteur Ramirez avait parlé d'une cascade. Si j'étais réellement tombée, c'était peut-être de là-bas.

Je frottai mes griffures à travers la manche de mon pull en essayant de ne pas penser à la manière dont je me les étais faites. Le sable laissa petit à petit la place à de la boue qui formait un sentier non entretenu. Les arbres se pressaient désormais jusqu'au bord du lac. À mesure que j'avançais, le bruit de l'eau devenait de plus en plus fort. Je fis le tour d'un large chêne et, tout à coup, je me figeai.

De l'eau se déversait d'un pic rocheux et percutait le lac six mètres plus bas. De l'écume blanche moussait contre les rochers irréguliers et coupants qui dépassaient de la surface. Lorsque je levai la tête, le vertige me saisit et je dus tendre la main à l'aveugle pour me tenir à l'arbre.

Une falaise se dressait trente mètres au-dessus de la cascade. La pente jusqu'à la crête était abrupte, parsemée de gros rochers qui saillaient de la paroi entre les buissons épais et de petits arbres. De l'eau ruisselait contre sa surface.

J'avais du mal à croire que l'on pouvait survivre à une telle dégringolade. Il y avait trop d'obstacles sur lesquels se briser les os. Si l'on poussait quelqu'un depuis le rebord de la falaise avec assez de force, en revanche... Il ou elle ne toucherait rien avant d'atteindre l'eau en contrebas. J'imaginais la terrible chute. Dans ces conditions, on tomberait directement dans le lac.

Un sentiment déstabilisant de certitude m'emplit jusqu'à la moelle. Cassie avait été poussée. Par qui ?

Moi ? Avais-je suivi le même chemin ? Je tressaillis en me rappelant cette sensation de chute interminable. C'était sans doute ce qui s'était passé.

La vue de cette falaise ne réveilla aucun souvenir en moi. Pourtant, j'avais la conviction que tout s'était produit ici. Il existait sans doute un passage différent pour accéder au sommet de la crête. Ici, la montée était trop ardue. Je doutais d'être capable de l'escalader. J'allais avoir besoin de l'aide de quelqu'un qui connaissait les environs et accepterait de me prêter main-forte. Scott ? Carson ? En pensant à ce dernier, je sentis une douce chaleur se répandre dans mon ventre. Il savait peut-être s'orienter ici. Toutefois, je n'avais aucune raison de me tourner vers lui, surtout après l'avoir surpris avec Dianna…

Crac.

Je me figeai. Quel était ce bruit ? Je retins ma respiration et écoutai. Les oiseaux gazouillaient. Au-dessus de ma tête, les branches ondulaient. Ce n'était pas le son que j'avais entendu.

Crac. C'était une brindille qui se cassait. Quelques instants plus tard, j'entendis clairement quelqu'un marcher. Mes cheveux se dressèrent sur ma tête.

Le bruit recommença, plus près cette fois.

Je me retournai vivement et scrutai la forêt. Il aurait pu s'agir de n'importe qui : un marcheur ou un joggeur. Je tendis de nouveau l'oreille. Plus rien. Pas même les sons de la nature. La forêt tout entière avait sombré dans un silence de mort.

Une forme noire passa rapidement derrière un arbre à quelques mètres de moi. Je la remarquai du coin de l'œil. C'était une grande silhouette qui ne ressemblait en rien à un ours.

— Il y a quelqu'un ? criai-je en serrant mes clés de voiture un peu plus fort.

Aucune réponse. Je n'arrivais pas à savoir si c'était un homme ou un animal. Malgré les battements fous de mon cœur, je résolus de reprendre le chemin en direction du chalet. J'avais à peine parcouru cent mètres lorsqu'un craquement résonna derrière moi. Je fis volte-face et examinai l'obscurité grandissante entre les troncs.

La silhouette bondit hors des arbres. C'était un homme vêtu de noir. Une casquette baissée dissimulait son visage. Le soulagement fut de courte durée. J'avais un mauvais pressentiment. Il ne pouvait s'agir de Carson. Il ne se serait pas caché et m'aurait répondu lorsque j'avais appelé.

N'importe qui aurait répondu.

Les doigts glacés de l'angoisse m'effleurèrent l'échine. Je fis un pas en arrière.

— Bonjour ?

Pas de réponse.

La gorge sèche, je me retournai et pressai l'allure. Cela pouvait être n'importe qui. Mais cela pouvait aussi être la personne responsable de ce qui nous était arrivé, à Cassie et moi. Pour en avoir le cœur net, je jetai un nouveau coup d'œil dans sa direction. D'abord, je ne vis rien, puis… je me rendis compte qu'il se trouvait à quelques mètres de moi, parmi les arbres, et qu'il gagnait rapidement du terrain.

Je m'arrêtai.

Lui aussi.

Je fis un pas arrière… Lui également.

Ce n'était pas normal. Un signal d'alarme s'alluma dans mon esprit. Mon instinct prit le dessus et je me mis à courir. Par-dessus le bruit de mes pas cognant sur le sol et de mes battements de cœur affolés, je l'entendis piétiner les sous-bois à la hâte. Il me suivait. Il me prenait en chasse.

Je me précipitai entre les arbres. De la terre et des cailloux se soulevaient à mon passage. La peur m'empêchait de respirer. Des branches s'accrochaient à mes cheveux. Soudain, l'une de mes baskets se prit dans une racine. Je tombai en avant et mes mains et mes genoux accusèrent le choc. Des pierres coupantes lacérèrent mes paumes, déchirèrent mon jean et la peau de mes genoux. La douleur soudaine m'arracha un cri.

Ma vision s'assombrit. Les feuilles mortes et la boue se parèrent de teintes de gris. *Pas maintenant. Pitié, pas maintenant.* Mais il était trop tard. Des images remontaient déjà dans mon esprit.

Je rampais sur le sol, une main après l'autre. Non. Je n'étais pas sur le sol. J'escaladais une paroi rocheuse et glissante. Des morceaux de terre s'en détachaient de temps en temps et tombaient sur mon visage. Mon corps était engourdi. Seul l'instinct me permettait d'avancer. Je n'avais pas mal. Je me contentais d'escalader à la force des bras. Mes doigts glissèrent. Je tentai de m'accrocher à ce que je pouvais : les pierres, les racines, n'importe quoi, mais je perdis le peu de terrain que j'avais gagné. Mes mains étaient grises, mais du sang dégoulinait sur leurs dos et tachait mes doigts. Mes ongles étaient cassés.

J'avalai une grande bouffée d'air et clignai des yeux. Le monde avait recouvré ses couleurs. Je regardai derrière moi. Je vis des jambes, dans un jean noir, à quelques mètres de moi. La terreur me fit l'effet d'un coup de poing en plein ventre. Sans prêter attention à la douleur, je me relevai à tâtons et repris ma course.

Au bout de ce qui me parut être une éternité, les bateaux apparurent devant moi et mes pieds foulèrent le sable. Je ne me retournai pas. Je m'engouffrai dans le bois qui séparait le lac du chalet. Le souffle court, je m'extirpai des branches entrelacées et contournai le perron à toute vitesse.

En voyant la voiture de Scott, je poussai un cri de soulagement. Le gravier se soulevait sous mes pas. Une fois arrivée devant la portière, je pris enfin la peine de regarder derrière moi.

Il n'y avait personne.

Je me tournai de l'autre côté et observai la rangée de troncs épais. L'homme aurait pu se trouver n'importe où, prêt à bondir pour... Pour faire quoi au juste ? Terminer ce qu'il avait commencé ? Pourquoi ? Qui était-il ? J'actionnai la poignée. La portière s'ouvrit. Avais-je verrouillé la voiture avant de partir ? Je ne m'en souvenais pas.

Une fois à l'intérieur, j'enclenchai la centralisation des portes. Affalée sur mon siège, je pris de grandes inspirations qui firent trembler mon corps tout entier. J'avais envie de vomir. La tête me tournait. À cause de l'adrénaline, j'avais l'impression d'avoir avalé des dizaines de boissons énergisantes.

Je rouvris les yeux et posai mes mains flageolantes sur le volant. Tout à coup, quelque chose attira mon attention sur le siège passager : une feuille de papier jaune pliée en triangle. Mon cœur bondit douloureusement dans ma poitrine.

Elle n'était pas là auparavant.

Fébrile, je la ramassai et l'ouvris rapidement. Il n'y avait qu'une seule phrase, rédigée dans cette écriture enfantine que je commençais à connaître comme la mienne.

Tu sais qui a tué Cassie.

J'enfouis le mot dans mon sac et démarrai. Je quittai l'allée en gravier pour retrouver la route de montagne étroite. Ma nuque ne cessait de me picoter.

Lorsque j'atteignis l'autoroute, je tentais encore de calmer ma respiration. Il ne fallait pas que je pense à ce qui s'était passé. J'aurais tout le temps de paniquer lorsque je ne serais plus au volant de la voiture de mon frère. Je tendis la main vers l'autoradio pour monter le volume, en me disant que la musique couvrirait mes pensées, et levai les yeux.

Dans le rétroviseur, j'aperçus une silhouette sombre sur la banquette arrière. Le monde tangua. Un séisme me secoua.

Il est dans ma voiture.

La terreur gronda en moi comme un coup de tonnerre, sombre et menaçant. Je n'arrivais plus à respirer. Alors, tout alla très vite. Je m'imaginai m'arrêter, bondir hors de la voiture et m'enfuir ou freiner le plus fort possible pour le déstabiliser. En réalité, je ne fis rien de tout ça. La panique suintait des pores de ma peau et s'y accrochait. Mon cerveau m'envoyait des signaux inutiles. Le son d'un klaxon retentit au loin. L'air ne parvenait plus à mes poumons.

Il est dans ma voiture.

L'obscurité s'abattit sur moi. Je hurlai, mais mon cri fut interrompu par un bruit terrible de métal qui se froissait et se déchirait. Je fus projetée sur le côté, puis aussitôt propulsée en avant. Je me cognai la tête sur le volant. Une douleur atroce, aveuglante, se répandit dans mon crâne. Des éclats de verre me mordirent la peau.

Puis ce fut le néant.

13

Un son électronique agaçant me ramena à la réalité. Je me sentais à l'étroit dans ma peau. Ma gorge était sèche. La moindre partie de mon corps me faisait souffrir comme si je m'étais pris un trente-six tonnes en pleine tête. J'entrouvris les yeux, mais la lumière était trop vive. Je les refermai aussitôt en grognant. Je rêvais de disparaître à nouveau dans l'obscurité.

— Sam ?

Le matelas sur lequel je me trouvais s'enfonça.

— Tu es réveillée ?

La voix de mon frère acheva de me secouer et me poussa à soulever les paupières. La tête penchée vers moi, il bloquait une partie de la lumière. Des cernes s'étaient formés sous ses yeux et ses cheveux emmêlés partaient dans tous les sens.

Il me sourit faiblement.

— Tu te souviens de moi ?

— Oui, croassai-je.

Je grimaçai et tentai de lever le bras, mais quelque chose tirait sur ma main. Des fils. J'avais des fils partout qui me connectaient à cette satanée machine qui bipait. Je m'humectai les lèvres.

— Qu'est-ce qui s'est passé ?

— Tu as eu un accident de voiture. Papa est dans le couloir. Il parle aux médecins. La police pense que tu as perdu le contrôle sur l'autoroute.

Je n'arrivais pas à me redresser. J'avais à peine assez de force pour lever la tête.

— Et l'autre voiture ? Ils vont bien ?

— N'essaie pas de t'asseoir. Tiens...

Scott attrapa un coussin posé sur une chaise, puis passa doucement ses doigts sous ma tête pour la soulever et l'y glisser.

— Le conducteur n'a eu que des égratignures. Tout va bien.

Ma tête protesta face au mouvement qu'il venait de me faire faire. Le reste de mon corps aussi.

— Ta voiture... Oh, mon Dieu. Je suis désolée.

Scott remonta la fine couverture de l'hôpital sur mes épaules.

— Je me moque pas mal de la voiture. Quelqu'un s'en occupe déjà. J'en aurai une de location dès demain. (Il me regarda dans les yeux.) Comment tu te sens ?

— Comme quelqu'un qui vient d'avoir un accident de voiture, répondis-je en levant mon autre main lorsque je compris que celle-ci n'était reliée à aucun appareil.

Je touchai ma tête avec précaution. Il y avait un pansement sur mon front.

— C'est... grave ?

— Non. Et puis de toute façon, ce n'est pas comme si tu avais besoin de ton cerveau, pas vrai ?

Je ris, puis grognai.

— Aïe.

— Tu as de nombreux hématomes. Ça va sans doute te faire souffrir pendant quelque temps, mais tu survivras.

— Tant mieux.

Je fermai les yeux. J'avais envie de bouger, mais je savais que ce n'était pas une bonne idée. Quelque chose rôdait à l'orée de mes pensées. Quelque chose que je n'arrivais pas à saisir. Je jetai un coup d'œil en direction de la fenêtre. Il faisait nuit noire.

— Je suis ici depuis combien de temps ?

Il regarda derrière lui en soupirant.

— Il est presque 5 heures du matin. Tu es restée endormie pendant tout ce temps.

Seigneur.

— Je crois que j'ai entendu le docteur dire qu'ils allaient te garder en observation aujourd'hui après... tout ça. (Il sourit encore, mais cette fois, je perçus sur ses traits comme une pointe de lassitude.) Tu es exemptée de lycée pour le reste de la semaine. Bien joué.

J'aurais voulu rire et plaisanter avec lui, mais son sourire m'avait perturbée.

— Tu es resté ici pendant tout ce temps ?

Scott hocha la tête.

— Del le débile est passé avant la fin des heures de visite. Julie aussi. (Il s'interrompit. Cette fois, une joie sincère illumina son visage.) J'ai envoyé un message à Carson qui a rappliqué dans les dix minutes qui ont suivi. Il n'a pas apprécié qu'on lui demande de partir.

— Carson, murmurai-je.

— Oui, il... il était très inquiet, tu sais ? Il va falloir qu'on ait une petite discussion à ce sujet, lui et moi. (Un air grave éroda soudain son sourire moqueur.) Sam... les secours et la police ont dit que tu leur avais parlé lorsqu'ils sont arrivés sur le lieu de l'accident. Tu leur as dit...

Papa entra dans la pièce. Le cliché vivant du membre d'un country-club. Pas un cheveu ne dépassait de sa coiffure. Il se plaça de l'autre côté de mon lit et me sourit.

— Comment tu te sens, princesse ? me demanda-t-il en repoussant les cheveux qui étaient tombés sur mon bandage.

— Ça va. (Mon frère s'était tu. Je lui adressai un regard en coin.) Où est maman ?

Le sourire de mon père s'envola.

— Elle est venue tout à l'heure, mais elle est rentrée... se reposer.

Je réprimai les larmes qui m'étaient soudain montées aux yeux. Ma mère n'était pas restée à mon chevet. J'étais à l'hôpital, branchée à des machines, et ma mère, elle, était à la maison, en train de se *reposer*. J'avais mal partout, mais ma maman n'était pas là. Je voulais la voir, j'avais besoin d'elle, qu'elle me dise que tout irait bien.

Peut-être ne pouvait-elle plus me regarder en face, car elle croyait que j'étais impliquée dans la mort de Cassie... Alors, tout me revint en mémoire.

J'étais allée au chalet, j'avais trouvé le lac et la falaise au-dessus de la cascade. Un homme m'avait prise en chasse. Un message m'attendait... dans la voiture. Mon cœur s'emballa. Les bips de la machine résonnèrent à l'unisson.

Je me démenai encore une fois pour m'asseoir, mais Scott et notre père m'en empêchèrent.

— Vous ne comprenez pas ! hoquetai-je malgré les élancements sous mon crâne. Il y avait quelqu'un dans la voiture avec moi. Sur la banquette arrière ! Ils l'ont attrapé ?

Papa appliqua une légère pression sur mes épaules et se racla la gorge.

— Samantha, il n'y avait personne dans la voiture.

— Non. Tu ne comprends pas. Il m'a suivie dans les bois. Il a glissé un mot dans ma voiture...

— Qu'est-ce que tu faisais dans notre résidence d'été ? demanda-t-il en sondant mon regard.

La gorge nouée, je me tournai vers Scott. Quelle importance ? Ne comprenaient-ils pas la gravité de la situation ?

— J'ai pensé qu'en me rendant là-bas les souvenirs me reviendraient…

Ma gorge me grattait comme du papier de verre. Ma voix n'était qu'un murmure éraillé.

— Il m'a couru après, papa. Il était dans la voiture. C'est pour ça que j'ai eu cet accident.

— De qui parles-tu ? demanda Scott.

— Scott, fit mon père sur le ton de l'avertissement.

Le visage de mon frère s'assombrit.

— Sam, qui t'a suivie ?

— Je n'en sais rien. (Je pressai ma paume contre mon front.) Je n'ai pas vu son visage, mais il n'arrête pas de me laisser des messages.

À son expression, je sus qu'il se rappelait le premier mot qu'il avait lu.

— Je l'ai mis dans mon sac. Où est mon sac ?

Scott tourna la tête vers notre père, qui secoua la tête.

— Quoi ? m'enquis-je.

— Tu devrais te reposer, ma chérie. (Papa me prit la main et l'écarta de mon visage.) Tu es en train de te fatiguer.

Je me libérai de sa poigne. Ma poitrine se serra.

— Il est toujours dans la voiture ?

— Non, répondit Scott en détournant le regard. Ton sac était dans ta chambre. Tu ne l'as pas pris avec toi.

— Quoi ? (Je nageais en pleine confusion. Cela n'avait aucun sens.) Non, c'est faux. Je l'avais avec moi. J'ai rangé le message dedans.

— Sam, souffla Scott d'une voix triste. On a dû chercher ton sac, car tu n'avais pas de pièce d'identité sur toi lorsque la police est arrivée sur le lieu de l'accident. Tu ne l'avais pas avec toi.

Tandis que je le dévisageais, un froid terrible s'insinua en moi, puis je me mis à transpirer à grosses gouttes.

— Mais il y avait un homme dans la voiture...

— Il n'y avait personne, déclara papa en posant la main sur la mienne.

Non. Non. Non.

— Il était sur la banquette arrière. Il m'a suivie. Je ne suis pas...

Une infirmière grimaçante entra dans la chambre. Sans un mot, elle se dirigea vers les tubes accrochés à l'intraveineuse. Elle avait une seringue à la main. La panique me prit aux tripes.

— Qu'est-ce qu'elle fait ? Papa ?

— Ce sont juste des antidouleurs, répondit-il en me tapotant la main. Tout va bien.

Je la regardai enfoncer l'aiguille dans le tube. Un liquide s'y écoula. Puis elle repartit sans avoir prononcé un mot. Les infirmières n'étaient-elles pas censées être gentilles ?

— Papa...

— Il faut que tu te reposes.

Je n'avais pas envie de me reposer. Je voulais qu'ils me croient. Je tournai la tête pour croiser le regard troublé de mon frère.

— Scott, quelqu'un m'a suivie près du chalet. Il y avait quelqu'un. Il y avait des mégots récents et...

— Ce sont les miens, ma chérie, me coupa papa. Parfois, j'y vais pour fumer une cigarette. Ta mère n'est pas au courant. J'ai arrêté il y a des années, mais avec ce qui s'est passé récemment...

Je le dévisageai.

— Mais... il y avait quelqu'un dans la voiture. Il m'a fait peur. C'est pour ça que j'ai perdu le contrôle.

Scott baissa les yeux.

— Sam, quand la police est arrivée, les portières étaient verrouillées, dit-il d'une voix douce, en choisissant ses mots avec soin. Un intrus n'aurait pas pu fermer les portes après être sorti de la voiture. Le système était HS. Ils ont dû découper la portière pour te dégager.

Oh, mon Dieu, sa voiture...

— L'assurance est déjà...

J'interrompis mon père.

— Il y avait quelqu'un dans la voiture ! m'exclamai-je d'une voix cassée.

Cela m'avait paru trop réel pour n'être que le fruit de mon imagination. De plus, j'avais eu une vision, un souvenir de moi-même en train d'escalader. Comment aurais-je pu avoir une vision au sein d'une hallucination ?

— Je ne l'ai pas imaginé ! Je n'invente rien.

Papa s'assit. Il avait l'air au bout du rouleau.

— Je sais que tu n'inventes rien, ma chérie. Je ne doute pas que tu crois réellement que quelqu'un était dans la voiture.

Je pris une grande inspiration. Je comprenais parfaitement où il voulait en venir.

— Je ne suis pas folle.

Il émit un son étrange. Il semblait à deux doigts de craquer, de s'effondrer en mille morceaux.

— Non, ma chérie. Tu n'es pas folle.

Alors, je compris. Lorsqu'il détourna le regard, un muscle de sa mâchoire eut un soubresaut. Il ne croyait pas un mot de ce qu'il venait de me dire.

Les médecins m'autorisèrent à sortir le soir suivant avec une ordonnance d'analgésiques et l'ordre de me ménager durant au moins deux jours. Si je n'avais pas déjà fait un séjour chez eux deux semaines plus tôt, il m'aurait sans doute gardée encore moins longtemps.

Des roses rouges offertes par Del avaient été placées sur mon bureau. Elles embaumaient ma chambre de leur parfum frais et acidulé. Un autre bouquet de pivoines rose vif se cachait derrière le vase imposant. Celui-ci venait de Veronica et les filles.

Mon sac à main était posé sur mon fauteuil. Mes clés de maison, mon portefeuille et mon téléphone se trouvaient à l'intérieur. Je le vidai entièrement sur l'assise. Pas de papier jaune.

Une vague de nausée m'envahit.

Comment avais-je pu imaginer tout ça ? Ma peau était comme anesthésiée, mes pensées en sourdine. Les antidouleurs faisaient toujours effet. Je traînai des pieds jusqu'à la salle de bains. Sous le bandage, un hématome violacé remontait vers mes cheveux et s'étendait jusqu'à ma tempe gauche. Les éclats de verre avaient laissé des éraflures sur mes bras, mais elles étaient moins graves que les griffures que je m'étais infligées toute seule le mercredi précédent.

Je ravalai péniblement la boule en travers de ma gorge. Mes paumes étaient à vif. En enfilant rapidement un débardeur et un short en guise de pyjama, je m'aperçus que mes genoux n'étaient guère plus jolis à voir. Au moins, ma chute dans les bois avait été réelle, elle.

Dans un état second, je me brossai les dents deux fois, puis me glissai dans mon lit. J'y restai allongée, les yeux fermés. Ma mère vint me voir. Elle ne parla pas beaucoup, mais je remarquai qu'elle s'était rongé les ongles jusqu'au sang.

— Je suis contente que tu ailles bien, dit-elle en reculant vers la porte.

Je ne répondis pas.

— Je... je t'aime, ma puce.

Je ne pouvais pas parler. Les mots étaient pourtant sur le bout de ma langue. Même si nous nous étions disputés, même si j'avais perdu la mémoire, je l'aimais aussi. Je restai muette. Elle me dévisagea avec des yeux fatigués et tristes et sortit de la pièce.

Elle me croyait capable de tuer quelqu'un. Il n'était donc pas impossible qu'elle me pense folle.

Scott passa un peu avant 22 heures. Je ne lui adressai pas non plus la parole. Je fis semblant de dormir jusqu'à m'assoupir pour de bon. Quand on dormait, on ne réfléchissait pas. Quand je réfléchissais, je remettais mon état mental en question.

Un peu plus tard, je sentis quelque chose de doux me caresser le nez. L'odeur qui s'en dégageait me rappelait le printemps ou le début de l'été. J'ouvris les yeux. L'une des roses de Del se trouvait devant mon visage, mais les doigts hâlés qui la tenaient n'étaient pas ceux de mon petit ami.

Le sourire satisfait de Carson s'élargit.

— Debout là-dedans !

— Tu es vraiment là ?

Il baissa la rose.

— Bien sûr que je suis là. Pourquoi est-ce que tu me poses cette question ?

Lui expliquer que j'étais sujette à des hallucinations plus vraies que nature n'était sans doute pas une bonne idée. Je clignai les yeux pour chasser les dernières bribes de sommeil. Alors, mon cerveau comprit enfin que ce n'était pas un rêve. Mon cœur se gonfla.

— Qu'est-ce que tu fais ici ? demandai-je au bout d'un moment.

Il s'appuya contre la tête de lit et étira ses longues jambes devant lui. Il avait retiré ses chaussures. Il portait des chaussettes à carreaux.

— Je voulais te voir. Tu nous as fait très peur, Sam. Encore une fois.

— Pardon, marmonnai-je en me redressant.

Une vague de vertiges me balaya. Je m'accrochai à la couette que je remontai jusqu'à mon menton. En regardant mon réveil, je vis qu'il était à peine 10 heures du matin.

— Tu sèches les cours ?

— Eh oui.

Il posa la rose sur sa cuisse, puis croisa les bras derrière sa tête.

— Comment tu as fait pour entrer ?

Son sourire arrogant était de retour. J'avais du mal à regarder autre chose que ses lèvres. Je mourais d'envie de l'embrasser.

— Mon père installe un nouveau parquet dans la salle de jeux. J'ai attendu que ta mère parte pour me faufiler discrètement.

Je le dévisageai.

Une lueur de doute s'insinua dans ses yeux d'azur.

— Scott sait que je suis là.

Je n'avais pas de mot pour décrire le torrent d'émotions qui grandissait en moi, qui enflait à chaque inspiration. Elles tournoyaient, battaient des ailes comme une nuée d'oiseaux. C'était à la fois excitant, porteur d'espoir et extrêmement troublant.

— Je... peux te laisser si tu veux.

— Non, répondis-je aussitôt. Non. Tu n'es pas obligé de partir. Je suis surprise, c'est tout.

Son regard plongea dans le mien et s'y attarda.

— Tes parents ne laissent personne te rendre visite.

Il s'interrompit. Sa nonchalance habituelle s'étiolait. Je voyais bien que ses biceps étaient crispés.

— Scott s'inquiète pour toi.

Déçue, je serrai les poings contre la couette.

— C'est pour ça que tu es ici ? Parce que mon frère s'inquiète ?

Carson me dévisagea, plus grave que jamais.

— Sam… Je suis venu parce que *je* suis inquiet.

— Oh. (Le feu aux joues, je baissai les yeux vers ses lèvres. *Décidément…*) Je vais bien.

— Tu en es sûre ?

Il était toujours aussi sérieux et m'observait avec attention.

J'acquiesçai.

Lentement, il tendit la main vers moi et fit courir ses doigts sur le large hématome qui recouvrait mon front.

— Qu'est-ce qui s'est passé ?

La caresse légère me fit frissonner.

— J'ai eu un accident de voiture.

Il replaça ses bras derrière sa tête d'un air pince-sans-rire.

— Ça, j'avais compris.

Je mordis mes lèvres gercées, puis jetai un coup d'œil à mon fauteuil de bureau. Le contenu de mon sac à main y était toujours. Il n'y avait pas eu de message. Ni d'homme sur la banquette arrière. Il y avait également de grandes chances pour que j'aie imaginé l'homme dans les bois.

La gorge sèche, je le regardai de nouveau, timidement.

— Tu veux bien rester ?

Carson haussa un sourcil.

— Je ne comptais pas partir.

Mon esprit s'étonna de la bouffée de joie qui me souleva à ces mots. Je repoussai la couette et sortis du lit pour aller dans la salle de bains. Là, je me brossai les dents et me nettoyai rapidement le visage. Lorsque je revins dans ma chambre, Carson n'avait pas bougé. J'attrapai une bouteille d'eau sur mon bureau et avalai deux aspirines au lieu des analgésiques que l'on m'avait prescrits. J'étais sur le point de lui demander s'il voulait boire quelque chose lorsque je remarquai qu'il avait une boisson énergisante posée sur le sol.

Il me suivit du regard tandis que je retournais au lit. Ce n'est qu'à ce moment que je me rappelai que je ne portais qu'un short très court et un débardeur fin. L'ancienne Sammy aurait sans doute avancé vers lui au ralenti ou ondulé des hanches. Moi, je me dépêchai de me glisser sous le dessus-de-lit et non sous les couvertures, rouge comme une tomate.

Carson ricana.

— La ferme, grommelai-je.

Lorsqu'il s'allongea sur le côté pour mieux m'observer, ses yeux brillaient d'un éclat malicieux.

— Quoi ? J'aime bien ta tenue.

Je m'installai plus confortablement avec un soupir.

— Tu es venu ici pour parler de mon pyjama ?

— Non, mais c'est un début de conversation comme un autre.

Il glissa sur le matelas pour se mettre à ma hauteur. Seul le dessus-de-lit en patchwork nous séparait. C'était étrange d'être allongée ainsi à côté de lui. Étrange, mais agréable.

— Tu vas finir par me raconter la vérité ?

— Mon frère t'a dit quelque chose ?

Carson esquissa un sourire.

— Rien du tout.

Le besoin de tout avouer me taraudait. J'avais ressenti la même chose le mercredi précédent face à Mme Messer. Il fallait que je parle à quelqu'un. Et je faisais confiance à Carson. Il était venu me rendre visite, car il tenait à moi. Si Del s'était réellement inquiété pour moi, il aurait trouvé un moyen de s'introduire dans ma chambre. Ce n'était pas juste de penser ainsi. J'en avais conscience. Mais c'était la vérité.

Carson, lui, était là.

Alors que j'avais passé les cinq ou six dernières années à lui gâcher la vie. Il avait vu les pires côtés de ma personnalité. Mes défauts étaient à découvert, comme des fils électriques à nu.

Je pris une inspiration tremblante.

— Je crois que je suis devenue folle.

14

Manifestement, Carson s'était attendu à beaucoup de choses, mais pas à celle-ci. Il plissa les yeux.

— Tu n'es pas folle.

La sincérité qui émanait de sa voix me noua la gorge.

— Tu n'es pas au courant de ce qui m'arrive.

— Alors dis-le-moi, répondit-il en me regardant droit dans les yeux.

Et c'est ce que je fis. Je lui racontai absolument tout : les messages, ce qui s'était passé au lac, puis dans la voiture. Je lui parlai même des doutes de ma mère et, pire encore, de mes hallucinations. Lorsque j'eus terminé, je me sentis plus légère. Je n'allais pas mieux, mais pour la première fois depuis qu'on m'avait retrouvée en train d'errer sur cette route inconnue, j'avais l'impression de pouvoir respirer normalement. J'étais certaine que Carson allait prendre les jambes à son cou.

Il ne le fit pas.

— Tu n'es pas folle, répéta-t-il avec aplomb.

— Tu crois ?

Les larmes qui s'étaient accumulées derrière mes paupières se mirent à couler le long de mes joues.

— Je n'arrive plus à discerner le vrai du faux.

Il s'approcha légèrement et essuya mes larmes avec son pouce.

— Écoute. Il y a forcément une explication. Tu as dit que Scott avait vu le premier mot, pas vrai ? Et moi, je t'ai aperçue avec un morceau de papier jaune en cours de biologie, la dernière fois. Ces missives sont bien réelles.

— Et celui dans la voiture, alors ? Je n'avais même pas mon sac avec moi. Pourtant, j'aurais juré l'avoir emporté.

— Je ne dis pas que le stress ne joue pas un rôle dans ton histoire. Quand ma... Quand ma mère est décédée, mon père pensait faire des tas de choses qu'en réalité il ne faisait pas. Une fois, il a oublié de couper le moteur de la voiture. Il a dit que c'était moi. Il écrivait même des notes, des listes de choses à faire, puis ne s'en souvenait plus. (Il effaça une nouvelle larme avec ses doigts.) Tu as bien dit que cet homme était une sorte de masse noire ?

Je hochai la tête en reniflant.

— En classe, l'autre jour, tu as dessiné une silhouette sombre. Je pense que ton inconscient tente de faire remonter des choses à la surface. L'homme dans les bois et dans la voiture... Ça pourrait être un souvenir.

Les muscles de sa mâchoire étaient contractés, mais ses yeux, d'un bleu si profond qu'ils paraissaient violets, reflétaient une douceur incroyable.

— Tu ne sais pas ce qui t'est arrivé. Quelqu'un t'a peut-être suivie. Ces hallucinations pourraient être des réminiscences.

— Mon reflet qui me parle aussi ?

Je rougis alors que je le lui avais déjà avoué.

— Comme je te l'ai dit, il y a une part de stress. Tu n'as pas à avoir honte, répondit-il gentiment. Tu traverses une épreuve difficile, Sam, et tu te mets la pression pour te rappeler ce qui est arrivé à Cassie.

(Il s'interrompit et posa la main contre ma joue.) S'il te plaît. Arrête de pleurer.

Sa demande murmurée résonna en moi, s'enroula autour de mon cœur. Je fis de mon mieux pour refouler mes larmes. Ce qui n'était pas une mince affaire quand il se montrait aussi parfait et attentionné.

— Merci, dis-je au bout d'un moment, lorsque je cessai enfin de pleurer. Sincèrement. Grâce à toi, je ne me sens plus aussi... folle.

Un léger sourire étira ses lèvres.

— Ravi de l'apprendre.

Mon cœur s'emballa de nouveau. Je m'allongeai sur le lit et pris plusieurs grandes inspirations pour me calmer. Je lui avais parlé de la vision concernant Dianna. Je mourais d'envie de lui demander de quoi il retournait, mais je savais que le moment était mal choisi.

Carson se mit également sur le dos. Plusieurs minutes passèrent ainsi. Loin d'être gênant, le silence était réconfortant.

— Tu penses réellement que monter en haut de la falaise peut être utile ?

— Oui, soupirai-je en essuyant mes joues encore humides. Du moins, je crois. Mme Messer n'arrête pas de me suggérer de me rendre dans des lieux familiers.

— Je peux t'accompagner, si tu veux, me proposa-t-il. Je connais bien l'endroit. Toi aussi, tu savais parfaitement te repérer là-bas, avant.

Je savais beaucoup de choses, *avant*. Je tournai la tête vers lui et lui souris.

— Si tu peux... ce serait super.

— Del le débile ne va pas mal le prendre ?

Il souleva un sourcil d'un air moqueur.

Bonne question. Je haussai vaguement les épaules.

— Je ne pense pas. D'ailleurs, tu ne devrais pas l'appeler comme ça.

Carson rit doucement.

— Parce que tu en as quelque chose à faire, s'il se vexe ?

Je ravalai la réponse qui était sur le bout de ma langue et changeai de sujet.

— Je doute que mes parents me laissent quitter la maison ce week-end, mais peut-être qu'après les cours...

— Quand tu voudras. Tu n'auras qu'à me le dire.

— D'accord.

Mon regard glissa sur ses pommettes hautes et ses lèvres entrouvertes. Quelque chose me disait que je ne me lasserais jamais de l'admirer, mais ce que j'éprouvais en sa compagnie allait bien au-delà d'une simple attraction physique. Carson me donnait l'impression d'être normale. Saine d'esprit. Je ne pourrais jamais rien dire ou faire pour lui rendre la pareille.

— Merci d'être venu me voir. Vraiment.

Un sourire étira de nouveau ses lèvres, si large qu'il révéla sa dent ébréchée.

— De rien. Je suis étonné que tu ne m'aies pas encore mis à la porte.

— Ah bon ? Tu ne devrais pas. Je t'aime beaucoup, lui dis-je en rougissant. Je ne devrais sans doute pas te le dire, mais c'est la vérité. Je t'aime beaucoup. Je ne comprends pas comment j'ai fait pour ne pas le voir avant.

Son expression ne reflétait aucune surprise, simplement de la curiosité, tandis qu'il me dévisageait. Il roula sur le côté. Son genou se retrouva pressé contre ma cuisse, seulement séparés par le dessus-de-lit. Tout à coup, le lit me parut bien plus petit qu'il ne l'était.

— C'est bizarre, dit-il au bout d'un moment. Je reconnais certains traits de ta personnalité. Ta franchise, par exemple. Ta façon de dire ce que tu penses.

À cet instant, je pensais à la manière dont ma jambe tout entière me picotait à ce contact indirect. Je pensais aussi que rien n'aurait pu me détourner de lui. Seuls quelques centimètres séparaient nos deux visages. Cet espace était un délice et une torture à la fois. Je n'éprouvais jamais ce genre de sensations en présence de Del. C'était sans doute révélateur.

— Et il y a aussi tout un pan complètement nouveau. (Il eut un sourire en coin.) Ce qui est drôle, c'est que cette nouvelle Sam me rappelle celle que je connaissais enfant.

Je baissai les yeux vers ses lèvres. Elles étaient si pulpeuses. Elles paraissaient si douces.

— Et c'est une bonne chose ?

La bonne humeur de Carson s'évanouit.

— C'est différent.

— Oh.

Je croisai de nouveau son regard. Je me demandai si en y mettant assez d'insistance je pouvais le pousser à m'embrasser, et si cela aurait vraiment été une bonne idée, à bien y réfléchir.

— Ça n'a pas l'air génial.

— Si, un peu de changement, c'est bien.

Il inspira légèrement avant de détourner la tête.

Lorsque je me rendis compte que je contemplais toujours son profil, je me résignai à porter mon attention sur les étoiles phosphorescentes collées au plafond.

— Tu as été mon premier baiser, avoua-t-il au bout d'un moment.

Le choc et la joie faillirent me faire bondir hors du lit.

— C'est vrai ? C'était bien ? C'était aussi mon premier ?

Pitié, dis oui. Pitié, dis oui.

Il rejeta la tête en arrière, les épaules secouées par un rire silencieux.

— On avait dix ans. J'espère bien !

Dix ans ? Mes épaules s'affaissèrent. Nous étions bien trop jeunes pour que cela ait eu la moindre importance.

— On jouait au jeu de la bouteille ou à un truc aussi débile, reprit-il. Tes parents nous ont surpris. Ta mère a pété un boulon, mais ton père a bien ri.

Je fronçai les sourcils.

— J'imagine.

Le silence retomba. Cette fois encore, il ne fut pas source d'embarras. Nous étions simplement deux personnes capables de rester assises, ou allongées dans notre cas, sans parler. C'était parfait.

— Tu veux que je parte ? demanda Carson.

Son souffle dansait contre mon front.

Je secouai la tête.

— Non… Pas encore.

Il sembla comprendre que je ne voulais simplement pas parler, car il n'insista pas. Quelques minutes plus tard, il s'écarta légèrement. Avant que j'aie le temps de ressentir la morsure glacée de la déception, il souleva son bras et attendit. Lorsque je compris ce qu'il me proposait, mon cœur se mit à marteler ma poitrine. Le souffle court, un peu étourdie, je m'approchai lentement de lui et pressai ma joue contre son torse. L'espace d'un instant, l'atmosphère se fit lourde, tendue, puis il passa son bras autour de moi et enroula ses doigts autour de mon épaule.

Je ne savais pas quoi faire avec mes mains. Carson sentait les agrumes et le savon, un parfum qui lui était propre. Quand je me décidai à poser mes mains contre son flanc, il sursauta. Avais-je fait quelque chose de mal ? Je relevai la tête et je restai bouche bée.

Carson m'observait. Seuls quelques centimètres séparaient nos lèvres. Ses cils charbonneux dissimulaient en partie ses yeux, mais je sentais son regard sur moi, sa puissance. Je reconnaissais le désir que j'y lisais, car je le partageais.

Tout le monde pensait que je ne savais plus qui j'étais, mais cela n'avait pas la moindre importance, car avec lui, avec Carson, je savais qui je voulais être et c'était tout ce qui comptait.

Un grognement rauque lui échappa. Il baissa la tête et appuya son front contre le mien. Cette fois, ma main semblait savoir quoi faire. Je la posai contre sa joue et, du bout du pouce, je lui caressai l'espace entre le menton et la lèvre inférieure. Cet effleurement le fit frissonner. Même si Del clamait que ce n'était pas le cas, j'avais l'impression que c'était la première fois que je touchais un garçon de cette manière.

Dans un sens, c'était la première fois. La première dont je me souvenais. Avec Carson. Et c'était parfait.

Lorsque je remontai mon pouce vers ses lèvres, je sentis les bords coupants de ses dents contre ma peau. La sensation était étonnamment intime, brute, sensuelle. Je fermai les yeux dans l'attente de mon second premier baiser…

Carson me prit la main et l'écarta avec douceur de sa bouche.

Je ne m'attendais pas à ça. *Et mince*. Un peu perdue, je rouvris les paupières.

— Pourquoi ?

— Pourquoi ? C'est ton nouveau mot préféré ? (Sa voix débordait d'humour et non pas d'agacement ou de frustration.) Décidément, tu es toujours une terreur.

Lorsque Scott m'avait dit la même chose, cela m'avait paru être une mauvaise chose. Carson, lui, avait prononcé le mot « terreur » avec tendresse et amusement. Je souris.

— Je veux que tu m'embrasses.

Un éclat ardent s'alluma dans ses yeux. Je sentis mon corps y répondre. Le dessus-de-lit glissa légèrement. J'en profitai pour coller ma poitrine contre son torse. Le contact de nos peaux me réchauffait, me faisait ressentir des choses nouvelles.

Son regard s'assombrit.

— Sam..., me mit-il en garde, crispé.

— Carson ?

Il ferma brièvement les yeux, puis me fit rouler pour se positionner au-dessus de moi, si vite que toute trace d'oxygène déserta mes poumons. Son poids en appui sur un bras, il me dominait. Ses yeux étaient une mosaïque de toutes les teintes de bleu existantes.

— Tu ne devrais pas me dire ça.

Nous étions vraiment très proches. J'avais du mal à réfléchir.

— Je sais.

De sa main libre, il écarta une mèche épaisse de cheveux qui était tombée sur ma joue. Ses doigts s'attardèrent contre ma peau et descendirent jusqu'à ma mâchoire. Moi, je gardais les yeux rivés à ses lèvres. J'avais besoin de connaître leur texture. Leur goût. Je pris une grande inspiration et me collai de nouveau à lui. Une avalanche d'émotions entêtantes déferla en moi. J'avais l'impression d'être à ma place.

Quand Carson baissa la tête, mon cœur s'emballa. Il déposa un baiser sur mon front, sur ma tempe, puis un autre sur ma joue. Enfin, il pressa ses lèvres au coin des miennes, de façon extrêmement chaste.

— Tes baisers sont pour quelqu'un d'autre, Sam, dit-il dans le maigre espace qui nous séparait.

J'éprouvai le besoin irrépressible de faire la moue. Carson le sentit, car il rit doucement. Son corps plaqué contre le mien ne partageait clairement pas sa retenue. Regrettant la présence du dessus-de-lit entre nous, je roulai des hanches sous lui. Aussitôt, il ferma les yeux. Le visage crispé, il enfonça la main avec laquelle il se soutenait dans le matelas à côté de ma tête. Je recommençai. Le violent frisson qui me parcourut me fit haleter.

Carson pressa alors son front contre le mien.

— Sam… J'essaie d'être un mec bien. Tu ne m'aides pas beaucoup.

Dès que je posai le bout de mes doigts contre sa joue, il rouvrit les paupières.

— Et si je n'ai pas envie que tu sois un mec bien ?

— Moi, j'ai envie de l'être. Pour toi. (Il prit une grande inspiration.) Tu le mérites.

Oh.

— Je n'aime pas Del, admit-il en me regardant droit dans les yeux. C'est un abruti. Tu as toujours mérité mieux, mais je ne suis pas ce genre de mec. Du moins, j'essaie de ne pas l'être avec toi.

— Je ne lui appartiens pas.

Il haussa les sourcils et recula. Ses doigts trouvèrent la chaîne en argent qui pendait à mon cou. Lorsque ses phalanges effleurèrent mes clavicules, je retins ma respiration. Il tenait le pendentif en forme de cœur de chez Tiffany's dans sa main.

— Ceci dit le contraire.

15

Le jour des obsèques de Cassie, la matinée avait commencé par de la pluie, puis, une heure avant la cérémonie, les nuages noirs s'étaient dissipés pour laisser place au soleil. Le lycée n'avait pas fermé ses portes, mais il devait être bien vide, car l'école tout entière semblait s'être réunie ici et se presser sur le chemin qui menait de la partie ancienne du cimetière à la nouvelle. Tout le monde était vêtu de noir. Les garçons portaient un pantalon de costume et les filles une robe de soirée.

Le service... fut conforme à l'idée que je m'en faisais. En pire. Il y eut des torrents de larmes. Même des personnes envers lesquelles Cassie n'avait sûrement jamais été gentille pleuraient. Plusieurs fois, je dus me contrôler pour ne pas me lever et m'enfuir à toutes jambes. À l'intérieur de l'église, j'avais du mal à respirer, à réfléchir, face au déluge de souvenirs évoqués et de chansons diffusées. Heureusement, comme Del me tenait la main dans une poigne de fer et que mes parents n'avaient de cesse de me surveiller, je n'osais pas bouger.

Pour la centième fois, je fermai les yeux, désespérément secs, et tâchai d'inspirer profondément. Je ressentais du chagrin pour cette fille disparue que je ne me rappelais pas. Un chagrin grandissant, mais qui refusait d'éclater au grand jour.

Je baissai le regard vers la main manucurée qui tenait la mienne, et au milieu de cette tristesse, je ressentis de la culpabilité. Je m'en voulais de ne pas être capable de pleurer. Et de tenir la main d'un garçon alors que j'en avais supplié un autre de m'embrasser quelques jours plus tôt. Ma vie était sens dessus dessous. Toutefois, alors que mon regard était inexorablement attiré par le cercueil lustré en acajou, j'avais conscience que cette vie, dans toute son imperfection, valait mieux que celle de Cassie.

Des tulipes entouraient le cercueil. Une photo avait été déposée sur un lit de gypsophiles. Je ne m'en étais pas approchée, mais de ma place, je voyais très bien l'image.

C'était une photo de nous deux.

Nous étions assises sur un banc du lycée, dos à dos, avec un grand sourire pour l'objectif. C'était la première fois que je voyais ce cliché. On avait l'air plus jeunes. Nos sourires paraissaient sincères, et si semblables.

— C'est moi qui ai pris cette photo, me murmura Del au creux de l'oreille en me voyant la regarder.

Je hochai la tête et libérai ma main de la sienne. En observant l'avant de l'église, j'aperçus la mère de Cassie. Je la reconnus uniquement parce qu'elle pleurait en pressant un cadre contre sa poitrine depuis le début de la cérémonie. J'avais mal au cœur pour elle.

Malgré ses larmes, Cate Winchester était une très belle femme. Encore jeune. Ses cheveux châtain clair étaient coupés en carré sophistiqué qui mettait en valeur ses pommettes hautes et son cou gracieux. Je reconnaissais des traits de Cassie chez elle. Elles avaient les mêmes lèvres et la même silhouette élancée.

Il y eut un moment de silence lorsque le pasteur regagna son pupitre. Ma nuque me picota, comme si quelqu'un me regardait. Je me retournai sur mon banc et examinai les rangées du fond. Mes yeux croisèrent ceux, plus sombres, de l'inspecteur Ramirez.

— Samantha, me souffla ma mère, outrée, pour attirer mon attention. Regarde devant toi !

À cette remontrance, Scott fit une moue exaspérée.

Néanmoins, je m'exécutai sans rechigner. Del posa alors sa main lourde sur mon genou, ce qui me fit sursauter. Veronica, qui n'en avait pas perdu une miette, m'adressa un regard étonné par-dessus la monture de ses lunettes, puis baissa les yeux sur la main de Del. Quand elle comprit ce qui s'était passé, elle pinça les lèvres et se détourna, raide comme un piquet.

Je pris une grande inspiration avant de baisser la tête pour prier. Des paroles familières résonnèrent dans l'église. Del choisit ce moment pour remonter sa main sur ma cuisse. Je me crispai. Non seulement son geste était totalement inapproprié, mais durant le long week-end que je venais de passer, j'avais pris la décision de lui parler sérieusement.

Sans prévenir, ma vue se troubla et le monde devint gris. L'église, le cercueil, la main baladeuse de Del... tout disparut. Il n'y avait plus que Cassie et moi.

Elle se jeta sur un lit. Son lit.

— Arrête de te plaindre. Tu as de la chance d'avoir un père qui veut de toi dans sa vie.

Agacée, je m'assis sur le bord du matelas et baissai le regard vers mes orteils. J'avais un flacon de vernis rouge à la main. Le reste de la scène était dénué de couleur. Je regardai derrière moi.

— Je te le donne, si tu veux.

— C'est vrai ? (Elle roula sur le côté et fit passer ses cheveux derrière son épaule.) Alors, je veux bien.

Je prendrai aussi ce pull trop mignon que tu portes. Oh, et pendant qu'on y est, je peux avoir Del aussi ?

La colère grandit en moi comme de la mauvaise herbe.

— Tu n'essaies même pas de cacher que tu veux toujours tout ce que j'ai. Il est hors de question que je te donne mon pull.

Un sourire insolent aux lèvres, elle me toisait comme un chat face à sa proie.

— Mais je peux avoir Del ? Cool !

Je plissai les yeux et refermai le flacon de vernis. Je le posai sur sa table de chevet avant de saisir sa boîte à musique.

— Ça te plairait, hein ?

Elle se leva d'un bond pour m'arracher la boîte des mains, qu'elle serra contre son cœur en souriant d'un air moqueur.

— Tu t'entêtes à rester avec lui alors que tu n'en as pas vraiment envie.

Je crus qu'elle allait me fracasser l'objet sur le crâne.

— Je m'en vais, déclarai-je.

Cassie s'esclaffa.

— Ne fais pas la tête, Sammy. Ça fait ressortir les rides autour de la bouche. Tu ne voudrais pas vieillir prématurément.

— Tu es vraiment une garce, rétorquai-je en me dirigeant vers la porte.

Elle se précipita devant moi pour me barrer le passage et me prit les bras. Ses yeux, plus verts que les miens, étaient emplis de regret.

— Ne sois pas en colère contre moi, Sammy. Je plaisantais. Tu le sais, non ?

Je me dandinai d'un pied sur l'autre. Une part de moi voulait la repousser, car contrairement à ce qu'elle croyait, j'avais mes doutes. Je connaissais la vérité. Mais d'un autre côté, je me sentais mal pour elle. Après tout, je comprenais Cassie mieux que n'importe qui. Je savais pourquoi elle agissait ainsi, même envers moi, sa meilleure amie.

— S'il te plaît, ajouta-t-elle en sautillant sur ses talons.

Je m'efforçai de sourire avant de céder.

— Je sais. Je ne t'en veux pas.

Cassie poussa un couinement de joie et me serra dans ses bras.

— Quand on sera vieilles et moches, on sera toujours les meilleures amies du monde, pas vrai ?

Je ris.

— Si on ne s'entre-tue pas d'abord.

Je me sentis blêmir et, tout à coup, la réalité se rappela à moi : Del venait de glisser sa main entre mes cuisses. Je pris une grande inspiration et saisis son poignet pour l'empêcher d'aller plus loin.

Il m'adressa un sourire innocent.

Écœurée, je repoussai sa sale patte. Les mains tremblantes, je recoiffai mes cheveux en arrière et me concentrai sur le banc devant moi.

— Qu'est-ce qui t'arrive ? chuchota Del.

— À part que tu essaies de me tripoter au beau milieu d'un enterrement, tu veux dire ? soufflai-je à mon tour. Je viens de me souvenir d'un truc.

Il se redressa légèrement. Ses yeux s'étaient arrondis sous le coup de la surprise.

— Quoi ?

Comme Veronica nous observait, je parlai encore plus bas. Malgré tout, je savais qu'elle nous entendait sans doute.

— J'étais en train de discuter avec Cassie dans sa chambre.

Del haussa les sourcils.

— C'est tout ?

Pour lui, ce n'était sans doute pas important, mais pour moi, c'était la première fois que je me rappelais un souvenir normal de Cassie. Sur quoi mes doutes portaient-ils ? Quel était ce secret dont j'étais au courant et qui expliquait le comportement de Cassie ? *Le mystère s'épaissit*. La boule au ventre, je grimaçai. Je venais de me rappeler les derniers mots que je lui avais adressés.

« Si on ne s'entre-tue pas avant. »

Après les funérailles, l'assemblée se dirigea vers le parking. La cérémonie au cimetière était réservée à la famille.

Je scrutai la foule à la recherche de mes parents.

Ma mère se tenait à côté de la Bentley. Les lèvres pincées, elle fixait intensément mon père, resté en retrait dans le cimetière pour parler au grand-père de Cassie. Celui-ci avait l'air aussi amer que le jour où Carson et moi avions frappé à sa porte. Après lui avoir serré la main, mon père s'adressa à Mme Winchester. Ses lèvres s'étirèrent en un sourire triste, plein de compassion. Alors, le visage de son interlocutrice se décomposa et elle fondit de nouveau en larmes.

Je détournai la tête.

Mon attention se porta de nouveau sur ma mère. C'était étrange de sa part – et impoli – de ne pas présenter ses condoléances. En jetant un coup d'œil derrière moi, je crus apercevoir les cheveux bruns familiers de Carson, mais ce n'était pas lui.

Del passa un bras autour de mes épaules.

— Tu es prête ?

Mon frère plissa les yeux. Manifestement, son comportement ne lui plaisait pas. Étais-je réellement prête ? Loin de là, mais Del et moi devions avoir une petite discussion.

— Oui, je suis prête.

Plutôt deux fois qu'une.

En fin de compte, je ne restai pas en tête à tête avec mon petit ami très longtemps. Après les funérailles, un grand nombre de nos camarades s'étaient rendus dans la « ferme » de ses parents. Il s'agissait en réalité d'une grange transformée en une sorte de club privé pour play-boys.

Au rez-de-chaussée, de gros canapés moelleux faisaient face à un écran plat de la taille d'un Hummer. Un bar avait remplacé ce qui jadis avait sans doute été les étables et mes camarades en profitaient pleinement. À l'étage, le loft était divisé en trois chambres.

Elles étaient toutes occupées.

Apparemment, le sexe et l'alcool faisaient bon ménage avec la mort. C'était peut-être leur manière de tenir le coup. Après s'être retrouvés face à un tel drame, on avait tous envie d'oublier.

Mais moi, j'avais déjà tout oublié.

Quelqu'un me rentra dedans. Je me réfugiai un peu plus dans le coin de la pièce. Quelques mois plus tôt, j'étais peut-être comme un poisson dans l'eau dans ce genre d'ambiance. À présent, j'avais envie de me fondre dans les murs. Tout était trop fort : la musique, les conversations, les rires.

Je ne voyais Scott nulle part. Il avait disparu avec Julie et Carson.

Carson.

Je m'étais endormie près de lui le vendredi soir. À mon réveil, il avait disparu.

Nous ne nous étions plus parlé depuis.

Je pressai le gobelet en plastique rouge contre ma poitrine. Dos au mur, j'observai la foule en essayant de calmer les battements fous de mon cœur.

— Ah, tu es là ! s'exclama Del en dépassant un couple qui semblait faire un concours d'apnée. Je t'ai cherchée partout.

Je regardai la bouteille de Jack qu'il tenait à la main. La grange n'était pas si grande. On ne pouvait pas y perdre quelqu'un de vue si facilement.

— Je suis ici depuis le début.

Del se pencha en avant et déposa un baiser baveux qui empestait l'alcool sur ma joue.

— Qu'est-ce que tu fais toute seule dans ton coin ? Veronica et Candy sont juste là.

Elles étaient assises sur un canapé, entourées de filles que je ne reconnaissais pas. Lauren n'était pas venue. Elle avait préféré rentrer après la cérémonie. Je ne pouvais pas lui en vouloir.

— Tu as l'air tellement seule, dit Del en passant un bras autour de mes épaules. (Il saisit une mèche de mes cheveux et l'enroula autour de l'un de ses doigts.) Tu manques à tes amis, Sammy.

J'avais envie qu'ils me manquent, à moi aussi. Vraiment. Mais la seule que je tolérais actuellement était Lauren et elle n'était même pas là. Je levai la tête vers Del. J'observai ses dents droites, sa mâchoire carrée et son nez d'aristocrate. Tout était parfait chez lui, de ses mèches plus claires placées de façon stratégique dans ses cheveux parfaitement coiffés jusqu'à la pointe de ses chaussures. Je comprenais pourquoi il m'avait attirée. Qui ne l'aurait pas été ? Mais je ne ressentais rien à son égard.

— Allez viens, me dit-il en titubant. On va trouver un endroit plus tranquille.

Plus tranquille ? Mon cœur se retourna lourdement. Je levai lentement les yeux vers le premier étage. Nous avions besoin de parler, mais je ne comptais pas le suivre dans l'une de ces chambres alors qu'il avait clairement trop bu.

— Je préfère rester ici.

Il but une gorgée de whisky au goulot avant de froncer les sourcils.

— Mais... tu ne fais rien. Tu restes adossée au mur comme...

— Comme quoi ?

Je me dégageai de son étreinte et posai mon gobelet sur la table à côté de nous.

Del se détourna avec une expression frustrée.

— Je ne sais pas. Ça ne te ressemble pas, c'est tout. D'habitude, je suis obligé de t'arracher aux autres pour qu'on passe du temps ensemble.

L'agacement monta en moi. Mes yeux me brûlaient.

— Au cas où tu ne t'en serais pas rendu compte, j'ai changé.

Un rire amer lui échappa. Il but encore.

— Ouais. J'avais remarqué.

La culpabilité balaya aussitôt la colère. C'était moi qui avais changé. Pas Del. Je n'avais pas le droit de lui en vouloir. Je carrai les épaules.

— Je suis désolée, Del.

Il termina sa bouteille, puis la jeta dans la poubelle déjà pleine à ras bord.

— Je ne suis pas fâché. Ce n'est pas facile, c'est tout. Tu es une personne complètement différente et je sais que même si tu fais beaucoup d'efforts, tu ne ressens plus la même chose.

Je haussai les sourcils. Waouh. Finalement, c'était peut-être le moment d'avoir cette conversation. Cela s'avérerait peut-être même plus simple que je ne l'avais imaginé. Del avait compris que les choses avaient changé. Je fis un pas en avant et me plaçai juste devant lui.

— Je fais de mon mieux, mais...

— On va devoir faire davantage d'efforts. Je sais.

Oh. Ce n'était pas ce que j'essayais de lui dire.

— Del…

— Sammy, je t'aime toujours même si… tu n'es plus toi-même.

Il posa les mains sur mes épaules et m'attira contre son torse. Sans le mur pour appui, il serait sans doute tombé à la renverse.

— On est faits l'un pour l'autre. On a déjà traversé bien pire.

Les basses de la musique étaient assourdissantes. Je le dévisageai sans comprendre.

— Ah bon ? Je croyais que notre relation était parfaite, Del.

Il me regarda longuement.

— Elle l'était. Elle l'est toujours !

— Qu'est-ce qu'on a traversé ?

Il ouvrit la bouche, puis la referma.

— Ça n'a pas d'importance, Sammy. Dis-moi ce que je dois faire pour que ça fonctionne. Je le ferai.

— Non. Je veux que tu m'en parles, parce que je sens que…

— Oh, elle sent quelque chose ! (La voix de Veronica tonitrua au-dessus de la musique et des conversations, puis elle gloussa.) Ça me rappelle un truc.

En me retournant, je me rendis compte que Veronica se tenait à peine à quelques pas de nous. Elle tanguait, elle aussi. Quelqu'un coupa la sono. Je cherchai le coupable du regard. C'était Candy. Un sentiment de malaise m'envahit. Je me crispai de la tête aux pieds.

— Tu as senti quelque chose pendant les funérailles, pas vrai ? demanda Veronica d'une voix très forte avec un intérêt feint.

Le silence se fit dans la salle. Des dizaines d'yeux se posèrent sur nous. Tout à coup, la grange me parut très petite. Je reculai et mon dos rencontra le mur. Del s'était écarté, les yeux baissés. Une expression singulière déformait son visage. Je crus d'abord qu'il s'agissait d'inquiétude, puis je compris qu'il avait honte.

Je ne pouvais compter que sur moi-même.

— Alors, dis-nous, que ressens-tu ? demanda Candy à son tour, en faisant voler ses cheveux blond nordique derrière son épaule. C'est comme les voyants qu'on voit à la télé ?

Une fille éclata de rire. D'autres ricanèrent.

Je croisai les bras sur ma poitrine. Je mourais d'envie que le sol s'ouvre sous mes pieds.

— Je ne pense pas.

— Ah non ? (Veronica s'adossa au canapé. Ses yeux de chat se plissèrent.) Alors, c'est comment ?

Une colère sourde grandissait peu à peu en moi. Pourquoi se comportaient-elles ainsi ? Nous nous étions éloignées, certes, mais de là à se moquer de moi en public...

— Je n'ai pas envie d'en parler.

— Pourquoi ? geignit Candy. (Son regard étincelait de malveillance.) Tout le monde meurt d'envie de savoir ce que ça fait d'oublier complètement qui on est. Et d'être la dernière personne à avoir vu Cassie en vie, bien sûr ! Alors ? Qu'est-ce que ça fait ?

— Arrêtez, intervint enfin Del.

Il avait trouvé une nouvelle bouteille et la serrait très fort dans sa main.

— Vous voyez bien qu'elle est mal à l'aise !

Lui aussi, de toute évidence.

Candy s'en fichait éperdument. Un garçon aux cheveux noirs apparut derrière elle et passa les bras autour de sa taille de guêpe. Trey. Je faillis ne pas le reconnaître. Il lui murmura quelque chose à l'oreille tout en me regardant droit dans les yeux avec un sourire vicieux. Candy gloussa et se laissa aller contre lui.

Veronica repassa à l'attaque :

— Qu'est-ce qui s'est passé durant l'enterrement ?

— Je n'en parlerai pas ici. Désolée.

— Allez, fais pas ta mijaurée, Sammy. Tout le monde veut savoir. (Elle se retourna et parla plus fort :) Pas vrai, vous autres ?

Autour de moi, les gens se mirent à acquiescer et à siffler. Sans me quitter des yeux, ils se rapprochèrent inexorablement. Je tombais encore une fois, mais pas d'une falaise. Je m'étais tenue au sommet de la hiérarchie, au-dessus d'eux, pendant très longtemps. À présent, j'en dégringolais, en me cognant dans ma chute. Couverte de bleus imaginaires, secouée, je sentis un étau se refermer sur ma poitrine.

Combien d'entre eux avaient attendu ce jour avec impatience ? Pouvais-je leur en vouloir ? Non. J'en avais sans doute terrorisé la moitié. Je fouillai l'océan de visages à la recherche de mon frère. De Carson. Mon cœur s'arrêta lorsque je crus voir Cassie me sourire. Elle avait l'air contente. Ravie, même.

Je n'arrivais plus à respirer.

Le sourire de Veronica s'élargit.

— Bon, d'accord. Tu n'as pas envie d'en parler. C'est compréhensible. Mais tu sais ce qu'on m'a dit ?

— Non, murmurai-je, sans même être certaine d'avoir parlé à voix haute.

— Quand tu as bousillé la bagnole de ton frère, il paraît que tu n'arrêtais pas de répéter qu'il y avait quelqu'un dans la voiture, mais ce n'était pas vrai. (Elle parlait de plus en plus fort.) C'est Mike Billows qui me l'a raconté. Il pense que tu es folle. Il t'a même donné un surnom : Sam la cinglée.

Folle. Sam la cinglée. Les mots rebondirent contre les parois de mon crâne. L'espace d'un instant, les visages devinrent flous. J'étais folle. Il n'y avait personne dans la voiture avec moi. Comment était-elle au courant ? Je me tournai vers Del, qui gardait les yeux rivés au sol. Il me fallut quelques secondes pour me rappeler qui était Mike Billows : un mec de mon cours de biologie, bénévole chez les pompiers.

— Alors comme ça, on a des hallucinations ? dit Candy avec une compassion feinte. Ça ne doit pas être facile.

Trey lui donna une tape sur la hanche.

— Sois gentille.

Elle gloussa.

— Ou peut-être, reprit Veronica, que tu as toujours été folle. On ne le savait pas, c'est tout. (J'avais envie de lui sauter dessus pour la frapper, mais j'étais figée.) Tu es certaine que tu ne te rappelles pas la dernière fois que tu as vu Cassie... vivante ?

Je pris une grande inspiration. Certains perdirent leur sourire. Ils se regardèrent les uns les autres. Tout à coup, le spectacle de ma disgrâce ne leur semblait plus aussi amusant ni divertissant.

Une grande blonde joua des coudes pour s'extraire de la foule. Julie. Elle fit face à Veronica, un rictus de mépris sur le visage.

— Tu as bu ou tu es juste débile ?

— Pardon ? s'indigna Veronica. J'espère que ce n'est pas à moi que tu t'adresses.

Julie vint se camper juste devant elle.

— On est d'accord : il y a une sacrée concentration d'abrutis dans cette pièce, mais c'est bien à toi que je parle. Alors ? C'est quoi ton problème ?

La musique retentit de nouveau et noya la conversation des deux filles. En tout cas, ça avait l'air mouvementé. Je devais une fière chandelle à Julie, mais il fallait que je sorte d'ici. Les murs marron foncé tournaient autour de moi. La nausée me prenait à la gorge.

Del tendit la main vers moi.

— Sammy…

En m'écartant, je me heurtai à l'un des groupes qui assistaient avec intérêt au crêpage de chignon en préparation.

— Hé ! s'écria une fille. Regarde où tu vas !

— Pardon, marmonnai-je sans relever la tête.

Une autre personne me bloquait le chemin. Je fis un pas sur le côté. Trop chaud. Il faisait trop chaud. Il y avait des corps partout autour de moi. Ils se pressaient à moi, m'empêchaient de respirer. Les parfums écœurants et le vacarme ambiant m'oppressaient. Mon cœur martelait mes côtes ; mes poumons se recroquevillaient sur eux-mêmes. Il fallait que je sorte, que je respire de l'air frais. La pression grandit au creux de ma poitrine. Je n'avais plus d'oxygène. Mes pensées tourbillonnèrent ; les murs penchèrent.

Tu l'as tuée ? murmura une voix.

Je me retournai vivement.

— Qui… qui a dit ça ?

Le garçon le plus proche de moi haussa les sourcils, marmonna quelques mots dans sa barbe, puis se détourna.

Tu as tué Cassie ? dit la voix derrière moi.

Je me tournai de nouveau en essayant de reprendre mon souffle. Les visages se brouillaient. Les coins de ma vision s'assombrissaient. Des tremblements me parcouraient les jambes. J'allais m'évanouir ici, devant tout le monde. Quelle galère…

Une main puissante trouva alors la mienne dans la foule et la serra doucement. Un parfum, *son* parfum, m'enveloppa. Je pris une grande inspiration qui gonfla de nouveau mes poumons. Quand je levai la tête, mes yeux rencontrèrent les siens, d'un bleu incroyable.

Carson avait l'air sombre.

— Et si on se barrait d'ici ?

16

Une fois assise dans le vieux pick-up rouge du père de Carson, où flottait une légère odeur de cigare, je pris plusieurs grandes inspirations, les mains posées sur mon ventre. Mon pouls commençait enfin à ralentir.

— Si j'avais su ce qui se passait là-dedans, je serais rentré plus tôt, dit Carson d'une voix douce.

Je déglutis.

— Ce n'est pas… ton problème. Ce n'est pas grave.

— Ça ne devrait pas être le tien non plus. Et si, c'est grave.

Il tendit la main vers moi et détacha les miennes l'une de l'autre.

— Comment tu te sens ?

— Ça va. (Je laissai échapper un souffle tremblant.) Je crois que j'ai fait une crise de panique. J'ai eu l'impression d'avoir entendu…

— Quoi ?

Sa main glissa sur la mienne, puis s'enroula autour. Lorsqu'il me touchait ainsi, j'étais capable de tout lui dire. Une légère décharge électrique passa entre nous.

— J'ai cru entendre quelqu'un me demander si j'avais tué Cassie, mais je… J'entends des voix.

Je m'efforçai de rire, mais ma voix sonnait faux. Je regardai par la fenêtre. Certains de mes camarades sortaient de la grange. Del se trouvait parmi eux.

— Ou alors, l'un d'entre eux pense que je suis une meurtrière.

— Mais non. Ne dis pas ça.

— Je te rappelle que je ne suis pas la fille la plus aimée ici. Je ne l'ai jamais été.

— Eh bien, dans ce cas-là, ce sont des idiots. (Il me lâcha la main et démarra. Le pick-up vrombit.) Tu veux que je te ramène chez toi ? Ou tu préfères que j'aille chercher Scott pour toi ?

— Euh, tu fais quelque chose cet après-midi ? Je me demandais si tu accepterais de faire quelque chose avec moi.

Il haussa un sourcil.

— La réponse est oui, évidemment. Et aussi longtemps et autant de fois que tu voudras. (Son regard glissa vers mes lèvres.) Mais à moins que tu n'aies plaqué Del le débile, je vais devoir décliner.

Le rouge aux joues, je sentis mon bas-ventre s'échauffer face à ses sous-entendus.

— Euh, c'est bon à savoir, mais ce n'est pas ce que je voulais dire.

— Ah non ? (Il se fendit d'un petit sourire en coin.) C'était quoi, ta question, alors ?

Des images de nous deux, enlacés, emplirent mon esprit.

— Je me demandais si tu pouvais me conduire à la falaise.

— Bien sûr. (Quand il passa la première, sa main effleura ma cuisse. Je sursautai.) Mais tu ferais mieux de te changer avant.

Les images défilaient toujours, de plus en plus détaillées. On s'embrassait, on se touchait, on se confiait...

Carson me jeta un coup d'œil, un sourire entendu et satisfait aux lèvres.

— Sam.

Je clignai les yeux.

— Il faut que je me change. Compris.

Il rit et toucha de nouveau le levier de vitesse. Cette fois, lorsqu'il frôla ma jambe, je doutai que ce fût accidentel. Il passa un bras derrière mon siège. Nous étions si proches que nous aurions pu nous embrasser. Mon cœur bondit dans ma gorge. Pendant une seconde, je crus qu'il allait dire qu'il se moquait d'être un gars bien et franchir la distance qui nous séparait. Puis je compris qu'il faisait marche arrière.

Moment gênant...

Carson m'adressa un clin d'œil qui fit redescendre la tension et je pus enfin me remettre à respirer normalement. Sa présence me troublait tellement que je me sentais à l'étroit dans mon propre corps. Et il le savait. Il conserva son sourire satisfait jusque chez moi.

Je me faufilai à l'intérieur de la maison sans annoncer ma présence et enfilai rapidement une tenue adaptée à la randonnée. La maison semblait vide, mais je ne cherchai pas à le vérifier. Je doutais que mes parents soient enthousiastes à l'idée que je voie Carson.

On s'arrêta ensuite chez lui car il portait toujours sa tenue pour les funérailles. Quand il revint à la voiture, moins de deux minutes plus tard, il avait revêtu un jean et un pull fin.

La route qui menait à la forêt était mal entretenue. Le pick-up cahotait. À tel point que mon portable me glissa des doigts et tomba sur le sol. En le cherchant, je touchai un objet doux. Je l'attrapai en même temps que mon téléphone.

Il s'agissait d'une casquette, la casquette de baseball noire que je l'avais déjà vu porter.

L'image de l'homme dans la forêt passa devant mes yeux. Il portait une casquette noire, lui aussi, mais... ce n'était qu'un souvenir ou une hallucination due au stress. Cela ne pouvait pas être...

— C'est à toi ? demandai-je d'une voix rauque.

Carson jeta un coup d'œil vers moi et haussa les sourcils.

— Oui. Je l'ai depuis des années.

Je la posai sur le tableau de bord et repoussai mes peurs irrationnelles. Alors qu'on avançait sur un chemin de terre étroit, je me tournai de nouveau vers lui.

— J'ai essayé de parler à Del avant de me retrouver dans le collimateur de Veronica.

Il m'adressa un regard lourd de sens.

— Sam... Je ne veux pas que tu le quittes pour moi.

— Ce n'est pas le cas, lui répondis-je en toute franchise. Les choses ont changé entre Del et moi. Ça n'a rien à voir avec toi.

— OK. (Il se mit à tapoter le volant avec un doigt.) Il t'a parlé de votre relation ?

— Il m'a juste dit qu'elle était parfaite, c'est tout.

Carson s'étouffa sur un éclat de rire.

— Il a dit ça ? Waouh. Il est gonflé.

— Quoi ?

Il avait attisé ma curiosité.

— Votre relation était loin d'être parfaite.

Lorsqu'il emprunta une route caillouteuse, pleine de crevasses, on se retrouva face au soleil. Il attrapa sa casquette et l'enfila.

— Vous étiez comme Cassie et Trey. Vous vous disputiez sans cesse.

— Tu rigoles ?

— Pas du tout. (Les yeux plissés, il prit un virage serré sur la droite.) Vous ne vous sépariez pas tout le temps comme Trey et Cassie, mais vous étiez toujours en train de vous voler dans les plumes.

Je me laissai retomber contre mon siège. Del m'avait menti et je l'avais cru. J'avais cru à cette histoire d'amour parfaite, tout droit sortie d'un conte de fées. Je me sentais stupide. Le regard rivé à la fenêtre, je repensai aux nombreux signes qui auraient pourtant dû me mettre la puce à l'oreille. Aux regards que m'avaient adressés les filles chaque fois que Del s'était trahi.

— Comment tu te sens ? me demanda-t-il.

Je serrai les poings.

— Je suis en colère ! C'est déjà bien assez compliqué d'avoir perdu la mémoire, alors si en plus les gens me mentent, je ne vais jamais m'en sortir ! Il a abusé de ma confiance. Je me sens idiote.

— Tu n'es pas idiote, Sam.

Les lèvres pincées, je secouai la tête. Il avait peut-être raison. Il n'empêche que j'avais été naïve. Combien de personnes me mentaient-elles ? À quel sujet ? Il y avait probablement des choses bien plus graves que le statut de ma relation avec Del. Les possibilités me donnèrent le vertige. Et si j'avais été capable de tuer ? Et si personne n'osait me le dire ?

On s'arrêta dans un cul-de-sac signalé par une chaîne et un panneau décrépit qui indiquait une propriété privée.

Carson coupa le moteur.

— Il existe un sentier qui mène du chalet de tes parents à la falaise. Je le sais parce que j'ai aidé mon père à faire des travaux à l'intérieur. Toi, tu aurais pu facilement t'y repérer en pleine nuit.

J'observai les alentours. Je ne voyais qu'un bois épais autour de nous. C'était difficile de m'imaginer seule ici la nuit. Ne risquais-je pas de me faire manger par un ours ?

— À qui appartient cette partie de la forêt ?

— À l'État, je suppose. Je n'en suis pas certain. Scott et toi, vous veniez souvent ici quand vous étiez plus jeunes. (Il s'interrompit.) Je vous accompagnais quand tes parents acceptaient. Tu adorais te tenir au bord du précipice. Avec Scott, ça nous terrifiait.

Un maigre sourire se forma sur mes lèvres.

— Alors, cet endroit est important pour moi ?

— Je pense.

Je posai la main sur la poignée de la portière et pris une grande inspiration.

— Prêt ?

— Attends une seconde, me dit soudain Carson en retirant sa casquette, qu'il jeta sur la banquette arrière. Il faut que je t'avoue quelque chose.

L'appréhension m'envahit. Mon cœur dégringola jusque dans mes orteils. Les conversations qui commençaient ainsi ne se terminaient jamais bien. Je lâchai la poignée pour me tourner vers lui.

— Quoi ?

Il regardait droit devant lui, les yeux légèrement plissés, la mâchoire tendue.

— Je n'ai pas été entièrement honnête avec toi.

J'exhalai un souffle tremblant. J'avais de nouveau la poitrine oppressée, mais cette fois, c'était différent. C'était mon cœur qui me faisait mal, comme si on grattait une plaie à vif. Je n'avais pas envie d'entendre ce qu'il voulait me dire et en même temps, je ne pouvais pas, je ne devais pas, me défiler. Alors, je carrai les épaules et me préparai au pire.

— OK... Raconte-moi tout.

Son regard dériva vers moi.

— Tu te rappelles quand je t'ai dit que tu avais été mon premier baiser ? Eh bien, tu as aussi été mon dernier.

Je n'étais pas certaine de l'avoir bien entendu. Parmi toutes les révélations improbables qu'il aurait pu me sortir, celle-ci ne figurait même pas sur la liste.

— Pardon ?

Les lèvres de Carson esquissèrent un sourire qui disparut presque aussitôt.

— Je t'ai vue le soir de ta disparition.

Je réprimai l'envie de lui sauter à la gorge et me contentai de serrer mes genoux entre mes doigts tandis que la colère me picotait la peau.

— Pourquoi est-ce que tu ne m'en as pas parlé ?

— C'est compliqué. Je sais... Ce n'est pas une bonne excuse. Je l'ai dit à la police, alors je suis étonné que tu n'en aies pas eu vent. Mais ce qui s'est passé entre nous...

Je pris une grande inspiration. Cela ne pouvait pas signifier trente-six choses. S'il m'avait menti à *ce* sujet... Ma gorge et mes yeux me brûlaient par avance.

— Qu'est-ce qui s'est passé ?

— Ce soir-là, j'ai regardé un film avec Scott au sous-sol. Il était presque 22 heures quand je l'ai quitté. La maison était plongée dans le noir. Je crois que ton père n'était pas là. J'ai voulu passer par-derrière en traversant la véranda pour ne pas croiser ta mère. Je ne t'ai pas vue tout de suite. (La peau de son front se plissa et il se passa la main sur le visage.) Mais je t'ai entendue. Tu étais assise sur l'un de ces satanés fauteuils à côté des fenêtres. Tu pleurais. J'aurais dû faire marche arrière et partir dans la direction opposée, mais j'en étais incapable. Je ne pouvais pas te laisser comme ça.

Mes doigts se détendirent autour de mes genoux. Je sentis une partie de ma crispation se dissiper.

Carson n'était pas le genre de garçon à abandonner une fille en pleurs. Lorsque je songeai à ce qu'on m'avait rapporté de cette nuit, un goût amer explosa dans ma bouche.

— J'étais avec Del jusqu'à 21 heures.

Carson hocha lentement la tête.

— Je t'ai demandé si ça allait. Tu t'es levée et tu as allumé. Tu ne portais pas... ton collier. J'en ai déduit que vous vous étiez disputés.

— Il a dit que je l'avais retiré pour me doucher après... Euh...

Il haussa un sourcil.

— À part si tu as l'habitude de fondre en larmes après avoir couché avec un garçon, quelque chose me dit que ce n'est pas la vraie raison.

La gêne me fit rougir de la tête aux pieds. Ce n'était pas une conversation que je tenais à avoir avec Carson.

— OK. Tu n'as pas tort. Continue.

— Tu as réagi comme d'habitude. Tu m'as rabaissé. On s'est disputés, mais quelque chose était différent. (Il appuya sa tête contre son siège et ferma les yeux.) Même si tu étais odieuse avec moi, tu continuais de pleurer. Je ne t'avais jamais vue comme ça. Je ne sais pas ce qui m'a pris. Je t'ai saisie par le bras pour... je ne sais pas, te réconforter, et tu t'es jetée sur moi.

— Je me suis jetée sur toi ?

Il eut un sourire en coin.

— Tu m'as embrassée. Sans prévenir.

Oh, mon Dieu. Je m'adossai à mon siège. En plus d'être une peste, j'abusais des gens. De Carson. Génial.

— D'abord, ça m'a choqué... puis je t'ai rendu ton baiser. (Il soupira encore.) C'était intense. Violent, même. Et plutôt excitant. Mais tu as reçu un message et tu m'as repoussé. Tu es partie d'un pas rageur. C'est la dernière fois que je t'ai vue.

Ne sachant comment réagir à cet aveu, je me contentai de le dévisager longuement. Mes larmes avaient sans doute un rapport avec Del. Quant à ce message… Cassie ? Mon esprit s'attarda sur ces nouvelles informations avant de revenir au fait que j'avais embrassé Carson. Pour de vrai.

— Pourquoi est-ce que tu ne me l'as pas dit avant ? demandai-je calmement.

Il plongea son regard cristallin dans le mien.

— Ne le prends pas mal, mais je ne suis pas fier de ce moment. Tu ne portais pas ce foutu collier, mais tu étais peut-être toujours avec Del. Je ne suis pas du genre à embrasser la copine d'un autre. Je sais que j'ai mauvaise réputation… Tu ne t'en souviens sûrement pas.

— On m'en a parlé, marmonnai-je.

Carson laissa échapper un rire sans joie.

— Tu n'étais pas dans ton état normal. Bordel, c'est comme si j'avais abusé de toi. Si ma mère était encore en vie, elle m'aurait baffé.

Cette idée me fit un peu sourire. Mes pensées dérivèrent vers Candy et Trey. Avaient-ils commencé à se fréquenter avant que Cassie et Trey se séparent ? Ce n'était sans doute pas important, mais quelque chose là-dedans me perturbait.

— Tu m'en veux ? s'enquit-il d'une voix douce.

Bonne question. Je ne savais pas ce que j'étais censée ressentir. Del m'avait menti. Mes amis m'avaient menti. À présent, c'était au tour de Carson. Je comprenais pourquoi il l'avait fait, mais cela ne rendait pas son comportement moins grave. Je détournai le regard et portai mon pouce à ma bouche pour me ronger l'ongle.

— Je n'en sais rien.

Plusieurs secondes s'écoulèrent en silence. Au bout d'un moment, Carson me prit la main et l'écarta de mes lèvres.

— Tu devrais arrêter de faire ça.

Je rougis.

— C'est vrai. Je suppose que c'est… nerveux.

— Tu le faisais tout le temps quand tu étais petite.

— Tu me l'as déjà dit. (Ses doigts s'enroulèrent autour des miens. Leur chaleur était plaisante malgré son mensonge.) Alors, je t'ai embrassé ?

— Ouais.

— Et tu ne m'as pas repoussée ?

— Non.

Je lui jetai un coup d'œil à la dérobée.

— C'était bien, même si tu n'es pas fier de toi ?

Un sourire étira ses lèvres et un éclat malicieux illumina ses yeux bleu nuit.

— Oh oui, tu peux en être sûre.

Je sentis mes lèvres répondre à son sourire.

— Ça m'aide à ne pas être en colère contre toi. (Je libérai ma main et la tendis vers la portière.) C'est bon ? Tu es prêt maintenant ?

On descendit du pick-up. Carson se dirigea droit vers la chaîne en métal et la souleva pour que je puisse passer dessous. Il prit la tête de notre petite expédition. En le suivant, je songeai à ce que je venais de découvrir. En réalité, j'ignorais comment réagir à son mensonge. De plus, il m'avait révélé quelque chose de bien plus inquiétant que notre baiser.

Pourquoi pleurais-je en rentrant de chez Del ?

Del m'avait menti sur notre relation. C'était un fait. Mais jusqu'à quel point ? Nous étions-nous séparés ? Était-ce la raison pour laquelle j'avais retiré mon collier ? Plus important : notre rupture avait-elle un rapport avec Cassie ?

Je revis la photo de Cassie et Del sur laquelle j'étais tombée dans sa chambre. Cette fois, quelque chose était différent. J'y associais des émotions. De la colère. De la déception. Je savais qu'il y avait autre chose, à portée de main. Il fallait simplement que j'assemble le puzzle.

Cassie.

Del.

Je m'arrêtai à côté d'un buisson épineux. Une vague de sentiments étranges venait de s'abattre sur moi. Cassie et Del...

Lorsqu'il se rendit compte que je ne le suivais plus, Carson rebroussa chemin.

— Hé ! Tout va bien ?

— Oui, je suis juste... Je ne sais pas.

Comment lui expliquer ce que j'éprouvais ? Ce que je pensais ? Je renversai la tête en arrière. Au travers des branches, on pouvait voir le ciel d'un bleu profond.

— Tu crois qu'il se passait quelque chose entre Cassie et Del ?

— Je n'en ai pas la moindre idée, répondit-il en s'appuyant à un arbre. Mais ils en auraient été capables.

— Comment ai-je pu être amie avec une fille comme elle ? Sortir avec un garçon comme Del ?

Je compris avant qu'il me réponde. Ce n'était pas une véritable révélation, pourtant cela faisait mal.

— Parce que j'étais comme eux.

Carson s'écarta du tronc et me prit la main en prenant soin d'entrelacer nos doigts.

— Non. Pas toujours. Et tu ne l'es plus du tout. Ce n'est pas anodin.

— Encore cette histoire de seconde chance, c'est ça ?

Il acquiesça et reprit son chemin, sans me lâcher pour autant. Et je fis de mon mieux pour ne pas accorder trop de signification à ce geste.

Le sentier n'en était pas vraiment un. C'était juste une éclaircie entre les arbres. Petit à petit, la pente devenait de plus en plus raide, à tel point qu'on dut se lâcher la main pour ne pas tomber. Des mottes de terre et des cailloux s'en désolidarisaient et roulaient le long de la colline. Au bout d'un moment, on dépassa la forêt et on traversa une étendue d'herbe.

Je m'éloignai de Carson pour m'approcher du précipice. Un vent froid et humide repoussa mes cheveux en arrière. La cime des arbres dissimulait la cascade en contrebas, et la pente, presque à pic, était hérissée de rochers. Comme je l'avais suspecté, une chute de cette hauteur aurait été fatale.

Je m'étais attendue à avoir le vertige, mais, debout au bord du gouffre, je me rendis compte que le vide n'avait aucun effet sur moi. En fait, il y avait quelque chose d'excitant à l'idée de me trouver aussi haut.

— Je crois que je suis toujours un peu droguée à l'adrénaline, dis-je.

Le rire crispé Carson me parvint.

— C'est bon à savoir. Est-ce que tu peux reculer un peu, maintenant ?

Il était resté à l'orée de la forêt. Avait-il le vertige ?

— Tu crois que si on était tombées d'ici, j'aurais pu survivre ?

— C'est possible. On entend des histoires bien plus folles que celle-ci. Ou alors, elle a sauté.

Je me tournai vers lui. Je n'y avais même pas songé.

Le regard de Carson sembla se perdre au-delà de la cime des arbres.

— C'est une possibilité, c'est tout, reprit-il d'une voix moins forte. Les gens font souvent des choses inexplicables.

Pourtant, ce que je savais au sujet de Cassie me disait qu'elle n'aurait jamais fait ça. Pas de son plein gré, en tout cas... Je déglutis. Je ne voulais pas accepter l'idée qui se formait dans mon esprit.

— Tu ressens quelque chose ? La mémoire te revient ? demanda-t-il.

Déçue, je secouai la tête. Rien ne remontait à la surface si ce n'était davantage de questions et de confusion. J'avançai vers les arbres sur la droite en recommençant à me ronger les ongles. De grands pins bordaient les pics rocheux qui s'élevaient du sol. Derrière, c'était le vide. Un vide dans lequel j'étais sans doute tombée.

Dire que j'avais de la chance d'être encore en vie était un euphémisme.

Un moment passa en silence. Carson resta de son côté. Il me laissait prendre mon temps. Adossée à un tronc, j'observai le bord du précipice. J'étais prête à abandonner, à lui dire de rentrer, quand, tout à coup, je sentis un frisson me parcourir l'échine. Ce fut le seul avertissement que je reçus.

Ce n'était pas une vision comme celles que j'avais eues précédemment. Pas de filtre en noir et blanc devant mes yeux cette fois. En fait, je ne voyais rien. Je ressentais. On aurait dit que les pensées de mon passé se juxtaposaient à celles de mon présent.

En un clin d'œil, Carson se retrouva devant moi. Il paraissait inquiet.

— Qu'est-ce qui se passe ?

Mes lèvres formèrent une réponse. Mon cœur s'emballa.

— Je n'aurais pas dû me trouver ici.

— Cette nuit-là ? demanda-t-il.

Je hochai la tête et me tournai vers l'arbre pour faire courir mes doigts sur l'écorce rugueuse. J'avais l'impression d'être une voyante dans l'une des séries dont Candy avait parlé, mais peu importait. Je me rappelais : je m'étais tenue à cet endroit précis.

— Je crois que... Je me suis cachée derrière ces arbres. Je n'étais pas censée être là, mais je l'étais. Je sais que ça paraît fou.

— Pas du tout, souffla Carson en me suivant autour de l'arbre.

Je fermai les yeux. Je ne voyais rien, mais une impression diffuse me revenait.

— Elle voulait que je sois là. Cassie. Elle voulait que je les voie ensemble.

— Ensemble ? De qui est-ce que tu parles, Sam ?

Frustrée, je secouai la tête et rouvris les paupières.

— Je n'en suis pas sûre, mais je crois qu'elle voulait que je les voie, que je sache. Et je sais que c'était un garçon. Elle voulait que je la voie avec un garçon.

Un frisson glacé remontait le long de mon dos.

Carson me prit la main.

— Sam... Est-ce que tu sais avec qui elle était ?

— Non, mais j'ai ma petite idée.

À son expression, il était clair qu'il en était arrivé à la même conclusion que moi. C'était terrible. Impensable. Effroyable. Malheureusement, les pièces du puzzle se mettaient en place les unes après les autres.

— Del, murmurai-je.

17

« On est faits l'un pour l'autre. »

N'était-ce pas ce que Del m'avait dit ? Grâce à l'aperçu que j'avais eu de son monde et du mien, je savais qu'on attendait beaucoup de notre relation.

Mais était-ce suffisant pour justifier de faire disparaître une maîtresse par tous les moyens ? Pour justifier un meurtre ? *Les deuxièmes ou troisièmes générations de familles fortunées étaient comme les héritiers d'une famille royale...*

J'avais tenté de parler de Cassie à Del de nombreuses fois. À chaque occasion, il avait paru mal à l'aise et avait refusé la conversation. Je revis alors le dernier souvenir de Cassie qui m'était revenu en mémoire, celui où elle me demandait si elle pouvait avoir Del. Avaient-ils couché ensemble ? Avait-elle voulu me l'avouer ? Elle nous avait peut-être donné rendez-vous à tous les deux sur cette falaise et Del, ignorant ma présence, l'avait poussée dans le vide ?

Je me sentais mal.

Le trajet du retour se fit dans un silence tendu. Nous étions tous les deux enfermés dans nos pensées les plus sombres. Carson gara le pick-up dans l'allée et coupa le moteur, puis se tourna vers moi, la mine grave.

— Je n'arrive pas à y croire. Je le déteste, mais je ne l'imagine pas faire une chose pareille.

Je n'avais pas envie d'y croire, moi non plus.

— C'était peut-être un accident, avançai-je.

— Admettons, mais dans ce cas, comment tu expliques ton état ? Est-ce qu'il vous aurait poussées toutes les deux, Cassie et toi, par accident ?

— Je n'en sais rien, murmurai-je en me rongeant l'ongle du pouce.

En y réfléchissant, rien ne prouvait que Cassie était tombée. Le premier souvenir qui m'était revenu était celui de rochers couverts de sang. Les rochers couleur sable qui composaient la falaise.

— De toute façon, Del n'aurait jamais le cran de faire ça, dit Carson, comme à lui-même.

Je grimaçai. Tout à coup, mon cœur se mit à battre très fort.

— Et moi ? Je l'aurais eu ?

Carson éclata de rire, puis, en voyant mon expression, il se tut et écarquilla les yeux.

— Tu es sérieuse ? Tu crois que tu aurais pu la pousser à cause de Del ? fit-il, incrédule. Sam, tu n'es pas une meurtrière. Tu ne l'as jamais été.

— Et si j'avais été hors de moi ? Et si j'avais mis Cassie au pied du mur après le départ de Del ? Peut-être que la situation a dégénéré. (Plus j'y pensais, plus j'avais envie de vomir.) Nos rapports étaient explosifs, non ? C'est peut-être moi qui l'ai poussée. Par accident.

— Ce n'est pas toi, Sam. (Il me saisit le poignet et écarta mon pouce de ma bouche.) Tu n'es pas ce genre de personne. Tu ne l'as jamais été. Et puis ça n'expliquerait pas ce qui t'est arrivé. Tu l'aurais poussée et après ? Tu aurais sauté à ton tour ? Ce n'était pas toi.

— Sans doute.

Il soupira, puis me lâcha le poignet.

— Tu ne me crois pas. Pourquoi ? Parce que tu as des visions ? Parce que des gamins débiles parlent de choses qu'ils ne comprennent pas ? Ça ne fait pas de toi une folle à lier, un monstre ou un assassin. Tu es quelqu'un de bien. N'en doute jamais.

Mon cœur se gonfla et les larmes me montèrent aux yeux. Sans réfléchir, je me penchai au-dessus du frein à main et déposai un baiser sur sa joue. Carson se raidit sous le coup de la surprise, avant de tourner légèrement la tête. Ses lèvres étaient désormais très proches des miennes. Un frisson parcourut son corps.

— Merci, murmurai-je pour ce qui me paraissait être la centième fois.

Je le vis déglutir, troublé.

— Je le pense, Sam. Je ne dis pas ça pour te rassurer.

À chaque mot qu'il prononçait, ses lèvres effleuraient ma joue. La mort dans l'âme, je finis par m'écarter.

— Je sais.

Il m'offrit un maigre sourire.

— Je peux te demander une faveur ?

— Tout ce que tu voudras.

— Je ne pense pas Del capable de faire une chose pareille, mais… sois prudente. (Il me regarda dans les yeux.) S'il te plaît.

— C'est promis.

Je ne voulais pas l'inquiéter. Malheureusement, je devais discuter avec Del. Carson souriait toujours, mais ses yeux racontaient une autre histoire. Il était soucieux et il avait de bonnes raisons de l'être. Si je n'étais pas coupable, alors le véritable meurtrier avait sans doute peur que je recouvre la mémoire.

Plus tard, dans la soirée, après avoir enfilé un bas de survêtement confortable et un sweat à capuche court que j'avais trouvés dans mon dressing, je m'assis sur mon lit et retirai mon collier de chez Tiffany's. Je le soulevai. La lumière du plafonnier se refléta sur le motif en argent. Je tentai de me rappeler la première fois que je l'avais ôté.

Rien. Aucune sensation. Aucune pensée. Je soupirai et posai le bijou sur le dessus-de-lit.

Soudain, des pas résonnèrent dans le couloir. L'ombre d'une silhouette se profila avant que la personne atteigne la porte ouverte. Le dernier visiteur que je m'attendais à voir apparut sur le seuil.

Del.

Mon souffle se bloqua dans ma gorge. Del s'arrêta dans l'embrasure, s'appuya contre le cadre de la porte. J'ignorais où se trouvaient mes parents. En revanche, j'étais à peu près sûre que Scott était au sous-sol.

— Comment es-tu entré ? demandai-je.

Il fronça les sourcils.

— La porte était ouverte.

— Alors, tu es rentré comme ça ?

Le ton de ma voix s'était refroidi sans que je m'en rende compte.

— Euh, oui..., dit-il, confus.

Il avança dans la chambre, vêtu du même pantalon et de la même chemise noirs qu'aux funérailles.

— Depuis quand est-ce que ça... Ton collier ? (Il s'arrêta juste devant le lit.) Tu l'as retiré ?

Je le ramassai en tentant de repousser ma nervosité.

— Je voulais l'observer de plus près.

Un éclat étrange s'alluma dans ses yeux. Ils n'étaient plus aussi vitreux qu'à la grange, mais il émanait encore de lui une forte odeur d'alcool.

— Je suis parti de la fête.

— Oh ?

Je serrai le pendentif en cœur dans ma main. Le métal me mordit la chair.

— Tu m'en veux. Je le sais. (Il s'assit au bord du lit et se tourna vers moi, le regard rivé à ma main.) Veronica et Candy plaisantaient, c'est tout.

Je haussai les sourcils.

— Elles plaisantaient ? Tu n'as même pas...

Je m'interrompis. Ce qu'il avait fait ou non n'était pas important. Ce n'était pas le problème.

— Del...

— Je n'ai pas réagi, je sais. J'aurais dû leur demander d'arrêter. (Il prit une grande inspiration et se frotta la mâchoire.) Je suis désolé. Je n'aime pas te voir embarrassée ou blessée.

Épuisée, je soupirai et l'examinai longuement. Je ne pouvais pas m'empêcher de les imaginer, Cassie et lui, ensemble. Était-il coupable ? Mon instinct me disait que non, mais pouvais-je m'y fier ? De toute façon, ce n'était pas la seule raison pour laquelle notre relation touchait à sa fin.

Il souffla et s'allongea sur le flanc.

— Tu n'aimes pas ton collier, Sammy ? Je peux t'en acheter un autre, si tu veux. Un mieux. Avec des saphirs ? Ce sont tes pierres préférées. Enfin, elles l'étaient...

Je desserrai ma prise sur le cœur.

— Je n'ai pas besoin d'un autre collier.

Il leva vers moi un regard incertain.

— Alors, dis-moi ce que je dois faire pour te faire plaisir. On pourrait aller à ce restaurant de Philadelphie qui fait des sushis exactement comme tu les aimes. Ou on pourrait passer le week-end aux Poconos. Je suis sûr que tes parents seraient d'accord.

Je grimaçai. Il ne pouvait rien faire pour arranger les choses. Je savais que j'allais le quitter depuis des jours, bien avant que j'apprenne qu'il m'avait menti sur notre relation et que je commence à le soupçonner. Je ne ressentais tout simplement pas ce que j'aurais dû ressentir en sa présence. Je n'avais pas le souffle court. Pas le cœur en émoi. Mon ventre ne se nouait pas de plaisir quand j'entendais son nom... Non, tout ça, je l'éprouvais pour un autre garçon. Et ça ne pouvait pas continuer ainsi.

Del lut sans doute mes intentions dans mon regard, car il se redressa aussitôt.

— On peut trouver une solution.

— Non, je ne crois pas, répondis-je d'une voix douce.

Il détourna les yeux en secouant légèrement la tête.

— C'est à cause de ce qui s'est passé aujourd'hui ?

— Non... Pas vraiment.

Je bafouillai. L'avais-je déjà quitté une fois ? Avais-je été aussi peu douée ?

— Je suis désolée. Je n'ai simplement...

— On peut surmonter cette épreuve.

Il se tourna de nouveau vers moi. Ses yeux étaient si sombres qu'ils paraissaient noirs.

— Tu as besoin d'un peu plus de temps, c'est tout.

— Le temps n'y changera rien. Je n'ai pas de sentiments amoureux pour toi. On pourrait être de bons amis, mais...

— Je ne veux pas être ton ami. (Les yeux écarquillés, il recula vivement.) Je n'arrive pas à croire que tu me fasses ça après tout ce qu'on a vécu.

Cette remarque me blessa davantage que je ne l'aurais cru. J'enroulai mes doigts autour de son poignet pour le forcer à tourner la main.

— Non, murmura-t-il. Sammy, ne fais pas ça...

Les larmes aux yeux, je posai la main sur la sienne et pressai le collier dans sa paume ouverte. À l'instant où nos peaux se touchèrent, je frissonnai. Le souvenir remonta si vite à la surface que la tête me tourna. Un voile gris tomba devant mes yeux.

— Arrête de faire comme si c'était ma faute ! criai-je.

— Je ne fais rien du tout ! Seigneur. (Il se laissa tomber sur son lit et saisit la télécommande.) Je ne comprends pas pourquoi tu en fais toute une histoire. Tu t'es bien amusée, sur le moment, pourtant.

Je baissai le regard. Les larmes m'obstruaient la vue tandis que je faisais défiler les photos sur son portable. Ce que je ressentais allait au-delà de l'humiliation. Les photos en question avaient été envoyées à Trey qui s'était chargé de les transmettre à tout le monde.

Je m'assis sur le bord du lit. J'étais stupide. Tellement stupide ! J'avais envie de mourir.

Il me toucha le dos avec son pied nu.

— Ne m'en veux pas, OK ?

Ne pas lui en vouloir ? Tout le monde avait vu ces photos. Pas étonnant que le matin même Veronica avait eu l'air d'exulter, comme si on lui avait offert toute la collection printemps/été de Prada. Je pariais que Cassie était tout aussi ravie. À cet instant, je les détestais tous autant qu'ils étaient.

Marmonnant dans sa barbe, Del se redressa et passa ses bras, par-derrière, autour de ma taille.

— Écoute, si ça peut te rassurer, les mecs ont trouvé ça super sexy. Ils sont tous jaloux de moi.

Je me crispai. Les mecs… L'équipe de base-ball n'avait cessé de s'envoyer ces photos. L'horreur me serra la poitrine. Je n'arrivais plus à respirer. Et mon frère… m'avait-il vu faire… ça ? Carson aussi ?

Je me libérai de son étreinte et me levai.

— Ne me touche pas.

Del parut exaspéré.

— N'en fais pas toute une montagne…

— Je n'arrive pas à croire que tu aies fait ça.

Je jetai son téléphone par terre avec fureur. Il rebondit sur le parquet en bois massif, puis se brisa. Lorsque l'écran s'éteignit, un sentiment de justice m'envahit.

Del se leva d'un bond et le ramassa.

— Putain, Sammy ! Tu sais combien m'a coûté ce truc ?

— Et toi, tu sais à quel point tu m'as humiliée ? (Je touchai le pendentif en cœur autour de mon cou.) Tu en as quelque chose à faire, au moins ?

Les yeux plissés, il balança son téléphone sur le côté, puis avança vers moi d'un pas rageur.

— Tu n'aurais jamais dû faire ça.

La gorge nouée, je reculai.

— Je te déteste, murmurai-je.

— Non. C'est faux.

Il me prit la main et la serra si fort que le cœur que je tenais encore s'enfonça dans ma paume. Je tressaillis.

— Et n'essaie même pas de me menacer de me quitter. Tu sais très bien que tu ne le feras pas. Fais-toi une raison.

Le manque d'oxygène me fit revenir à la réalité. Del me serrait très fort contre son torse. Je sentais son cœur battre aussi vite que le mien.

— Sammy, dis quelque chose, gémit-il. Bon sang. Tu vas bien ?

Une colère ardente enfla en moi. Le mystère des photos dont ma mère m'avait parlé venait d'être résolu. Quand je pris la parole, ma voix se brisa.

— Ne me touche pas.

Il se figea contre moi.

— Sammy…

La rage me brûlait de l'intérieur, aiguë, explosive.

— Ne me touche pas ! hurlai-je en me dégageant de son étreinte qui s'était relâchée.

Je bondis hors du lit pour mettre le plus de distance possible entre nous. Ma poitrine se soulevait et s'abaissait à un rythme effréné.

— Tu as pris des photos de moi pendant que je te faisais... ça ?

Del en resta médusé. Le choc se lisait sur son visage.

— Tu t'en souviens ?

— Comment as-tu pu me faire ça ? m'exclamai-je.

L'humiliation m'anéantissait comme si la scène s'était déroulée la veille. Tout le monde avait vu ces photos. *Tout le monde*.

— Comment ai-je pu te pardonner ? Qu'est-ce qui clochait chez moi ? Je n'arrive pas à croire que je sois restée en couple avec toi...

— Tu te souviens de tout ?

Il se leva et fit un pas vers moi.

— Ne t'approche pas de moi ! (Je reculai. Mon dos heurta le mur.) Je n'ai pas besoin de me souvenir du reste. C'est bien suffisant.

Le soulagement que je lus dans ses yeux disparut presque aussitôt. Je me demandai si je l'avais imaginé. À présent, il paraissait simplement las.

— Sammy, tu m'as bel et bien pardonné.

Un rire sans joie m'échappa.

— Ça prouve que j'étais stupide, parce que d'après ce que je me rappelle, j'étais loin d'être heureuse.

Il se passa une main dans les cheveux et tira légèrement sur les pointes.

— Ce n'était pas ma faute. Trey est tombé sur les photos en jouant avec mon téléphone. Il se les est envoyées et après, c'est parti en vrille.

— C'est censé me consoler ? (Je me retenais pour ne pas lui donner un coup de pied entre les jambes.)

J'étais au courant que tu prenais ces photos, au moins, Del ? Tu n'as pas intérêt à me mentir !

Del détourna les yeux. La réponse était claire. Une vague de dégoût me submergea. Je m'y accrochai. Si je ne le faisais pas, je risquais de sombrer dans l'autoflagellation. Comment avais-je pu rester en couple avec lui après une telle trahison ? Car j'avais le sentiment qu'il disait vrai, que je l'avais pardonné.

J'avais envie de vomir.

— Va-t'en, lui ordonnai-je, la voix tremblante.

— Tu ne sais pas ce que tu dis. Calme-toi. On peut...

— Il n'y a plus de « on » qui tienne ! Je te quitte et cette fois, ce n'est pas une menace. C'est la réalité. (Quand il fit mine de s'approcher, je hurlai :) Va-t'en !

— Je suis désolé, Sammy. Je n'aurais jamais dû faire ça. C'était mal. Je le sais, maintenant. On peut en discuter.

J'avais comme une terrible sensation de déjà-vu. Combien de fois avions-nous eu ce genre de conversation ? Il se rendait coupable de quelque chose. Je me mettais en colère. On se disputait. Et c'était reparti pour un tour. Mais cette fois, c'était différent. J'étais différente.

— Pars. S'il te plaît, lui dis-je sur un ton plus calme.

Il s'apprêtait à répondre quand des bruits de pas précipités résonnèrent dans le couloir. Un instant plus tard, Scott entrait en trombe dans ma chambre.

— Qu'est-ce qui se passe ici ? demanda-t-il d'une voix dure.

Del eut l'air agacé.

— Ce ne sont pas tes affaires.

Mon frère pénétra davantage dans la pièce. Il serrait les poings.

— Tu es sérieux ? (Il se tourna vers moi, les yeux brillants de fureur.) Pourquoi est-ce que tu as crié, Sam ?

— Je veux qu'il parte, répondis-je en croisant les bras.

Un sourire mauvais apparut sur le visage de Scott.

— Alors, tu as intérêt à lui obéir.

La colère remplaça l'agacement sur les traits de Del. Je me rappelais que, dans mon premier souvenir de lui, c'était aussi la rage qui avait pris le pas sur le désespoir. Del n'avait pas l'habitude qu'on lui dise non.

— Ne fais pas ça, Sammy, répéta-t-il.

Je ne comprenais pas pourquoi il tenait à tout prix à ce que cette relation fonctionne. Peu importait. Je ne reculerais pas. J'avais pris ma décision bien avant que ce dernier souvenir ressurgisse. Cela ne faisait que renforcer mes convictions.

— S'il te plaît. Va-t'en.

Del fit un pas vers moi. Ce fut le pas de trop.

Mon frère traversa la pièce à la vitesse de l'éclair. Je me demandai ce qu'il allait faire. Puis je le vis reculer son bras pour prendre de l'élan et son poing s'écrasa sur le visage de Del. Celui-ci s'effondra comme un sac à patates et rencontra le sol dans un bruit sourd.

Scott se secoua la main.

— Si tu savais depuis combien de temps ça me démange !

18

J'attendis au rez-de-chaussée tandis que Scott réanimait Del et le mettait à la porte. Avant de voler à mon secours, Scott se trouvait bel et bien au sous-sol de la maison. À son retour du lycée, il avait fermé la porte d'entrée à clé derrière lui. Ce qui signifiait que Del m'avait encore une fois menti. Il possédait sans doute une clé. La première chose sur ma liste des choses à faire était donc de la lui reprendre.

Scott m'assura qu'il allait s'en charger.

— Tu comptes me dire ce qui s'est passé ? me demanda-t-il en sortant un sachet de petits pois surgelés du congélateur.

Je m'assis au bar. Mes joues me brûlaient.

— Je me suis souvenue de quelque chose.

— Apparemment, c'était du lourd, vu que ça t'a donné envie de le mettre dehors. (Il posa le sachet contre ses phalanges rougies et grimaça.) Raconte-moi tout.

— Avant toute chose, sache que je comptais rompre avec lui de toute façon.

Il haussa les sourcils et s'assit en face de moi.

— Ça a un rapport avec Car ?

— Non ! m'exclamai-je en rougissant de plus belle.

— Si tu le dis. (Un sourire étira ses lèvres.) Alors ? Qu'est-ce qui s'est passé ?

Je rongeai l'ongle de mon auriculaire et haussai les épaules.

— Ce n'était plus pareil entre nous. Alors, j'avais décidé d'arrêter. Mais quand je lui ai rendu son collier, je me suis rappelé... un événement en particulier.

Ses sourcils remontèrent très haut sur son front.

Je soupirai.

— Il a pris des... photos.

Le visage de Scott se décomposa. On aurait dit qu'il allait vomir.

— Ah, ces photos...

Je pouvais dire adieu à l'espoir qu'il ne les ait pas vues ou n'en ait pas entendu parler. Je pressai mon front contre le bar et soupirai.

— C'est humiliant. Je n'étais pas au courant ! Je ne savais pas qu'il les avait prises. Apparemment, Trey les aurait trouvées et les aurait envoyées de son propre chef, mais ça n'excuse rien.

Scott jura.

— Tu ne savais pas qu'il les avait prises ?

— Non, gémis-je.

Un autre juron explosif me fit sursauter.

— Je t'ai posé la question à l'époque, Sam. J'étais hors de moi. Mais tu as fait comme si ce n'était pas grave. Si j'avais su la vérité, je lui aurais collé mon poing dans la figure bien plus tôt.

Je levai les bras en un geste d'impuissance, mais gardai le visage plaqué contre le bar.

— Il semblerait que je me sois fait une raison.

Plusieurs secondes s'écoulèrent en silence avant qu'il reprenne la parole.

— Je vais lui faire un deuxième œil au beurre noir.

Son côté protecteur me faisait chaud au cœur, mais je ne pouvais pas le laisser faire ça. Je relevai la tête.

— Non. Laisse-le tranquille. C'est terminé avec... C'est fini. (Je me cachai derrière mes mains.) Je ne vais jamais pouvoir retourner au lycée.

— Sam... Ça s'est produit il y a sept mois.

— Et alors ? Je viens à peine de m'en souvenir, grognai-je. C'est affreux.

— Avec ce qui s'est passé, tout le monde a oublié, m'assura-t-il avec douceur.

— Oui, parce qu'ils pensent que j'ai tué Cassie ou que je suis folle.

Je laissai retomber mes mains pour découvrir que Scott m'observait. Il semblait amusé et compatissant à la fois. Je lui adressai un regard noir... jusqu'à ce que j'aperçoive ses doigts gonflés sous le sachet surgelé.

— Ça fait mal ?

Il haussa les épaules.

— Ça en valait la peine.

— Merci, lui dis-je en changeant de position sur le tabouret. Je sais que je n'ai pas été la sœur idéale...

— Arrête, m'interrompit-il avec un geste de son autre main, les yeux rivés sur le sachet. Revenons à « Tout le monde pense que tu as tué Cassie. » Julie m'a répété ce que les filles ont dit à la fête aujourd'hui. Tu as conscience qu'elles racontent n'importe quoi, j'espère ? Personne n'y croit une seconde.

Face à mon manque de répondant, il changea de sujet. Il me demanda ce que nous avions fait, Carson et moi, après avoir quitté la grange. Lorsque je lui expliquai que nous nous étions rendus à la falaise pour tenter de me rafraîchir la mémoire, il eut l'air de vouloir me lancer son sachet de petits pois à la tête.

— C'est dangereux, là-haut, grommela-t-il en se levant. (Il se dirigea vers la poubelle, puis se tourna de nouveau vers moi.) Tu ne devrais pas y aller.

Je fronçai les sourcils.

— Pourquoi ? Ça me rappellera peut-être des choses.

Il jeta le sachet et ouvrit lentement le poing.

— Pourquoi est-ce que tu veux à tout prix retrouver la mémoire ? Ça ne changera rien. Ça ne fera pas revenir Cassie.

— Je le sais, répondis-je, déconcertée par la virulence de sa réaction. Seulement j'ai besoin de savoir ce qui s'est passé. Ce n'était sans doute pas un accident. Elle mérite que justice soit faite.

— Cassie ne mérite rien du tout, maugréa mon frère.

Sa réponse me laissa bouche bée.

— Scott ! Ce n'est pas gentil.

Il m'adressa le même regard que je lui avais adressé un peu plus tôt.

— Tu ne te souviens pas d'elle. Tu ne sais pas à quel point elle était mauvaise. C'est en la fréquentant que tu as changé, alors désolé de ne pas être effondré par sa mort.

Il s'interrompit et souffla bruyamment.

— OK, je n'aurais pas dû dire ça. (Il leva les yeux vers le ciel.) Je ne sais pas où tu es Cassie, mais je m'excuse.

Je descendis de mon tabouret.

— J'ai besoin de découvrir la vérité. Il n'y a que comme ça que je pourrai tourner la page.

— Et si la vérité ne te plaît pas, Sam ? reprit-il, soucieux. Et si, après, c'est encore pire ?

C'était la question à un million. Le sentiment d'avoir commis quelque chose de grave se réveilla de nouveau. Il s'enroula autour de mes entrailles et les enserra très fort. Quelque chose me disait que j'allais bientôt souffrir de graves ulcères.

— Alors je ferai avec, déclarai-je en me rasseyant. Bien ou mal, il faut que je sache.

Scott se détourna en se mâchonnant les lèvres. Je voyais bien que cette conversation ne lui faisait pas plaisir. Il avait sans doute peur que je ne découvre quelque chose que je serais incapable d'accepter. Je préférai changer de sujet.

— Papa n'est pas rentré ? demandai-je. (Il secoua la tête.) Il est rarement à la maison, non ?

— Il est probablement au bureau. Il y passe le plus clair de son temps. Il rentre tard.

Il se laissa tomber sur le tabouret à côté du mien et posa le menton sur la main qui n'était pas blessée.

— Et maman reste toute la journée au lit ?

— Elle se cache dans sa chambre, oui.

— Ça a toujours été comme ça ?

Scott sembla réfléchir à la question.

— Depuis cinq ans, environ. Ils s'adressent à peine la parole et sont incapables de rester plus de quelques minutes dans la même pièce.

Je baissai les yeux.

— Pourquoi restent-ils ensemble, alors ?

— Tu veux vraiment que je réponde à ça ? (Quand je hochai la tête, il rit dans sa barbe.) Avant cet accident, tu le savais très bien.

— Ah oui ?

— Maman ne demandera jamais le divorce parce qu'elle a peur du qu'en-dira-t-on. Elle se séparerait de lui uniquement si la situation ruinait sa réputation. Papa le sait. Et lui ne quittera jamais maman parce que… il ne peut pas faire autrement.

Je fronçai les sourcils.

— Comment ça ?

— Sans elle, il n'a rien, expliqua-t-il avec un rire sans joie. Tout l'argent est de son côté à elle. Je te parie qu'ils ont signé un contrat de mariage. S'ils divorcent, elle gardera tout. Lui ne récupérera que ce qu'il avait au début, c'est-à-dire pas grand-chose.

— Mais papa travaille ! S'il divorçait, il continuerait à toucher un bon salaire.

Scott m'adressa un sourire désabusé.

— Tu oublies un léger détail. Papa travaille pour la famille de maman. S'ils divorcent, il perd son emploi. Et notre grand-père a suffisamment d'influence pour l'empêcher de retrouver un poste au même niveau dans n'importe quelle autre entreprise.

— Mince, murmurai-je.

— Eh oui. Moi, si j'étais à sa place, je préférerais encore vivre dans un carton, mais papa aime son petit confort. Quand on était petits, il se moquait de ce que pensaient les autres. Aujourd'hui… Il sait que c'est important pour maman, alors il fait tout pour la garder.

Après cette conversation, on vaqua tous les deux à nos occupations. Je remontai dans ma chambre et fermai la porte derrière moi. Épuisée par les vingt-quatre heures qui venaient de s'écouler, je n'avais qu'une envie : dormir. Mon cerveau peinait encore à assimiler tout ce que j'avais appris. Avec cette histoire de photos, je comprenais que je ne connaissais pas encore tous les détails de ma relation avec Del. Il y avait forcément une bonne raison pour que je sois restée avec lui après ça. Je pouvais compter sur quelques personnes pour me parler franchement de nous, mais les autres refuseraient sans doute de me dire la vérité.

Del et moi comptions-nous suivre les traces de nos parents ? Nous marier pour l'argent, parce que c'était ce qu'on l'attendait de nous ? Cela ne me paraissait pas crédible. Nous étions riches tous les deux.

Je me rendis dans ma salle de bains et attrapai ma brosse à dents lorsque j'aperçus mon reflet dans le miroir. J'avais des traces noires sous les yeux. Je détournai le regard une seconde, deux tout au plus, le temps de mettre du dentifrice sur ma brosse.

Lorsque je redressai la tête, Cassie se tenait en face de moi, les yeux cernés de noir, elle aussi.

Je reculai en sursaut. Les coulures noires se répandirent jusqu'à ses joues parfaites en suivant le réseau de ses veines. On aurait dit que quelqu'un lui avait injecté de l'encre. Incapable de me détourner, je la vis ouvrir la bouche sur un cri silencieux qui me fit dresser les cheveux sur la tête.

Ce n'est pas réel. Ce ne peut pas être réel. Je fermai les yeux, comptai jusqu'à dix, puis les rouvris. Le reflet dans le miroir était le mien.

J'inspirai profondément et plantai les deux mains sur le lavabo, en proie au vertige et à la nausée. Après de longues minutes, l'envie de vomir finit par refluer.

Je jetai ma brosse à dents dans le lavabo et sortis de la salle de bains, secouée au plus profond de mon être. Je soulevai les draps, bien décidée à me blottir dans mon lit, lorsque je remarquai quelque chose de jaune qui dépassait de sous la boîte à musique, sur ma table de chevet.

Le cœur battant, je m'assis et soulevai la boîte. Dessous, je découvris une feuille de papier jaune pliée en triangle. J'aurais voulu reposer la boîte à musique dessus et l'oublier.

Malheureusement, j'en étais incapable. Le souffle court, j'attrapai le papier et reposai la boîte. Je le dépliai avec des doigts engourdis pour découvrir la même écriture enfantine.

Ne lui dis pas que tu te souviens de quoi que ce soit. Pas à lui.

Qui ça, « lui » ? De qui parlait-on ? La question me tint éveillée une grande partie de la nuit alors que j'étais épuisée. Une autre question, encore plus importante, restait encore en suspens : qui me laissait ces notes ? Dans quel but ?

Au petit matin, je fus à peine capable de me lever et de prendre une douche. Le trajet en voiture jusqu'au lycée avec Carson et Scott se fit en silence. Je me doutais que ce répit serait de courte durée.

J'avais raison.

Dès l'instant où je franchis les portes de l'école, des murmures et des regards appuyés m'accueillirent. Les nouvelles de mon accident et du fiasco de la fête post-funérailles avaient atteint les oreilles de ceux qui n'étaient pas présents. Tout le monde semblait au courant de l'histoire du type planqué à l'arrière de ma voiture.

En me dirigeant vers mon casier, j'aperçus Del au bout du couloir. À le voir, on aurait dit qu'il avait perdu un combat contre un boxeur pro.

Tout son œil gauche était gonflé, fermé par un hématome bleu violacé qui paraissait douloureux. Lui aussi attirait les regards.

La tête baissée, je sortis mes affaires pour la matinée et partis dans la direction opposée.

Malheureusement, je ne fus pas assez rapide.

— Sammy, m'appela Del, non loin derrière moi.

Le cœur au bord des lèvres, je continuai ma route. Je ne voulais pas causer de scène. Les gens avaient déjà bien assez de choses à raconter sur moi.

— Bon sang, grogna-t-il en me rattrapant dans les escaliers. (Il me prit le bras pour m'arrêter.) Tu comptes faire comme si je n'existais pas ?

Lorsque je me retournai, je fus incapable de cacher ma surprise. De près, son coquard était encore plus impressionnant et un éclat qui ne me plaisait pas brillait dans son œil indemne. Un éclat malveillant, qui me glaçait jusqu'au sang et me donnait envie de m'enfuir.

— Il faut qu'on parle, dit-il à voix basse.

Je secouai la tête.

— Il n'y a rien à dire.

Il se pencha en avant, la tête à quelques centimètres de la mienne. Son haleine sentait la menthe.

— Tu me dois au moins de pouvoir m'expliquer, surtout après ce que ton frère m'a fait.

Ma peur se transforma rapidement en agacement et je libérai mon bras. Je me moquais bien de ce que les autres pouvaient penser. Je le lui *devais* ?

— Je ne te dois rien du tout, Del.

Il souffla.

— Je sais que tu m'en veux. Je comprends, mais je veux simplement te parler. Tu ne peux pas rompre avec moi comme ça. Tu ne peux pas faire ce choix sans me laisser une chance pour arranger les choses.

Bouche bée, je fis un pas en arrière en heurtant le coin d'une vitrine remplie de plaques et de médailles.

— Écoute, je suis désolée. Scott n'aurait peut-être pas dû te frapper, mais j'ai fait mon choix. Je n'ai pas besoin de ta permission.

Sa mâchoire se contracta.

— Ce n'est pas ce que je veux dire. Je sais que tu n'as pas besoin de ma permission. Tu déformes mes propos.

En face de nous, des élèves avaient sorti leurs téléphones et tapaient des messages. Mon cœur se serra. J'avais conscience que tout le lycée serait au courant de l'altercation avant même le début des cours.

— Del, je n'ai pas envie de parler de ça. Plus tard, peut-être...

— Plus tard ? Tu me le promets ?

Il me saisit de nouveau la main.

— Dis-moi que tu me le promets et je te croirai. D'accord ? C'est moi qui te soutiens plus que quiconque, Sammy. Tu ne t'en rends pas encore compte, c'est tout.

J'ouvris la bouche, mais aucun son n'en sortit. Le désespoir qui émanait de lui semblait recouvrir ma peau comme une substance sale et visqueuse. Pourquoi tenait-il tant à sauver notre relation ? Elle n'était déjà pas exceptionnelle avant que je perde la mémoire et à présent, il semblait qu'il n'y avait plus beaucoup de raisons de se battre.

La voix de Mme Messer résonna tout à coup.

— Tout va bien ici ? Samantha ?

Del me lâcha la main. La gorge nouée, je me tournai vers la thérapeute.

— Oui, tout va bien.

Ses yeux sombres se posèrent sur lui.

— Pour toi aussi ?

Il opina avant de reculer.

— Impeccable.

— Alors, je vous suggère d'aller en classe, répondit-elle avec froideur.

Del me jeta un sourire en coin qui jurait avec son œil au beurre noir.

— À plus tard.

Je ne répondis pas. Je me contentai de le regarder disparaître. La sensation désagréable me démangeait toujours, s'infiltrait dans les pores de ma peau. Je resserrai ma prise sur la lanière de mon sac en frissonnant.

— Tu es sûre que ça va, Samantha ? me demanda Mme Messer en se postant à côté de moi.

Je hochai la tête et m'efforçai de parler d'une voix égale.

— Oui. On discutait, c'est tout.

Elle n'était pas dupe.

— Je dois m'inquiéter de l'état de son visage ?

— Non, répondis-je en secouant la tête. Il faut que j'y aille.

Mme Messer acquiesça.

— On se voit demain matin.

Je ne pouvais pas échapper à nos rendez-vous, mais c'était toujours mieux que l'alternative : consulter un véritable psychiatre. Je me dépêchai de rejoindre ma salle de classe avant que la cloche retentisse. Les deux premiers cours se passèrent plutôt bien. C'était le suivant que je redoutais, le cours d'anglais.

Lorsque j'entrai dans la salle et me dirigeai vers le bureau que j'occupais depuis mon retour à l'école, Veronica m'attendait de pied ferme. Elle tendit le bras pour m'empêcher de passer.

— Tu ne peux pas t'asseoir ici.

L'espace d'un instant, je m'imaginai saisir ses cheveux trop bien coiffés à pleines mains et la traîner par terre.

— Pourquoi ? lui demandai-je.

Ses lèvres esquissèrent un sourire glacial qui me sembla étrangement familier. Depuis son siège, Candy gloussa.

— Monsieur Dase ? fit Candy d'une voix forte en levant la main. Monsieur Dase ?

Le professeur délaissa la pile de documents posés sur son bureau en soupirant bruyamment.

— Oui, Candy ?

— Vous pouvez demander à Sammy de s'asseoir ailleurs ? l'implora-t-elle. Je ne me sens pas à l'aise à côté d'elle.

J'avais le visage en feu. Une dizaine de nos camarades s'étaient tournés vers nous. Je remarquai l'un d'eux plus que les autres : le garçon gothique. Je m'attendais à ce qu'il soit ravi qu'on me rende la monnaie de ma pièce. Au lieu de quoi ses yeux en amande paraissaient tristes derrière ses mèches de cheveux noirs.

M. Dase haussa les sourcils.

— Pourquoi est-ce que tu ne te sens pas à l'aise, Candy ?

— Ce n'est pas grave, l'interrompis-je. Je peux m'asseoir là-bas.

Mortifiée d'entendre ma voix trembler, je rejoignis à contrecœur une place libre au fond de la salle.

Content que le problème soit résolu, le professeur reporta son attention sur ses feuilles. Du coin de l'œil, je vis Veronica partager un regard de connivence avec Candy.

— Monsieur Dase, se plaignit de nouveau Candy en tendant la main.

Je m'assis et agrippai le bord de mon nouveau bureau.

— Oui ? soupira M. Dase.

Candy se redressa, mettant en valeur sa poitrine et creusant son dos.

— Je n'aime pas la savoir derrière moi. (Elle se mit à chuchoter très fort, comme au théâtre.) Vous savez qu'elle est la dernière personne à avoir vu Cassie vivante ?

Je serrai le bureau tellement fort que je me coupai la circulation du sang. Cette fois, c'était certain : il y avait de grandes chances pour que je sois violente avec l'une d'elles, voire les deux.

L'expression de notre professeur demeura impassible.

— Je suis certain que tu ne crains rien.

Il passa ensuite à l'appel. Candy se tut, mais le mal était fait. La colère et la honte me consumaient. Je fus incapable de suivre le cours. Lorsque la sonnerie retentit, je mis un point d'honneur à sortir de la salle sans leur accorder le moindre regard. Leurs rires résonnèrent dans ma tête pendant une grande partie de la journée.

Veronica n'était pas dans notre cours de biologie. Candy serait sans doute plus sage. Étais-je ainsi avant ? Étais-je la cheffe de bande, comme Veronica désormais ? Forçais-je les autres filles à faire et dire des choses terribles parce que je m'ennuyais ?

Je croyais clairement au karma, à présent.

La mauvaise journée que je passais s'arrangea un peu lorsque Carson entra dans la classe. Le sourire qui fendit mon visage en deux n'était pas forcé. C'était un grand sourire, un peu idiot, mais surtout… réel.

Carson ne me le rendit pas. Il se contenta de s'asseoir. Ma joie s'envola aussitôt.

— Pourquoi Scott a mis une droite à Del ? Il refuse de me le dire.

— Oh…

Pas les retrouvailles que j'espérais. Je jetai un coup d'œil aux rangs de devant. Candy essayait de nous écouter discrètement. Je serrai mon stylo dans ma main pour éviter de m'en servir comme arme de destruction massive et baissai la voix.

— Del n'a pas fait grand-chose.

— Ah non ? (Son ton calme n'était pas rassurant.) Parce que je m'imagine le pire. Et si c'est le cas, il aura un deuxième coquard d'ici la fin de la journée.

Mes yeux s'arrondirent.

— Non. Ce n'est pas ce que tu crois. J'ai rompu avec lui et je me suis souvenue d'un truc qu'il avait fait. On s'est disputés. Il a refusé de partir. Scott a résolu le problème.

— Comment ça, il a refusé de partir ?

La colère brillait dans ses yeux bleus. Son côté protecteur me donnait envie de sourire comme une idiote.

— Ce n'est pas si grave. Tout va bien, maintenant.

À ceci près que Del pensait pouvoir renégocier le statut de notre relation.

Carson n'avait pas l'air convaincu. Il s'approcha jusqu'à ce que son genou touche le mien.

— De quoi t'es-tu souvenue ?

— Euh, c'est plutôt gênant.

— Je m'en remettrai, assura-t-il en souriant.

J'affichai une moue embarrassée.

— Je n'en doute pas. C'est pour moi que ça risque d'être plus compliqué.

Je voyais qu'il attendait que je continue malgré tout. Il ne comptait pas lâcher l'affaire.

— Tu es déjà au courant, de toute façon, soupirai-je. Ça a un rapport avec des... photos sur son téléphone.

Il haussa un sourcil, puis recula légèrement tandis qu'il fouillait dans sa mémoire.

— Ça s'est produit il y a sept mois environ ?

Je hochai la tête. J'étais sans doute rouge comme une tomate.

— Oui, je ne savais pas qu'il avait pris ces photos pendant que... ça se passait. (Je gardai les yeux rivés sur l'arrière de la tête de Candy et poursuivis, la mort dans l'âme.) Je ne sais pas comment j'ai pu lui pardonner. Je ne comprends pas. C'est écœurant.

— Alors, tu n'étais pas d'accord ?

— Pas que je sache. J'étais folle de rage. (Je lui adressai un regard timide.) Tu les as vues ?

Il me dévisagea pendant un très long moment, à la limite du ridicule. Puis une émotion indéchiffrable passa brièvement sur ses traits.

— Je les ai vues.

— Génial.

Je recoiffai une mèche de mes cheveux derrière mon oreille. Il fallait à tout prix que je détourne la conversation.

— J'ai reçu un nouveau message hier soir, après le départ de Del.

— Qu'est-ce qu'il disait ?

Lui aussi semblait soulagé par le changement de sujet.

Je sortis le mot de mon sac et le lui montrai. Il arbora encore une fois une expression énigmatique.

— Ce serait bien de savoir de qui il ou elle parle, dit-il en pliant le papier et en me le rendant. D'après toi, qui t'écrit ces mots ?

— Je n'en ai pas la moindre idée, murmurai-je en rangeant la note dans mon sac. Mais c'est forcément quelqu'un qui a accès chez moi. Ça limite le nombre de suspects.

Carson acquiesça. Malheureusement, nous n'avions pas le temps de discuter des différents candidats potentiels. Le cours commençait. Ce jour-là, nous devions examiner les cellules de croissance des plantes à travers un microscope que nous partagions. Chaque fois que nos mains se frôlaient, de petites décharges remontaient le long de mon bras.

Après le cours, il m'accompagna à mon casier et m'attendit jusqu'à ce que je sois prête à aller à la cantine. Je ne savais pas s'il restait avec moi au cas où Del se montrerait ou si lui aussi avait envie de prolonger ces moments passés en biologie.

Quand on s'approcha des portes de la cantine bondée, je me figeai.

— Je te rejoins dans cinq minutes.

— D'accord.

Il n'avait pas l'air ravi à l'idée de me laisser seule, mais lorsque je lui souris, il disparut derrière les portes.

J'attendais la personne qui, je l'espérais, serait totalement honnête avec moi. Les gens me dévisageaient, mais je faisais comme si de rien n'était. Soudain, j'aperçus Julie un peu plus loin. Sa jupe longue flottait autour de ses chevilles. Lorsqu'elle me vit, elle me fit un grand sourire qui disparut au moment où je la pris par le bras.

— Hé, fit-elle en regardant autour de nous. Qu'est-ce qui se passe ?

— On peut aller discuter dans un endroit un peu plus tranquille ?

Elle hocha la tête, ce qui fit onduler sa queue-de-cheval.

— On peut aller dans la salle informatique. Il n'y a jamais personne à midi.

Parfait. Je la suivis dans le couloir. On dépassa la bibliothèque avant d'entrer dans une salle froide et silencieuse. Elle laissa tomber son sac sur une chaise.

— Qu'est-ce qui se passe ?

Je pris une grande inspiration et lui dis quelque chose que j'aurais dû lui dire des jours, voire des semaines plus tôt.

— Je suis vraiment désolée pour tout ce que je t'ai dit et fait. C'était affreux de ma part pour tout un tas de raisons. J'ai le sentiment que tu étais ma seule vraie amie et que j'ai tout gâché.

Julie hésita.

— Sam... Je pourrais t'écouter t'excuser pendant des semaines, mais je vais être franche. Tu n'es plus la même. Quand Scott m'a dit que tu avais changé, je ne l'ai pas cru, mais j'ai compris qu'il disait vrai en te voyant t'asseoir à notre table. Et c'est toujours le cas. C'est flagrant dans la façon dont tu parles, dont tu te tiens et dont tu regardes les gens. Tu me fais penser à celle que tu étais avant. Et ça, ce sont des excuses suffisantes. Bref. C'est du passé. Je n'y pense plus.

Les larmes me montèrent aux yeux. Elle ne m'avait pas pardonné, mais c'était tout comme.

— OK. Je vais te poser une question et j'aimerais que tu sois honnête.

Elle attrapa sa queue-de-cheval et l'enroula autour de ses doigts.

— D'accord.

— Je me suis souvenue de quelque chose hier soir, à propos de Del et moi. Il m'a prise en photo en train de...

— Oh, tu parles des photos où tu lui tailles une pipe digne d'une actrice porno ?

Je grimaçai.

— Oui, merci, c'est ça... Je ne savais pas qu'il m'avait prise en photo. J'ai dû le découvrir après et j'ai explosé.

— Tu n'étais pas au courant ? (Les sourcils froncés, elle s'appuya contre le bureau.) Quel connard !

— C'est ce que je pense, moi aussi. Malgré tout, je lui ai pardonné et je ne sais pas pourquoi. J'espérais que tu pourrais me dire... comment j'étais quand je sortais avec Del.

— Oh. Waouh. (Julie cligna les yeux.) Tu veux vraiment la vérité ?

J'acquiesçai d'un air décidé.

Elle eut un rire bref.

— Je ne sais pas si tu l'aimais vraiment ou si tu te sentais obligée d'être avec lui. Vos deux familles sont les plus riches du comté. Vous êtes beaux et populaires. Aux yeux de tout le monde, c'était évident que vous finiriez ensemble. Enfin, toi ou Cassie quand sa mère a de nouveau emménagé ici, mais je crois que personne n'y avait pensé jusqu'à ce qu'elle grandisse.

— Elle voulait sortir avec Del ?

— Si tu veux mon avis, elle voulait tout ce que tu avais. (Elle jouait toujours avec ses cheveux.) C'était assez effrayant, la façon dont elle essayait de te ressembler. J'ai toujours cru qu'elle cherchait à prendre ta place. Scott aussi.

— Donc tu crois que j'étais avec Del seulement parce que c'était ce que tout le monde attendait de nous ?

Mon esprit se rebellait à cette idée. Les raisons qu'elle avait évoquées étaient si superficielles que c'en était pathétique.

— Je crois. (Elle se tourna vers moi avec un air songeur.) Quand on était au collège, tu étais raide dingue de Carson.

À l'évocation de son nom, je sentis mon ventre se serrer.

— Vous étiez tout le temps fourrés ensemble. Puis Cassie a débarqué, dit-elle avec une pointe de tristesse dans la voix. Et Del.

La honte et la culpabilité m'assaillirent de nouveau.

— Je ne comprends pas à quel moment j'ai emprunté le mauvais chemin. Comment ai-je pu abandonner mes amis et accepter ce que Del m'a fait ?

— Je ne crois pas que tu l'aies accepté. Tu as juste agi comme si tu acceptais. (Elle soupira.) Je m'en suis rendu compte. Tu étais extrêmement gênée lorsque les photos ont commencé à circuler. Pourtant, tu faisais comme si tout allait bien. Tu restais passive.

J'étais tellement en rogne que j'aurais pu te frapper. Sérieusement.

— Tu aurais dû.

Julie s'esclaffa.

— J'y penserai pour la prochaine fois.

Je souris.

— Cassie et Del ne sont sans doute pas les seuls responsables de mon changement de comportement.

— Non, je ne pense pas, dit-elle en se redressant. Je crois que ta mère y a été pour beaucoup. Elle détestait notre amitié parce que je ne fais pas partie du country-club ou une bêtise de ce genre. Et elle ne supporte pas l'idée que Scott puisse être amoureux de moi. Ton père, ça n'a pas l'air de le déranger, ou alors, il fait bien semblant. Dans tous les cas, tu t'es mise à imiter ta mère. Je ne comprends pas comment Scott a fait pour évoluer aussi différemment.

Elle lâcha sa queue-de-cheval et la fit passer derrière son épaule, avant de soulever son sac.

— Tu te conduisais comme tes parents, Sam. Ils font n'importe quoi pour sauver les apparences. Même si pour ça, il faut mentir. C'est ce que tu as fait quand ces photos ont été diffusées. Tu as réagi comme eux. Je suis persuadée que si ta mère pouvait me tuer sans en souffrir les conséquences, elle n'hésiterait pas à le faire pour que son fils cesse de sortir avec une gueuse.

Je voulais rire, mais je n'étais pas certaine qu'elle plaisantait.

19

Lorsque je rentrai du lycée, ma mère m'attendait, un verre de vin en cristal à la main. Si je me fiais au rictus mécontent déformant ses lèvres, il était clair que je n'allais pas apprécier notre échange. Je me dirigeai vers le petit salon, déposai mon sac sur le canapé et m'y laissai tomber.

Ma mère me suivit.

— J'ai reçu un appel de la mère de Del cet après-midi.

J'attrapai un magazine pour faire semblant de ne pas avoir la moindre idée de ce qu'elle essayait de me dire.

— C'était bien ?

— Pas vraiment, non, répondit-elle en s'asseyant sur le fauteuil en cuir. Elle m'a appris que Scott avait frappé Del… Et que tu avais rompu avec lui… Je lui ai assuré que c'était un quiproquo.

Je grimaçai.

— Tu ne te demandes même pas pourquoi Scott l'a frappé ? (Quand elle porta son verre à ses lèvres, j'eus soudain une montée de colère.) Il refusait de partir. Je venais d'apprendre l'existence de ces fameuses photos et j'essayais de le quitter, mais il ne voulait pas partir, maman.

Sa main trembla. Elle posa le verre sur la petite table à côté d'elle.

— Samantha...

Je me tournai aussitôt vers elle. Je voulais qu'elle comprenne ce que je ressentais. Je voulais qu'elle me voie comme celle que j'étais désormais.

— Maman, je ne savais pas qu'il avait pris ces photos. Je n'étais pas d'accord.

Elle cligna les yeux, puis passa une main sur son pantalon en lin pour le défroisser.

— Je suis rassurée de l'apprendre. Cela m'aurait déçue que tu aies consenti à quelque chose d'aussi... vulgaire.

Vulgaire n'était pas le mot que j'aurais employé. J'aurais plutôt dit que c'était dégradant, voire un abus de confiance.

— Alors, tu comprends pourquoi je ne peux pas rester avec lui.

— Ma chérie... Ce qu'il a fait est mal, mais ça arrive à tout le monde de commettre des erreurs.

Le choc me réduisit au silence. Je la dévisageai, incrédule.

Le dos raide, elle passa ses doigts sur les bracelets en or autour de ses poignets.

— Ton père... a fait des erreurs, lui aussi. On ne serait jamais restés mariés si longtemps si nous n'avions pas appris à nous pardonner.

Je sortis petit à petit de ma torpeur.

— Del m'a prise en photo en train de lui tailler une...

— Je le sais très bien, Samantha, me coupa-t-elle en plissant le nez. Mais cet incident date déjà de plusieurs mois. Je suis certaine qu'il s'en veut beaucoup. Il ne peut pas en être autrement.

— Je me moque de ce qu'il peut bien éprouver, admis-je. (Aurais-je dû me sentir coupable de cet aveu ? Je l'ignorais.) Je n'arrive pas à croire que tu me pousses encore vers lui après ça.

Ma mère soupira.

— Je n'approuve pas ce qu'il a fait, Samantha, mais c'est un homme et il est jeune. Dieu sait que ce ne sera pas la dernière décision stupide qu'il prendra.

— Ce sera la dernière qui me concerne, en tout cas !

Elle continua de parler comme si elle ne m'avait pas entendue.

— Tu as tous les droits de lui en vouloir. Je ne te lance pas la pierre, mais je pense que tu devrais prendre le temps de discuter avec lui. Sa mère et moi pensons qu'après... tout ce qui s'est passé, vous avez besoin de réapprendre à vous connaître, loin d'influences extérieures qui pourraient te faire oublier l'essentiel.

Il y avait de grandes chances pour qu'en sortant du lycée je sois tombée dans un terrier de lapin et me sois retrouvée chez les fous. Si je n'avais pas été aussi en colère et révulsée, l'absurdité de la situation m'aurait presque donné envie de rire. Comment ma mère pouvait-elle défendre Del après qu'il avait eu un comportement aussi abject ?

— Des influences extérieures ? répétai-je au bout d'un moment.

— Oui. Avec ce qui est arrivé à Cassie et ta perte de mémoire, il est compréhensible qu'il te faille du temps pour...

— Pourquoi veux-tu à tout prix que je reste avec Del ? l'interrompis-je. Je ne comprends pas. Est-ce que c'est normal ? Les mères s'impliquent-elles toutes à ce point dans la vie amoureuse de leur fille ?

Une émotion passa dans le regard de ma mère, mais elle disparut trop vite pour que je la reconnaisse.

— Il est important pour ton père et moi que ton petit ami puisse prendre soin de toi, qu'il soit de la même... stature.

Elle ne me disait pas tout. Je le sentais, mais comme d'habitude, je n'arrivais pas à savoir de quoi il s'agissait. Comme je n'étais pas sûre que cela ait la moindre importance, au fond, je renonçai à creuser le sujet.

— Maman, je ne me remettrai pas en couple avec Del. Je ne le supporte plus. Il me dégoûte. C'est physique.

Elle souleva de nouveau son verre et m'observa par-dessus.

— Tu ne vois pas beaucoup tes amies en ce moment.

— Mes amies sont des connasses.

— Samantha ! s'exclama-t-elle.

Elle me regardait comme si je brandissais un couteau vers elle.

Je réprimai un sourire.

— C'est la vérité. Tu peux toujours courir pour que je me réconcilie avec elle.

— Tu exagères. (Elle termina son verre, puis sourit. Cela ne fit rien pour réchauffer la beauté froide de son visage.) Tu as toujours eu tendance à exagérer.

— Ils m'appellent « Sam la cinglée » et insinuent que j'ai quelque chose à voir dans la mort de Cassie. Alors, non : je n'exagère pas.

Maman tressaillit. J'aurais peut-être dû lui annoncer ma dégringolade de l'échelle sociale avec plus de tact. Trop tard.

Elle ouvrit la bouche, mais sembla hésiter à me dire ce qu'elle pensait. Je profitai de l'un de ces rares moments où elle réfléchissait au lieu de boire parce que je l'avais encore déçue pour l'observer.

Je me crispai.

À l'instant où cette pensée s'était formée dans mon esprit, une sensation de déjà-vu ainsi qu'une bonne dose d'angoisse m'avaient assaillie. Manifestement, je m'étais déjà trouvée dans cette situation. Je ne voulais pas la décevoir, mais je ne savais pas comment m'y prendre, ni si une telle prouesse était seulement possible.

Des larmes me brûlèrent les yeux. Je vis alors qu'elle serrait le poing à s'en couper la circulation du sang. Ma gorge se noua.

— Je sais que tu es déçue…

— Non, ma chérie. Pas du tout.

Elle se leva et vint s'asseoir à côté de moi. Je ne relevai pas la tête. J'avais trop peur qu'elle soit en train de me mentir.

Puis, tout à coup, je compris. Sa déception n'était pas seulement dirigée vers moi, mais aussi vers elle-même. Je l'avais sans doute su avant cette nuit, sur la falaise.

— Je veux ce qu'il y a de mieux pour toi, ma chérie. C'est tout. (Elle s'interrompit pour écarter les cheveux qui tombaient devant mon visage.) Et je ne suis pas certaine que le chemin que tu empruntes soit le bon. Rompre avec Del, t'éloigner de tes amies…

— J'ai pris la bonne décision, maman.

Elle hésita.

— Tu passes beaucoup de temps avec Carson en ce moment, je me trompe ?

Devant mon regard assassin, elle retira aussitôt sa main.

— Et alors ?

— Son père fait le ménage dans le bureau du tien pour arrondir ses fins de mois, Samantha. C'est vraiment le copain que tu veux ?

— Je ne sors pas avec son père, à ce que je sache, rétorquai-je. (Cette discussion était grotesque.) Je ne sors même pas avec Carson.

— Mais il te plaît.

— Oui, il me plaît, maman, et je ne comprends pas pourquoi ça te pose un problème. Tu as bien épousé papa ! (Ses yeux s'arrondirent sous le coup de la surprise. J'avais visé juste.) Il n'avait pas d'argent, lui non plus.

— Ton père étudiait à Yale quand je l'ai rencontré. C'était différent.

— Pourquoi ? m'enquis-je. Étudiant ou non, il n'était pas riche. Et Carson entre à l'université de Pennsylvanie, l'année prochaine.

Elle ne répondit pas tout de suite. Quand elle le fit, son honnêteté me prit au dépourvu.

— Avec ton père, ça a été un coup de foudre.

Son regard se fit lointain. Le masque qu'elle portait constamment s'effrita. J'arrivais presque à imaginer la femme qu'elle avait été lorsqu'elle avait rencontré mon père.

— Nous nous sommes rencontrés par hasard, à l'occasion d'une fête. Il ne ressemblait à aucun homme que je connaissais. Comme il allait à une université aussi prestigieuse, j'ai cru qu'il... qu'il était comme moi. Quand la vérité a éclaté, mon père n'a pas été ravi. Avec le recul, j'aurais sans doute dû...

Ma mère regrettait-elle de ne pas avoir écouté son père ? Elle ne finit pas sa phrase, mais je savais que c'était ce qu'elle pensait. J'ignorais ce que je pouvais répondre à ça.

Elle prit une légère inspiration, puis secoua la tête.

— Tu mérites un homme capable de t'offrir le monde, un homme qui peut se débrouiller sans toi, surtout. Tu comprends ce que je veux dire ?

J'en avais l'impression, en tout cas.

— Mais l'argent ne fait pas tout, maman. Cela ne suffit pas à être heureux.

Elle allait répondre quand une porte grinça quelque part, dans la maison. Je reconnus le pas de mon père, rapide et lourd. À l'instant où il entra dans la pièce, les sourcils froncés et la mâchoire serrée, je sus qu'il s'était passé quelque chose de grave.

— Qu'y a-t-il, Steven ? demanda ma mère en se levant.

Elle avait retrouvé sa façade glaciale.

Papa la regarda, puis porta son attention sur moi. Ses cheveux étaient en bataille, comme s'il n'avait cessé d'y passer les mains, à l'image de ce jour où il était entré dans ma chambre d'hôpital.

— Joanna, je t'en prie. Ne panique pas. Tout va bien se passer. C'est uniquement la procédure.

Elle croisa ses bras fins sur sa poitrine.

— Ce n'est pas une entrée en matière très rassurante.

— Nous devons emmener Samantha au commissariat, dit-il en se tournant vers moi. (Malgré son sourire qui se voulait réconfortant, j'eus soudain la gorge très sèche.) L'inspecteur Ramirez aimerait te poser quelques questions. Lincoln est déjà là-bas. Il t'attend.

Mes oreilles bourdonnaient. Je n'entendais pas ce que maman disait. Lincoln était l'avocat de la famille.

Je déglutis et me levai, les jambes en coton.

— Papa, croassai-je.

Il vint se placer devant moi et posa doucement les mains sur mes épaules.

— Tout va bien. Ils veulent juste t'interroger.

— Mais ils l'ont déjà fait. Des tas de fois. Et je n'ai jamais eu à aller là-bas.

Je regardai derrière moi. Maman tâchait d'encaisser le choc, les doigts pressés contre ses tempes.

— Je ne veux pas la laisser y aller toute seule, dit-elle à ma grande surprise. Je vais...

— Non, l'interrompit papa en carrant les épaules. Reste ici. Je m'en occupe.

— Pourquoi est-ce que je dois aller au commissariat ? demandai-je.

Il tenta de nouveau de sourire.

— Parce qu'ils suivent le règlement à la lettre, ma puce. Il vaut mieux que nous donnions l'impression que nous n'avons rien à cacher.

— C'est la vérité, non ? Nous n'avons rien à cacher.

Lorsque Ramirez était venu ici, mon père avait refusé que je lui parle. Quelque chose avait changé.

La salle qui servait à l'interrogatoire n'avait rien à voir avec celles des séries télé. Il n'y avait pas de miroir sans tain. Il s'agissait d'une très petite pièce, sans la moindre décoration, avec pour seul mobilier une table et trois chaises.

Thomas Lincoln, avocat de renom, était assis à côté de moi. L'inspecteur Ramirez nous faisait face. Il avait un calepin devant lui et un stylo entre les doigts avec lequel il jouait. Je suivais ses mouvements du regard, comme hypnotisée. Mon avocat était en train d'examiner le mandat pour la perquisition de notre maison, qui avait lieu en ce moment même. Des policiers fouillaient les moindres recoins de notre foyer et dérangeaient la porcelaine hors de prix de ma mère.

Elle devait être à deux doigts de la syncope.

Tout comme moi. Papa était resté en dehors de la pièce. Il aurait pu m'accompagner, mais Lincoln le lui avait déconseillé.

Je n'arrêtais pas de penser aux messages que j'avais reçus. Ils étaient dans mon sac, à côté de moi. S'il décidait de le fouiller, comment pourrais-je expliquer leur existence ? « Ah oui, ça ? Je ne sais pas qui me les envoie, mais c'est bizarre, vous ne trouvez pas ? » Ça ne risquait pas d'arranger mon cas.

— Allez-vous lire ses droits à Samantha ? demanda Lincoln en s'adossant à sa chaise.

Ramirez tapa sur son calepin avec son stylo.

— Ce ne sera pas la peine. J'ai seulement quelques questions à poser à Mlle Franco. Sauf si, bien sûr, elle avoue quelque chose.

L'espoir naquit de nouveau dans ma poitrine.

— Je vois. Vous vouliez simplement l'éloigner de la maison pendant que vous la fouillez, dit Lincoln. Comme ça, si vous trouvez la moindre preuve l'accablant, elle sera déjà sur place.

Mon espoir s'envola en fumée.

L'inspecteur ne répondit pas. Il posa ses yeux sombres et fatigués sur moi. Il y avait sans doute rarement des adolescents accusés de meurtre dans les parages. La situation devait être pesante pour lui.

— Avant que je me lance dans mes questions, est-ce que des souvenirs te sont revenus depuis notre dernière conversation ?

Ramirez se moquait probablement que mon expetit ami et mes amis étaient des abrutis.

— Rien, lui répondis-je.

Ce n'était pas vraiment un mensonge. Les souvenirs qui m'étaient revenus n'étaient pas concrets. Je les comprenais à peine moi-même.

— Mais j'essaie de me souvenir. Je suis allée chez Cassie…

Lincoln me toucha le bras.

— Samantha, tu n'es pas obligée de lui dire ça.

Je m'adossai à mon siège en croisant les bras.

Ramirez toisa l'avocat. Ses narines se gonflèrent comme s'il avait senti une mauvaise odeur.

— Vous pouvez continuer, si vous le voulez, mademoiselle Franco.

— Je vous conseille de ne pas le faire, insista Lincoln.

Un peu perdue, je regardai les deux hommes tour à tour.

— Ce n'est pas très important. Je suis allée chez Cassie une fois. Je me suis également rendue au lac et à la falaise.

À côté de moi, Lincoln se crispa. Je ne comprenais pas pourquoi. Je n'avais rien fait de mal.

— J'espérais que des souvenirs remonteraient à la surface, mais ça n'a pas été le cas.

— Comment avez-vous eu cette idée ? demanda Ramirez.

— La psychologue de mon lycée m'a conseillé de m'entourer de choses familières, mais ça ne fonctionne pas.

— Intéressant, murmura-t-il. Vous y êtes allée seule ?

Je me renfermai.

— Je suis allée au lac toute seule.

— C'est là que vous avez eu un accident de voiture ? (J'opinai et il nota quelque chose sur son calepin.) Et les autres fois, vous étiez seule ?

L'envie de mentir pour protéger Carson était irrationnelle, mais je ne voulais pas l'impliquer dans cette affaire. Malheureusement, le grand-père de Cassie l'avait vu.

— Un ami m'a accompagnée chez Cassie et à la falaise.

— De qui s'agit-il ?

Je me rongeai les ongles.

— Carson Ortiz.

Il hocha la tête. Je fus incapable de déterminer ce que cela signifiait.

— Vous avez autre chose à me dire ?

Je jetai un coup d'œil à Lincoln, qui avait l'air de mourir d'envie de me bâillonner.

— Non.

— Très bien, fit Ramirez avec un sourire dénué de chaleur. J'aimerais vous poser quelques questions et vous demander votre opinion sur une ou deux choses. Puis, quand mes agents reviendront, vous serez libre de rentrer chez vous. Ça vous va ?

L'estomac noué, j'acquiesçai.

— Nous avons reçu le rapport d'autopsie de Cassie. (Il remarqua le frisson qui me parcourut à son annonce, puis poursuivit :) L'examen de toxicologie a révélé qu'elle prenait des antidépresseurs. Il y avait également des traces de phentermine dans son sang.

— De phentermine ? répétai-je.

— Des pilules coupe-faim, m'expliqua Lincoln en remettant en place sa chemise sur son ventre rebondi. Peu d'adolescents connaissent ce terme et comme vous le savez parfaitement, ma cliente souffre d'amnésie dissociative. Je ne comprends pas où vous voulez en venir.

— J'en ai conscience. J'espérais simplement que cela lui parlerait, répondit Ramirez.

L'inflexion de sa voix me disait qu'il n'était pas entièrement convaincu que j'avais perdu la mémoire. Quand il reprit la parole, je sus que j'avais vu juste.

— À ce propos, j'ai fait des recherches sur cet... état. Il semblerait que certaines personnes jouent simplement la comédie.

Ses accusations me laissèrent bouche bée.

— Je ne joue pas la comédie !

Lincoln me serra le bras pour me faire taire.

— Inspecteur Ramirez, nous avons accepté de venir ici pour répondre à vos questions. Si vous vous entêtez à remettre en cause la condition médicale de Samantha, condition qui a été attestée par plusieurs docteurs, cet entretien est terminé.

— Je n'ai en aucun cas suggéré qu'elle jouait la comédie. Je soulignais simplement que ça s'était déjà vu, dit-il. (Sa petite manœuvre ne trompait personne, mais peu importait.) Poser ces questions ne peut pas faire de mal, pas quand une jeune femme a été assassinée.

Je me redressai.

— Alors, c'était bien un meurtre ? Ce n'était pas un accident ?

L'inspecteur me jeta un regard indéchiffrable avant de se pencher en avant, un coude sur la table, son stylo toujours à la main.

— Non, ce n'était pas un accident. L'autopsie a prouvé le contraire.

La pièce se mit à tourner autour de moi. Je fermai les yeux. Chaque inspiration était douloureuse. *Assassinée*. Cette fois, il n'y avait plus de doute. Elle avait été tuée.

— Je veux savoir ce qui s'est passé, affirmai-je d'un filet de voix éraillé.

La main de l'avocat sur mon bras tressaillit.

— Samantha, je ne suis pas certain que ce soit une bonne idée.

Lorsque je rouvris les yeux, les deux hommes me scrutaient. La partie la plus sensible de ma personnalité aurait préféré ne pas savoir, mais je la repoussai au fin fond de mon esprit.

— Il faut que je sache.

Il y eut un blanc.

— L'autopsie a montré qu'il n'y avait pas d'eau dans ses poumons. Elle ne s'est pas noyée.

Un certain soulagement m'envahit. Une mort par noyade aurait été terrible.

— Alors que s'est-il passé ?

— D'après les résultats, il semblerait que Cassie soit décédée des suites d'un choc au niveau du crâne. Elle était morte avant de se retrouver dans le lac.

Ramirez tapota la table avec son stylo sans me lâcher du regard, guettant la moindre de mes réactions.

— Elle aurait pu tomber, non ? suggérai-je.

Je jetai un coup d'œil à Lincoln. Avec ses joues rouges, il paraissait à la limite de l'apoplexie.

Le stylo de Ramirez se figea.

— La division criminelle a enquêté sur place. Elle n'aurait pas pu se retrouver dans le lac sans avoir sauté ou sans avoir été poussée ou… jetée. Il est peu probable qu'elle soit tombée le long de la falaise et ait roulé jusqu'à la cascade.

— C'est ce que je pensais aussi, dis-je d'une voix rauque.

Bon sang. Qui aurait cru qu'avoir raison pouvait être aussi affreux ?

— Samantha, intervint Lincoln. Je me permets d'insister. Arrêtez de parler.

L'inspecteur s'engagea dans la brèche.

— Qu'est-ce que vous voulez dire par « c'est ce que je pensais » ?

Lincoln souffla.

— Ne répondez pas à ça.

Je ne lui accordai pas la moindre attention.

— Simplement que lorsque je suis allée là-bas, je me suis dit que ce serait difficile de tomber dans le lac sans avoir été… poussé. Moi, j'ai dû tomber parce que j'ai le souvenir d'avoir grimpé quelque chose.

— Je croyais que vous ne vous souveniez de rien ? rétorqua l'inspecteur d'un ton acerbe.

Je serrai les dents, comprenant que cela pouvait paraître suspect.

— Ce n'est pas un souvenir très clair, seulement des flashs, une sensation. Je ne suis même pas sûre que ce soit réel.

Il me dévisagea un long moment.

— Ce souvenir où vous grimpez, vous pensez qu'il s'agit de la falaise ?

— Je crois. (Je baissai les yeux.) Je ne me souviens vraiment de rien d'autre.

Rien d'autre qui fasse sens, en tout cas. Lorsque je relevai la tête, je croisai son regard intense.

— Et je le regrette, ajoutai-je. Personne ne veut savoir ce qui s'est passé cette nuit-là plus que moi.

— À part sa mère, me corrigea-t-il en s'adossant à son siège.

Son regard sombre se posa sur l'avocat.

— Il est clair que vous vous trouviez toutes les deux au sommet de cette falaise. C'est un fait établi. L'une d'entre vous a survécu. L'autre est décédée. Il ne nous manque la réponse qu'à une seule question : y avait-il une troisième personne avec vous, mademoiselle Franco ?

Je ne m'étais pas rendu compte que j'avais bloqué ma respiration jusqu'à ce que le manque d'oxygène se fasse sentir.

— Je n'en sais rien.

Quand je rentrai chez moi, je trouvai ma chambre sens dessus dessous. Savoir que des inconnus avaient fouillé mes sous-vêtements m'horrifiait. Je me sentais humiliée. Tout avait été passé au peigne fin. Même mon lit. Que pensaient-ils y trouver ? Mon ordinateur portable avait disparu. Ils l'avaient emporté. D'après l'inspecteur Ramirez, ils me le rendraient la semaine suivante.

J'espérais sincèrement ne pas souffrir d'une dépendance au porno que j'aurais oubliée.

Je passai une grande partie de la soirée à ranger. Il faut dire que la présence de ma mère, constamment dans mes pattes, ne m'aidait pas. Très pâle, visiblement choquée, elle me laissa seule un instant mais ne tarda pas à revenir avec un sandwich qu'elle venait de préparer. Cette attention me surprit autant qu'elle me terrifia. Il était clair qu'à cet instant elle se moquait de l'image que toute cette situation renvoyait à ses amis arrogants.

Elle s'inquiétait pour moi.

Ce n'était pas rassurant, car cela renforçait l'idée que je devais me faire du souci. L'interrogatoire, euh, les questions avaient rapidement pris une mauvaise tournure. Ramirez m'avait demandé qui était la troisième personne qui s'était trouvée avec nous ce soir-là. Il avait répété les mêmes questions de façons différentes dans l'espoir de me pousser à commettre une erreur. Il était clair qu'il croyait que je jouais la comédie ou, au moins, que je ne lui disais pas tout.

Lincoln avait sorti la grosse artillerie d'avocat. Il voulait des preuves. L'inspecteur Ramirez lui avait réexpliqué la situation. J'étais la dernière personne à avoir vu Cassie. Ma « perte de mémoire » était ma seule défense, la seule chose qui « entravait la justice ». Les éléments dont disposait la police n'étaient que des preuves indirectes. Malheureusement, des gens avaient été jugés coupables pour moins que ça. Lincoln nous avait dit à mon père et moi que cela n'irait pas jusque-là. Je voulais le croire, mais ma paranoïa avait atteint de nouveaux sommets.

« L'une d'entre vous a survécu. L'autre est décédée. »

J'arpentai ma chambre jusqu'à une heure tardive et lorsque je me décidai enfin à me glisser dans mon lit, je n'étais plus qu'une boule de nerfs. Trempée de sueur et rongée par l'angoisse, je remontai les couvertures par-dessus ma tête comme une enfant. Là, dans la sécurité de mon cocon douillet, je parvins à faire le point.

Cassie avait été assassinée. On lui avait fracassé le crâne avant de jeter son corps du haut de la falaise. Ou peut-être que sa chute l'avait tuée. En tout cas, une chose était sûre : on l'avait poussée. Rien n'indiquait qu'elle aurait pu sauter d'elle-même et, de toute évidence, la police avait écarté le suicide. Pas d'eau dans les poumons. Ce qui ne laissait que deux scénarios possibles : soit je l'avais frappée avec quelque chose avant de la pousser et de tomber à mon tour dans la manœuvre, soit une autre personne était là ce soir-là et était responsable de tout. Il ou elle aurait pu attaquer Cassie, la pousser dans le vide puis faire de même avec moi. Ou du moins essayer.

« L'une d'entre vous a survécu. L'autre est décédée. »

Je me sentais plus proche de Cassie que jamais. Nous étions liées par le secret de cette nuit, par ce souvenir qui se dérobait à moi.

Au bout d'un moment, je réussis à m'endormir. Je rêvai de la falaise, de Cassie et d'une troisième personne qui se tenait toujours hors de mon champ de vision pour me cacher son identité. Lorsque je me réveillai, en sueur, les couvertures étaient enroulées autour de mes hanches et des larmes étaient accrochées à mes cils.

Plusieurs minutes s'écoulèrent. Je gardai les paupières résolument fermées. Je tentai de compter jusqu'à cent, mais m'arrêtai à vingt quand je sentis de la chair de poule sur ma peau. Un frisson me parcourut. Quelque chose clochait.

Mon corps tout entier s'était raidi. J'expirai lentement par la bouche. Il y avait quelqu'un dans ma chambre. Je le sentais dans toutes les cellules de mon être. Je restai immobile, trop effrayée pour ouvrir les yeux.

Un souffle glacé caressa mon front, puis ma joue.

Je déglutis et ouvris les yeux sans le vouloir. Alors, un cri me déchira la gorge. Je n'étais pas seule.

20

Il était penché sur moi, enveloppé par l'obscurité. Je ne voyais que son torse, mais je sentais son souffle sur ma peau. J'étais incapable de bouger. Je ne pouvais que crier tandis qu'il s'écartait. *Lève-toi ! Frappe-le ! Enfuis-toi !* Mon cerveau m'envoyait des ordres, mais mon corps refusait de lui obéir.

Il était toujours là. Une main froide glissa le long de mon cou, trouva mon pouls.

— Samantha, dit une voix rauque qui me sembla familière. Cela n'aurait jamais dû se passer comme ça.

Puis la lumière inonda la pièce et m'aveugla. Je me rendis compte que je pouvais bouger. Je me redressai d'un bond alors que des cris à glacer le sang continuaient de sortir de ma bouche. Quand des bras se refermèrent autour de moi, mes hurlements se firent encore plus aigus.

— Chut, Sam. Tout va bien. Tu vas bien. Chut. Calme-toi.

Il me fallut quelques minutes pour reconnaître la voix qui me parlait et les bras qui me serraient. L'image de cet homme penché au-dessus de moi était gravée sur ma rétine ; je sentais encore son souffle froid et ses doigts glacés contre mon pouls. Je tremblais. Les paroles apaisantes que l'on me murmurait ne me calmaient pas.

D'autres voix s'élevèrent. Celles de mon père, puis de ma mère. C'était Scott qui me serrait dans ses bras et qui essayait de me faire revenir à moi.

— Que se passe-t-il ? demanda papa, un pistolet noir dans la main.

Maman s'assit à côté de Scott et posa une main dans mon dos.

— Samantha, mon bébé. Parle-nous.

Je ne réussis pas tout de suite à former une phrase cohérente. Je dus réessayer plusieurs fois.

— Il était là, dans ma chambre, penché sur moi ! Je me suis réveillée et il était là.

— Qui ? demanda Scott en reculant pour me regarder dans les yeux. De qui parles-tu, Sam ?

Papa se précipita vers les fenêtres de la chambre et inspecta les verrous pendant que je me concentrais sur le visage de mon frère.

— Je n'en sais rien, mais c'était lui. C'était *lui*.

Scott fronça les sourcils.

— C'était Del ?

— Ne sois pas ridicule, rétorqua maman en me tapotant le dos. Il ne lui aurait jamais fait peur comme ça.

Je m'extirpai de l'étreinte de Scott.

— Je n'ai pas vu son visage. Il a dû sortir par la fenêtre.

Le teint livide, mon père baissa son arme.

— Oh, Samantha…

— Quoi ? demandai-je d'une voix aiguë. Il était là ! Il se tenait à côté du lit. Il m'a touchée.

Maman se leva et resserra la ceinture de son négligé de soie. Elle croisa le regard de mon père.

— Il ne faut pas attendre plus longtemps, Steven. Il faut qu'elle voie un docteur.

Je me rejetai contre la tête de lit et enfonçai mes doigts dans ma couette de frustration. De quoi parlaient-ils ? Un docteur était le cadet de nos soucis ! Un homme était entré dans ma chambre.

— Elle va bien. Ce n'était qu'un cauchemar, dit Scott en se précipitant à ma rescousse. Pas la peine de sortir la camisole de force.

— Quoi ? m'écriai-je.

Une camisole de force ? Mon cœur s'emballa.

— Scott, soupira ma mère. Va dans ta chambre.

Il ne lui obéit pas.

Papa s'assit de l'autre côté et me prit la main.

— Ma puce, les fenêtres et les portes du balcon sont verrouillées de l'intérieur. L'alarme est allumée. Elle ne s'est pas déclenchée.

— Non. Non ! Il y avait quelqu'un dans ma chambre. (Je retirai ma main de la sienne et m'éloignai de lui.) Vous devez me croire. J'étais réveillée. Il se tenait au-dessus de moi.

Il secoua la tête, le regard triste et las.

— Il n'y avait personne. Tu as rêvé ou…

— Ou j'ai des hallucinations, c'est ça ? Comme l'homme sur la banquette arrière ? hurlai-je. (La terreur s'était dissipée, remplacée par la rage.) C'est ce que tu penses ?

Maman s'essuya le visage. C'était la première fois que je la voyais pleurer. Pourtant, ses larmes me révoltaient.

— Tu as eu une soirée stressante, ma chérie. Personne ne te juge. Tu as simplement besoin…

— Je n'ai pas besoin d'aide !

Bon, d'accord, ce n'était pas tout à fait vrai. Malgré tout, je me faufilai sous le bras de Scott qui essaya de me rattraper, en vain. Je pouvais être rapide quand je le voulais. Peut-être que certaines choses que je voyais n'étaient pas réelles, mais *ça*… ça, c'était réel.

— Tu ferais mieux de t'asseoir, me suggéra mon père en se levant à son tour. On en parlera demain matin.

Sans lui prêter la moindre attention, je sortis mon sac de sous le bureau et vidai son contenu sur le lit. Parmi mes livres, mes cahiers d'école et mes stylos, quatre morceaux de papier jaunes tombèrent sur le lit. Il ne manquait que celui que j'avais trouvé dans la voiture.

— Qu'est-ce que tu fais ? demanda Scott.

En voyant les notes, il écarquilla les yeux.

Une pensée terrible me traversa l'esprit. Et si Scott en était l'auteur ? Je l'observai attentivement. Il détestait Cassie, mais... Non. C'était impossible.

J'étalai les morceaux de papier sur le lit.

— Tenez ! Voilà ! Je n'arrête pas de recevoir des messages. Quelqu'un essaie de me parler, de me mettre en garde.

Ma mère s'approcha et se pencha par-dessus mon épaule. Elle porta une main à la bouche avant de se détourner. Ses épaules tremblaient.

— Qu'est-ce que c'est que ça ? (Papa attrapa un mot, celui sur lequel était écrit : « Ne regarde pas en arrière. Tu n'aimerais pas ce que tu trouverais. ») Seigneur.

— Vous voyez !

J'étais à deux doigts de sauter en tapant dans mes mains. Ces notes étaient la seule manière pour moi de prouver que je n'étais pas folle.

— Ça montre que quelqu'un est au courant de ce qui s'est passé. Peut-être que la personne qui me laisse ces messages est celle qui était avec nous ce soir-là.

Mon père referma les doigts sur le morceau de papier déjà froissé.

— Pourquoi n'es-tu pas venue nous voir quand tu as reçu le premier ?

— Je...

Je jetai un coup d'œil nerveux à Scott, qui passa la main dans ses cheveux ébouriffés et baissa la tête.

Papa darda sur lui un regard furieux. La veine à sa tempe menaçait de se rompre.

— Tu étais au courant ? Tu le savais et tu ne m'as rien dit ?

— Ce n'est pas sa faute, le défendis-je. De toute façon, ce n'est pas le problème. Quelqu'un s'est introduit ici, a laissé des messages sur mon lit, dans mon casier au lycée et dans mon sac de cours.

— J'appelle le docteur dès demain, déclara maman en frottant la peau autour de son cou jusqu'à ce qu'elle soit rouge. Ça a assez duré.

Je levai les mains au ciel.

— Très bien ! Appelle-le ! On peut se concentrer sur les choses importantes, maintenant ?

Scott redressa la tête avec un air navré.

— J'aurais dû t'en parler quand tu m'as montré le premier mot, mais je ne... je ne voulais pas te blesser. Excuse-moi.

L'appréhension m'envahit.

— Qu'est-ce que tu veux dire ?

— Ces messages... Ils ont tous été rédigés sur le même papier. C'est ton écriture. Ton écriture de quand tu étais enfant, répondit-il en jetant un coup d'œil à maman. C'est toi, l'auteur de ces mots, Sam.

Je refusais d'y croire.

— Non. Impossible. Ce n'est pas moi.

— Attends une minute.

Il se leva et sortit de la pièce.

Je lançai à mon père un regard implorant.

— Ce n'est pas moi, papa. Je ne suis pas folle. Je ne peux pas être l'auteur de ces messages. Je me rappellerais les avoir écrits.

Il m'offrit un maigre sourire.

— Je sais. Tu n'es pas folle.

Malheureusement, ses yeux me disaient autre chose. Incrédule, je me laissai tomber sur mon lit jusqu'à ce que Scott revienne dans la chambre avec une feuille de papier verte pliée en deux à la main.

— C'est une carte d'anniversaire que tu as fabriquée pour moi pour nos sept ans. (Il s'assit à côté de moi et l'ouvrit.) Tu vois ? demanda-t-il en désignant un bonhomme bâton avec de longs cheveux. Ça, c'est toi, et là, c'est moi.

Le deuxième bonhomme avait des taches de rousseur.

Je n'avais absolument aucun talent artistique.

Scott laissa échapper un soupir tremblant avant de se saisir d'un message et de le placer à côté des vœux d'anniversaire.

— Regarde, Sam.

Je vis aussitôt la ressemblance. Mon monde s'écroula davantage. J'ouvris la bouche, mais aucun son n'en sortit. L'écriture d'enfant sur la carte était la même que celle des notes, y compris le N majuscule un peu grossier.

C'était mon écriture.

— Non, murmurai-je, les yeux embués de larmes. Non. Je ne comprends pas. Je ne me rappelle pas avoir écrit ça. Ça n'a aucun sens.

Scott replia la carte. Quand il releva la tête, il me parut soudain très jeune.

— Je suis désolé.

— Arrête de dire ça ! m'écriai-je. S'il te plaît. Je ne suis pas... Je ne suis pas folle.

Ma mère se précipita vers moi et prit mon visage entre ses mains. Il n'y avait aucune trace de sommeil ni d'alcool dans son regard.

— On le sait, ma chérie. C'est simplement le stress. On va te trouver de l'aide.

Mes yeux se posèrent derrière elle, sur mon père.

— Et toi, tu crois que je suis folle ? demandai-je d'une voix fêlée.

— Non, assura-t-il, le regard fuyant. Pas du tout, ma puce. Pas du tout.

Des larmes coulaient sur mon visage. Quelqu'un, j'ignorais de qui il s'agissait, m'étreignit. Je ne sentais plus rien. Plus rien du tout. Leurs visages se mélangeaient. C'était officiel. Je voyais des choses, j'entendais des voix, je m'écrivais des messages sans m'en souvenir… J'étais folle.

Le lendemain matin, je me levai et me préparai pour le lycée en faisant semblant de ne pas souffrir de schizophrénie sévère. Papa n'était pas encore parti travailler. Une tasse de café à la main, il m'annonça qu'il viendrait me chercher à l'école dans l'après-midi, avant la dernière heure de cours.

Il s'était à peine écoulé dix heures depuis l'incident et ils m'avaient déjà trouvé un psychiatre, un vrai cette fois.

Quand je montai dans sa voiture, Scott resta silencieux. Ce ne fut qu'à mi-chemin de la maison de Carson qu'il prit la parole.

— Je suis désolé. J'aurais dû t'en parler avant, mais…

— Ce n'est pas grave, répondis-je d'une voix sans émotion. (Je regardais le paysage défiler par la fenêtre. Je me sentais toujours engourdie, glacée de l'intérieur, sans vie.) C'est moi qui devrais m'excuser. Ce n'est pas ta faute si ta sœur est dingue.

— Tu n'es pas dingue. (Il me prit la main et la serra.) Tout finira par s'arranger.

Je hochai la tête machinalement, mais en toute franchise, je ne pensais pas que mon état pouvait s'améliorer.

Scott me lâcha et on continua le trajet jusqu'à la maison de Carson. Le simple fait de penser à la réaction de Carson s'il apprenait la vérité à mon sujet me brisait le cœur. Les deux garçons parlèrent d'un match qui avait été diffusé à la télévision la veille pendant que je gardais les yeux rivés à la fenêtre et essayais de ne pas pleurer.

Tout à coup, Carson posa le menton sur mon siège, au niveau de mon épaule. Il saisit une mèche de cheveux entre ses doigts et tira doucement dessus.

— Tu es bien silencieuse ce matin.

Scott me regarda en coin. Son regard contenait un message silencieux, mais j'étais bien incapable de le déchiffrer. Je m'efforçai de sourire.

— Ça va. Je suis fatiguée, c'est tout.

Carson accepta ma réponse et passa à autre chose. Malgré tout, quand on se sépara tous les trois pour rejoindre nos salles de classe respectives, il m'observa un long moment, comme pour vérifier mes dires.

Je passai la grande majorité de la matinée à détruire ce qui restait des ongles de ma main droite. Une horloge géante pendait au-dessus de ma tête. Elle égrenait les minutes qui me séparaient de la folie complète, de mon arrestation pour le meurtre de ma meilleure amie ou du moment où le véritable coupable me réduirait au silence avant que j'aie eu l'occasion de découvrir son identité.

Je ne me faisais aucune illusion. Dans mon histoire, il n'y avait pas de fin heureuse.

Avais-je essayé de me mettre en garde contre certaines choses en m'écrivant ces messages ? Je n'arrivais pas à savoir si j'étais coupable ou innocente, mais dans tous les scénarios, j'étais folle à lier.

Comme si cela ne suffisait pas, l'inspecteur Ramirez était revenu au lycée avec un autre policier pour poser de nouvelles questions. Veronica et Candy avaient été appelées chacune leur tour durant le cours d'anglais. En biologie, Carson me confirma qu'il avait lui aussi été interrogé.

— C'est clairement une enquête pour meurtre, dit-il, la tête baissée vers moi pour que personne ne l'entende. Les questions allaient dans ce sens. Ils m'ont demandé si je savais qui aurait pu lui vouloir du mal. Ils m'ont même posé des questions sur toi, si tu avais des ennemis.

Savoir que quelqu'un posait ces questions me donnait l'impression d'être disséquée, comme si on m'avait ouverte en deux et exposée à la vue de tous.

— Ils m'ont interrogée hier soir, admis-je en serrant mon stylo.

— Je m'en suis douté. Ils m'ont parlé de la maison de Cassie et de la falaise.

— Pardon. (Incapable de le regarder dans les yeux, je me concentrai sur mon livre.) Je ne voulais pas t'impliquer.

— Ce n'est pas grave. (Il trouva mon autre main sous la table et entrelaça nos doigts.) Je ne t'en veux pas. On n'a rien fait de mal.

La sensation de sa peau contre la mienne faisait remonter de délicieux frissons le long de mon bras. Je me demandais s'il voudrait toujours me tenir la main s'il apprenait la vérité. M'appellerait-il Sam la cinglée comme les autres ? Les larmes me brûlèrent les yeux.

Quand le professeur commença la leçon, Carson bougea sa main de façon à tracer des symboles sur ma paume avec son pouce. Comme si je n'étais pas déjà assez distraite. Je sursautai plusieurs fois et fis grincer ma chaise sur le sol, en particulier lorsqu'il touchait le centre de ma main. Carson rit doucement. Nos deux camarades devant nous n'arrêtaient pas de se retourner pour voir ce qui se passait.

À la fin du cours, j'avais les joues enflammées et les nerfs à fleur de peau pour plusieurs raisons, l'une d'entre elles étant que Carson n'avait toujours pas lâché ma main.

Dans le couloir, il me pressa contre le mur et se baissa vers moi pour me regarder dans les yeux.

— J'ai envie de te voir après mon entraînement.

Mon cœur fit la danse de la joie, mais je secouai la tête.

— Je ne sais pas... si c'est une bonne idée.

Il esquissa un sourire en coin.

— Je veux juste passer du temps avec toi. C'est tout, Sam.

Je rougis.

— Je sais, mais...

— Mais quoi ? (Son sourire s'élargit.) Tu as envie de collectionner les conquêtes, maintenant que tu es célibataire ? Réfléchir aux différentes options ?

Je levai les yeux au ciel en riant.

— Pas du tout.

— Tant mieux.

Il se rapprocha encore. Nos chaussures se touchèrent. Tous les regards étaient fixés sur nous, mais ça m'était égal. Je ne voyais que ses yeux.

— Sinon, je serais déçu. Retrouve-moi à 20 heures. La cabane dans l'arbre est un endroit assez clandestin pour toi ?

J'aurais dû refuser.

— D'accord.

Mon psychiatre était un vieil homme qui sentait le tabac pour pipe et portait des lunettes carrées à montures épaisses qui, je crois, étaient censées être tendance. Il avait les cheveux gris-argenté et une barbe que je n'arrêtais pas de fixer. Des diplômes et des prix étaient accrochés aux murs. Il y avait également des photos de lui à la chasse, tenant un renne par ses bois, ou sur un yacht, en pleine pêche en haute mer.

Il ne me posa que très peu de questions. Toutes visaient à me faire parler de mes sentiments, de mes inquiétudes, mais surtout de ce que j'éprouvais avant de me souvenir de quelque chose ou de découvrir un message que je m'étais écrit.

Il tenait un petit carnet, mais à la façon dont son stylo bougeait, je n'avais pas l'impression qu'il écrivait. Il avait plutôt l'air de gribouiller.

La séance dura exactement trente-trois minutes.

Je quittai le bureau et remontai dans la voiture de mon père en serrant des feuilles de papier contre ma poitrine. Mon père ne démarra pas en trombe pour mettre le plus de distance possible entre le cabinet du psy et nous, comme ma mère l'aurait fait. Il m'observa attentivement.

— Alors ? Que t'a dit le Dr O'Connell ?

— Bonne nouvelle ! Je ne suis pas schizophrène.

Il haussa un sourcil.

Je soupirai et lui tendis mon ordonnance pour de la buspirone.

— Il m'a dit que je souffrais d'un trouble de l'anxiété sévère et de stress post-traumatique, ou un truc dans le genre. Les médicaments devraient faire effet d'ici deux semaines. Il m'a aussi donné du… (Je lui montrai la deuxième ordonnance.) Temesta. Je suis censée le prendre en cas de crise d'angoisse. Il pense que c'est ce qui se passe quand je vois... l'homme de l'ombre.

— L'homme de l'ombre ?

— Ouais, j'ai donné un surnom au type que je vois, mais qui n'est pas vraiment là. (Je m'interrompis en repensant à ce que le psychiatre m'avait dit à son propos.) Il pense que l'homme de l'ombre est peut-être un souvenir de cette nuit-là et que je me protège en gommant son visage. À moins qu'il ne s'agisse d'hallucinations dues au stress.

C'était un problème épineux. Si cet homme faisait partie de ma mémoire, ces médicaments m'empêcheraient d'apprendre la vérité à son sujet. J'étais tiraillée entre l'envie de les prendre pour redevenir normale et le besoin de me rappeler ce qui s'était passé cette nuit-là.

— D'accord, dit-il en me prenant le papier des mains. Et combien de temps est-ce que ça met à agir quand tu...

— Quand je commence à voir ou à entendre des choses ? (Je me sentis mal pour lui lorsque je le vis grimacer et détourner le regard.) Environ trente minutes. Après, je serai complètement shootée, heureuse comme jamais.

— Samantha...

— Tout va bien.

Ce n'était pas vrai. J'avais une boule dans la gorge à l'idée de prendre des médicaments.

— En revanche, le docteur ne m'a pas dit combien de temps je devrai suivre ce traitement.

— Qu'est-ce qu'il a dit au sujet des messages ?

Je regardai la pluie tomber doucement sur le pare-brise avant de répondre.

— Que c'était sans doute mon subconscient qui essayait d'entrer en contact avec moi, ricanai-je.

Le psychiatre m'avait demandé ce que je ressentais avant de trouver un message, si je me souvenais de ce que je faisais juste avant. Je me rendis compte qu'à chaque fois, la tête m'avait tourné et un souvenir m'était revenu. Apparemment, j'avais écrit les notes à ce moment-là. Il m'avait également dit que pendant que j'écrivais, je me souvenais peut-être de tout, mais qu'après, mes blocages se remettaient en place.

Je soupirai.

— J'ai l'impression qu'un extraterrestre vit à l'intérieur de mon corps. Il n'est pas sûr que ce comportement cesse avec les médicaments.

Il agrippa le volant.

— Et tes souvenirs ?

Je haussai les épaules.

— Ils peuvent revenir, comme disparaître à jamais. Dans tous les cas, les pilules peuvent avoir des effets dessus.

Papa plaça les ordonnances dans la poche avant de sa veste de costume.

— Je te dépose à la maison et je m'en occupe.

— Merci. (J'attachai ma ceinture.) Papa…

— Tu n'as pas à avoir honte, ma puce. D'accord ? Je ne veux pas que tu penses que quelque chose cloche chez toi.

— Mais quelque chose cloche, pourtant, répondis-je d'une voix sèche. Les hallucinations, les crises d'angoisse, tout ça, tu as déjà oublié ?

— Tu sais très bien ce que je veux dire. (Il démarra et sortit avec prudence de la place de parking.) Je veux juste que tu ailles mieux.

— Moi aussi.

Quand il me regarda, je vis la tristesse qui assombrissait ses yeux et mon cœur se serra. Il s'arrêta à la sortie du parking et posa la main sur ma joue.

— Je regrette tellement…

— Quoi, papa ?

Un maigre sourire étira ses lèvres, puis il retira sa main et s'engagea sur la route.

— Je regrette que tu aies à traverser tout ça.

La tête appuyée contre mon siège, je fermai les yeux et écoutai la pluie qui tombait sur le toit.

— Je sais.

21

À 19 h 50, je déposai mes tubes de médicaments dans le placard de la salle de bains sans les avoir ouverts, puis attrapai mon sweat à capuche. J'étais censée prendre la buspirone pendant le dîner, mais j'ignorais quels seraient ses effets et je voulais parler à Carson sans être shootée. Je devais lui avouer la vérité avant que notre relation évolue.

Je sortis par le sous-sol après avoir prévenu Scott que j'allais rejoindre Carson. Il couvrirait mes arrières si nos parents me cherchaient.

Les mains fourrées dans la poche de mon sweat, je suivis les rayons du clair de lune qui semblaient mener jusqu'au bord de la pelouse. Ensuite, j'empruntai le sentier et réfléchis à la façon dont j'allais annoncer à Carson que j'étais folle.

En me voyant approcher, il passa la tête hors de la cabane. Il avait sa casquette sur la tête, à l'envers.

— Monte !

Malgré tout ce qui se passait, je souris et escaladai les planches en bois. Quand j'arrivai en haut de l'échelle de fortune, il m'attrapa la main et me tira à travers l'ouverture.

— Merci, lui dis-je en regardant la pièce carrée construite pour des enfants bien plus jeunes que nous.

Une couverture épaisse était étendue sur le sol. Je la rejoignis à quatre pattes et m'assis dessus. Carson s'installa à côté de moi, les jambes tendues devant lui.

— C'est une bonne idée, murmurai-je.

Il sourit, visiblement fier de lui.

— Je me suis dit que ce serait plus confortable.

La gorge sèche, je nouai mes mains ensemble. Par quoi commencer ? Il n'y avait pas de mode d'emploi pour ce genre de choses.

Carson me donna un léger coup d'épaule.

— Je voulais te demander un truc.

— D'accord.

Mes doigts s'enfoncèrent dans mes paumes.

— J'avais une idée derrière la tête en te donnant rendez-vous ici, loin de ton frère.

Mon cœur se mit à battre plus fort.

— Ah ?

Il hocha la tête.

— Tu sais ce qu'il y a dans trois semaines ?

— Euh... C'est la fin du mois d'avril ?

— Oui. Et le bal de promo.

Je le dévisageai.

Il éclata de rire sans me quitter des yeux.

— Ça a l'air de te choquer.

— C'est juste que... je n'y pensais plus du tout.

— Je m'en doutais. (Il s'approcha. Sa jambe était entièrement pressée contre la mienne.) Je sais qu'il se passe beaucoup de choses dans ta vie en ce moment et qu'aller au bal peut paraître ridicule à côté, mais je crois que ça te ferait du bien.

— Tu penses ?

— Oui. Et il y a autre chose qui te ferait du bien.

Plusieurs idées me venaient à l'esprit. Je sondai son regard, regrettant pour la millième fois de l'avoir snobé pendant toutes ses années.

— Quoi ?

Carson recoiffa une mèche de mes cheveux derrière mon oreille. Sa main s'attarda contre ma joue.

— Que je t'y emmène.

J'en restai sans voix. Un déferlement d'images défila soudain très vite dans mon esprit. Je revis toutes les fois où l'on m'avait proposé d'aller au bal : des jeux de piste, une carte dans un bouquet de roses, une énorme bannière étalée sur le terrain de base-ball. Des demandes très travaillées. Pourtant, la proposition de Carson dans cette cabane en haut d'un arbre était celle qui me touchait le plus.

— D'habitude, reprit Carson, j'arrive à savoir ce que les gens pensent en fonction de leur expression, mais avec toi, je nage dans le brouillard. Tu trouves que c'est une bonne idée ? Une mauvaise idée ? Une idée atroce ?

J'étais sur le point de rire quand la réalité de la situation se rappela à moi.

— C'est une merveilleuse idée, mais je ne peux pas y aller avec toi.

— Je t'avoue que je suis un peu perdu. (Il posa les mains sur ses genoux.) Tu trouves que c'est une merveilleuse idée, mais tu ne peux pas y aller avec moi ?

— Oui. Non. (Je secouai la tête.) Tu ne comprends pas.

Il m'adressa un sourire penaud.

— Non, pas du tout. Tu veux bien m'expliquer ?

— Crois-moi. Tu ne veux pas aller au bal avec moi.

— Pourquoi est-ce que tu ne me laisses pas en décider, Sam ? Attends une minute. C'est à cause de l'enquête sur le meurtre de Cassie ? Tu crois que tu es coupable ?

— Car...

— Tu n'as pas tué Cassie, Sam. OK ? Mets-toi ça dans ta jolie petite tête. Tu n'es pas une meurtrière.

— Ce n'est pas que ça. C'est le bordel dans mon esprit.

Il me considéra un long moment.

— Comme tout le monde, non ?

— Non. Pas comme tout le monde. (Je baissai les yeux, incapable d'exprimer le fond de ma pensée.) Moi, c'est pire, Carson.

Il soupira lourdement.

— Tu es stressée et...

— On m'a obligée à aller voir un psychiatre aujourd'hui ! m'écriai-je sans doute plus fort que je n'aurais dû. (Je pliai mes jambes contre ma poitrine avant de reprendre d'un ton plus calme.) La nuit dernière, je... je me suis réveillée en pleine nuit. J'ai cru que quelqu'un était dans ma chambre, qu'on me touchait, mais il n'y avait personne, Carson.

— OK, fit-il d'une voix rauque. C'est sans doute le stress. Ou un souvenir qui ressurgit. Tu disais que parfois, c'était comme s'ils se déroulaient sous tes yeux, non ?

Je ris. Ce n'était pas la plus saine des réactions, mais rien ne l'était dans cette situation.

— Ce n'est pas tout. Les messages que j'ai trouvés ? L'écriture est la mienne. Je me suis écrit des messages et je ne m'en souviens pas.

— Sam...

— S'il te plaît, n'essaie pas de me trouver des excuses. (Je ravalai mes sanglots et me raclai la gorge par deux fois.) J'ai quitté le lycée plus tôt pour aller voir un psychiatre aujourd'hui. On m'a prescrit des médicaments. Quelque chose cloche chez moi. Ce n'est pas que le stress.

Après mon petit discours, le silence retomba entre nous. Je m'efforçais de ne pas pleurer. Carson était la personne dont l'opinion m'importait le plus. Il n'était plus question d'aller au bal. Qui aurait voulu y emmener Sam la cinglée ? Notre amitié était peut-être terminée, elle aussi. En fait, j'étais surprise qu'il n'ait pas déjà pris les jambes à son cou.

— Bon, dit-il au bout d'un moment. Écoute bien parce que je ne te le dirai qu'une fois.

Mes cils étaient humides. *On y est*. J'allais me faire rejeter de la façon la plus gentille de toute l'histoire de l'humanité. Le cœur lourd, je me préparai à bondir hors de la cabane.

— Je sais que tu n'as rien à voir dans ce qui est arrivé à Cassie, me dit-il. Il faut que tu arrêtes de vivre en pensant que si.

Je clignai les yeux et attendis la suite.

Il posa les mains contre mes joues.

— Je me moque que tu ailles voir un psy ou que tu prennes des médicaments, Sam. Je suis sérieux. Ça ne m'empêchera pas de penser que tu es une personne merveilleuse. Tu l'as toujours été.

À travers mes larmes, j'examinai son visage à la recherche de toute trace de plaisanterie.

— Comment est-ce que tu peux dire ça...

— ... alors que tu m'as rabaissé pendant des années ? (Il rit.) Je te l'ai dit, Sam. Tu n'étais pas toujours comme ça. Les moments où tu étais toi-même me faisaient oublier le reste.

— Tu es parfait, murmurai-je en refoulant mes larmes.

Carson ricana.

— Loin de là.

Je n'y croyais pas un instant.

— Alors ? C'est oui ? me demanda-t-il en faisant glisser ses mains le long de mes joues.

Ses pouces trouvèrent ma lèvre inférieure. J'en eus des frissons. Tout à coup, je me moquais d'être barge.

— Tu veux bien aller au bal avec moi ?

Je ris face à l'absurdité de la situation. C'était officiel. J'étais folle. Je voyais des choses, je m'écrivais des messages, dès le lendemain, je retournerais voir un psychiatre au lieu d'assister au dernier cours de la journée. Pourtant, Carson voulait quand même aller au bal avec moi.

Une autre chose était officielle : j'étais amoureuse de lui.

Un grand et beau sourire ornait ses lèvres, révélant sa dent cassée que je trouvais absolument charmante.

— Je vais être franc. Si tu me dis non, ça va vite devenir gênant.

Mon cœur se gonfla, d'une façon agréable, cette fois. Je m'écartai et lui saisis les poignets. Tout à coup, une pensée terrible me vint à l'esprit. Et si j'étais déjà folle avant l'incident avec Cassie et simplement plus douée pour le cacher ? Me rendre au bal me paraissait être une très mauvaise idée, mais si j'étais folle, j'allais le rester. Et si je n'étais pas coupable du meurtre de Cassie, je ne pouvais pas continuer à m'empêcher de vivre.

— Sam…

Je lâchai ses poignets et passai les bras autour de son cou. Carson n'hésita pas. Il me serra contre lui avec force.

— Je prends ça pour un oui ?

Il rit et enfouit son visage dans mes cheveux.

Je fermai les yeux. J'espérais que c'était la bonne décision.

— Oui. J'irai au bal avec toi.

*

* *

Dans la voiture, le lendemain matin, je me tournai vers Scott et lui posai sans doute la question la plus étrange que j'aurais pu lui poser.

— Tu peux m'emmener acheter une robe ?

Il s'étouffa sur un morceau de biscuit nappé au chocolat. Un bout tomba entre son siège et le frein à main de la voiture de location.

— Quoi ?

Je rougis.

— J'ai besoin d'une robe pour le bal de promo, mais je n'ai pas d'amies avec qui aller faire du shopping.

Il tenta de trouver le morceau de biscuit tombé à terre, puis jeta un coup d'œil dans ma direction.

— Tu… Tu as des amies, Sam.

Je repoussai sa main et ramassai la miette de biscuit à sa place, que je jetai dans l'emballage.

— Non. Au lycée, tout le monde m'appelle Sam la cinglée.

— Pas tout le monde. (Il coinça le biscuit restant entre ses dents pour avoir les mains libres pour sortir du garage, puis le prit de nouveau à la main.) OK… Tu y vas avec qui ? Si tu me dis Del, je te frappe.

Je grimaçai.

— Carson m'a proposé d'y aller avec lui.

Il cracha un nouveau morceau de gâteau.

— Et tu as accepté ?

— Oui. Je l'aime beaucoup.

Scott jeta le reste de son petit déjeuner improvisé par la fenêtre de la voiture.

— Décidément… C'est la quatrième dimension. (Il m'adressa un regard en coin. Ses yeux brillaient d'une lueur malicieuse.) C'est un bien meilleur choix que Del.

— Tu ne comptes pas lui mener la vie dure alors ?

— Peut-être un peu. Je suis ton frère, après tout.

— Bien sûr, tu as un rôle à tenir, acquiesçai-je en souriant.

— Tu n'as qu'à aller faire du shopping avec Julie. Je sais qu'elle comptait aller acheter sa robe bientôt.

Les lèvres pincées, je jouai avec la lanière de mon sac et me tournai vers la fenêtre.

— Je ne veux pas que tu l'obliges à m'accompagner. J'aurais trop honte.

— Je ne l'obligerai à rien. Je lui demanderai tout à l'heure si ça lui dit. (Il marqua une pause.) Promis, si elle n'a pas envie, je n'insisterai pas. D'accord ?

— D'accord.

On s'arrêta devant la maison de Carson. Je me penchai en avant. J'avais hâte de le voir. La porte d'entrée s'ouvrit à la volée et il apparut, toujours aussi beau, les cheveux encore humides. Il portait un simple jean et un tee-shirt, pourtant il était magnifique.

Scott s'éclaircit la voix.

— Tu as… commencé à prendre tes médicaments ?

Ce rappel à la réalité me sortit de ma contemplation.

— Oui. J'ai pris le premier ce matin.

— Tu as senti un changement ?

J'avais pris une pilule plus d'une heure plus tôt et je ne me sentais pas différente.

— Non.

Scott laissa tomber le sujet à l'instant où Carson ouvrit la portière arrière. Il entra et posa son sac sur la banquette, à côté de lui. Je me tournai pour le regarder par-dessus mon siège.

— Salut, dit Carson, rayonnant.

Mon sourire s'élargit.

— Salut.
Notre chauffeur grogna.
— Je sens que ça va être chiant.
Carson et moi ne nous quittions pas du regard.
— Pas pour moi, assura-t-il.

22

La semaine qui suivit fut relativement tranquille. Il n'y eut aucune visite surprise de l'inspecteur Ramirez et, étant donné que je voyais le Dr O'Connell, mes rendez-vous avec Mme Messer avaient pris fin.

Étonnamment, elle me manquait. Ses lunettes aussi.

Les médicaments avaient fonctionné plus vite que prévu. Je n'avais plus eu la moindre hallucination et je n'avais plus écrit de messages non plus. Cependant, un soir, en cherchant des trombones dans mon bureau, j'étais tombée sur un bloc-notes rempli de feuilles jaunes. Cela m'avait chamboulée. J'avais passé une nuit horrible, à pleurer de rage.

Malgré les pilules et le calme environnant, je me sentais fébrile. Le pire moment de la journée était le soir. Je restais longtemps éveillée à compter les étoiles phosphorescentes et à m'assurer qu'il y en avait toujours cinquante-six collées au plafond. J'avais l'impression que l'orage connaissait une accalmie, mais qu'il n'était pas encore terminé, que le chaos allait bientôt régner en maître.

Tous les soirs, après l'entraînement, Carson venait regarder la télévision avec Scott. En réalité, c'était sa tactique pour passer du temps avec moi sans que mes parents paniquent. Cela semblait fonctionner. Ces quelques heures étaient la partie la plus importante de ma journée. Assis côte à côte sur le canapé, on faisait semblant de regarder la télévision tandis que Scott faisait semblant de ne pas épier nos moindres mouvements. Carson était passé maître dans l'art de me toucher « par inadvertance ». Il m'effleurait tantôt avec sa main, tantôt avec sa jambe. Quand venait pour lui le moment de partir, je mourais d'envie de grimper sur ses genoux et de planter mes lèvres sur les siennes.

Il n'avait toujours pas essayé de m'embrasser. Nous ne nous étions plus touchés de façon intime depuis le jour où il m'avait rendu visite après mon accident de voiture. J'avais le sentiment qu'il ne voulait pas précipiter les choses à cause de ce que j'avais vécu. Je ne pouvais pas lui en vouloir.

Au lycée, tout le monde ne parlait plus que du bal de promo. Même Veronica et Candy préféraient répandre leur venin sur la compétition pour la place de reine du bal plutôt que sur moi. Chaque jour, je me fondais davantage dans le décor. Cela me convenait parfaitement.

Le vendredi suivant, Del m'approcha après les cours alors que je déposais mes livres dans mon casier : je n'avais pas tenu la promesse que je lui avais faite.

Son œil au beurre noir s'était estompé. Il n'avait plus que quelques traces bleues sous l'œil. Pourtant, il n'avait vraiment pas l'air dans son assiette.

— Il faut qu'on parle.

Je commençais à être fatiguée d'entendre ces mots. J'attrapai mon livre de maths et le fourrai dans mon sac.

— Non, rétorquai-je en me retournant.

Je me dirigeai vers la sortie arrière du lycée.

Il me suivit. Il ne comptait clairement pas lâcher l'affaire.

— J'ai entendu un tas de choses, hier, à l'entraînement.

Je n'en doutais pas. J'ouvris la porte et descendis les marches du préau deux à deux. Scott m'attendait pour me raccompagner à la maison avant d'aller s'entraîner.

— Tu ne veux même pas savoir de quoi il s'agit ? demanda-t-il.

La colère rendait ses mots plus durs.

— Pas vraiment.

Il se précipita devant moi pour me bloquer le passage entre deux voitures.

— C'est quoi, ton problème, à la fin ? On est restés ensemble quatre ans et tu n'as même pas la décence de parler cinq minutes avec moi ?

Étonnamment, je ne ressentais aucune colère envers lui. Je n'étais même pas triste. À le voir là, planté devant moi, je n'éprouvais rien, à part une vague déception. C'était sans doute l'effet des médicaments. À moins que ça n'ait rien à voir. Peut-être étais-je passée à autre chose, tout simplement.

Comme tout le monde avec Cassie.

Je passai mon sac à mes épaules et plissai les yeux.

— Je suis désolée. Je sais qu'on est restés longtemps ensemble…

— Mais tu ne t'en souviens pas, donc tu t'en moques ? Eh bien pas moi. Je m'en souviens et ça fait mal.

— Ce n'est pas ce que j'allais dire.

Je soupirai et regardai derrière lui. Si Scott surprenait Del en train de me bloquer la route, il allait lui donner un second coquard.

— Je sais que cette relation était importante pour toi, et crois-le ou non, elle l'était pour moi aussi.

— Tant mieux. (Il semblait retrouver espoir.) On va peut-être pouvoir trouver un terrain d'entente.

— Non. Tu ne m'as pas comprise. Je tiens à toi, c'est vrai, et peut-être qu'un jour je te pardonnerai au sujet de ces photos, mais même si c'est le cas, on ne se remettra jamais ensemble.

Quand il tendit la main vers moi, je reculai. Il eut l'air blessé, mais l'obstination que je lisais dans son regard, mêlée à quelque chose de bien plus fort et sombre, ne me plaisait pas. Au moins, les médicaments ne m'avaient pas retiré ma boussole émotionnelle.

— Pourquoi est-ce qu'on n'irait pas discuter quelque part ?

J'eus soudain la bouche très sèche.

— Tu es censé aller à ton entraînement.

— Je m'en fous. Notre relation est plus importante.

— Ne dis pas de bêtises. Le base-ball est plus important que moi.

— Ce n'est pas vrai.

On aurait dit que je l'avais frappé sur la tête avec un parpaing. Il ne semblait pas concevoir que je puisse lui dire non.

— Il faut qu'on en parle, insista-t-il.

L'appréhension grandissait en moi. J'avais hâte de m'éloigner de lui.

— Écoute-moi bien, Del. On ne se remettra pas ensemble. Ni maintenant. Ni dans une semaine...

— Alors, c'est vrai ? Ce que j'ai entendu à l'entraînement hier ? Tu vas au bal avec Carson ?

Je ne comptais pas répondre à cette question parce que je savais que cela reviendrait à ouvrir la boîte de Pandore. Bien déterminée à ne pas tomber dans ce piège, je le contournai et accélérai l'allure. Plus que quelques rangées de voitures et je serais en sécurité. Plus que quelques pas…

— Bon sang, Sammy !

La colère qui émanait de sa voix me fit sursauter, mais je tins bon. Je ne me retournai pas. Si je lui en laissais l'occasion, il allait m'accuser de l'avoir quitté pour Carson. Cela n'avait rien à voir. *Ils* n'avaient rien à voir.

Pourquoi Del cherchait-il à tout prix à sauver notre relation ? Encore un mystère que je me retrouvais incapable d'élucider. À la cantine, cette semaine, Veronica s'était pratiquement assise sur ses genoux. Il était clair qu'il lui plaisait et qu'elle était prête à faire passer leur amitié à l'étape supérieure. Après tout, elle lui correspondait bien mieux que moi.

Je m'élançai dans une rangée de voitures et dépassai une Jeep rouge poussiéreuse lorsque j'aperçus une silhouette dans ma vision périphérique. Mon cœur se mit à battre à une cadence inquiétante. Des frissons se faufilèrent le long de ma colonne vertébrale. Un bourdonnement sourd m'emplit les oreilles.

Non. Ce n'est pas réel.

La personne se trouvait à présent de l'autre côté de la rangée et avançait au même rythme que moi. L'air me manquait. Ce n'était rien qu'une hallucination générée par le stress. J'étais en train de faire une crise d'angoisse. C'était ce que m'avait dit le Dr O'Connell. Quand je ressentais des émotions trop fortes, j'imaginais des choses.

Voilà ce qui se passait. Ce n'était pas réel. Il n'y avait personne.

Les yeux rivés sur l'élégante berline noire que Scott avait louée, je fouillai mon sac à la recherche de mes médicaments d'urgence, mais je n'avais pas d'eau pour en avaler. J'allais devoir me débrouiller. Mon cœur battait bien trop vite. Ma vision commençait à s'obscurcir.

Ce n'est pas réel. Ce n'est pas réel. Ce n'est pas réel.

Une main s'abattit sur mon bras et me retourna. Mon cri mourut sur mes lèvres. La boîte de pilules s'écrasa par terre. Je levai le poing, prête à me défendre.

— Hé ! s'exclama Scott en bloquant mon bras. Du calme, Bruce Lee !

Je portai la main à mon cœur qui cognait à un rythme frénétique.

— Seigneur. Tu m'as fichu une de ces peurs !

— Je vois ça. (Il fronça les sourcils et se baissa pour ramasser mes médicaments.) Je t'ai appelée plusieurs fois. Tu ne m'as pas entendu ?

— Non. (Secouée, je dévissai le couvercle de la boîte et en sortis une petite pilule.) Je ne t'ai pas entendu. J'ai cru…

— Tiens. (Il me tendit une bouteille d'eau.) Qu'est-ce que tu as cru ?

J'avalai la pilule et grimaçai en la sentant racler ma gorge.

— J'ai cru voir l'homme de l'ombre.

Scott passa un bras autour de mes épaules. Ensemble, on se dirigea vers la voiture.

— C'était sans doute moi, Sam. Je marchais derrière les voitures, là-bas, presque à côté de toi.

Super. Malgré les médicaments, j'étais incapable de discerner le vrai du faux.

— J'étais inquiet, reprit-il en sortant les clés de sa poche. J'ai vu Del devant l'entrée du lycée. Il avait l'air fâché.

Comme je ne voulais pas en parler, je restai muette. Toujours hors d'haleine, j'attendis que Scott déverrouille les portières, puis je me laissai tomber sur le siège passager et fermai les yeux, impatiente qu'un merveilleux abrutissement s'empare de moi et me donne de nouveau l'impression d'être normale.

Je voulais oublier que rien n'était parfait, que Cassie était morte, que j'étais toujours un suspect dans l'affaire de son meurtre, mais surtout occulter cette sensation de plus en plus tangible que quelque chose de terrible, d'atroce, allait bientôt se produire.

Le samedi, Julie vint chez nous. Elle n'était pas là pour voir Scott, même si cela ne les empêcha pas de se rouler de sacrés patins à son arrivée. Non, nous allions faire les magasins ensemble.

Mon estomac était noué. J'étais à deux doigts de prendre une pilule pour les cas d'urgence, mais je réussis à me persuader que je n'en avais pas besoin. Je ne savais pas quoi dire ni comment me comporter en présence de Julie, ce qui aboutissait inévitablement à des situations embarrassantes.

Julie conduisait une voiture à la carrosserie rouillée qui aurait dû être mise à la casse depuis cent mille kilomètres au moins. Pendant que je tentais de m'attacher avec des gestes maladroits, une odeur de freesia et de fast-food monta à mes narines.

C'était une combinaison plutôt chaleureuse.

— Bon, dit-elle en manœuvrant pour dépasser la camionnette de travail du père de Carson. On a le choix. On peut aller en ville ou à Philadelphie.

— Comme tu veux. Les deux me vont.

Papa m'avait confié sa carte de crédit. S'il avait su qui était mon cavalier, il n'aurait peut-être pas été si généreux. Pour l'instant, mes parents pensaient que je me rendais au bal toute seule. J'allais prendre des pincettes pour leur avouer la vérité.

Elle fit la moue.

— À Philadelphie, il y aura plus de choix, mais ce sera bien trop cher pour moi. Si tu veux, on peut faire les deux. (Elle me jeta un coup d'œil en coin.) Ou je peux me contenter de faire du lèche-vitrines, aujourd'hui.

— Non. On n'a qu'à rester ici. Je suis sûre que je trouverai mon bonheur.

Julie me dévisagea. On aurait dit que je venais de lui avouer que j'avais été enlevée par des extraterrestres.

— Tu… es sûre ?

— Oui. Ça me va très bien. (Je me rongeai l'ongle de mon auriculaire gauche.) Pas toi ?

— Si, au contraire. (Elle cligna les yeux, puis changea de station de radio.) C'est juste que tu pourrais te permettre de faire des folies et de choisir une très belle robe.

Mais elle, non. Alors, cela me semblait injuste. Je haussai les épaules.

— Une robe est une robe, non ?

Elle écrasa la pédale de frein. Le choc me fit basculer vers l'avant. J'écarquillai les yeux, m'attendant à voir un animal ou un obstacle en travers de notre chemin, mais il n'y avait rien. Elle se tourna lentement vers moi.

— Tu commences vraiment à me faire peur.

Oups.

— Enfin, pas au sens littéral, s'empressa-t-elle d'ajouter. C'est juste que tu as beaucoup, mais alors beaucoup changé. Même la Sam que je connaissais avant, quand on était amies, aurait insisté pour qu'on aille dans des boutiques de créateurs si elle avait mis la main sur la carte bleue de ton père. Juste pour le principe.

— On fait ça, alors ?

Si c'était ce qu'elle voulait, cela ne me dérangeait pas. Au fond de moi, j'avais simplement envie qu'elle passe un bon moment. Ce serait peut-être le début d'une amitié. J'espérais beaucoup, c'est vrai, mais c'était tout ce que je voulais : qu'elle m'apprécie.

Elle secoua la tête en riant.

— Non. Ici, c'est très bien. On pourra peut-être aller manger un morceau, après ?

Un élan d'optimisme s'empara de moi.

— Avec plaisir.

La ville grouillait de touristes. On se gara derrière une rangée d'anciennes maisons converties en magasins de souvenirs, pâtisseries et friperies. J'enfilai une paire de lunettes de soleil que j'avais trouvée dans ma chambre un peu plus tôt, puis descendis de voiture.

Les gens prenaient les bâtisses historiques en photo, ainsi que les plaques qui semblaient être accrochées tous les dix mètres dans la rue. La plus proche de nous était dédiée à un soldat inconnu. Cette notion me fit un pincement au cœur.

— C'est affreux, dis-je.

— Quoi ? (Elle se tourna pour voir ce qui avait attiré mon attention.) Le monument ?

— Non, de mourir à un endroit où personne ne te connaît. Être enterré sans nom… sans histoire personnelle. C'est un peu comme Cassie. Elle est morte, mais personne ne sait pourquoi. Il n'y a pas de raison à son décès. Elle est juste morte. Point final.

Julie posa la main sur mon bras et le serra doucement.

— La police finira par trouver le coupable. Ils y arrivent toujours, d'une manière ou d'une autre. Justice sera faite.

Je tâchai de sourire.

— Oui, c'est vrai. Ils y arrivent toujours. Du moins, à la télé, pas vrai ?

Elle m'étreignit avec un soupir avant de dévier la conversation vers un sujet plus léger.

— Bon. Il y a une boutique de vêtements d'occasion qui vend des robes vintage en bas de la rue. Je te rassure, elles ne datent pas de la guerre de Sécession.

Je ris et mis de côté Cassie et tout le reste pour un temps.

— J'espère bien. Je ne pense pas qu'on ferait sensation en arrivant au bal avec corset et jupon.

— Scott ne me le pardonnerait pas. Imagine : il serait incapable de me l'enlever.

— Trop d'infos, gémis-je.

Elle me prit le bras en gloussant.

— Si tu veux tout savoir, j'ai déjà repéré une robe là-bas et j'ai mis des sous de côté pour me la payer.

Ses yeux brillaient d'excitation. C'était le genre d'enthousiasme que seule la robe parfaite pouvait susciter. À présent, je comprenais mieux pourquoi on en faisait tout une affaire.

— C'est une robe brodée de perles dans le style des Années folles. Elle est plutôt sexy et très mignonne. J'espère qu'elle y est toujours.

— Je ne sais absolument pas ce que je veux, avouai-je. Je ne sais même pas ce que j'aime.

— La Sammy démoniaque, répondit-elle avec un sourire, aurait choisi une robe dévoilant le plus de poitrine et de jambes possible.

— Génial… (La cloche tinta au-dessus de nos têtes alors que nous entrions dans ce véritable labyrinthe de portants.) Et la Sam que tout le monde aime bien ?

Julie me regarda en fronçant les sourcils.

— Bonne question. Étant donné que tu n'avais que onze ans à l'époque, tu n'avais pas encore de seins à montrer à tout le monde... D'ailleurs, tu ne portais pas souvent de robes. Tu étais plus à l'aise en jean et en tee-shirt.

— Ça m'aide énormément, rétorquai-je avec un grand sourire. (Je la suivis vers le fond de la boutique où des robes étaient accrochées contre le mur et d'autres pendues sur des portants.) C'est laquelle, la robe de tes rêves ?

Hissée sur la pointe des pieds, elle attrapa une robe dissimulée derrière plusieurs autres plus longues et plus imposantes. Sa trouvaille me plut tout de suite. Elle était argentée, éblouissante. On aurait dit qu'un millier d'étoiles avaient été cousues sur son tissu. Lorsque Julie la souleva, la lumière du plafonnier la fit étinceler.

— Je l'ai cachée derrière les autres exprès.

— Je comprends pourquoi. Elle est magnifique.

— N'est-ce pas ? (Elle avait vraiment l'air sous le charme de la robe.) Le problème, c'est que si je l'achète, je n'aurai pas assez d'argent pour me payer des chaussures et je n'ai rien dans mon placard qui lui ferait justice.

Je fis courir mes doigts sur les perles brodées.

— J'ai une paire de sandales à talons argentées qui iraient parfaitement avec. Avec beaucoup de lanières. (Julie louchait presque sous le coup de l'incrédulité.) Bon, les talons font dix centimètres, mais si tu veux me les emprunter, elles sont à toi.

— Je crois que je t'aime, répondit-elle.

Je haussai les épaules en souriant.

— Il n'en faut pas beaucoup pour te faire craquer.

— Pas quand on me propose des chaussures d'enfer. (Elle serra la robe contre sa poitrine en couinant.) Je l'ai essayée tellement de fois que la propriétaire de la boutique va commencer à me faire payer. Oh ! Et je pense mettre une perruque que j'ai gardée de la pièce de théâtre de l'année dernière. C'est un carré court. Je pense que ça irait très bien.

Elle faisait du théâtre ?

— Oui, ça serait parfait pour le style Années folles.

— Et je te parie que Scott appréciera beaucoup. (Un éclat de malice brilla dans son regard.) C'est comme s'il me trompait avec moi-même.

J'éclatai de rire, puis me mis à parcourir les rayons. Je me dirigeai d'abord vers les robes longues. Je passai en revue les noires, puis les rouges, mais c'est sur une robe verte d'un ton très pâle qui me faisait penser à la couleur de l'écume que mes doigts s'arrêtèrent. Je la décrochai et la soulevai pour mieux l'examiner.

Le tissu était aérien. Un ruban ton sur ton était cousu sous la poitrine. Le décolleté me rappelait la célèbre robe de Marilyn Monroe posant au-dessus d'une grille de métro. Je n'arrêtais pas de la toucher.

— Oh, ça irait parfaitement avec tes cheveux et ton teint, fit remarquer Julie.

J'eus un sourire hésitant.

— Tu crois ?

— J'en suis sûre. Tu devrais l'essayer.

J'apportai la robe à la caisse et attendis que la vendeuse se libère pour qu'elle m'emmène aux petites cabines d'essayage au fond de la boutique. Je me tenais dos à la vitrine quand, tout à coup, une sensation étrange m'envahit, comme si quelqu'un se tenait juste derrière moi.

Sans céder à la tentation de me retourner, je regardai la jolie dame bien en chair derrière la caisse terminer d'encaisser deux jeunes filles qui riaient.

La sensation persista. Je me frottai la nuque et mon cœur s'emballa. Comme je n'avais pas pris mes pilules avec moi, je m'efforçai de respirer lentement. Julie, elle, regardait les pochettes vintage.

Au bout de ce qui me parut durer une éternité, la vendeuse me guida jusqu'aux cabines d'essayage. La sensation d'être observée diminua, puis disparut complètement. Rassurée d'avoir repris le contrôle de mon esprit, je me déshabillai dans l'espace étroit avant d'enfiler la robe.

Quand je bougeais, le tissu caressait ma peau nue comme du satin. Le bas de la jupe effleurait mes chevilles et le dos était très décolleté… comme l'avant, d'ailleurs. Debout, sur la pointe des pieds, j'imaginai la réaction de Carson.

J'en eus le feu aux joues.

— Fais-moi voir ! cria Julie en tapant sur la porte.

Je sortis de la cabine et tournai sur moi-même.

— Qu'est-ce que tu en dis ?

— Waouh ! souffla Julie en remontant l'une de mes manches. Elle est magnifique. Elle met vraiment en valeur tes atouts.

Ça, c'était certain.

— C'est trop ?

— Pas du tout ! (Elle regarda par-dessus mon épaule.) Il n'y a rien qui dépasse. Ton cavalier va être déçu, mais en tout cas, ça attire l'attention.

Je ris. Je doutais que Carson soit vraiment déçu. Que me dirait-il ? Il aurait sans doute une repartie sexy. J'en étais certaine. M'embrasserait-il enfin ? Mon Dieu. Je l'espérais.

— Tu devrais t'attacher les cheveux. (Julie souleva mes cheveux et les tordit pour former un chignon.) Ça mettra ton cou en valeur.

Séduite par la robe, je me changeai rapidement et allai payer en compagnie de Julie. C'était un peu cher, mais mon père apprécierait sans doute que je ne me sois pas lâchée davantage.

On déposa nos robes dans la voiture, puis on se rendit dans un *diner* au bas de la rue. Pendant qu'on attendait nos plats, Julie me parla de ses projets pour les vacances d'été. Apparemment, Scott lui avait promis de l'emmener faire du parachute après la remise des diplômes. Ce serait une première pour tous les deux. Elle m'apprit que moi, j'en avais déjà fait. Comme je ne m'en souvenais plus, elle me proposa de venir avec eux. Aussitôt, je ressentis une excitation qui existait sans doute depuis longtemps en moi.

Vers la fin du repas, Julie se laissa aller en arrière contre son fauteuil et croisa les bras sur sa poitrine.

— Alors, comme ça, tu vas au bal avec Carson ?

J'acquiesçai en avalant ma dernière bouchée de cheeseburger.

— Pourquoi tout le monde trouve ça aussi étonnant ?

Elle m'adressa un regard qui signifiait clairement « d'après toi ? »

— Il te plaît vraiment ou est-ce que tu as accepté de l'accompagner parce que tu ne veux plus de Del ?

Sa question m'agaça et, en même temps, je comprenais pourquoi elle me la posait. Que je sois attirée par Carson surprenait tout le monde. J'étais la seule à ne pas être étonnée.

— Il me plaît, Julie. Je l'aime vraiment beaucoup. Je ne comprends pas pourquoi je ne m'en suis jamais rendu compte.

— J'ai une ou deux idées, s'esclaffa-t-elle.

— Pas la peine. (Je m'adossai à mon fauteuil en souriant.) Sérieusement. Il est parfait !

Julie rit et posa les coudes sur la table.

— Il te plaît vraiment ! Si tu voyais tes joues... Elles sont rouges comme l'amour !

— La ferme.

Je lui jetai ma serviette roulée en boule.

— Je trouve que c'est génial. Ne répète pas à ton frère que j'ai dit ça, mais Carson est canon. Un vrai *latin lover*.

— Ne m'en parle pas !

Je posai les mains sur mes joues échauffées en gloussant.

— Plus sérieusement, Carson est un mec bien. Ne le laisse pas s'échapper. (Elle attrapa la note.) Et puis il y a un avantage certain à le choisir pour cavalier.

Mon esprit descendit aussitôt en dessous de la ceinture.

— C'est-à-dire ?

Elle pencha la tête sur le côté d'un air malicieux. Ses longs cheveux blonds et raides tombèrent devant son épaule.

— La tête de tes parents quand tu leur annonceras la nouvelle !

Un son s'échappa de ma gorge, à mi-chemin entre l'éclat de rire et le grognement.

— Ma mère va…

— … péter un capable, termina Julie à ma place. (En voyant mon expression, elle m'adressa un regard compatissant.) Ne t'inquiète pas. Elle s'en remettra. Un jour ou l'autre. Ça ne lui a pris qu'un an pour s'habituer à ma présence.

— C'est rassurant. (J'abattis la carte de crédit sur la table.) Mais tu sais quoi ? Je m'en moque un peu. Carson est… Il mérite que je secoue un peu mes parents.

— C'est vrai que…

Une ombre tomba sur notre table. Quand je tournai la tête, mon sourire se figea. Je faillis ne pas reconnaître les cheveux bruns courts et bien coiffés, ni le très beau visage marqué par la fatigue et un chagrin que je pouvais à peine imaginer.

— Madame Winchester, la salua Julie en se redressant. (Elle me décocha aussitôt un coup d'œil soucieux.) Comment... allez-vous ?

Des yeux bleus dénués d'émotion glissèrent sur Julie, puis sur moi.

— Plutôt bien, si on omet que ma fille a été assassinée.

Dans mon cerveau, c'était le néant. Son apparition soudaine m'avait rendue muette. J'étais pétrifiée. C'était la maman de Cassie, de ma meilleure amie. Soudain très pâle, Julie détourna la tête. J'aurais voulu faire de même et fermer les yeux de désespoir. Ma bouche refusait de fonctionner. Je savais qu'il fallait que je dise quelque chose. N'importe quoi.

Heureusement, au bout d'un moment, mon esprit se remit en marche et je retrouvai ma voix, rauque et à peine audible.

— Madame Winchester, je suis vraiment désolée pour ce qui est arrivé à Cassie.

La douleur obscurcit ses yeux bleus, mais derrière sa peine se cachait également une émotion plus sombre, plus froide.

— C'est vrai ? Vous l'êtes toutes les deux ?

— Oui, madame, acquiesça Julie. C'est horrible...

Mme Winchester nous adressa un sourire contraint. Sa lèvre inférieure tremblait sous l'effort.

— Vous aviez l'air terriblement désolées tout à l'heure, pendant que vous faisiez du shopping.

C'était donc à cause d'elle que j'avais eu la sensation d'être observée ? À cause de la mère de Cassie ? Nous avait-elle espionnées dans la boutique ? Elle reprit la parole avant que j'aie eu le temps de digérer ses propos.

— Vous vous êtes bien amusées ? Ça vous plaît de vous préparer pour le bal ? (Elle riva sur moi un regard farouche.) Je suppose que tu y vas avec Del.

Julie me devança :

— Pour tout vous dire, Sam et Del ne sont plus ensemble.

Mme Winchester n'eut pas l'air surprise.

— Dis-moi, Sam, comment se fait-il que tu sois ici, à acheter une robe pour le bal, alors que ma fille gît six pieds sous terre ?

— Je...

— Tu es exactement comme lui, siffla-t-elle avec les larmes aux yeux. Je lui ai demandé de ne pas s'approcher de toi, mais elle ne m'a pas écoutée.

Je tressaillis.

— Comme qui ? De qui parlez-vous ?

Le grand-père de Cassie apparut soudain à côté de Mme Winchester et la prit par le bras.

— Ça suffit. Tu te donnes en spectacle.

— Je m'en moque, cracha-t-elle en se dégageant.

Son père disait vrai. Les clients du petit *diner* buvaient nos paroles. Les locaux comme les touristes. Je n'avais aucun doute que d'ici lundi tout le lycée serait au courant. J'avais envie de me fondre dans la banquette et en même temps, j'aurais voulu qu'elle réponde à ma question.

Julie se leva.

— On ferait mieux d'y aller, Sam.

Les jambes tremblantes, je l'imitai.

— Madame Winchester, si je me souvenais de quoi que ce soit, je vous promets que je vous le...

— Comment peux-tu avoir tout oublié ?

— Je ne...

Sa main fusa et me gifla. Le son résonna dans toute la salle. Aussitôt, les larmes me montèrent aux yeux. Choquée, je portai la main à ma joue cuisante.

La mère de Cassie pleurait, secouée de sanglots incontrôlables.

— Mon bébé avait des problèmes, mais elle ne méritait pas ça. Tu étais sa meilleure amie. Sa *seule* véritable amie. Et maintenant, elle est morte, et toi, tu fais du shopping. Comment peux-tu seulement te regarder en face ?

23

Survivre aux autres était difficile. Bien sûr, j'avais conscience que le simple fait d'être encore de ce monde était une chance, mais ce jour-là, c'était encore plus dur que d'habitude. À mon retour, ma mère remarqua tout de suite ma joue giflée. Elle partit au quart de tour.

— On devrait porter plainte, Steven.

Elle suivit mon père autour de l'îlot central de la cuisine. De petites mèches de cheveux s'échappaient de son chignon et couvraient ses tempes comme une dizaine de tout petits doigts.

— De quel droit cette femme se permet-elle de frapper notre fille ?

Papa grimaça.

— Je pense qu'en ce moment contacter la police ne serait pas judicieux.

— Je suis d'accord. Tu oublies que c'est la mère de la fille que je suis soupçonnée d'avoir tuée.

— Samantha !

Maman se tourna vers moi, scandalisée.

— Quoi ? (Je levai les mains au ciel.) C'est la vérité.

Elle plissa les yeux.

— Tu prends tes médicaments ?

— Oui, marmonnai-je en m'asseyant sur le tabouret.

Scott nous écoutait, caché à côté de la cuisine. Cela n'était pas nécessaire. On entendait sans doute notre mère à des kilomètres à la ronde. Quand je croisai son regard, il afficha une moue compatissante.

Papa s'appuya contre le bar et me demanda, les yeux dans les yeux :

— Tu es blessée ?

— Non. Ça m'a surprise, c'est tout.

— Ta joue est très rouge. (Maman posa ses doigts frais dessus.) Frapper notre fille est un acte impardonnable.

Papa se redressa et plaça la main contre les reins de maman. Elle s'éloigna aussitôt.

— Je pense qu'il vaut mieux laisser cet incident se tasser, dit-il en laissant tomber sa main contre son flanc.

Cela semblait mal parti. Maman n'était pas d'humeur à rendre les armes aussi facilement, pourtant, papa finit par réussir à la calmer. Étonnamment, elle ne buvait pas. C'était donc le moment rêvé pour la faire complètement sortir de ses gonds.

— Au fait... (Je fis traîner la dernière syllabe de façon à attirer son attention.) J'ai acheté une robe pour le bal aujourd'hui.

— Oh ! (Elle cligna les yeux. Un léger sourire apparut sur ses lèvres.) C'est vrai ? En ville ?

— Oui. Une très jolie robe vintage dans une boutique d'occasion. Elle est dans ma chambre.

— Une boutique d'occasion ? répéta-t-elle lentement.

Dans l'autre pièce, j'entendis Scott s'étouffer sur un éclat de rire, mais je ne me laissai pas déconcentrer.

— Tu n'as pas trop fait chauffer la Black ? demanda papa en parlant de sa carte de crédit. (Je sortis le ticket de ma poche et le lui tendis. Il haussa les sourcils.) Chérie, notre fille est parfaite.

Elle jeta un coup d'œil par-dessus son épaule.

— C'est tout ? Il faut que je la voie.

Je m'armai de courage et plaquai mes mains contre mes cuisses.

— J'ai aussi trouvé un cavalier.

L'excitation éclaira ses yeux noisette d'ordinaire si sérieux.

— Del et toi vous êtes réconciliés ?

Un autre son étranglé me parvint de la pièce voisine. J'étais à deux doigts de frapper mon frère.

— Euh, non... On ne s'est pas réconciliés.

— Alors, avec qui vas-tu au bal, princesse ?

Je me tournai vers mon père.

— Avec Carson.

Ma mère prit une grande inspiration et me regarda avec de grands yeux. On aurait dit que je venais de lui avouer que je faisais partie d'une cellule terroriste.

— Samantha...

— Arrête. (Je me levai, prête à me battre.) Je veux aller au bal avec lui, alors j'irai. C'est un garçon bien sous tous rapports. Vous n'avez rien à lui reprocher. Et, putain, si tu me rappelles encore une fois que son père travaille pour nous, je vais péter un câble.

— Samantha ! s'écria-t-elle. Surveille ton langage !

Scott choisit ce moment pour annoncer sa présence. Il entra dans la cuisine en tapant dans ses mains.

— Bravo ! Bravo ! J'approuve.

Maman croisa les bras.

— Scott, monte dans ta chambre.

Il s'assit sur le tabouret à côté duquel je me tenais.

— Carson est vraiment quelqu'un de bien. Il est beaucoup mieux que Del le débile.

— Scott !

La crise d'apoplexie n'était plus très loin.

— Chérie, je pense... que c'est une bonne chose, intervint papa. (Lorsqu'elle fit mine de protester, il lui adressa un regard appuyé.) Laisse Samantha prendre ses propres décisions. Comme tu as pu prendre les tiennes.

— Ce n'est pas la même chose, rétorqua-t-elle.

— Si mes souvenirs sont bons, ton père ne m'appréciait pas beaucoup, lui non plus, sous prétexte que je ne venais pas des bons quartiers de la ville. (Il souriait, mais je percevais comme une nuance d'amertume et de ressentiment derrière son air bonhomme.) Carson est un bon garçon. Il ne nous a jamais causé aucun problème.

Je me balançai sur mes talons.

— Alors, c'est réglé.

Maman n'était pas de cet avis, mais papa l'empêcha de parler.

— Ce n'est pas comme s'ils allaient se marier, bon sang. Ils vont juste au bal du lycée ensemble.

Tout à coup, alors que j'observais mon père, je compris ce qu'il ne disait pas tout haut. Peut-être parce qu'au fond de moi je savais comment il fonctionnait, ce qu'il pensait réellement. Ce n'était pas parce qu'il était différent de maman qu'il acceptait Carson, mais parce qu'il voyait cette relation comme temporaire. Si j'annonçais que c'était sérieux entre Carson et moi, il se liguerait avec elle et serait tout aussi épouvanté. En dépit de ses propres origines.

— Assez parlé de la vie amoureuse de ma sœur, intervint Scott. Julie m'a dit que la mère de Cassie t'avait tenu un discours complètement dingue.

C'était reparti. Je grognai.

— Oui, elle n'a pas arrêté de dire que j'étais comme *lui*. À mon avis, elle pense que je me rappelle très bien ce qui s'est passé et que je fais semblant d'avoir perdu la mémoire.

— « Lui » ? s'enquit maman en fronçant les sourcils.

Elle triturait encore ses satanés bracelets joncs.

— Je ne sais pas de qui elle parlait, soupirai-je, les épaules affaissées. Mais elle a dit qu'elle avait prévenu Cassie de ne pas m'approcher.

Scott, qui s'était mis à réarranger les poires et les pommes dans la corbeille à fruits, laissa échapper un reniflement de dédain.

— C'est drôle, parce que c'était plutôt de Cassie qu'il aurait fallu se méfier.

Maman poussa sa main et remit les fruits en place selon son goût.

— Je pense sincèrement qu'on devrait en parler à la police. Cette femme est instable.

Papa secoua la tête, l'air distrait.

— Pas la peine d'impliquer la police.

— Mais elle est clairement...

— On n'ira pas à la police ! (Il nous fit tous sursauter en abattant sa main sur le bar, puis il secoua la tête en exhalant bruyamment.) Si ça peut te rassurer, j'en toucherai un mot à Lincoln.

Maman le dévisagea. Ses joues avaient pris des couleurs.

— Oui, ça me rassurerait, répondit-elle d'un air pincé.

Je jetai un coup d'œil interrogateur à Scott, qui haussa les épaules. Une dispute parentale couvait à l'horizon. Je préférais m'enfuir avant qu'elle éclate. Les voir se regarder avec mépris en sachant que j'étais en partie la cause de leur désaccord n'était pas agréable. Je m'éclipsai de la pièce avec Scott sans qu'ils s'en rendent compte. À l'instant où l'on franchit la porte, le ton monta dans la cuisine.

— Qu'est-ce que tu penses de leurs disputes ? lui demandai-je pendant qu'on se dirigeait vers le sous-sol.

Scott lança une pomme en l'air et la rattrapa.

— Qui sait ? (Il jeta de nouveau la pomme, puis me regarda.) La nouvelle au sujet de Carson est plutôt bien passée.

— Oui…, marmonnai-je.

Je n'arrêtais pas de penser à la violence avec laquelle papa avait réagi à l'idée de contacter la police. C'était la première fois que je le voyais perdre son sang-froid, mais j'avais la sensation que je ne me souvenais simplement pas de ses anciens coups de colère.

Deux semaines plus tard, je contemplais fixement la boîte de pilules contre les crises d'angoisse. Une nuée de papillons avait élu domicile dans mon ventre. Leurs frémissements m'emplissaient de panique et d'excitation à la fois. Le Dr O'Connell disait que c'était l'anxiété qui me créait des hallucinations et faisait remonter des souvenirs à la surface.

Me rendre au bal avec un garçon dont j'étais tombée amoureuse n'aidait pas à apaiser ma nervosité.

La gorge nouée, je retournai la boîte. Prendre une pilule m'assurerait de ne pas faire de crise, mais émousserait ma perception. Je passerais à côté de tout : la première fois que Carson me prendrait la main, danserait avec moi et, je l'espérais, m'embrasserait. Je voulais ressentir tout ça et pas seulement faire acte de présence. De plus, ces derniers temps, tout allait bien. Il n'y avait plus eu de message ni d'hallucination. Pas le moindre souvenir. Je n'avais pas besoin de médicaments.

Ma décision était prise. Je rangeai la boîte dans le placard de la salle de bains et refermai la porte. Je me retrouvai face à mon reflet. J'avais passé la plus grande partie de l'après-midi et de la soirée à me coiffer et à me maquiller pour être parfaite.

Le fard marron fumé sur mes paupières mettait en valeur mes iris verts. Sur mes joues, je n'avais pas mis de blush, mais un peu de highlighter. Mes pommettes paraissaient plus hautes et mieux définies. Quant à mes lèvres, rehaussées par un gloss, elles appelaient au baiser. Comme Julie me l'avait proposé, nous étions allées ensemble au salon de beauté, plus tôt dans la journée. La coiffeuse avait bouclé mes cheveux, puis les avait relevés avec goût. Quelques mèches s'échappaient de mon chignon pour encadrer mon visage.

Quelqu'un se racla la gorge. Je fis volte-face. Ma mère se tenait à l'entrée de la salle de bains, un léger sourire aux lèvres.

— Tu es magnifique, ma chérie.

— Tu trouves ?

Je passai mes mains sur les flancs de ma robe.

— Oui, tu es très belle.

Je lui rendis son sourire.

— Merci.

Quand elle se détourna, je vis qu'elle avait les larmes aux yeux.

— Ton cavalier t'attend en bas. À l'heure où l'on parle, ton père lui fait subir un interrogatoire en bonne et due forme.

J'écarquillai les yeux. Dans mon ventre, les papillons se mirent à battre des ailes pour essayer d'en sortir.

— Il est déjà là ?

Elle recula pour me laisser passer. J'attrapai ma pochette et me dirigeai vers la porte, mais elle me retint.

— Carson est très séduisant, Samantha.

Sa remarque me laissa sans voix. C'était officiel : j'étais tombée dans un monde parallèle.

— Amuse-toi bien, dit-elle. Tu le mérites.

— Je vais essayer. (Je réprimai mes larmes. Il était hors de question que je fiche en l'air mon maquillage.) Merci.

Maman me fit sortir de la pièce, mais j'étais tellement nerveuse que j'étais à deux doigts de faire demi-tour. Après quelques mots d'encouragement de sa part, je descendis l'escalier. J'avais l'impression d'être l'héroïne d'une comédie romantique pour ados.

Papa avait acculé Carson dans le petit salon à côté de l'entrée. Je souris. Ils me tournaient tous les deux le dos, mais ce que je voyais de Carson en costume trois-pièces me plaisait.

Beaucoup.

Carson avait sans doute entendu mes talons claquer par terre, car il se tourna vers moi. Il tenait une petite boîte en plastique à la main. Quand nos yeux se rencontrèrent, son regard me fit frissonner. Puis il m'observa de la tête aux pieds. Il avait tellement l'air d'apprécier ce qu'il voyait, lui aussi, que je regrettai que nous ne soyons pas seuls.

C'était vraiment dommage.

Mon père se racla la gorge.

— Tu es très jolie, princesse.

— Waouh, murmura Carson. (Son regard remonta lentement vers mon visage en laissant une traînée de flammes sur son passage.) Sam…

— Salut, soufflai-je avant de désigner la boîte. C'est pour moi ?

Quand je m'approchai de lui, Carson déglutit. Les doigts tremblants, il sortit de la boîte un magnifique bracelet floral décoré d'un lys qui lui avait sans doute coûté une fortune et me le passa au poignet. Lorsque je relevai les yeux vers lui, ses iris brillaient d'un éclat de cobalt intense.

— Tu es magnifique, dit-il.

— Merci. Toi aussi, tu es très beau.

Et c'était la vérité. Le costume mettait en valeur ses épaules carrées et la couleur noire rehaussait son teint hâlé. Il était à couper le souffle.

Contre toute attente, maman voulut nous prendre en photo. On posa pour quelques clichés. Mon dos me picotait à l'endroit où Carson posait sa main. J'avais l'impression de flotter sur un nuage.

Après quoi j'embrassai mon père sur la joue et il adressa un nouveau regard appuyé à Carson, puis on s'échappa enfin. Dans l'air frais de ce début de soirée printanière, Carson me prit la main.

— Je ne suis pas sûr de vouloir aller au bal.

— Quoi ? (Je le laissai me guider jusqu'au pick-up de son père.) Tu ne veux pas y aller ?

Il m'ouvrit la portière.

— Je n'ai pas envie de te partager avec les autres.

Je ris.

— Je suis tout à toi.

— Attention, je vais te prendre au mot. (Il attendit que je sois installée avant de se pencher pour m'embrasser tendrement sur la joue.) Je vais vraiment te prendre au mot.

Un léger frisson dansa sur ma peau tandis que je le regardais fermer la portière. Il esquissa un sourire malicieux, puis fit le tour de la voiture en courant. Une fois derrière le volant, il se tourna vers moi.

— Je n'arrive pas à croire que tu sois là, admit-il, les pommettes rouges. Avec moi.

Ma gorge se noua, mais de la plus délicieuse des façons.

— Moi, je n'arrive pas à croire que ça m'ait pris autant de temps d'être ici avec toi.

24

On retrouva Julie et Scott au *Cashtown Inn* pour dîner. Il était difficile d'obtenir une réservation dans ce restaurant, mais papa avait tiré quelques ficelles. Une table de quatre nous était donc réservée dans la salle bondée. À la lueur des bougies vacillantes, tous mes problèmes semblèrent disparaître à l'arrière-plan.

Cela faisait longtemps que je n'avais pas autant ri. Je ne m'étais jamais sentie aussi bien qu'autour de ce repas bien trop chic avec mon frère et sa petite amie, la main de Carson dans la mienne sous la table.

Aucun de nos camarades présents dans le restaurant n'avait causé le moindre problème. La plupart avaient seulement paru choqués de nous voir, Carson et moi, sortir de l'établissement main dans la main.

— Prête à bouger ton corps sur la piste de danse ? demanda Julie.

Elle était très sexy avec sa robe scintillante et sa perruque courte.

Je hochai la tête, puis souris à Carson.

— Et toi ?

Il se plaça derrière moi et m'enveloppa dans ses bras. Quand il pressa sa joue contre la mienne, je le sentis sourire.

— J'irai où tu iras.

Scott nous observait d'un air agacé.

— Je ne suis pas certain d'apprécier la tournure que prennent les événements.

— Oh, tais-toi. (Julie l'entraîna vers leur voiture.) C'est l'heure de faire la fête !

Scott la laissa faire en marmonnant dans sa barbe. Julie se tourna de nouveau vers nous et murmura « sexy » avant de lui taper sur les fesses.

Je ris et me lovai davantage contre Carson, ce qui lui tira un grondement sourd. Mon cœur s'affola tandis qu'il me serrait encore plus fort contre lui.

— Si on ne part pas tout de suite, dit-il en effleurant mon oreille avec ses lèvres, on n'arrivera jamais au bal.

Je ne redescendis pas de mon nuage de tout le trajet jusqu'à l'hôtel dans lequel se déroulait le bal de promo. Bras dessus, bras dessous, on passa par l'entrée à l'arrière du bâtiment, guidés par le rythme régulier de la musique et des rires.

Quand on pénétra dans la salle, je resserrai ma prise sur son bras. Les danseurs sur la piste se mouvaient dans la clarté des chandeliers accrochés au plafond, la seule source de lumière qui baignait le bal. Des lys décoraient de petites tables rondes et des guirlandes de roses ornaient la scène, surplombée d'une banderole. De minuscules ampoules scintillaient dans les plantes et les arbres d'intérieur. C'était magnifique, presque irréel.

Dès notre arrivée, des amis saluèrent Carson. Je souris. J'aimais la facilité avec laquelle il allait vers les gens, sa relation simple à l'amitié. On s'approchait de lui et, par extension, de moi. Certains paraissaient choqués de me voir, mais cela m'était égal. Rien n'aurait pu gâcher cette soirée.

Julie et Scott nous rejoignirent. Avant que j'aie le temps de danser avec Carson, Julie me tira sur la piste.

— Viens danser ! s'exclama-t-elle en levant les bras en l'air.

Je m'exécutai en riant. Manifestement, je n'étais pas une mauvaise danseuse. Je trouvai rapidement mon rythme et bougeai avec la musique. Je me perdis dans la cadence effrénée. Une sensation de familiarité m'envahit et, avec elle, une pointe de culpabilité, mais je repoussai les deux pour essayer de profiter de l'instant au maximum.

Lorsque la chanson toucha à sa fin, on retourna à l'endroit où nous avions laissé les garçons. Au passage, je me cognai à une petite brune en robe noire.

— Désolée ! criai-je pour me faire entendre malgré la musique.

La fille se tourna vers moi, les yeux agrandis par la surprise.

— Sammy ? Tu es venue ?

— Lauren ! Tu es très belle.

La robe épousait les formes de son corps élancé.

Je m'attendais à moitié à ce qu'elle décharge un flot d'insultes dans ma direction, mais ce ne fut pas le cas. Au contraire, elle me serra dans ses bras.

— Toi aussi. Qui est ton cavalier ?

— Carson Ortiz.

Le simple fait de le dire m'emplissait de fierté. Carson était mon cavalier !

Elle cligna les yeux, mais son sourire ne vacilla pas.

— C'est génial. (Quelqu'un l'appela, elle regarda dans sa direction avant de reporter son attention sur moi.) Ça te dirait qu'on se voie, toutes les deux, un de ces quatre ? On pourrait aller au ciné ?

— Avec plaisir, répondis-je avec sincérité.

— Super ! (Elle m'étreignit de nouveau.) À plus !

Le sourire aux lèvres, je retournai vers Carson. Du coin de l'œil, j'aperçus Candy qui se frottait à Trey. Ils avaient l'air d'avoir bu tous les deux. Sans leur prêter la moindre attention, je passai un bras autour de la taille de Carson.

— Tu viens danser ?

Il se retourna et laissa son groupe d'amis sans un mot. On avança vers la piste jusqu'à une éclaircie au milieu de la foule, puis il glissa son bras autour de ma taille et me pressa contre son torse. Collée ainsi à lui, je nouai mes bras derrière sa nuque.

— Je suis contente que tu m'aies convaincue de venir, lui dis-je.

Carson sourit.

— Pas autant que moi.

Décidément, il avait toujours les mots justes. Je posai la joue sur son épaule et fermai les yeux. On resta ainsi pendant toute la chanson ou presque, à onduler au rythme de la mélodie lente, à profiter de la proximité de l'autre. Je ne me souvenais d'aucun autre bal, mais cela n'avait pas la moindre importance. Je savais que celui-ci était mon préféré. Avec Carson, je n'avais pas l'impression d'être coincée dans un passé que j'avais oublié.

— Je dois te dire quelque chose, dit-il.

Quand il se tourna légèrement, sa mâchoire frôla ma joue. Je relevai la tête pour le regarder dans les yeux.

— Quoi ?

— Je ne veux pas que ça s'arrête ce soir.

Mon cœur se gonfla.

— « Ça » ?

Carson sourit. Je me rendis compte qu'on avait arrêté de danser alors que les autres couples se balançaient toujours autour de nous.

— Toi. Moi. Ensemble. Je t'emmènerai déjeuner demain. Et si tu es sage, je te garderai même pour le dîner.

Soudain très légère, je ris.

— Si je suis sage ?

— Oui, oui. (Il pressa son front contre le mien. La proximité de ses lèvres m'enivrait.) Et si tu te montres vraiment très gentille, je compte te voir lundi, après l'entraînement. Et mardi, on ira peut-être voir un film ensemble.

Je fermai les yeux.

— Et mercredi ? Et après ?

— Encore une fois, ça dépendra si tu es sage ou non.

— Qu'est-ce qui se passera si je ne le suis pas ?

— Bonne question. (Ses mains descendirent jusqu'à mes hanches, provoquant une vague de chaleur dans leur sillage.) Il faut qu'on trouve un système de punition. Pour rendre la chose intéressante.

Un sourire étira mes lèvres.

— Et si je suis sage, alors ?

— C'est aussi très bien. (Sa bouche effleura ma joue.) Bon, d'accord. Je bluffe. Je me moque que tu sois sage. Je veux un mercredi, un jeudi et un vendredi avec toi. Plusieurs, en fait. Jusqu'à ce qu'on arrête de les compter.

Un soupçon de culpabilité s'insinua dans mon esprit comme un invité surprise. Il essaya d'enfoncer ses griffes dans mon cœur, mais je ne le laissai pas faire. Je rouvris les paupières.

— Tu es en train de me demander de sortir avec toi ?

— On dirait bien.

Ses yeux pétillaient de malice.

— Eh bien, je ne suis pas contre… J'en ai envie depuis bien plus longtemps que je ne devrais l'admettre.

Il entrouvrit les lèvres avant de se pencher vers moi. Mon pouls s'emballa. Carson allait m'embrasser. Enfin. La moindre cellule de mon corps vibrait d'excitation, car même si je ne me souvenais d'aucun autre baiser, je savais que celui-ci les éclipserait tous.

Tout à coup, Scott nous rentra dedans.

— La règle stipule qu'il faut garder une certaine distance entre les danseurs. Ne m'obligez pas à la faire respecter.

Julie ne savait plus où se mettre.

— Tu me fais honte.

J'assassinai mon frère du regard. Carson, lui, se contenta de rire.

— Toi, tu sais casser l'ambiance.

— Je suis là pour ça, affirma Scott avec un sourire satisfait.

Sa mission accomplie, il s'éloigna en dansant avec Julie.

Carson soupira.

— Ton frère...

— ... est adorable, mais pas très futé ? (Comme la magie du moment était envolée, je regardai autour de moi et m'éclaircis la voix.) Il faut que j'aille aux...

Il m'embrassa sur la joue.

— Je vais nous chercher à boire.

À contrecœur, je me libérai de son étreinte et me dirigeai vers l'entrée. Notre conversation m'avait laissée sur un petit nuage. Mon cœur faisait des saltos arrière. Je mourais d'envie d'aller trouver Julie et de lui annoncer que Carson et moi, on était ensemble. Si je ne faisais pas attention, j'allais me mettre à couiner de joie. Il fallait que je partage mon bonheur. À cet instant, c'était une première pour moi. Je flottais comme si je marchais sur des montgolfières.

Lorsque je poussai la porte des toilettes, je le regrettai aussitôt.

Debout devant le lavabo, Veronica attrapa une serviette en papier marron et frotta vivement le mascara qui avait coulé sous ses yeux. J'aurais voulu m'enfuir à toute vitesse, mais Veronica avait été une amie. Je me devais de m'assurer qu'elle allait bien.

Jurant dans ma barbe, je refermai la porte derrière moi.

— Veronica ? Ça va ?

— À ton avis ? J'ai l'air de m'éclater ?

Au temps pour moi. Je secouai la tête et me retournai pour partir. Il y avait d'autres toilettes.

— J'ai cru qu'il m'aimait vraiment, dit-elle d'une voix cassée. Je suis vraiment bête, hein ? Je parie que ça te fait plaisir.

J'avais un mauvais pressentiment. Je lui fis de nouveau face.

— Del ?

— Qui d'autre ? (Elle rit et tapota la peau rosie sous ses yeux.) Il t'a enfin larguée. J'avais toutes mes chances. Cassie n'était même pas là pour se mettre en travers de mon chemin.

J'aurais pu lui dire que ce n'était pas Del qui m'avait quittée, mais cela n'aurait servi à rien.

— Te voir pleurer ne me fait pas plaisir.

Elle jeta la serviette par terre et fit volte-face, les mains agrippées au bord du lavabo. Ses cheveux bouclés rebondirent contre ses joues striées de larmes.

— Il n'arrête pas de parler de toi. Il dit que vous faites un break, que vous finirez par vous remettre ensemble. J'en ai marre !

J'étais atterrée.

— On ne se remettra pas ensemble.

— Tu devrais le lui dire.

Veronica leva les mains dans un geste de frustration. Ses ongles étaient peints de la même teinte rouge sang que sa robe. Soudain, la tête me tourna.

— De toute façon, ça n'a pas d'importance. Il m'a dit que vos mères planifiaient un voyage dans les Poconos pour que vous vous réconciliiez.

Je n'arrivais pas à croire ce que j'entendais. Bon sang. J'allais tuer ma mère. Et moi qui trouvais qu'elle faisait de gros progrès.

— Del et moi, on n'ira nulle part.

Veronica s'esclaffa, mais son rire se transforma en sanglot.

— C'est ça, renifla-t-elle.

— Si tu le veux, il est tout à toi, mais sois honnête avec moi, est-ce que tu as vraiment envie de sortir avec un type pareil ?

Elle me toisa comme si je lui avais proposé d'aller donner des coups de pied à des chiots.

— Tout le monde veut sortir avec lui.

— Non. Pas tout le monde. (J'étais de nouveau prête à partir, mais je me retournai encore une fois.) Tu mérites mieux qu'un mec qui passe son temps à parler de quelqu'un d'autre.

Elle saisit une autre serviette en papier et s'essuya le visage.

— Pourquoi est-ce que tu es gentille avec moi ?

Bonne question.

— Pourquoi je ne le serais pas ?

Elle renifla et reporta son attention sur son reflet.

— Ouais, c'est ça…

Je quittai alors les toilettes. Dès que je me retrouvai dans le couloir, je tombai nez à nez avec Candy et un troupeau de filles. Bon sang, j'avais la poisse…

Candy se campa devant moi, mains sur les hanches.

— Alors comme ça, t'en es réduite à fricoter avec le personnel ? T'es tombée si bas ?

— Et toi alors ? répliquai-je. Il faut vraiment n'avoir aucune fierté pour sortir avec l'ex d'une copine qui vient de mourir.

Elle écarquilla les yeux, indignée, puis les plissa comme si elle comptait revenir à la charge, mais je repris mon chemin sans attendre. Elle et ses roquets me suivirent jusqu'à la salle de bal en me harcelant et en me traitant de tous les noms. Je méritais une médaille pour ne pas céder à la tentation de me retourner pour en frapper une.

— Tu vas pleurer ? demanda Candy d'une voix faussement compatissante.

— Quoi ?

Je fronçai les sourcils, mais continuai d'avancer. J'y étais presque. *Presque.*

— Tu vas paniquer et appeler ton psy ?

Cette fois, je n'y tins plus.

— Pourquoi est-ce que tu n'essaies pas d'agir comme une vraie amie pour une fois et d'aller dans les toilettes au lieu de me suivre comme un petit chien pathétique.

Candy pencha la tête sur le côté.

— Qu'est-ce que tu racontes ?

— Ton amie, Veronica... Elle aurait bien besoin de toi. Elle est dans les toilettes. Elle ne passe pas un bon moment.

Elle grimaça comme si je venais de lui demander la racine carrée de trois.

— Il faut que tu arrêtes avec tes hallucinations. Veronica s'éclate. Elle va être élue reine du bal.

J'abandonnai.

— Si tu le dis.

— Sam la cinglée ! me nargua Candy, ce qui lui valut plusieurs éclats de rire de sa cour.

Je levai les yeux au ciel.

— Intelligent. Très intelligent.

Elle secoua la tête, puis tourna les talons et s'éloigna. Certaines la suivirent, d'autres restèrent en arrière. J'affrontai leur regard sans aucune peur. Elles virent sans doute en moi un peu de l'ancienne Sammy, car elles se carapatèrent comme des cafards.

Il était hors de question que je les laisse gâcher ma seule soirée de normalité. Je regagnai la salle de bal et me mis à la rechercher de Carson. Dès que je le repérai avec mon frère et plusieurs joueurs de base-ball, je m'élançai dans sa direction.

Une jeune femme grande et svelte apparut alors sur mon chemin. Elle portait une robe rouge. En un clin d'œil, les danseurs, la musique et les lumières aveuglantes disparurent. Le monde se teinta de gris.

Cassie se tenait devant moi.

Sa jolie robe était en lambeaux. Elle pendait de ses bras pâles comme la mort. Un liquide épais et sombre coulait le long de son visage. Je fis un pas en arrière. Sa tête… Quelque chose clochait. On aurait dit qu'elle était enfoncée, sur le côté.

Que son crâne était fissuré. Brisé.

De la bile remonta le long de ma gorge.

— Cassie, murmurai-je.

Je me rendis compte qu'elle n'était pas vraiment debout. Ses bras et ses jambes ondulaient à un rythme lent, comme si elle était portée par quelque chose. Une part de moi comprenait ce que je voyais : Cassie flottait dans le lac. Ce qui expliquait ses yeux vides et fixes, comme ceux d'une poupée.

Une silhouette apparut entre nous. Elle semblait grimper dans les airs ou plutôt… au sommet de rochers. Le clair de lune se reflétait sur son corps frêle. Le vent faisait voler ses cheveux longs en arrière tandis qu'elle criait :

— Cassie !

Mon cœur tressaillit. C'était moi. C'était moi qui observais le corps de Cassie, tout en bas.

Quelqu'un d'autre émergea de l'obscurité et se dirigea vers la version en noir et blanc de moi-même. Je me retournai. L'horreur et le choc déformaient mon visage. Je me levai et reculai.

La personne était plus grande que moi, plus imposante. La frustration m'envahit. Je ne voyais pas son visage !

Il tendit la main vers moi. Je sentais le goût amer de la panique sur ma langue, sur sa langue à elle. Mon pied glissa sur le rocher. Je battis des bras pour tenter de garder l'équilibre, pour me raccrocher à quelque chose, à lui. Mes lèvres s'ouvrirent sur un cri silencieux tandis que mon corps se pliait en deux.

Puis je tombai en arrière. Le vide ténébreux m'attira à lui et m'engloutit. J'avais disparu.

Quelqu'un me heurta. La vision s'évanouit. Dans un état second, je me tournai vers la personne.

Un visage inconnu m'adressa un sourire cruel.

— Qu'est-ce que tu fous ? Bouge de là, la cinglée.

J'entendis à peine ce qu'on me disait. Je me précipitai vers les portes. Même si cela pouvait paraître horrible, l'excitation battait dans mes veines. Cassie et moi n'étions pas seules cette nuit-là. Quelqu'un d'autre était présent.

Soudain, un scénario différent envahit mon esprit. L'autre personne n'avait peut-être pas poussé Cassie. Après tout, je me trouvais au bord du précipice. C'était moi qui avais crié son nom. Il ou elle aurait très bien pu n'être que spectateur. Pourtant, cela ne faisait aucun sens. Si cette personne m'avait vue, pourquoi n'était-elle pas allée me dénoncer à la police ?

La logique voulait qu'il ou elle se rende au commissariat. À part si, bien sûr, il ou elle avait quelque chose à cacher.

Il fallait que j'en parle à Carson.

Je sortis mon portable de ma pochette et lui envoyai un message pour lui dire que s'il me cherchait, j'étais en train de prendre l'air. Je m'éloignai de la salle de bal et pénétrai dans le couloir à peine éclairé qui menait au parking derrière l'hôtel. Le claquement régulier de mes talons me tenait compagnie. Au moment où je plaçai la main contre la porte en verre froide, je me figeai. J'avais la chair de poule. Les cheveux sur ma nuque s'étaient dressés.

Je regardai derrière moi. Le couloir était vide. Il n'y avait personne, pourtant, j'avais l'impression d'être observée. La sensation tournoyait en moi, comme de l'encre noire plongée dans de l'eau. Je poussai la porte pour l'ouvrir et sortis dans l'air frais de la nuit sans me retourner.

Ne fais pas attention aux sensations. Elles ne sont pas réelles. Les souvenirs l'étaient, mais je ne savais pas ce que signifiait le reste. Mon subconscient essayait-il de me faire peur ? Ou de communiquer avec moi, tout simplement ? Les deux possibilités n'étaient pas rassurantes. Ce n'était pas le comportement d'une personne saine d'esprit.

Les nerfs à fleur de peau, j'avançai sur le parking. *Regarde derrière toi. Tu le verras. Il est là. Il t'attend. Il t'observe*. Mon cœur battait aussi fort que lorsque Carson avait failli m'embrasser pendant que nous dansions, seulement c'était loin d'être aussi agréable.

À l'intérieur de ma pochette, mon portable bipa. Je sursautai et faillis tomber tête la première sur le bitume. La main posée sur mon cœur affolé, je laissai échapper un rire chevrotant. Un message avait manqué me faire mourir de peur. *Bon sang*. Je m'arrêtai à côté d'un grand arbre et sortis mon téléphone de mon sac. Le nom de Carson s'affichait sur l'écran.

Alors, je les entendis. Des pas lents et mesurés, mais lourds, inexorables. Une boule de glace se forma dans mon ventre. *Ce n'est pas réel. Ce n'est pas réel. Un. Deux. Trois*. Les pas se rapprochaient. Ma nuque me brûlait.

Je ne respirais plus.

Je fis glisser mes doigts tremblants sur l'écran de mon téléphone pour ouvrir le message de Carson.

`Je te rejoins dans une seconde.`

Mes poumons tressaillirent et se remirent à fonctionner. Carson arrivait. Tout allait bien se passer. Je...

Je sentis les cheveux sur ma nuque se hérisser. Un souffle chaud m'effleurait la peau.

Une main s'enroula autour de mon bras nu. Je voulus hurler, mais une autre main se plaqua contre ma bouche et étouffa le son.

— Ne crie pas, dit-il.

25

À l'instant où je reconnus cette voix, la colère remplaça la terreur. J'abattis mon coude dans le ventre de Del de toutes mes forces. Une douleur sourde remonta le long de mon bras, mais il me libéra avec un grognement étonné.

Je fis volte-face, prête à me servir de ma pochette comme d'une arme mortelle.

— Non, mais ça va pas ?

Les yeux écarquillés, il se massait le ventre.

— Bon sang, Sammy. Qu'est-ce qui te prend ?

J'avais encore envie de le frapper.

— Qu'est-ce qui me prend ? Tu t'es approché de moi par surprise et tu as mis ta main sur ma bouche ! Bordel, j'ai cru que tu allais...

— Que j'allais quoi ? Tu m'as forcément entendu marcher derrière toi. Je n'ai pas essayé de me cacher.

— Mais...

J'avais cru qu'il n'était pas réel, qu'il s'agissait encore d'une hallucination auditive. À présent, c'était le Dr O'Connell que je voulais taper. Et si Del avait été un psychopathe ? Et si j'étais restée là, à me dire qu'il n'existait que dans mon esprit ? Je secouai la tête.

— Peu importe. Qu'est-ce que tu veux ?

Ma question sembla le blesser.

— Je voulais simplement te parler. Tu m'en as fait la promesse, je te rappelle.

Je rangeai mon portable dans ma pochette.

— Je ne t'ai rien promis du tout et tu es ici avec Veronica…

— Je me moque de Veronica ! (Une veine saillait à sa tempe. Prudente, je fis un pas en arrière.) La seule raison pour laquelle j'ai accepté d'être son cavalier, c'est parce que tu m'évites et que tu refuses de me laisser m'expliquer.

Des semaines s'étaient écoulées depuis notre rupture. Pensait-il encore pouvoir recoller les morceaux ? C'était triste… et un peu dérangeant. Je jetai un coup d'œil derrière lui pour voir si Carson arrivait, mais le parking demeurait vide.

— Tu es vraiment venue avec Carson ? demanda Del. Comme si vous étiez un couple ?

En l'examinant de plus près, je me rendis compte qu'il avait les joues rouges. Était-ce à cause de la colère ou de l'alcool ?

— Oui. Il me l'a proposé et j'ai accepté.

Del secoua la tête, puis se passa la langue sur les dents.

— Vous sortez ensemble ?

Le changement de statut de notre relation était trop frais pour être crié sur tous les toits. Néanmoins, mon absence de réponse sembla le toucher plus que de raison. Il jura.

— Carson ? Tu n'aurais pas pu trouver quelqu'un d'autre ? Il travaille pour ton père, Sammy. Tu n'aurais pas pu descendre plus bas sur l'échelle sociale. C'est un parasite.

— Ce n'est pas un parasite ! m'écriai-je, les mains tremblantes. Je me moque que son père travaille pour le mien. Ça n'a aucune importance. L'argent n'achète pas le goût, la personnalité, ni les bonnes manières.

Il plissa les yeux.

— Tu es en train de dire que Carson est mieux que moi ?

Je ne voulais pas m'abaisser à son niveau, mais la rage eut raison de moi.

— Oui ! Il est bien mieux que toi !

— Tu sais quoi ? Je n'aurais jamais gâché pratiquement quatre ans avec toi si j'avais su que tu deviendrais aussi pathétique. (Encore un pas, et il me surplomba de toute sa hauteur. Sa colère s'échappait de lui en vagues sombres et troubles.) Je t'aurais épaulée. Je t'ai soutenue, protégée, alors que les autres t'appellent Sam la cinglée ! Je n'ai jamais dit ce que je savais.

— Qu'est-ce que tu sais ?

— Quoi ? Tu ne t'en souviens pas ? C'est dommage, Sammy, se moqua-t-il. Tu peux arrêter de compter sur ma loyauté. Tu as tout foutu en l'air. Sans moi, tu n'es rien.

Je reculai, piquée au vif par le venin qui émanait de sa voix. De quoi parlait-il ? Avant que je puisse lui poser d'autres questions, une autre voix, froide et dédaigneuse, s'éleva.

— Tu vois, c'est là que tu as tort, dit Carson qui se tenait derrière lui. (On sursauta tous les deux.) Elle est mille fois mieux que toi.

Del se retourna.

— Pourquoi ? Parce qu'elle couche…

Carson lui mit son poing dans la figure. Le bruit de l'impact résonna et la tête de Del partit en arrière. Il s'effondra comme un château de cartes, puis roula sur le côté en portant une main à sa mâchoire.

— Tu sais, j'étais jaloux quand j'ai appris que Scott t'avait fait un œil au beurre noir, dit Carson en secouant sa main droite. Mais je savais qu'il suffisait que je sois patient. Tu ne tarderais pas à nous donner une autre raison de te frapper.

— Tu es patient pour des choses étranges, quand même, marmonnai-je.

Il ne me répondit pas.

— Écoute-moi bien, Del. Ne lui adresse plus la parole. Ne regarde même plus dans sa direction. Sinon, à côté de ce que je te ferai, cette petite douleur au visage ne sera pas grand-chose. Compris ?

Del grogna quelque chose qui ressemblait à s'y méprendre à une bordée d'insultes.

Carson me rejoignit et se pencha vers moi.

— On ferait mieux de partir avant que je le frappe une deuxième fois.

Je jetais un coup d'œil derrière lui. Del se relevait en se tenant à une voiture. Je pris la main de Carson et la serrai.

— Tu as raison.

Quelque part, je n'étais pas surprise que la soirée se soit terminée par une bagarre. Sur le trajet du retour, je racontai à Carson le souvenir qui m'était revenu, mais passai sous silence le commentaire énigmatique de Del parce que j'ignorais de quoi il retournait. Comme moi, Carson sembla enthousiaste face à ce nouvel élément. Au début, du moins.

— C'est une bonne chose. Tu commences peut-être à te rappeler tout ce qui...

Il s'interrompit, le regard rivé sur la route.

Je l'étudiai dans l'obscurité de l'habitacle.

— Qu'est-ce qu'il y a ?

Il secoua la tête et un long silence s'étira.

— Retrouver la mémoire risque de te mettre en danger. Je n'ai pas envie d'y songer, mais si tu connais le coupable et qu'il apprend que tu commences à assembler les pièces du puzzle…

La gorge nouée, je détournai le regard. Mes souvenirs me mettaient en danger. Il avait raison. Mais ils étaient la clé pour accéder à la vérité. Je secouai la tête comme pour chasser la peur qui commençait à me coller à la peau.

— Ce n'est pas tout, admit-il au bout de quelque temps.

— Ah non ?

Carson eut un léger sourire.

— Je m'en veux de penser à ça, parce que je sais qu'il est important que tu recouvres la mémoire, mais si tu te souviens de tout…

— Est-ce que je resterai comme je suis aujourd'hui ou est-ce que je redeviendrai l'ancienne Sammy ? terminai-je à sa place. Je n'en ai pas la moindre idée, Carson. J'ai envie de croire qu'on m'a donné l'occasion de m'améliorer et que ce serait dommage que mes efforts s'envolent en fumée.

Il rit.

— Tant mieux.

Je me mordis les lèvres.

— Tu voudras quand même être avec moi si je me souviens de tout ?

Il me jeta un coup d'œil interloqué, les sourcils froncés.

— Sam, je voulais être avec toi avant même que tu perdes la mémoire. Tu ne t'en es jamais rendu compte, c'est tout.

— Je m'en rends compte, maintenant, murmurai-je. Et je m'en rendrai compte même si je retrouve la mémoire.

Son sourire me réchauffa de l'intérieur. Quand il emprunta la route qui menait à nos maisons respectives, je pris une grande inspiration.

— Je n'ai pas envie de rentrer tout de suite.

Son sourire se figea sur ses lèvres. Malgré l'obscurité, je vis le bleu de ses yeux s'intensifier, prendre la même couleur que celle d'un ciel d'été.

— Mon père ne travaille pas ce week-end. Il est allé rendre visite à son frère à Pittsburgh.

Sa maison était vide ? J'avais de nouveau une boule dans la gorge, mais pour une tout autre raison.

— Ça te dit qu'on... passe un peu plus de temps ensemble ?

— Tu as vraiment besoin que je réponde à cette question ?

Un rire nerveux s'échappa de ma gorge. Je me mis à jouer avec les perles cousues sur ma pochette.

Carson se gara dans l'allée.

— Reste assise.

— D'accord, répondis-je, curieuse.

Un grand sourire aux lèvres, il sauta hors du pick-up et en fit le tour pour m'ouvrir la portière. Puis il esquissa une révérence et me tendit la main. En un clin d'œil, ma nervosité s'envola presque intégralement. Je lui pris la main.

— Ça fait une éternité que tu n'es pas rentrée chez moi, dit-il en déverrouillant la porte. Je crois que la dernière fois, c'était il y a six ans.

— Je venais souvent ?

— Presque tous les jours, répondit-il d'une voix douce.

Les souvenirs de notre enfance commune m'étaient inaccessibles, mais savoir que nous avions partagé tous ces moments m'apaisait.

La maison était plongée dans le noir et le silence. Sans me lâcher la main, Carson me guida à travers le salon. Je me cognai au dossier du canapé, puis à un petit bureau où je fis tomber plusieurs feuilles de papier par terre.

Quand on entra dans sa chambre, mon cœur se mit à battre la chamade. Il me libéra pour allumer la lampe de chevet à côté de son lit. Elle n'éclairait pas beaucoup, mais je pus distinguer un bureau dans un coin et une commode sur laquelle était pliée une pile de vêtements. C'était plutôt bien rangé, pour une chambre de garçon. Je posai ma pochette sur son bureau.

Carson retira sa veste, ses chaussures et ses chaussettes, puis plaça la veste sur le dossier de sa chaise. Comme je ne savais pas quoi faire, je retirai moi aussi mes escarpins. Je soufflai de soulagement. Mes pauvres orteils me tuaient.

Il éteignit de nouveau la lampe et vint à moi.

— On n'a pas assez dansé.

— Non, c'est vrai.

Il glissa un bras autour de ma taille et me souleva pour que je grimpe sur mes pieds. Je ris tandis qu'il se mettait à onduler, à bouger selon un rythme silencieux.

— Ça te va ?

— Oui. (Je souris et appuyai la tête sur son épaule.) C'est encore mieux que le bal.

— Pourquoi ? Parce que Scott n'est pas là pour nous embêter ?

Je ris.

— Entre autres.

Sa main serra la mienne.

— Je t'ai dit à quel point je te trouvais belle ce soir ?

Mon sourire s'élargit encore.

— Oui, mais tu peux recommencer, si tu veux.

Le rire de Carson résonna en moi. Il posa son autre main contre mes reins pour nous rapprocher davantage. Ma poitrine se retrouva pressée contre son torse, nos hanches collées et il en fut de même pour d'autres parties de nos corps. La chaleur descendit le long de ma gorge.

— Tu es magnifique, me murmura-t-il à l'oreille.

Sa main remonta le long de ma colonne vertébrale jusqu'à ma nuque.

Je levai la tête et m'écartai légèrement pour voir son visage. Dans le clair de lune qui filtrait à travers la fenêtre au-dessus du lit, il paraissait à peine réel. Lentement, je pris sa joue en coupe.

— Merci, lui répondis-je d'une voix douce.

Il ne sourit pas, mais à la langueur qui couvait dans son regard mi-clos, je sentis les muscles de mon bas-ventre se contracter. Le désir que je lisais dans ses yeux reflétait le mien. La tension monta en moi jusqu'à ce que je ne puisse plus la supporter.

— Tu comptes enfin m'embrasser ? demandai-je.

L'attente et un millier d'autres choses me faisaient tourner la tête.

Il eut un sourire en coin.

— Peut-être.

Je me penchai vers lui jusqu'à respirer le même air.

— Cette réponse ne me plaît pas beaucoup.

— À moi non plus, reconnut-il d'un ton joueur.

Son torse se souleva contre le mien. Carson me lâcha la main, posa sa paume contre ma joue, puis glissa son pouce sur ma mâchoire. Je plaçai la main sur son cœur. Il battait aussi fort que le mien.

Quand il baissa la tête, la passion qui se reflétait dans ses yeux me coupa le souffle. Ses lèvres effleurèrent mon front avant de s'aventurer vers ma joue. Je fermai les paupières en frissonnant. Enfin, ses lèvres frôlèrent les miennes. Une fois, puis deux, comme une question. En guise de réponse, j'entrouvris la bouche. Alors, il approfondit son baiser doux et délicat. Sa langue bougea contre la mienne, comme s'il voulait capturer l'essence même de cet échange.

Un grognement rauque résonna dans sa gorge. Je refermai les doigts sur sa chemise amidonnée. Le monde extérieur n'existait plus. Il n'y avait plus que lui, moi et la façon dont il m'embrassait, dont il me serrait contre lui comme si j'étais précieuse, inestimable à ses yeux.

Puis je nous sentis reculer. Ses jambes rencontrèrent le bord du lit et il se laissa aller en arrière en m'amenant avec lui. Je me retrouvai à califourchon sur lui, une jambe de chaque côté de ses hanches, les genoux s'enfonçant dans le matelas. On ne s'arrêta pas un instant de s'embrasser. Pas même lorsqu'il glissa les doigts sous les bretelles de ma robe.

Il s'écarta. Quand il prit la parole, sa voix était rocailleuse.

— Je peux ?

— Oui.

Je hochai la tête au cas où ma réponse n'était pas assez claire.

Carson pressa de nouveau ses lèvres contre les miennes. Les mains tremblantes, je défis les boutons de sa chemise et la fis tomber sur ses épaules. Sa peau était brûlante sous mes doigts, lisse et douce. Je les fis courir sur son torse jusqu'aux muscles tendus de son ventre. La pratique du base-ball avait joliment sculpté son corps.

Pour moi, cet instant avait une sensation de première fois et je remerciais le ciel pour cela. Je n'aurais voulu partager ce moment avec personne d'autre. Sa bouche quitta la mienne pour s'aventurer sur mon menton, puis le long de ma gorge.

— Samantha…

Il murmura mon nom plusieurs fois, comme s'il priait, comme s'il jurait. Peu importait. Chaque fois qu'il prononçait mon nom, la tête me tournait un peu plus.

Quand je déposai un baiser sur son front, un frisson le secoua. Je compris alors qu'il attendait ce moment, qu'il le désirait, depuis bien plus longtemps que je ne l'avais imaginé. Cette simple pensée me rendit folle de joie. Dans ses bras, je me sentais légère et ancrée à la fois, en sécurité, chérie. J'avais envie de rire, de ralentir, d'accélérer, mais surtout… de ne jamais m'arrêter. Enivrée par les sensations, je sentis ses doigts descendre le long de mes bras et emporter les bretelles de ma robe avec eux. D'une main, il trouva la petite fermeture Éclair à l'arrière et la fit glisser lentement jusqu'à mes hanches.

Carson m'allongea sur le dos tout en déposant une pluie de baisers sur mes joues, mes lèvres, ma gorge et mes épaules. Sa main dériva vers mon ventre, puis plus bas, avant de se figer. L'attente était un supplice. Il saisit ma cuisse et m'aida à replier la jambe contre sa taille. Alors, il se mit à onduler contre moi et je l'imitai. À bout de souffle, on se raccrochait l'un à l'autre. On se noyait ensemble.

Parfaits. Ensemble, nous étions parfaits. Il n'y avait pas d'hésitation ni de doute. Aucune voix ne me disait d'arrêter au fond de mon esprit. Carson m'avait donné l'occasion de faire marcher arrière, bien avant qu'il s'arrête pour prendre un préservatif.

— Tu es sûre ? murmura-t-il contre mes lèvres.

— Oui. Je t'aime.

Les mots avaient franchi mes lèvres dans un souffle, sans que je m'y attende.

Carson s'immobilisa. Il n'avait même plus l'air de respirer. Le lendemain, je regretterais peut-être d'avoir prononcé ces trois mots, mais à cet instant, je ne voulais pas revenir sur mes paroles. Peu importait que ce soit trop rapide ou trop intense.

Il ferma les yeux et exhala longuement.

— Dis-le encore une fois.

— Je t'aime, répétai-je d'une voix plus forte, plus assurée. Je t'aime.

Une seconde s'écoula, puis ses lèvres caressèrent les miennes.

— Je ne pensais pas t'entendre me dire ces mots un jour. Je t'aime depuis toujours, Sam.

La tendresse infinie que je lisais dans son regard brillant me donna les larmes aux yeux. Je les retins de peur qu'il ne pense que c'étaient des larmes de tristesse. Il trembla. Je ne savais pas si c'était de soulagement ou de désir. Alors, je cessai de réfléchir. Je n'arrivais plus à me concentrer sur une sensation ou une pensée en particulier. J'avais craint que les médicaments à l'intérieur de mon organisme ne m'empêchent de savourer pleinement ce moment, mais je m'étais trompée. C'était incroyable. Nouveau et excitant.

Lorsque les choses ralentirent, je me retrouvai dans une sorte d'état second. Mon cœur battait toujours la chamade. Je haletais. Mes muscles étaient délicieusement fatigués et mes pensées ressemblaient à un grand bol de gelée à la menthe. Je souris à Carson.

Lui aussi avait un grand sourire aux lèvres. Ses cheveux bruns trempés de sueur bouclaient légèrement sur son front.

— Tu vas bien ?

— Très, soufflai-je.

Carson m'embrassa, puis roula sur le dos. Il passa un bras autour de moi pour me serrer contre lui. Je posai la tête contre son torse. Je sentais son souffle irrégulier contre ma joue.

— Qu'est-ce que je dois faire pour te convaincre de rester ?

Je gloussai.

— Je ne suis pas certaine que mes parents apprécieraient, mais je peux profiter encore un peu... (Je m'interrompis. Pour la première fois, le doute s'insinua dans mon esprit.) Enfin, si tu le veux vraiment.

— Sam, je n'ai plus envie de te quitter. Plus jamais. Et je sais que toi non plus.

Mon cœur se gonfla d'une émotion aussi merveilleuse que fleur bleue. J'aurais pu flotter jusqu'au plafond.

— OK.

— Je ne plaisantais pas, tout à l'heure, Sam. Je t'aime vraiment. Je t'aime depuis le début. J'espère que tu...

— Je le pensais aussi, le coupai-je en lui prenant la main. Et je crois... je crois que je le pensais déjà, avant, mais que je ne me le suis jamais avoué.

Le sourire de Carson s'élargit. On resta ainsi dans les bras l'un de l'autre, à parler de choses sans importance, à rire doucement. De temps en temps, on s'arrêtait pour s'embrasser, se caresser et se perdre l'un dans l'autre sans nous soucier du temps qui passait. Au bout d'un moment, je dus m'endormir, car je me rendis compte que je rêvais. Les images que je voyais étaient un peu floues, pas tout à fait réelles.

J'attendais devant l'entrée de la bibliothèque de l'école, le menton haut. Je jubilais. Une profonde satisfaction mettait en sourdine la jalousie qui couvait dans mon ventre chaque fois que je le voyais regarder Cassie depuis cette fameuse soirée.

Cette fois, je le tenais. J'allais le détruire.

Des bruits de pas résonnèrent. Un sourire triomphant se dessina sur mes lèvres. Carson sortit, en pleine discussion avec Dianna.

Je m'écartai du mur et lui bloquai la route.

— Il faut qu'on parle.

Ses yeux d'un bleu éclatant reflétaient une certaine lassitude. Il se tourna vers Dianna.

— On se voit plus tard.

La jeune femme partit sans demander son reste. Un sourire mielleux aux lèvres, je m'approchai de ma proie.

— Comment ça va, Carson ?

— Qu'est-ce que tu veux, Sam ? (Il se mit à marcher.) J'ai des choses à faire. Je ne doute pas que ce que tu as à me dire est super intéressant, mais je n'ai pas le temps.

Je plissai les yeux. La jalousie était toujours là. La colère, aussi. Pourquoi se montrait-il toujours aussi méprisant avec moi ? Tous les mecs de ce foutu bahut me voulaient. Tous sauf lui.

— Je sais quelque chose, lui dis-je.

Il s'arrêta devant les portes avec un air blasé.

— Et... ?

— Je sais que tu paies Dianna.

— Pour du sexe, oui. Tu as tout compris.

Les lèvres pincées, je sentis l'agacement m'envahir. Pourquoi n'était-il pas intimidé ? Sans doute parce que j'avais passé toute mon enfance à courir dehors torse nu, avec mon frère et lui.

— Ça m'étonnerait que tu aies besoin de payer pour ça. En revanche, je suis surprise que tu aies accepté de coucher avec Cassie sans demander une compensation.

Son regard était franc et brûlant à la fois. J'adorais ses yeux autant que je les détestais.

— C'est de ça que tu voulais parler ? De mon coup d'un soir avec Cassie il y a des mois de ça ?

— Non.

Je serrai les poings. La jalousie était un enfer, mais je pouvais me montrer diabolique, moi aussi. J'avais parfaitement conscience que ce que je m'apprêtais à faire était mal, mais je m'en moquais. Je me moquais de tout.

— Plutôt de la raison pour laquelle tu paies la fille du prof d'histoire. Hmm... (Je me tapotai le menton.) Je me demande bien pourquoi. Attends une minute. Tu n'es pas dans le même cours d'histoire que Cassie ?

Carson croisa les bras.

— Si.

— Elle m'a dit que tu avais de mauvaises notes dans cette matière. Alors pourquoi pourrais-tu bien avoir besoin de Dianna ?

— Je ne sais pas, mais je suis sûr que tu vas me le dire.

Poussée par la colère, mon ton se fit mordant :

— Je sais que tu paies Dianna pour qu'elle t'aide à mettre la main sur les contrôles de son père. Elle t'aide à tricher.

Carson me dévisagea un long moment avant d'éclater de rire.

— OK, d'accord. Tu m'as eu. Qu'est-ce que tu comptes faire de cette information, Sherlock ?

Mes mains me démangeaient. Je mourais d'envie de le gifler.

— Cassie est au courant, elle aussi, et tu sais qu'elle est incapable de garder un secret.

Sa mâchoire se contracta.

— Je suis certain qu'une bonne âme ne tardera pas à mettre le proviseur au courant et alors, tu sais ce qui se passera. (Je souris. J'avais enfin toute son attention. Ce n'était pas pour de bonnes raisons, mais je l'avais. Je l'avais, lui.) Le lycée ne prend pas la triche à la légère. L'université de Pennsylvanie non plus, je crois.

Carson plissa les lèvres.

— Bon sang, Sam...

Je poussai la porte et sortis dans l'air frais du mois de mars.

— Tu pourras dire adieu à ta bourse. Quel dommage !

— Tu es vraiment une...

— Une quoi ? Une salope ? (Je tournai la tête pour le regarder dans les yeux.) On ne me l'a jamais dit.

— Non. Tu n'es pas une salope. (Il me suivit à l'extérieur, le visage fermé.) Quand je repense à celle que tu étais, je trouve ça triste.

Ce n'était pas la réaction à laquelle je m'étais attendue. Sous la colère se tapissait la douleur.

— Je ne suis pas triste.

Ses lèvres esquissèrent un sourire désabusé.

— Oh que si ! Fais ce que tu veux Sam, mais tu vas le regretter.

Je me réveillai en sursaut et serrai les couvertures contre ma poitrine. Je me sentais oppressée. Autour de moi, la chambre de Carson aux murs couverts de posters semblait tournoyer.

Ce n'était pas un rêve. Non. C'était un souvenir. Je le savais au plus profond de moi-même. Carson avait payé Dianna pour écrire ses devoirs à sa place et pour obtenir à l'avance les contrôles du cours d'histoire dans lequel il obtenait de mauvaises notes. D'une manière ou d'une autre, j'avais appris la vérité. Je l'avais dit à Cassie, puis j'avais menacé Carson de tout raconter, de l'empêcher d'obtenir sa bourse... de gâcher sa vie.

« Fais ce que tu veux Sam, mais tu vas le regretter. »

Une pensée effroyable me vint. Était-il... Se pouvait-il que Carson ait été la troisième personne sur la falaise ? Mon sang se glaça. C'était impossible.

Mon Dieu...

Il avait une raison de nous faire taire. Certains détails me sautaient à présent aux yeux. La première fois qu'il m'avait vue chez moi, après mon retour de l'hôpital, il s'était montré méfiant et distant. Il ne disait jamais rien de gentil au sujet de Cassie. Il connaissait la falaise et ses alentours aussi bien que moi. Et surtout, il était certain que je n'avais pas fait le moindre mal à Cassie. Sans parler des messages que je m'étais écrits. « Ne lui dis pas que tu te souviens de quoi que soit. » Mon inconscient avait-il tenté de me mettre en garde ?

De m'empêcher de me confier à Carson ?

26

Mon cœur battait à tout rompre. Je venais de me donner à Carson. Je lui avais dit que je l'aimais, alors qu'il… J'étais incapable de terminer cette pensée. Il fallait que je parte d'ici, que je réfléchisse posément, car il ne pouvait pas être le coupable. Pas lui.

À côté de moi, Carson se réveilla. Il s'assit lentement.

— Qu'est-ce qui se passe, Sam ?

— Je dois y aller.

Ma voix était un murmure rauque.

— D'accord. (Il bâilla et se passa la main sur le front.) Laisse-moi te raccompagner. Il est tard.

— Non. Tu n'es pas obligé.

J'écartai les couvertures et ramassai ma robe roulée en boule par terre.

Carson passa les jambes sur le côté du lit.

— Ça ne me dérange pas. Je ne veux pas que tu…

Il s'interrompit pour me regarder m'habiller. Le sourire aux lèvres, il tendit la main vers moi.

Je m'écartai vivement et trébuchai sur ses chaussures, mais parvins à me rattraper au mur.

Sa bonne humeur s'évanouit aussitôt.

— Tu vas bien, Sam ?

— Oui. (La panique enfonçait ses griffes en moi alors que je peinais à fermer à moitié la fermeture

Éclair de ma robe.) Il est tard. Il faut que je rentre chez moi, c'est tout.

Maintenant qu'il était tout à fait réveillé, il ne semblait pas convaincu par mon explication. Les sourcils froncés par l'inquiétude, il me regarda tâtonner à la recherche de mes escarpins, qui demeuraient introuvables dans le noir. Je préférai abandonner. Après avoir récupéré ma pochette posée sur le bureau, je reculai vers la porte.

— À... à plus.

L'émotion me nouait la gorge, mais je ne pouvais pas penser à ce qui s'était passé entre nous ou à ce qu'il avait peut-être fait. Je risquais de m'effondrer.

Il se leva et je dus faire appel à tout mon courage pour le regarder en face.

— Attends. Pourquoi est-ce que tu paniques ? Sam ?

Comme je savais que j'allais fondre en larmes à l'instant où je répondrais, j'ouvris la porte et m'élançai dans le couloir étroit à l'aveugle. Je me heurtais à des objets invisibles sur mon chemin, ce qui ne m'empêcha pas de me précipiter jusqu'à l'entrée. Le grincement de la porte me fit grimacer puis je m'empressai de sortir et de refermer derrière moi.

Je pris de grandes inspirations puis repartis sans plus attendre. Les graviers s'enfoncèrent dans la plante de mes pieds, puis la sensation de l'herbe fraîche les apaisa. *Était-ce Carson ? Était-ce lui depuis le début ?* Une lame perça mon cœur, puis une autre.

Carson.

Mes pensées me ramenèrent en arrière, au moment où je l'avais vu dans ma chambre pour la première fois, jusqu'à ce baiser dévorant que nous avions partagé avant que je m'endorme. Tandis que je traversais la pelouse tondue, je plaquai une main contre ma bouche pour étouffer mes sanglots. Cela ne pouvait pas être lui. Je lui avais accordé une confiance inconditionnelle. Il s'était montré adorable avec moi alors que je ne l'avais clairement pas mérité. Le doute se mêlait à la confusion, semait ses graines en moi. Je ne pouvais m'empêcher de songer à ses paroles qui prenaient désormais un tout autre sens…

Il m'avait mise en garde.

— Sam !

Un sanglot étranglé m'échappa. Je ne pouvais pas lui faire face. Je ne pouvais pas l'affronter avant d'avoir réfléchi posément à la situation.

Malheureusement, Carson me rattrapa avant même que je sois arrivée à mi-chemin de la maison. Il me prit le bras et me força à me retourner. Il était torse nu. Dans sa précipitation, il n'avait même pas boutonné son pantalon.

— Qu'est-ce qui se passe, Sam ? me demanda-t-il, les yeux écarquillés et les pupilles dilatées.

Je tentai de me libérer de sa poigne.

— S'il te plaît. Laisse-moi. Je t'en prie.

Il refusa de me lâcher.

— Qu'est-ce qui ne va pas ? On est allés trop vite ? Parle-moi, Sam.

Quand je plongeai mon regard dans le sien, mon cœur se brisa un peu plus.

— Est-ce que c'était toi ?

— Quoi donc ? (Il recoiffa mes cheveux en arrière.) Parle-moi, Sam. Aide-moi à comprendre ce qui se passe. Peu importe de quoi il s'agit, je te promets que tout ira bien.

La tendresse qui émanait de sa voix me tordit le cœur. Comment pouvait-il agir ainsi après ce qu'il avait fait ? La situation me paraissait surréaliste.

— Je… je me suis souvenue de quelque chose.

Il eut l'air perplexe. Son expression paraissait si sincère que le doute m'envahit de nouveau.

— D'accord. Qu'est-ce que c'était ?

— C'est un souvenir te concernant, répondis-je, le pouls affolé. Je savais que tu payais Dianna pour tricher à tes contrôles d'histoire. J'ai dû en parler à Cassie et je... Je t'ai menacé au lycée alors que tu sortais de la bibliothèque. Tu m'as dit que si je le répétais à qui que ce soit, je le regretterais.

Carson me libéra et fit un pas en arrière.

— Sam...

La façon dont il prononça mon prénom me bouleversa.

— Je t'ai dit que j'allais en parler au proviseur.

— Tu... tu penses que... ? Tu crois que je suis coupable à cause de ça ? demanda-t-il, atterré.

— Il y avait une troisième personne ce soir-là et tu... Tu avais une raison de...

Il me dévisagea, les traits déformés par la douleur, et non par la colère. Mes soupçons s'effritèrent davantage.

— Tu n'es vraiment pas croyable ! dit-il, consterné.

— Moi ?

Je croisai les bras, frissonnante.

— Oui, toi ! Bon sang, j'ai cru... j'ai cru que tu avais changé, mais ça, ce que tu es en train de faire, c'est exactement ce que l'ancienne Sammy aurait fait. Tu sautes d'une conclusion à l'autre. Tu ramènes tout à toi ! s'écria-t-il, les yeux étincelants dans le clair de lune. Et là, tu me sors ça ?

— Mais... Je t'ai vu avec elle ! Tu lui donnais de l'argent. Je t'ai menacé. J'en ai parlé à Cassie ! On avait l'intention de tout répéter au proviseur.

Tandis que les mots s'échappaient de ma bouche, je comprenais réellement à quel point j'avais été une garce. Tricher n'était pas correct, mais ce n'était pas pour l'amour de la morale que j'avais eu l'intention de le dénoncer.

Carson me toisa avant d'éclater d'un rire sans joie.

— Tu ne sais pas ce que tu as vu.

— Alors, dis-le-moi, parce que je n'ai pas envie d'y croire !

Il tressaillit et je fus à nouveau assaillie par le doute. Il m'en voulait, mais pas pour les raisons que j'avais imaginées. Ses paroles et son regard montraient qu'il était blessé par mes accusations.

— Tu m'as vu payer Dianna, c'est vrai, mais parce qu'elle me donne des cours particuliers.

Mes bras retombèrent le long de mes flancs.

— Quoi ? croassai-je.

— Oui, c'est pour ça que je la payais. Que je la paie toujours, d'ailleurs. Mon père fait des heures supplémentaires pour ton père pour me donner cet argent. Il nettoie les bureaux et fait tout un tas de boulots dégradants pour me permettre de garder ma bourse.

Je me rappelai ce que ma mère m'avait dit. La culpabilité me frappa alors comme un fouet couvert de barbelés. Mon Dieu. Comment avais-je pu me tromper à ce point ?

— Pourquoi ne m'as-tu pas dit la vérité quand je t'ai accusé de triche ?

— Pourquoi l'aurais-je fait ? Je ne te devais rien, à l'époque, surtout pas à toi. Et puis, de toute façon, tu ne m'aurais pas cru. (Il prit une grande inspiration, avant de jurer.) Seigneur, Sam. Tu as vraiment pensé que j'étais le coupable ? Que j'aurais été capable de vous pousser, Cassie et toi, de la falaise ?

Les larmes me montèrent aux yeux.

— Mais tu m'as dit que je le regretterais !

Carson recula comme si je l'avais frappé. À bien y réfléchir, il l'aurait sans doute moins mal pris. Depuis l'accident, Carson s'était tenu à mes côtés. Il n'avait jamais douté de moi. Mais moi, j'avais douté de lui.

— Je voulais dire qu'un jour tu finirais par regretter tout ce que tu avais fait. Je ne pensais pas... Attends une minute. Tu as vraiment cru que je t'avais menacée ? Alors que je t'ai dit ce que je ressentais pour toi ? (Il lut sans doute la réponse sur mon visage, car il jura de nouveau.) Je ne pourrai jamais te faire du mal. Même si tu étais allée voir le proviseur, je ne t'aurais absolument rien fait.

— Pourquoi est-ce que je ne suis pas allée te dénoncer, d'ailleurs ? Moi ou Cassie ?

— Aucune idée. (Il inspira, puis expira avec difficulté.) J'aime penser que tu as changé d'avis, mais rien n'est moins sûr. Cassie et toi avez disparu le week-end suivant.

Je savais qu'il disait la vérité. J'avais agi de manière impulsive dès que le souvenir s'était dissipé. Les yeux encore embués de larmes, je tendis la main vers lui sans vraiment le voir.

— Carson, je suis dé...

— Oh, tu es désolée ? (Il m'évita et recula en secouant la tête.) Pas autant que moi.

Mon cœur se fendit en deux.

— Je suis vraiment désolée. Je suis perdue. Je me suis rappelé la scène et...

— Et tu en as conclu que j'étais capable de toutes ces choses ? Pourquoi ? Tu penses vraiment que je suis du genre à tricher, à menacer et à assassiner quelqu'un ? Que je me rapprocherais de toi et que je coucherais avec toi après avoir tenté de te tuer ? (La douleur colorait ses mots. On aurait dit que j'avais rouvert une blessure encore fraîche.) L'ancienne Sammy aurait cru tout ça. Je pensais qu'elle avait disparu. Visiblement, j'avais tort.

— Carson…

— Non. (Le visage fermé, il continuait de reculer.) Non. Tu n'as pas changé. Tu n'es plus aussi méchante qu'avant, mais l'ancienne Sammy est toujours là. J'ai été idiot de croire le contraire.

À ce stade, m'excuser me paraissait stupide et inutile. Je l'avais accusé du pire. Pourtant, j'étais incapable de me taire. Il fallait qu'il sache que j'avais honte de mes propos, que je me sentais mal. Dans ma précipitation pour me rapprocher de lui, mon pied se prit dans ma robe et je tombai en avant.

Carson me rattrapa par les bras avant que je m'étale tête la première.

— Bon sang, Sam, souffla-t-il, les dents serrées.

Je pressai mon front contre son torse nu. Ma gorge était tellement nouée que j'avais du mal à respirer.

— Je suis vraiment, vraiment désolée. Je ne sais plus quoi penser. Je suis perdue.

Ses mains hésitèrent et, un instant plus tard, je me retrouvai collée à lui. Il enfouit son visage dans mes cheveux. Puis, tout aussi vite, il recula et me lâcha.

— Rentre chez toi, Sam, dit-il d'une voix enrouée. Rentre chez toi.

Figée, je le regardai s'éloigner en courant et disparaître dans la nuit. La douleur se déversait de mon cœur et se répandait dans tout mon corps. J'aurais pu le suivre, mais je savais… je savais que je l'avais perdu avant même qu'il soit réellement à moi.

À mon réveil, le lendemain matin, j'avais mal à plusieurs endroits pour des raisons bien différentes. De bonnes raisons… et de moins bonnes. Je n'avais pas envie d'ouvrir les yeux ni de sortir du lit. Toutefois, je me rendis rapidement compte que je n'étais pas seule.

Mon frère était assis contre la tête de lit, les jambes croisées au niveau des chevilles. Un journal était ouvert sur ses genoux à la page des sports.

Je frottai mes yeux gonflés en grimaçant.

— Qu'est-ce que tu fais ici ?

— Des questions, toujours des questions. Ça tombe bien, j'en ai plusieurs à te poser, moi aussi. (Il plia le journal et le laissa tomber par terre.) Qu'est-ce qui s'est passé hier soir ?

Je le fusillai du regard, franchement pas d'humeur.

Il leva une main en signe d'apaisement.

— Je suis curieux, c'est tout. Tu as quitté le bal au bout d'une heure à peine. Apparemment, Carson t'a ramenée. J'ai croisé Del qui s'est encore fait cogner, mais pas par moi... (Il marqua une pause. Il énumérait les faits sur ses doigts. Le suivant était son annulaire.) J'ai vu Carson ce matin. La seule chose qu'il m'a dite, c'est que des souvenirs te sont revenus. Il n'a pas voulu parler davantage. Et enfin...

— Ce n'est pas terminé ? grognai-je en enfouissant mon visage dans l'oreiller.

Entendre le nom de Carson m'emplissait d'une souffrance dont, je le savais, je ne guérirais jamais.

— Même si Carson et toi êtes partis bien avant moi du bal, tu es rentrée à la maison après moi. Tu veux bien m'expliquer ?

— Non, grommelai-je d'une voix étouffée par l'oreiller.

Scott s'allongea à côté de moi.

— Je ne te demande pas de détails. Je préfère ne pas vomir mon petit déj, merci. Mais Carson est amoureux de toi en secret depuis si longtemps...

Je me redressai à genoux. Des mèches de cheveux encore bouclés de la veille tombèrent devant mon visage.

— Oh, mon Dieu. (Je me pris la tête entre les mains.) Achève-moi.

— Qu'est-ce qui s'est passé ? répéta-t-il en me forçant à écarter mes mains. Ça ne peut pas être si terrible.

— Si. Tu n'imagines pas à quel point, soufflai-je en me laissant retomber sur le dos. J'étais affreuse avant de perdre la mémoire et je le suis toujours. J'ai accusé Carson d'être celui qui nous a attaquées, Cassie et moi.

— Ah oui, quand même... mais tu vas devoir me donner une meilleure explication que ça, Sam.

Alors, je lui racontai tout depuis le début : le souvenir qui avait ressurgi pendant le bal, puis plus tard, en prenant soin de censurer ce qui s'était passé avec Carson. Selon cette version, je m'étais endormie en discutant avec lui.

Lorsque je terminai mon histoire, Scott secoua la tête.

— Il s'en remettra, Sam.

— Non, je ne crois pas.

Comment pouvait-on pardonner à quelqu'un de vous avoir accusé de meurtre ?

— Bien sûr que si. Il sait que ce que tu traverses est difficile. Laisse-lui le temps.

Je levai les bras dans un geste d'impuissance.

— Je suis tellement bête.

— Ça, c'est certain, rétorqua Scott. Écoute, va prendre une douche. Julie et moi, on va au ciné. Tu viens avec nous.

Voir Julie m'aurait fait plaisir, mais je n'étais pas prête. J'avais besoin de me morfondre. Quand Scott me laissa, je restai allongée un moment à fixer le plafond. Comment avais-je pu être aussi stupide ? À ce niveau, c'était un véritable talent.

Lorsque je me décidai enfin à me lever, l'après-midi touchait déjà à sa fin. Scott était toujours au cinéma avec Julie. Maman était à une réunion concernant un gala de charité ou un truc dans le genre. J'ignorais où se trouvait mon père ou même s'il était à la maison. Je me traînai jusqu'à la douche, où mes larmes se confondaient avec l'eau. Je me séchai, puis m'habillai, mais mes joues, elles, restèrent humides.

Il fallait que je trouve un moyen de me racheter auprès de Carson, mais je n'étais pas certaine que cela soit possible. Personne ne le blâmerait de ne pas pouvoir me pardonner.

Assise sur mon lit, j'observai la boîte à musique. Un picotement familier remonta le long de ma colonne vertébrale et je plongeai tête la première dans un souvenir.

Le visage strié de larmes, je me précipitai dans l'allée de la maison de Del. Comment avait-il pu me faire ça ? Et elle ? J'étais sa meilleure amie, la seule personne qui acceptait son sale caractère... et elle avait couché avec mon petit ami.

Je la détestais. Et lui aussi.

Del me rattrapa.

— Pardonne-moi, Sammy. C'était une erreur. J'étais bourré. Elle aussi.

— C'est censé tout excuser ? (Je me tournai vers lui, les mains tremblantes.) Ça n'excuse rien ! Tu as couché avec ma meilleure amie !

Il jeta un coup d'œil nerveux derrière lui.

— Ne parle pas trop fort. Mes parents vont...

— Je m'en moque ! m'écriai-je d'une voix aiguë. Vous avez attendu que je m'endorme ? Tu étais content de commencer la nouvelle année avec elle ?

— Non ! Ça ne s'est pas passé comme ça. Je te le jure.

Un rire incrédule me quitta. D'une main, je saisis le collier à mon cou et tirai d'un coup sec avant de le lui jeter à la figure.

— C'est fini entre nous. Pour de bon, cette fois.

Del en resta bouche bée.

— Tu n'es pas sérieuse.

Je n'avais jamais été aussi sérieuse de toute ma vie. Je me moquais de ce que mes parents pensaient ou voulaient. Tout à coup, je comprenais pourquoi Cassie avait insisté pour me retrouver dans notre chalet d'été, plus tard, dans la soirée. Elle comptait m'avouer qu'elle avait couché avec mon copain. Sympa.

— J'en ai marre qu'elle me fasse des coups comme ça !

Il tendit la main vers moi, mais je l'évitai.

— Sammy. Calme-toi.

Je secouai la tête.

— Je vais la tuer.

Le souvenir s'évapora soudain. Je me tenais dans ma chambre, face à mon miroir. La fille du reflet était pâle comme la mort. Ses yeux noisette étaient tellement sombres qu'ils paraissaient noirs. Un frisson la parcourut et sa poitrine se souleva violemment.

Je posai les doigts contre ma bouche comme pour vérifier que c'était bien moi.

Del m'avait trompée avec Cassie. Était-ce la raison pour laquelle j'avais été attirée par la photo du jour de l'An sur laquelle on les voyait tous les deux ? Était-ce encore une fois mon subconscient qui avait tenté de m'alerter ? Del m'avait menti. Je n'avais pas retiré mon collier parce que j'avais eu envie de prendre une douche. Je le lui avais jeté au visage. J'avais enfin pris mon courage à deux mains et l'avais quitté. Ce petit instant de triomphe se perdait malheureusement dans la gravité de la situation.

La colère bouillait encore dans mes veines, me rongeait comme un poison qui infectait ma chair et mes os. Lorsque j'avais dit que j'allais tuer Cassie, je le pensais.

Mon amie m'avait demandé de la rejoindre au chalet près du lac. Selon ce que m'avait dit Carson, j'étais d'abord rentrée chez moi. À présent, je comprenais mieux pourquoi j'avais pleuré et l'avais embrassé.

Je ris, mais c'était un rire si hystérique que je refermai aussitôt la bouche.

Pas étonnant que Del pense que je lui étais redevable. Dans un sens, il avait raison. Il me protégeait. Il était le seul à savoir à quel point j'en voulais à Cassie le soir où elle était morte. Del connaissait la vérité. Il n'y avait sans doute jamais eu de troisième personne. Pas vraiment. Mon subconscient avait seulement tenté de m'avertir que quelqu'un d'autre était au courant, savait ce que j'avais fait.

Je ne comprenais pas ce que les messages que je m'écrivais venaient faire dans cette histoire. J'ignorais également comment Cassie et moi nous étions retrouvées en haut de la falaise. Mais était-ce réellement important ?

Le barrage qui retenait mes émotions se rompit. Elles me déchirèrent comme si j'étais faite de mouchoirs en papier. Les moments où j'avais soupçonné d'autres personnes, Del, Scott et Carson, ou songé à la possibilité qu'il s'agisse d'un inconnu, défilaient devant mes yeux.

Mes genoux s'entrechoquaient et mon souffle s'échappait en râles saccadés. C'était moi. Depuis le début, c'était moi. Plus que quiconque, j'avais des raisons de m'en prendre à Cassie. La colère que j'avais éprouvée envers elle, ce besoin de destruction pur et vicieux, grondait encore en moi. L'aurais-je tuée à cause de *Del* ?

Bon sang. Si c'était le cas, je me détestais encore plus.

Prise d'un élan de rage, j'attrapai la boîte à musique sur la table de chevet et la balançai contre le miroir de toutes mes forces. Une dernière note dissonante s'en échappa, et la glace se brisa en dizaines d'éclats qui tombèrent et tombèrent encore sur le sol. J'étais ce miroir. Cette boîte à musique. J'étais détruite, brisée en mille morceaux.

La boîte se fracassa par terre. La petite danseuse étoile en tutu se détacha, mais la base resta intacte. Un son faible retentit, comme un gémissement.

Un flash de lumière passa alors devant mes yeux et soudain, une douleur terrible se réveilla entre mes tempes, comme si on avait enfoncé un tournevis dans mon crâne. Je me pliai en deux en me tenant la tête. M'étais-je coupée avec un bris de verre ?

Non. C'était tout autre chose.

Une sensation de malaise s'abattait sur moi à répétition comme des vagues qui érodent lentement la côte. À chaque déferlement, un souvenir refaisait surface. Je me revis sauter dans les bras de Scott depuis le haut du grand escalier de la maison. J'avais gloussé tandis qu'il me criait des remontrances. Puis maman le remplaça. Elle me serrait contre elle pendant qu'un médecin examinait mon poignet cassé. Je n'entendais pas ses paroles parce que je pleurais trop fort. Je me vis également assise en tailleur dans la cabane en face de Carson, à dix ans.

— Action ou vérité ! criai-je.

— Action. (Il sourit.) Je te mets au défi de m'embrasser.

Le souvenir s'évanouit, remplacé par celui de ma rencontre avec Cassie. Elle m'avait immédiatement attirée. J'avais eu l'impression de me regarder dans un miroir. On fuyait les garçons. On se déguisait avec les chaussures et les bijoux de sa mère. On s'écroulait, mortes de rire. Les souvenirs ne cessaient d'affluer. Ils remontaient le passé, puis sautaient dans le temps. Cette fois, on avait quinze ans et on était dans sa chambre.

— *Tu as tellement de chance, murmura-t-elle. Tu as tout.*

À ce moment, je n'avais pas compris ce qu'elle voulait dire, mais je l'avais regardée glisser un morceau de papier à l'intérieur de la boîte à musique et refermer la cachette secrète.

Cet instant disparut également, perdu dans la marée montante de ma mémoire. Ma vie, les choses que j'avais faites et dites aux gens… tout me revint dans un tourbillon. Mon enfance passée à suivre mon frère et Carson. *Carson*. Le trop-plein d'émotion me fit tomber à genoux. Tout défila. L'amitié presque malsaine que j'avais partagée avec Cassie et qui avait peu à peu englouti tout le reste. Le jour où j'avais rencontré Del à une fête de Noël organisée par l'entreprise de mon père ou du sien. L'indécence de nos parents qui nous avaient pratiquement poussés dans les bras l'un de l'autre.

Et toute cette pression d'être la fille parfaite, d'être mieux que les autres. La colère tournoyait dans ma poitrine comme un essaim de guêpes enragées. J'avais été tellement en colère, tellement amère sous la surface… Privée de la vie et des choix auxquels j'aspirais, j'étais devenue quelqu'un qui frappait en premier, qui blessait les autres pour se rassurer, pour avoir l'impression d'être en position de contrôle.

Je m'étais montrée méchante et cruelle… parce que rien ne m'en empêchait. Parce que personne n'osait m'arrêter. Rien n'excusait mon comportement. Je ne m'expliquais pas pourquoi j'avais laissé Del m'humilier ainsi, ou pourquoi j'avais autorisé

Cassie à régenter mon existence. J'avais fait beaucoup d'erreurs, mais cette nuit-là...

En proie à un tumulte d'émotions contradictoires, je m'étais rendue au chalet. Je venais de rompre avec Del et d'embrasser Carson, et ma meilleure amie était une sale traîtresse. Un second message de sa part m'avait conduite à la falaise. J'avais jeté mon portable contre un arbre avant de le ramasser et de le glisser dans la poche arrière de mon jean.

J'étais hors de moi, et la perspective de devoir me frayer un chemin dans les bois la nuit sans me rompre le cou m'irrita encore davantage. J'ignorais ce que j'allais faire lorsqu'elle se retrouverait en face de moi, mais une chose était certaine : comme pour Del, notre amitié était terminée. Voler mes vêtements et mes bijoux était une chose. Mon petit ami ? Il y avait des limites. C'était fini.

Lorsque j'approchai l'orée de la forêt, la falaise apparut devant moi. Ce que je vis alors dépassa tout ce que j'avais pu imaginer. J'avais même du mal à comprendre ce qui se passait.

Mais le plus important, c'était que je me souvenais de tout.

J'avais vu le visage du meurtrier de Cassie.

27

Mon cœur tambourinait dans ma poitrine. Il propulsait le sang dans mes veines si vite que mon estomac se retourna et que les murs de ma chambre se mirent à tournoyer autour de moi à une allure folle.

Je me souvenais de tout.

J'étais montée sur la falaise parce que Cassie me l'avait demandé. Elle voulait me montrer quelque chose et je l'avais vu. J'avais fini par comprendre pourquoi sa mère avait tenté de l'éloigner de moi ; pourquoi Cassie avait séduit Del et n'avait cessé de me défier, de me voler des choses ; pourquoi notre amitié avait été emplie d'amertume et d'envie de vengeance sous toutes ses couches de complexité qui se délitaient.

Cependant, tandis que je me relevais, ce fut le chagrin qui m'envahit, qui me noua la gorge et serra mon cœur si fort qu'il explosa en millions de morceaux.

La douleur était si vive que j'arrivais à peine à respirer et à penser.

Cassie... Pauvre Cassie...

Je savais qui l'avait tuée.

Des éclats de verre craquèrent sous mes chaussures. Je me précipitai vers mon bureau, saisis mon téléphone et pressai la touche d'appel. La sonnerie retentit. Une fois. Deux fois. Cinq fois. Les larmes me troublaient la vue. Il ne répondrait pas. Évidemment. Je l'avais accusé de choses terribles et à présent, je me rappelais ce que je lui avais fait endurer. Je n'aurais jamais dû me tourner vers lui, mais il fallait que je parle à quelqu'un. Je devais prononcer les mots pour les rendre réels. Désormais, rien ne serait plus jamais comme avant.

Le répondeur de Carson se déclencha.

Je fermai les yeux.

— C'est moi. Je me souviens de tout. Je sais… je sais qui a tué Cassie. Je ne sais pas quoi faire. S'il te plaît…

La porte de ma chambre s'ouvrit en grinçant. Le cœur au bord des lèvres, je serrai très fort mon portable. La personne qui se tenait dans l'entrée était la même que celle de mes souvenirs, celle qui s'était penchée vers moi alors que j'étais allongée sur la falaise pour chercher mon pouls. L'homme de l'ombre qui hantait mes pas était bien réel. Il ne se trouvait peut-être pas à l'arrière de la voiture de Scott, mais je savais sans aucun doute qu'il était avec moi dans les bois, qu'il m'avait espionnée, qu'il avait sorti mon sac et le message de la voiture après mon accident. Par deux fois, il m'avait laissée pour morte.

La trahison me brisait le cœur.

— Papa, croassai-je, étourdie.

— Raccroche, Samantha.

Raccrocher était une très mauvaise idée. Rester figée aussi, mais j'étais en état de choc. Je tremblais tandis que papa avançait vers moi. Il jeta un coup d'œil en direction du miroir brisé et de la boîte à musique, puis m'arracha le téléphone des mains et raccrocha à ma place.

— Qui as-tu appelé, Samantha ? demanda-t-il en glissant le portable dans la poche arrière de son pantalon.

Je reculai.

— Personne.

Il grimaça.

— Ne me mens pas. Je sais que tu étais au téléphone avec quelqu'un. Qui était-ce ?

Il était hors de question que je lui réponde. Je restai muette en priant pour que Carson écoute ses messages et appelle la police. C'était un pari risqué. Il y avait de grandes chances pour qu'il l'efface sans même le consulter. Et si jamais il tentait de me rappeler, c'était mon père qui avait mon téléphone à présent.

— C'était Carson, pas vrai ? Pourquoi a-t-il fallu que tu le mêles à ça, princesse ? (Il se frotta le front d'un air déçu comme si j'étais rentrée après le couvre-feu.) C'est... Il va falloir faire avec. Je m'occuperai de lui.

La peur grandit en moi.

— Tu t'occuperas de lui ?

Mon père me jeta un regard sinistre, et je me recroquevillai sur moi-même.

— Je ne me suis pas battu pour sortir de la misère et devenir qui je suis aujourd'hui pour tout perdre à cause d'une erreur. Il faut savoir faire des... sacrifices en cours de route.

Il avait l'air complètement fou.

— Des sacrifices ? Cassie était un sacrifice ? Moi aussi ?

— Samantha...

— Pourquoi est-ce que tu l'as tuée ? Elle était...

— Tuée ? Tu ne comprends pas.

— Je m'en souviens ! (La douleur et la panique qui résonnaient dans ma voix me choquèrent moi-même.) Je t'ai vu. Tu l'as poussée et...

— Et elle a glissé et elle est tombée ! Elle s'est cogné la tête contre un foutu rocher ! C'était un accident, Samantha. Je n'avais pas l'intention de lui faire du mal, mais elle refusait de m'écouter ! (Il recula, se passa la main sur la tête, puis tira sur l'extrémité de ses cheveux.) Dès que tu l'as invitée chez nous, un soir après l'école, j'ai su qu'elle allait poser problème. J'ai tout fait pour vous éloigner l'une de l'autre.

Je me rappelais à présent qu'il m'avait dit plusieurs fois qu'il n'approuvait pas notre amitié. Cette nouvelle fréquentation lui déplaisait. Il n'avait jamais donné son accord pour qu'elle dorme à la maison. Il s'était disputé avec maman, ma pauvre mère innocente, quand elle avait agi derrière son dos et avait laissé Cassie rester quand même. Durant toutes ces années, il s'était montré froid avec Cassie et avait tout fait pour l'éviter et ne pas lui parler.

J'avais envie de vomir.

— Assieds-toi.

Mon corps se crispa. Je regardai frénétiquement autour de moi à la recherche d'une issue.

— Assieds-toi, Samantha.

Son ton ne laissait pas la place à la discussion. Je m'assis au bord du lit en tremblant.

— Il faut que tu m'écoutes. Ce qui est arrivé à Cassie était un accident. Tu dois me croire, princesse. Je n'ai jamais voulu blesser quiconque.

Des larmes coulaient sur mes joues. Mes pensées fusaient dans mon esprit à une vitesse étourdissante. Malgré la terreur qui me pétrifiait, il fallait que je trouve une façon de m'échapper car même s'il s'agissait de mon père, Cassie méritait qu'on lui rende justice. Seigneur. Elle méritait tellement plus que la vie qu'elle avait menée.

Il s'approcha encore, mais quand je m'écartai vivement, il s'immobilisa.

— Je ne voulais surtout pas te blesser, toi. Je ne savais pas que tu étais là jusqu'à ce qu'il soit trop tard.

Je dévisageai ce parfait inconnu, cet homme capable d'abandonner l'une de ses filles à son sort après en avoir tué une autre.

— C'était ma sœur.

— *Demi*-sœur, me corrigea-t-il avec ardeur. Une nuit, Samantha. Une nuit avec sa mère ne fait pas d'elle ta sœur.

— Mais c'était ta fille !

Il s'accroupit devant moi et prit une grande inspiration.

— Ma fille, c'est toi. Cassie... Cassie était une erreur.

Je secouai la tête et m'éloignai désespérément de lui.

Une expression terrible passa sur son visage.

— Cate et moi nous étions mis d'accord pour ne jamais parler de notre aventure. Elle comprenait ce que je risquais si ta mère l'apprenait. Elle aurait demandé le divorce et j'aurais tout perdu, Samantha : mon mariage, mon emploi, tout ce pour quoi j'avais travaillé !

Les pièces du puzzle s'emboîtaient petit à petit. Le contrat de mariage de mes parents contenait sans doute une clause à propos de l'adultère. L'époux infidèle n'aurait probablement aucun droit. Et sans ma mère et son argent, mon père ne possédait absolument rien.

— Je ne sais pas comment elle l'a appris, reprit-il en se levant lentement. (Je repensai à la boîte à musique et à son compartiment secret.) Mais elle était au courant. Elle voulait que je révèle à tout le monde que j'étais son père, mais ça, tu le sais.

Tu étais en haut de la falaise, ce soir-là. Tu as tout entendu.

Cassie l'avait supplié de l'aimer, de se conduire comme un père, de lui donner tout ce qu'il me donnait, à moi. Pendant ce temps, j'étais restée cachée derrière un arbre à observer la scène. En y repensant, je n'avais ressenti aucune peur. J'avais seulement été fâchée d'apprendre que mon père avait été infidèle, comme Del, et qu'encore une fois, Cassie était au centre du problème. Une part de moi avait été soulagée que mon père refuse de la reconnaître et lui demande de comprendre sa position.

Cassie ne s'était pas démontée. Sa mort avait peut-être été un accident. Après tout, les rochers étaient glissants et il faisait nuit. Mais j'avais vu mon père la pousser. Elle n'avait glissé qu'après. Son sang maculant les rochers. C'était le premier souvenir qui m'était revenu en tête. L'horreur que j'avais ressentie en voyant mon père s'agenouiller devant son corps immobile me gagna de nouveau.

— Elle était morte, dit papa en guettant mes réactions. J'ai vérifié. Son crâne... Elle était morte. J'ai paniqué.

Le choc m'avait tétanisée. Je lui avais révélé ma présence seulement lorsqu'il avait soulevé Cassie pour la... La colère éclipsa la peur.

— Tu l'as jetée par-dessus la falaise comme un sac de détritus et après, tu as nettoyé la scène du crime !

Il tressaillit.

— Je ne pouvais rien faire d'autre ! Il fallait que tout le monde croie à un accident. Parce que c'en était un ! (Les bris de verre craquant sous ses pas, il vint se poster devant la porte pour me barrer l'issue.) Et il a fallu que tu sortes en courant de ces satanés arbres, reprit-il. Je ne savais pas que tu étais là. Je ne m'attendais pas à ce que Cassie manigance tout ça pour que tu entendes ce qu'elle avait à dire. (Sa voix se fêla.) Tu as glissé sur les roches humides et...

— Sur son sang, murmurai-je.

À présent, je me rappelais avoir hurlé son nom. Je me souvenais de la terreur que j'avais éprouvée lorsque le sol s'était dérobé sous mes pieds, que le ciel avait chaviré au-dessus de moi et que les rochers s'étaient dressés pour me rattraper.

— Tu es tombée dans le précipice, lâcha-t-il d'une voix rauque.

— Et tu m'as laissée pour morte.

La douleur était si profonde que j'avais l'impression de me noyer dedans.

— Non ! Non. (Il se rua vers moi et m'attrapa par les épaules pour me secouer fiévreusement.) Je suis descendu le long de la paroi pour vérifier. J'étais certain que tu ne respirais plus. Je te le jure. J'ai aussi cherché ton pouls. Je n'ai rien senti. Tu n'avais pas l'air de respirer. Il y avait tellement de sang. J'ai cru que tu étais morte, mon ange.

Je frissonnai. La nuit où j'avais appris que je m'étais écrit les messages, le cauchemar qui m'avait réveillée était un souvenir de mon père.

— Tu aurais pu appeler la police ! Tu aurais pu faire quelque chose, n'importe quoi !

— J'ai paniqué ! rugit-il en enfonçant les doigts dans mes épaules. J'ai cru que tu étais morte, toi aussi. J'ai paniqué, c'est tout !

Je tentai de me libérer de sa poigne. Sentir ses mains sur moi me donnait la nausée. Il était mon père, ma chair et mon sang, pourtant, il m'avait abandonnée dans un moment de panique.

— Et après, tu n'as jamais pensé à appeler la police ? Pas une seule fois pendant que j'étais portée disparue ?

Il me regarda droit dans les yeux.

— J'ai pris ton téléphone. Je ne pouvais pas…

— Tu…

Alors, la vérité me frappa en plein visage. Je hurlai. Une fois la panique retombée, il aurait très bien pu appeler la police. Il s'y était simplement refusé. Le mal était fait et les risques trop importants pour lui. Son aventure avec une autre femme aurait éclaté au grand jour. Il aurait tout perdu sur le plan personnel et il aurait été jugé coupable de la mort accidentelle de Cassie.

Dans son esprit tordu, l'argent l'avait emporté sur moi, sur *nous*. Le fait de connaître sa fille ne représentait rien pour lui. Et ma vie non plus.

— Je vais vomir, murmurai-je.

Papa desserra sa prise sur mes épaules.

— Je suis vraiment désolé.

Une petite part de moi le croyait. Je l'entendais dans sa voix.

— Comment as-tu réagi lorsqu'ils m'ont retrouvée ?

Il baissa les yeux sans répondre.

Je frémis tandis qu'un sanglot remontait le long de ma gorge.

— Qu'est-ce que tu aurais fait si je n'avais pas perdu la mémoire ? hoquetai-je en essayant de me libérer complètement. Qu'est-ce que tu comptes faire, maintenant ?

— J'espérais que tu ne te souviendrais jamais de rien, mais tu as commencé à mener ton enquête, à t'écrire des mots, à essayer de comprendre ce qui s'était passé. (Il avait l'air déçu, comme si je l'avais fait exprès.) Le jour où tu t'es rendue à la falaise, je t'ai suivie.

L'horreur et la colère faisaient rage en moi. Je serrai les poings.

— J'ai cru que j'étais folle ! Tu m'as laissée m'en persuader !

— Je ne pouvais pas te dire la vérité. Je suis sûr que tu le comprends. Je n'étais pas dans la voiture, ma chérie. Tu as probablement fait une crise d'angoisse. Mais j'ai trouvé le message et c'est moi qui ai appelé les secours.

Comme si cela rachetait ce qu'il avait fait. Il avait tué Cassie par accident et m'avait laissée pour morte... tout ça pour conserver son style de vie pathétique.

Quand il posa la main contre ma joue, le dégoût me prit aux tripes.

— Tu es ma petite fille, ma princesse.

Cassie était sa fille, elle aussi, mais cela n'avait rien voulu dire à ses yeux. Derrière lui, quelque chose bougea. Je jetai un coup d'œil par-dessus son épaule. La porte s'ouvrait très lentement. Une longue ombre fine s'étira sur le sol. En voyant une jambe recouverte d'un jean et de longs doigts hâlés agripper le battant, je sentis mon souffle se bloquer dans ma gorge.

Carson.

Je reportai mon attention sur mon père et déglutis.

— Si tu ne voulais pas qu'elle apprenne la vérité, pourquoi est-ce que tu lui as offert la même boîte à musique qu'à moi ?

Manifestement pris au dépourvu, il cligna les yeux.

— C'était il y a très longtemps, répondit-il avec un léger sourire. Je les ai fait faire à Philadelphie. Elles sont uniques. C'était un cadeau stupide et sentimental. (Il partit d'un rire rauque, brisé.) Comment étais-je censé deviner que vous seriez amies un jour ? Cate avait quitté la ville. Je ne pensais pas qu'elle reviendrait. Ces foutues boîtes à musique...

Sans un bruit, Carson se faufila par l'embrasure de la porte. Son regard ne nous quittait pas. J'ignorais ce qu'il comptait faire, mais j'aurais préféré qu'il s'échappe, car mon père possédait des armes. Il en avait peut-être une sur lui.

Si Carson était blessé, lui aussi...

— Je suis vraiment désolé, répéta mon père en faisant glisser sa main de ma joue à mon cou. Cela n'aurait jamais dû se passer comme ça.

Un nouveau frisson me parcourut.

— S'il te plaît, ne...

Carson marcha sur un éclat de verre. Le bruit résonna comme un coup de feu. Mon père fit volte-face, puis tout alla très vite. Je me levai d'un bond, tandis que Carson s'élançait en avant comme pour plaquer mon père au sol, mais celui-ci esquiva avec une agilité étonnante. Vif comme l'éclair, il ramassa quelque chose par terre et vint à la rencontre de Carson.

Un cri de douleur retentit. Carson tituba avant de se cogner au mur. Du sang giclait de son épaule. Un hurlement franchit mes lèvres. J'étais incapable de m'arrêter de crier. Papa arracha le morceau de miroir de l'épaule de Carson et prit de l'élan pour frapper de nouveau.

Je ne réfléchis pas.

Je m'emparai du socle lourd de la boîte à musique brisée et, avec un cri remontant des tréfonds de mon corps, je l'abattis sur le crâne de mon père.

L'éclat de verre ensanglanté lui tomba des mains. Ses genoux cédèrent sous son poids et il s'effondra comme un pantin désarticulé.

Je reculai en serrant la boîte dans mes mains.

— Papa ? murmurai-je.

Il ne bougeait pas.

L'avais-je... tué ? Je contournai son corps pour rejoindre Carson.

— Tu vas bien ?

Il était très pâle et la douleur déformait son visage, pourtant, il pressa ses doigts contre sa plaie ouverte en hochant la tête.

— Ce n'est pas très profond. J'ai cru que je pouvais te sauver. (Il eut un rire sec, choqué.) Merde, Sam. Merde...

Je lâchai la boîte à musique et plaçai ma main sur la sienne. Du sang s'écoulait entre ses doigts.

— Je suis désolée. Pardon.

— Ne dis pas ça. (Il s'écarta du mur et me prit mon autre main pour me guider jusqu'à la porte.) Ce n'est pas ta faute. On va appeler la police. Mais d'abord... il faut qu'on sorte d'ici.

Ensemble, on passa la porte et on s'engagea dans le couloir. Je ne le quittais pas des yeux. La blessure paraissait superficielle. Malgré tout, le sang commençait à imbiber son tee-shirt gris. Papa avait visé la gorge, mais les réflexes de Carson l'avaient sauvé. Je ne doutais pas qu'il m'avait sauvée, moi aussi, et j'aurais volontiers passé le restant de mes jours à le remercier.

Mon cerveau se mit en veille et l'instinct prit le dessus. Sortir. Appeler la police. Les secours pour Carson. Je ne me concentrais que sur ça. Carson s'appuya contre moi, mais me lâcha la main pour extraire son téléphone de sa poche.

On venait d'atteindre la porte d'entrée. Le cœur battant la chamade, je posai la main sur la poignée dorée glacée.

— Arrêtez !

On se retourna vivement. Papa était en train de dévaler l'escalier, un pistolet pointé sur nous. Carson me poussa contre la porte pour me protéger de son corps.

— Non ! criai-je en essayant d'écarter Carson. Papa, ne fais pas ça !

Le bras tremblant, mon père traversa le hall d'entrée.

— Ce n'était pas censé se passer comme ça ! Tu dois me croire, princesse. Je n'ai jamais souhaité la mort de Cassie. Je ne voulais pas que tu…

Un coup de feu retentit. Je passai les bras autour de la taille de Carson en hurlant. Je m'attendais à ce qu'il se plie en deux, à ce qu'il tombe. La peur de le perdre était tellement tangible que je sentais son goût sur ma langue.

Mais il ne tomba pas. Il se contenta de se tourner légèrement vers moi et de me cacher la scène qui se déroulait devant lui. Je ne comprenais pas ce qui se passait. La confusion m'envahit, jusqu'à ce que je réussisse à me dégager.

Mon père gisait au sol, face contre terre. Une tache de sang au milieu de son dos grandissait à vue d'œil. C'est alors que je vis ma mère qui se tenait derrière lui, un fusil de chasse à la main.

Je restai assise sur les marches du perron pendant un long moment. Répondre aux nombreuses questions de la police m'avait vidée de toute mon énergie. Maman m'avait expliqué qu'elle m'avait entendue crier en rentrant de sa réunion et était aussitôt allée chercher une arme. J'ignorais ce qui avait bien pu lui passer la tête en voyant papa nous menacer, Carson et moi, avec un pistolet, mais elle n'avait pas hésité à tirer. Son instinct avait été de me protéger. Elle n'avait pas cherché à comprendre. Elle avait simplement agi.

Les gens allaient et venaient autour de moi. Ils essayaient de me parler, vérifiaient que j'allais bien. Les lumières des gyrophares clignotaient. Bleu. Rouge. Bleu. Un brouhaha constant m'entourait. Du mouvement, partout. Papa avait déjà été conduit à l'hôpital.

Il vivait encore à l'arrivée de l'ambulance. J'ignorais si c'était toujours le cas.

Je remontai mes genoux contre ma poitrine et tentai de me faire la plus petite possible. La police m'avait séparée de ma mère. Carson avait disparu avec un essaim de secouristes et d'agents de police. L'avaient-ils emmené à l'hôpital, lui aussi ? Comment allait-il ?

Parmi la foule attroupée autour de la maison, une silhouette familière se dirigea vers moi. Je levai la tête, surprise qu'il soit encore là. À part un bandage à l'épaule, il avait l'air en forme.

— Ce n'est qu'une égratignure, dit-il en s'installant à côté de moi.

Il passa son bras valide autour de ma taille. Je remarquai vaguement que mon père n'avait pas touché le bras avec lequel Carson lançait la balle. Il n'avait donc pas gâché son avenir.

— Il faut que j'aille à l'hôpital, mais je voulais te voir avant. Ça n'a pas été facile de les convaincre...

Je me penchai vers lui et l'embrassai de toutes mes forces.

— Merci.

Il déposa un baiser tendre contre ma tempe et murmura quelque chose à mon oreille que je n'entendis pas. Des voix s'élevaient. Tout à coup, Scott apparut au milieu du chaos. Le visage blême, il avança vers nous avant d'être stoppé par la police et orienté vers l'endroit où notre mère était toujours questionnée.

Un frisson me parcourut et j'enfouis mon visage contre le torse de Carson. Qu'étais-je censé dire à Scott ? Comment pourrions-nous nous relever d'une telle épreuve ?

Ce que papa avait fait, ce qu'il avait voulu nous faire à Carson et moi, me laissait un goût amer dans la bouche.

S'il survivait à son opération, je n'étais pas certaine de vouloir le savoir.

Carson fit courir ses doigts le long de mon dos. Même si ses gestes étaient tremblants, la caresse me rassura. Je n'arrêtais pas de pleurer, mais sous le chagrin, je ressentais une forme de soulagement. La vérité avait enfin éclaté. Elle apporterait peut-être un semblant de paix à la famille de Cassie.

Peut-être m'apporterait-elle la paix à moi aussi, un jour.

Carson recoiffa mes cheveux en arrière.

— Tout va bien. Tout ira bien, tu verras.

Oui. Tout s'arrangerait. Avec le temps.

Épilogue

S'il y avait bien une chose qui n'avait pas changé avec la mort de Cassie, c'était mon manque de patience.

Dansant d'un pied sur l'autre, je fixai le compte à rebours du four à micro-ondes comme un aigle prêt à fondre sur sa proie. Son contenu se mit à éclater rapidement, mais ce n'était pas encore assez rapide pour moi.

Je détestais rater les bandes-annonces, même sur les DVD.

Lorsque le maïs cessa d'exploser, je sortis le sachet et versai le pop-corn dans le grand saladier que j'avais préparé sur le plan de travail. Le délicieux en-cas beurré calé contre la poitrine, je me retournai. Des mèches s'échappaient de ma queue-de-cheval et tombaient sur mes joues.

Une bouteille d'eau à la main, maman était appuyée contre le bar de la cuisine. Elle n'avait plus bu une seule goutte d'alcool depuis cette nuit. Après tout ce qui s'était passé, je ne lui en aurais pas voulu d'en abuser, mais elle n'en avait plus besoin. Elle s'était endurcie. Lorsque l'affaire avait éclaté au grand jour, une frénésie s'était emparée des médias. Il n'était plus temps de préserver les apparences et de se soucier de ce que pensaient ses amis. De toute façon, j'avais l'impression qu'elle était désormais au-dessus de cela.

Un sourire hésitant se forma sur ses lèvres. Ses cernes s'étaient estompés. Ils n'étaient plus aussi sombres que durant les semaines qui avaient suivi l'arrestation de papa.

Il avait survécu à ses blessures. D'après ce que l'on nous avait dit, il avait plaidé coupable pour homicide involontaire et un tas d'autres chefs d'accusation. Les émotions que je ressentais à son sujet étaient contradictoires et ce serait sans doute le cas jusqu'à la fin de mes jours.

— Vous regardez un film ? me demanda maman.

— Oui, ça va bientôt commencer.

Elle s'écarta du chemin.

— Alors, ne rate pas le début.

Cela faisait un mois que j'avais recouvré la mémoire et que ma mère avait tiré sur mon père. La vie était loin d'être parfaite. Pendant plusieurs jours, j'avais été incapable de me souvenir clairement de certaines choses. La frustration m'avait dévorée de l'intérieur et s'était rapidement transformée en colère.

J'avais également passé des heures à penser à Cassie et aux détails horribles de sa mort. Elle avait simplement désiré ce que j'avais, moi : un père. J'aurais voulu revenir en arrière et, en sachant ce que je savais à présent, être une meilleure amie pour elle.

Ce jour-là, nous étions la veille de son dix-huitième anniversaire. J'avais prévu de me rendre sur sa tombe le lendemain... avec sa mère. Cela pouvait paraître incongru, étant donné qu'elle m'avait giflée, mais quelques jours après ce qui s'était passé, je m'étais rappelé l'existence de la boîte à musique.

Accompagnée de Scott, je m'étais rendue chez Cassie. Sa mère nous avait fait entrer à contrecœur. Comme je l'avais suspecté, Cassie avait caché un papier important à l'intérieur de la boîte. C'était la raison pour laquelle elle n'avait jamais voulu que je la touche.

Elle y avait dissimulé son acte de naissance.

Sa mère ignorait comment elle se l'était procuré, mais Cassie avait vu le nom de mon père inscrit à côté de celui de sa mère et tout avait commencé ainsi. Je n'étais même pas certaine que papa sache qu'il figurait sur ce papier officiel.

Tenir entre les mains la preuve du lien qui me liait à Cassie, qui la liait à Scott et à notre famille entière, avait été plus éprouvant que je ne l'avais imaginé. De nombreux « Et si ? » m'avaient traversé l'esprit. Et si Cassie s'était confiée à moi plus tôt ? Et si papa avait avoué la vérité dès le début et l'avait acceptée comme sa fille ? Tout aurait été différent.

J'avais arrêté de prendre mes médicaments, mais je continuais de consulter le Dr O'Connell une fois par semaine. Je ne m'écrivais plus le moindre message. En revanche, il m'arrivait encore de me réveiller en pleine nuit en criant, le corps couvert de sueur. Il me faudrait sans doute un long moment pour retrouver un cycle de sommeil normal. Heureusement, durant ces nuits, Scott était là pour moi. Maman aussi.

Je posai le pop-corn sur le côté pour prendre ma mère dans mes bras.

— Je t'aime.

Elle se crispa avant de me rendre mon étreinte. Ce n'était pas encore le meilleur câlin du monde, mais on progressait. Il faut dire que l'on partait de loin. Notre relation n'était pas excellente avant les événements. L'avantage était qu'elle ne pouvait que s'améliorer.

— Je t'aime aussi. (Elle écarta les cheveux qui tombaient devant mon front.) Allez, vas-y. Amuse-toi bien.

Le sourire aux lèvres, je reculai et repris le saladier dans mes mains. Je la sentis m'examiner, mais elle ne fit aucun commentaire sur mon bas de survêtement et mon tee-shirt informes qui avaient largement fait leur temps. Elle aussi s'améliorait de jour en jour.

Je traversai les différentes pièces au pas de course, puis tournai à droite et descendis les marches deux à deux. Des rires et le murmure des conversations m'accueillirent. Quelqu'un avait mis le film sur pause pour moi.

Je me doutais de qui il s'agissait.

Incapable de réprimer un sourire, je fis le tour du canapé d'angle, passai par-dessus des jambes couvertes de jean et m'assis.

Scott tendit le bras vers moi et me vola le saladier de pop-corn.

— Merci, dit-il. Tu es la meilleure.

Julie en saisit une poignée en gloussant.

— En même temps, au sein de ce groupe, ce n'est pas difficile.

— N'importe quoi, rétorqua-t-il en lui jetant des grains de maïs à la figure.

Tout en les regardant gâcher le délicieux pop-corn, je me lovai un peu plus dans mon siège et respirai à fond ce parfum qui faisait toujours battre mon cœur un peu plus fort : celui des agrumes et du savon.

Le bras posé sur le dossier du canapé derrière moi glissa jusqu'à mes épaules. Carson me colla contre son flanc et ses lèvres effleurèrent la courbe de mon cou lorsqu'il murmura :

— Tu m'as manqué.

Ma poitrine se serra de la plus agréable des façons. Je levai la tête et plongeai mon regard dans le sien, si bleu qu'il me faisait penser à un éclair électrique.

— Je suis partie cinq minutes.

— Et alors ? dit Carson en baissant la tête. C'est déjà trop.

— Mais qu'il est gnangnan, celui-là, marmonna Scott.

Julie le frappa.

— Tais-toi. Tu es pire quand on est tous les deux. Lui au moins, il a les *cojones* de le dire devant nous.

Je ris.

— N'importe quoi. Moi aussi, j'ai des *cojones*, rétorqua Scott. Et tu sais qu'elles sont très...

— Ça n'intéresse personne, mec, l'interrompit Carson sans me quitter des yeux.

Il me regardait comme s'il avait décroché la lune.

— Personne, ajoutai-je d'une voix douce en passant la main derrière sa nuque. (En voyant son regard attendri, je sentis une douce chaleur naître dans mon ventre.) Bisou ?

— Bisou.

Il pressa ses lèvres contre les miennes. C'était un baiser doux et léger qui n'avait rien à voir avec ceux que l'on échangeait lorsqu'on était seuls. Pourtant, j'en eus le souffle coupé. Chaque fois que l'on s'embrassait, j'avais l'impression de revivre notre première fois. Il n'y avait rien de plus beau.

Et j'étais persuadée que ce serait toujours le cas.

— Bon. Si vous avez fini de vous bécoter, je peux lancer le film ? demanda Scott qui ne paraissait pas vraiment agacé.

Les lèvres de Carson esquissèrent un sourire contre les miennes. Il me vola un dernier baiser avant de s'écarter.

— Ouais, on est prêts.

Le rouge aux joues, je m'installai contre lui et passai un bras sur son ventre. Ses doigts jouèrent avec les mèches qui s'échappaient de ma queue-de-cheval. À l'écran, les bandes-annonces commencèrent.

Non. La vie n'était pas parfaite. Loin de là. Mais petit à petit, les choses rentraient dans l'ordre. Je ne regardais plus en arrière. Le futur avait bien plus à m'apporter.

Remerciements

Pour moi, écrire les remerciements est toujours plus difficile que d'écrire le livre en lui-même. Je sais pertinemment que je vais oublier de citer quelqu'un, mais je me lance quand même. Tout d'abord, un grand merci à mon agent Kevan Lyon. C'est après avoir lu ce livre qu'elle m'a proposé de me représenter. C'est aussi le premier roman qu'elle a vendu en janvier 2012. Sans elle, ce livre n'aurait donc jamais été publié. Un grand merci également à Emily Meehan d'avoir oublié de descendre à sa gare pendant qu'elle lisait son exemplaire. C'est sans doute cette anecdote qui l'a poussée à accepter de travailler sur le manuscrit. Ce livre ne serait pas ce qu'il est aujourd'hui sans Laura Schreiber, Mary Ann Zissimos et la formidable équipe de Disney Hyperion, en particulier Tyler Nevins qui a créé une couverture délicieusement horrifique de laquelle j'ai toujours du mal à détourner le regard. Taryn Fagerness a aussi joué un rôle essentiel dans la distribution de *Ne te retourne pas* à l'étranger. Un merci tout particulier à Angela de Reading Angel qui, avec Lesa Rodrigues, a été la première personne à lire *Ne te retourne pas* et à tomber amoureuse de Carson. Merci à Molly McAdams de m'avoir soutenue dans l'écriture de ce livre si différent de mon genre habituel. Merci à Stacey Morgan d'être une amie formidable, même lorsque je lui envoie des images douteuses trouvées sur Yahoo. Merci aussi à KP Simmons et l'équipe d'Inkslinger pour leur talent.

Enfin, le plus grand des mercis, le plus important aussi, est celui que je vous adresse à vous, lecteurs. Sans vous, rien de tout ceci ne serait possible. Cela n'aurait même aucun sens. Je ne pourrai jamais suffisamment vous remercier de me permettre de donner vie à mon imagination débordante.

Composition
NORD COMPO

Achevé d'imprimer à Barcelone
par CPI Black Print
le 19 avril 2022

Dépôt légal : février 2022
EAN 9782290235409
L21EDDN001149A002

Éditions J'ai lu
87, quai Panhard-et-Levassor, 75013 Paris

Diffusion France et étranger : Flammarion